El despertar de la Bruja de Aire

ELISE KOVA

EL DESPERTAR DE LA BRUJA DE AIRE

VOLUMEN UNO

◖ UMBRIEL

Argentina · Chile · Colombia · España
Estados Unidos · México · Perú · Uruguay

Título original: *Air Awakens*
Editor original: Silver Wing Press
Traducción: Guiomar Manso de Zuñiga Spottorno

1.ª edición: septiembre 2022

© 2015 *by* Elise Kova
All Rights Reserved
© de la traducción 2022 *by* Guiomar Manso de Zuñiga Spottorno
© 2022 *by* Ediciones Urano, S.A.U.
  Plaza de los Reyes Magos, 8, piso 1.º C y D – 28007 Madrid
  www.umbrieleditores.com

ISBN: 978-84-19030-06-1
E-ISBN: 978-84-19251-54-1
Depósito legal: B-13.151-2022

Fotocomposición: Ediciones Urano, S.A.U.
Impreso por: Romanyà-Valls – Verdaguer, 1 – 08786 Capellades (Barcelona)

Impreso en España – *Printed in Spain*

Este libro va dedicado a...

*Alicia Davis, Kiri, Kay, IridescentSoul, Elanor Crumwell,
RomanceObsessed, DarlingFaye, PowerMadGirl, yesiamhuman,
queencarrot, Prodigee123, doc2or, Seriah Black Sheep, Your Loyal
Bookworm, shinju asuka, puffgirl1952, musicboxmetaphor, shari,
bfl2ma, Valerie, XtremeAngell, Mirirowan, Rebecca, prathyu,
Alyss20, TwiinzRJ, Vyra Finn, Ozymandeos, Lady Altrariel,
Ulsindhe, gizem524, musicalfishieXD, devonamorgan,
blueeyesbrightsmile, Estheranian, Michelle Fang, Rizzy, Tessa,
Sekhra, JustAnotherGal, Ashley, Izzy, Blanket Baby,
hopewriteinspire, rosewood, appleeater1313, Wonderlander, A fan,
Mizz Dustkeeper, lalalaughter101, LazyFakeName,
carmensimagination, avery, avid reader, Mousey, Emmie,
FreakinMarisa, Death's Sweet Kiss, Kaf, Sephirium*

... y todos los demás que estuvieron conmigo y me
apoyaron desde el principio. Sin vosotros, no habría historia.

EL
CONTINENTE
MAYOR

SOLARIS,
«LA CAPITAL»

EL
SUR
LYNDUM

HAST

EL
EST
CYVE

EL
CONTINENTE DE
LA MEDIALUNA

EL
OESTE
MHASHAN

NORIN

SORICIUM

EL
NORTE
SHALDAN

CAPÍTULO

1

Las tormentas de verano eran comunes en la capital y Vhalla Yarl había soportado sus visitas desde que había llegado desde el Este hacía siete años, pero los truenos y los relámpagos nunca eran invitados bienvenidos.

El estallido de luz a través de la contraventana no había acelerado su corazón esta noche; lo que ralentizaba su mundo con cada reverberación era el grave y solemne canto de un cuerno que resonaba desde cada poste de la ciudad. El sonido se iba perdiendo antes de resonar una vez más.

Vhalla se levantó de un salto y corrió hasta la estrecha aspillera de arquero que le hacía las veces de ventana. Abrir la contraventana resultó una mala idea, pues el viento se la arrebató de las manos y la estampó contra la piedra del palacio tan fuerte que creyó que saldría volando de sus bisagras. Sin embargo, olvidó la contraventana al instante cuando los cuernos volvieron a bramar a sus pies, en la muralla de palacio, y Vhalla parpadeó contra el aullante viento.

Los cuernos solo podían significar una cosa.

Clavó sus oscuros ojos marrones, moteados de dorado, en la Puerta Imperial mucho más abajo, que acababa de abrirse para dejar pasar a toda prisa a una partida militar. Vhalla se asomó todo lo que pudo e hizo caso omiso de la lluvia que salpicaba sus mejillas mientras se esforzaba por distinguir las sombras de los soldados que volvían a casa desde el frente.

¿Habrían ganado? ¿Habría terminado la guerra contra Shaldan?

El corazón de Vhalla se aceleró. Entre los destellos intermitentes de los relámpagos, solo logró contar veinte jinetes.

Una victoria cruzaba la ciudad con el grueso de las fuerzas y estandartes iluminados por el sol aleteando al viento. Una victoria esperaba a que hubiera mejor clima para sus desfiles. Algo iba mal. Este era un grupo de mensajeros, una entrega, una escolta, una…

A Vhalla se le quedó la mente en blanco.

Un puñado de sirvientes de palacio salieron a la carrera a recibir al grupo y, bajo la parpadeante luz de sus antorchas, Vhalla alcanzó a distinguir a algunas personas. Una capa imperial blanca cubría la grupa de un caballo.

Había regresado uno de los príncipes.

Los sirvientes tiraron del cuerpo flácido e inerte para ayudar a bajar al príncipe que iba desplomado sobre su montura. Vhalla no podía oír las palabras gritadas por encima de la tormenta, pero sonaban frenéticas y enfadadas. Se puso de puntillas y se dobló por la cintura, con media espalda empapada ya, mientras se asomaba todo lo posible por la ventana hasta que se llevaron al hombre herido. Entonces se retiró de la lluvia, cerró la contraventana e hizo caso omiso del pequeño charco alrededor de sus pies. Uno de los príncipes estaba herido, pero ¿cuál?

Unos insondables ojos cerúleos llenaron su mente. El príncipe Baldair, el segundo hijo, había pasado por la biblioteca justo antes de regresar a la guerra. Vhalla nunca había conocido a un miembro de la familia imperial hasta entonces, pero todas las historias que contaban acerca del príncipe Rompecorazones habían sido ciertas.

Cerró las manos en torno a la parte de delante de su camisón y se forzó a respirar hondo. El príncipe ni siquiera sabía quién era ella, se recordó. Seguro que había olvidado a la aprendiza de bibliotecaria a la que había atrapado en pleno vuelo cuando resbaló con torpeza desde una de las enormes escaleras rodantes entre las estanterías.

Ahora llamarían a los clérigos de palacio, despertarían a sirvientes para que llevaran mantas y encendieran fuegos, los aprendices de las artes curativas trabajarían toda la noche, y todo lo que podía hacer ella era esperar en silencio.

Vhalla retiró unos mechones de pelo empapado que se le habían pegado a la cara. Roan tenía razón: era una tonta por pensar siquiera en el príncipe Rompecorazones. Vhalla no era el tipo de chica que interesaría al príncipe Baldair; era demasiado anodina.

La puerta se abrió de par en par. Una rubia menuda de pelo rizado apareció sin aliento en el umbral de la puerta. Vhalla parpadeó en dirección a la mujer, una mujer a la que parecía haber invocado con su fugaz pensamiento.

—Vhalla… a la biblioteca. Ahora —jadeó Roan. Fue como si hablara otro idioma, y el cuerpo de la chica no obedeció la orden—. ¡Vhalla, *ahora*! —Roan la agarró de la muñeca y la arrastró por los pasillos en penumbra, sin darle siquiera tiempo de ponerse algo más adecuado.

—Roan. ¡Roan! ¿Qué ha pasado? —preguntó Vhalla mientras doblaban una esquina.

—No sé gran cosa. El maestro Mohned te lo explicará —repuso Roan.

—¿Es el príncipe? —farfulló Vhalla. Su amiga se detuvo un momento y se giró hacia ella.

—¿*Todavía* tienes al príncipe Rompecorazones metido en la cabeza? Han pasado… ¿qué, dos meses? —Puso en blanco sus ojos azules, un poco más oscuros que los del príncipe.

—No es eso. Yo… —balbuceó, y notó cómo el calor subía hacia su cabeza.

—¿Y por qué estás toda mojada? —Roan parpadeó y se permitió mirar bien a su amiga por primera vez. Antes de que Vhalla pudiese contestar, ya estaban zigzagueando por los estrechos pasillos de servicio otra vez—. No importa. Solo ten cuidado de no mojar los libros.

La Biblioteca Imperial estaba ubicada dentro del palacio, una parte de la capital del Imperio Solaris, construida en la ladera de una montaña. Infinitas estanterías doradas de madera de cerezo, más altas que cuatro hombres de pie unos encima de otros, albergaban la extensa sabiduría del imperio. El techo abovedado era un inmenso vitral y, durante los días soleados normales, proyectaba un caleidoscopio de colores sobre el suelo.

Ahora, sin embargo, la biblioteca estaba envuelta en oscuridad. Cada aprendiz al lado de una vela ante el mostrador central, con atuendos en varios estados de desaliño.

Los ojos de Vhalla pasaron por encima de la maternal Lidia y se posaron por un instante en la joven Cadance antes de llegar a Sareem. Iba descamisado, y Vhalla contempló su piel aceitunada, de un tono más lustroso que la de ella. Se lo veía sorprendentemente fuerte, y la joven tuvo que hacer un esfuerzo por recordar cuándo se había convertido en un hombre su amigo de la infancia. Los ojos de Sareem se cruzaron con los suyos y el joven pareció casi sorprendido. Vhalla se apresuró a apartar la vista.

—Necesitamos todos los libros que tengamos sobre la magia y los venenos de las Ciudadelas Celestiales norteñas de Shaldan. Traedlos aquí. Los leeremos y tomaremos notas de lo que pueda ser útil antes de remitírselos a los clérigos —les indicó el maestro Mohned mientras los guardias empezaban a encender más velas por toda la biblioteca. El hombre aparentaba hasta el último año de su anciana edad, con su larga barba blanca desgreñada como las raíces larguiruchas de una planta pequeña—. ¡Es una orden imperial! ¡Poneos en marcha! —espetó al ver a los aprendices de la biblioteca patidifusos y boquiabiertos.

Vhalla echó a correr hacia una escalera rodante y aprovechó el impulso para deslizarse a lo largo de una estantería entera. Sus ojos volaban por encima de los títulos y sus manos ávidas empezaron a sacar libro tras libro. Con tres manuscritos acunados entre los brazos, corrió de vuelta al mostrador central, donde los depositó en el suelo antes de repetir el proceso.

Los montones crecieron y el sudor perló la frente de Vhalla. El maestro la regañaba a menudo por leer durante sus horas de trabajo, pero siete años de desobediencia habían grabado a fuego una larga lista de títulos en su mente. Los encabezamientos de los libros aparecían ante sus ojos más rápido de lo que sus pies podían llevarla hasta ellos.

Cuando la tercera montaña de pergamino encuadernado se alzaba más alta que ella, Vhalla se dio cuenta de que los otros aprendices habían dejado de buscar y se estaban instalando en el suelo para empezar a confirmar el contenido de cada manuscrito. Apoyó la palma de una mano contra su costado con desdén. Los montones de los otros eran pequeñísimos. Se le ocurrían cinco tomos solo de pociones que a Sareem se le habían pasado por alto.

El príncipe ocupaba su mente mientras iba en busca de más libros, el rostro del hombre estaba en primer plano en sus pensamientos. Sus lesiones debían ser graves si los clérigos necesitaban investigar más allá de sus amplios conocimientos. Vhalla se mordió el labio mientras miraba las torres de sus libros delante del escritorio. ¿Qué le pasaba?

—Vhalla. —No oyó la voz avejentada del maestro mientras repasaba más títulos en su cabeza. Faltaba uno, *seguro que faltaba*. ¿Estaría en la sección de misterios?—. Vhalla.

La vida del príncipe se les podía escapar entre los dedos porque les faltara solo una línea de texto. Vhalla pasó el dorso de la mano por su frente. Gotas de sudor, o de agua, rodaban por su cuello.

—¡Vhalla!

—¿Qué? —replicó en tono cortante, al tiempo que se giraba hacia Mohned. Vhalla se dio cuenta al instante de su tono irrespetuoso. El maestro, sin embargo, lo dejó pasar.

—Ya es suficiente; tenemos libros suficientes. Ayúdanos a buscar. Anota todo lo que encuentres que pueda ser útil.

El maestro Mohned señaló al suelo y Vhalla ocupó su lugar entre Roan y Sareem. El personal de la biblioteca ignoró todas las reglas y

el decoro para agarrar plumas, tinta y pergaminos de un montón co-
munal en medio de su círculo.

Vhalla se puso el primer libro en el regazo.

—Maestro. —Levantó la cabeza y apartó la mirada de las páginas
apretadas entre sus dedos temblorosos. El sabio la observó a través de
sus gafas—. ¿Quién está enfermo?

—El príncipe.

Esas dos palabras fueron todo lo que tuvo que decir el maestro
para que la garganta de Vhalla se quedara más seca que el Páramo
Occidental. Deseó haber estado equivocada.

El príncipe estaba en el palacio, en algún sitio fuera de su alcance.
Necesitaba ayuda y ella no era nadie. Vhalla estaba apenas por encima de los sirvientes que barrían los pasillos y limpiaban los cuartos de
baño como castigo por pequeñas infracciones. Pero quizá sus muchos
años de lectura diesen sus frutos y de verdad pudiese hacer algo.

Vhalla agarró otro pergamino y su pluma garabateó trazos de
tinta en su superficie en blanco. Esto era todo lo que podía hacer. Era
lo único que se le daba bien. Podía leer y tal vez transmitirle algún
conocimiento útil a un clérigo que salvaría a un hombre al que ella
apenas conocía.

Al rompérsele una pluma, Vhalla maldijo y tiró el utensilio a un
lado antes de alargar la mano a por otro. Sareem le lanzó una mirada
de curiosidad, pero la chica estaba a años luz de distancia. Cuanto más
escribía, más tranquila se sentía. La pluma era como una extensión de
su ser y Vhalla sometía a la tinta a su voluntad como si estuviera bajo
el hechizo de las palabras.

Poco a poco, los libros empezaron a amontonarse en una pila
nueva. Cada uno tenía una nota detrás de la tapa, con la información
que había encontrado y creía que quizá fuese útil. Vhalla apenas se
dio cuenta de que su carga de trabajo vertical iba disminuyendo a
medida que los soldados se llevaban los libros por brazadas enteras.
Tampoco se giró para despedirse cuando sus amigos, cansados, se
fueron retirando a lo largo de la noche.

Aunque su energía estaba menguando, cuantos más libros salían de esa sala, más necesidad de leer sentía. Poco a poco, un calorcillo empezó a florecer en su interior; despacio al principio, pero fue aumentando a cada hora que pasaba hasta que se convirtió en un calor abrasador.

El sonido que hizo el último libro al cerrarse la sacó de su trance. Vhalla parpadeó en dirección a sus manos manchadas de tinta, vacías ahora. A la luz del sol, giró los ojos hacia los cielos y admiró, agotada, el magnífico arcoíris del vitral que discurría a lo largo de todo el techo. Había amanecido y ella no era capaz de recordar la noche siquiera. Dos manos se cerraron con firmeza alrededor de sus hombros oscilantes.

Parpadeó para eliminar la neblina de sus ojos antes de mirar al hombre que había aparecido de repente delante de ella. Una cara desconocida le devolvió la mirada. Era un hombre sureño con ojos azul hielo, una perilla y el pelo rubio y corto. Aunque no parecía amenazador, Vhalla estaba segura de no haberlo visto nunca.

—¿Es esta? —Le habló a otra persona, aunque no apartó los ojos de ella.

—Lo es, ministro —repuso otra voz desconocida.

—Gracias. Puedes retirarte —ordenó el hombre del Sur.

—¿Quién es usted? —La lengua de Vhalla por fin volvió a la vida, el aturdimiento de ese calor febril se desvaneció. Intentó encontrarle un sentido a quién era ese hombre y por qué la estaba tocando. Sus ojos se posaron en una sobria chaqueta negra que contrastaba de manera notable con la luz de la mañana. Nadie vestía de negro en el palacio.

Se sintió mareada. *Casi* nadie vestía de negro.

—Espere, ¿es un…?

—Nada de preguntas. —Una mano grande, pegajosa y fría, se cerró sobre su boca—. No tengas miedo. Estoy aquí para ayudarte, pero tienes que venir conmigo.

Vhalla levantó la vista hacia el hombre con los ojos muy abiertos. Respiró con fuerza por la nariz y negó con la cabeza para protestar por esa mano que la silenciaba.

—He de hablar contigo en privado, pero el Maestro de los Tomos volverá pronto. Así que ven conmigo. —Despacio, el hombre apartó la mano de su cara.

—No. —A punto estuvo de caerse hacia atrás—. ¡No iré con usted! Usted no debería estar aquí y yo no iré ahí. —Su cerebro estaba hecho un lío por el pánico, intensificado por el esfuerzo de la noche.

El hombre la agarró una vez más con una expresión irritada y una mirada furtiva hacia atrás.

Vhalla abrió la boca para pedir ayuda, pero todo lo que inhaló fue un fuerte olor a hierbas del trapo que de repente encontró apretado contra su cara. Justo antes de perder su pugna con la conciencia que aún le quedaba, Vhalla vio el símbolo bordado en la chaqueta del hombre cuando este se inclinó hacia delante para levantarla entre sus brazos. Cosida sobre el lado izquierdo llevaba una luna plateada con un dragón enroscado alrededor del centro; la luna estaba cortada en dos, con cada mitad desalineada con respecto a la otra. Jamás había visto el símbolo con sus propios ojos, pero sabía lo que esa agorera imagen significaba: un hechicero.

CAPÍTULO 2

Sentía como si alguien le hubiese dado un hachazo en la parte posterior de la cabeza, la hubiera partido en dos y hubiese dejado que su cerebro se derramara sobre esa almohada desconocida. Vhalla gimió y abrió los ojos una rendija. Notaba la cara caliente, pero no de la luz del sol que entraba a raudales por lo que a ella le pareció una ventana enorme.

El día anterior volvió a ella como un tsunami. Se sentó y se agarró las sienes mientras un escalofrío la recorría de arriba abajo. El regreso del príncipe, la búsqueda de todos los libros que se le ocurrieron, casi haberse desmayado mientras leía, y el hombre con esa extraña chaqueta negra... todo ello retornó a una velocidad mareante.

Vhalla miró por la habitación a su alrededor, con cuidado, como si un espectro pudiese acechar en cualquier esquina. Las paredes eran de la misma piedra que el palacio, ajustadas entre sí y unidas con mortero. A diferencia de sus propios aposentos sin adornos, una moldura decorativa discurría por el borde del techo: dragones esculpidos danzaban alrededor de lunas.

Sus ojos se posaron después en un pequeño frasco de cristal que colgaba de un gancho de hierro fijado a la pared. En su interior, parpadeaba una lengua de fuego. No había aceite o cera como combustible, ninguna fuente para la llama, que simplemente levitaba dentro de su recipiente.

Se levantó a toda prisa y corrió hacia la puerta. Sus manos se cerraron en torno al picaporte de metal y tiraron de él con fuerza. El sonido de hierro contra hierro llenó la habitación cuando el pestillo hizo su efecto y la puerta se negó a moverse. Sonó más fuerte que el grito de pánico que tenía atascado en la garganta. El recuerdo del hombre de la chaqueta negra destelló ante sus ojos; Vhalla parpadeó para borrarlo.

Se apartó un paso de la puerta cerrada y miró frenética a su alrededor. Había una cama, una mesa pequeña y un orinal. Corrió hasta la ventana, la abrió de par en par y se asomó. Había una caída vertical mareante hasta el suelo allá abajo.

El sonido del pestillo de la puerta al abrirse llamó su atención otra vez hacia el interior de la habitación y Vhalla se apretó contra la pared del fondo. La había raptado un hechicero y no quería creer a dónde la había llevado. La puerta se abrió y un par de ojos gélidos que le resultaban vagamente familiares conectaron con los suyos.

—Me alegra ver que estás despierta. —El hombre sonrió con cordialidad—. ¿Cómo te encuentras?

—¿Quién es usted? —Vhalla estaba tan cerca de la pared que sería imposible meter siquiera un pergamino entre su espalda y la piedra. Miró al hombre con recelo. Llevaba ropa distinta hoy: unas vestiduras largas sobre una túnica y unos pantalones. Sobre el pecho izquierdo lucía una insignia que reafirmó su pánico: un bordado negro con una luna rota.

—No tengas miedo. —El hombre levantó las manos para demostrar que era inofensivo—. Nadie te hará daño.

—¿Quién es usted? —repitió Vhalla. Sabía por sus vestiduras hasta el suelo y sus mangas acampanadas que el hombre era de mayor rango que ella, como casi todo el mundo en el palacio. Vhalla hizo un esfuerzo por mantener la voz lo más calmada y respetuosa posible. No tuvo mucho éxito.

—¿No quieres sentarte? —El hombre seguía sin contestar a su pregunta.

—Quiero saber quién es usted —repitió Vhalla despacio, los ojos clavados en el lado izquierdo del pecho del hombre. Se le rompió una uña al incrustar los dedos en la piedra de la pared—. ¿Por qué me ha raptado?

—Me llamo Victor Anzbel —reveló al final el hombre con un pequeño suspiro—. Soy el ministro de Hechicería y te encuentras en la Torre de los Hechiceros. Te he traído aquí porque necesito hablar contigo y hacerlo en el suelo de la biblioteca no era una opción. Perdóname, pero ya había amanecido y no teníamos tiempo para las presentaciones relajadas.

—¿D… de qué puede necesitar hablar usted conmigo? —balbuceó Vhalla, apoyada contra la pared por una razón muy diferente a la de antes. Estaba en la Torre de los Hechiceros hablando con el ministro de Hechicería. Debía estar soñando.

—Por favor, acércate. —El hombre hizo un gesto hacia la puerta—. No tengo ganas de hablar de esto de un extremo a otro de la habitación.

Sin esperar su respuesta, el hombre salió por la puerta y la dejó abierta a su espalda. Vhalla oyó sus botas sobre el suelo de piedra en el espacio desconocido al otro lado. No quería separarse de su pared. Su pared era segura y estable.

Los hechiceros eran raros y peligrosos; eran reservados y dejaban en paz a la gente normal. Por eso tenían su propia Torre, para permanecer fuera de la vista y de la cabeza. En el Sur, todo el mundo se lo había dicho. Este era el último sitio al que *ella* podía pertenecer.

—¿Te gustaría tomar un té? ¿Negro o de hierbas? —le llegó la voz despreocupada del ministro desde la otra habitación.

Vhalla tragó saliva. Tal vez, si se quedaba ahí el tiempo suficiente, podría convertirse en parte de la pared y desaparecer del mundo.

—También tengo leche y azúcar.

Vhalla sopesó sus opciones. Había dos vías de salida: la ventana o la puerta. La primera implicaba una larga caída a una muerte segura.

La segunda suponía enfrentarse al hechicero que la había raptado. No le gustaba ninguna de sus alternativas.

Vhalla se dirigió a la puerta con cautela, las manos apretadas en torno al camisón que aún llevaba. No le importaba si iba en contra de las modas sureñas, *daría cualquier cosa por un par de pantalones*.

El ministro estaba ocupado ante una encimera en el otro extremo de la habitación adyacente; había una tetera posada sobre otra llama antinatural mientras manipulaba unos frascos de hierbas secas y unos tazones. Era un taller de algún tipo, con una mesa, más camas y vendas. Vhalla reconoció unos cuantos ungüentos clericales y sus ojos se posaron sobre una colección de cuchillos puestos en fila. ¿Iba a formar parte de algún experimento *in vivo*?

—Ah, ahí estás. Por favor, toma asiento. —El hombre medio se giró hacia ella e hizo un gesto hacia la mesa. Sus ojos brillaban con una chispa juvenil a la que Vhalla no estaba acostumbrada. Siempre había pensado que los funcionarios de palacio eran ancianos, como el maestro Mohned, pero este hombre no podía ser más de diez años mayor que ella.

Vhalla avanzó con sigilo por la pared del fondo, con cuidado de no chocar con nada. A punto estuvo de salirse del pellejo cuando sus pies aterrizaron sobre algo blando, pero era tan solo una alfombra lo que notaba mullido debajo de ella. Vhalla la miró y parpadeó. Era mucho más lujosa que las que decoraban la biblioteca. Enroscó los dedos de los pies entre sus suaves fibras.

—Entonces, ¿té negro o de hierbas? —insistió el hombre, como si nada en su situación fuese extraño en absoluto. Su mano levitaba por encima de la tetera, un tazón lleno ya de líquido humeante.

—Ninguno. —Vhalla no había olvidado el trapo que había utilizado para dejarla sin sentido.

—¿Tienes hambre? A lo mejor quieres comer algo. —El hombre aceptó su negativa con elegancia, pero dejó un tazón vacío sobre la encimera en la que estaba trabajando.

—No. —Vhalla lo miró con atención mientras tomaba asiento enfrente de ella. El ministro cerró los dedos alrededor de su tazón con una irritante sonrisa relajada.

—Si cambias de opinión, no tienes más que decirlo —le ofreció.

La garganta de Vhalla estaba demasiado gomosa para hacer poco más que asentir. Un té sería agradable, pero la Diosa Madre en toda su reluciente gloria dejaría de levantarse al amanecer antes de que ella aceptara nada de este hombre.

—¿Cómo te llamas?

Vhalla se mordió el labio de abajo, dividida entre respetar al funcionario que tenía delante y el miedo que amenazaba con hacer temblar sus puños cerrados. El hombre podía averiguar su nombre sin ningún problema, razonó. Aunque forzarlo a salir entre sus labios fue más difícil que confesar su secreto más oscuro.

—Vhalla —contestó. A lo mejor, si hacía lo que le pedía, el hombre la soltaría—. Vhalla Yarl.

—Vhalla, es un placer conocerte. —El hombre sonrió por encima de su té. Vhalla procuró mantener una expresión neutra, algo que nunca se le había dado muy bien—. Sé que tienes muchas preguntas, así que trataré de explicarte las cosas de la manera más sencilla posible. En primer lugar, permíteme felicitarte por tus esfuerzos en nombre de nuestro príncipe.

Vhalla asintió en silencio. La biblioteca parecía un mundo diferente. El único recordatorio de que era real era su ropa, las manchas de tinta en sus manos y el calor febril que todavía irradiaba por todo su cuerpo.

—Ayer por la noche, los clérigos me llamaron para inspeccionar los Canales mágicos del príncipe —continuó el hombre—. Como Corredor de Agua, necesitaban de mis conocimientos.

—El príncipe Baldair no tiene magia —lo interrumpió Vhalla. No comprendió el extraño guiño en los ojos de su interlocutor.

El ministro acarició su perilla y se echó atrás en su asiento.

—El príncipe Baldair todavía está en el frente —dijo al final.

Vhalla no pudo evitar quedarse boquiabierta. Si el príncipe Baldair no estaba en palacio, eso significaba que el príncipe al que había salvado era...

—¿Es el príncipe Aldrik? —Cada susurro de los sirvientes, cada palabra cargada de animadversión hacia el esnob heredero al trono resonó en sus oídos. *¿Ese era el hombre por el que había luchado toda la noche?*

—Lo es. —El ministro se rio bajito, divertido por su confusión y sorpresa. Vhalla se apresuró a cerrar la boca—. Mientras lo examinaba, noté algo peculiar en ciertas notas remetidas bajo las cubiertas de algunos de los libros. Una vez que el príncipe estuvo estable, tuve ocasión de inspeccionarlas bien. Estaban trazadas por una mano mágica —explicó el ministro Victor, al tiempo que se inclinaba hacia delante—. Imagina mi sorpresa cuando descubrí que no procedían de ninguno de los aprendices de la Torre que estaban investigando remedios para nuestro príncipe, sino de la biblioteca.

—Eso es imposible.

—Cuando un hechicero hace algo, puede dejar tras de sí trazas de magia —explicó el ministro—. Sobre todo cuando ese hechicero aún no ha Despertado del todo y su poder se Manifiesta de maneras inesperadas.

—No lo entiendo. —Vhalla quería irse a casa. Necesitaba que este hombre dijera lo que quisiera decir y luego la dejase volver a su biblioteca. El trabajo del día ya había empezado y ella iba a llegar tarde.

—Vhalla, eres una hechicera —dijo el ministro sin más preámbulos.

—¿Qué? —El mundo se paró en seco y el silencio presionaba sobre sus hombros.

Un recuerdo destelló ante sus ojos: una niña de pie delante de una granja, suplicándole a su padre que se quedara. Pero él tenía que marcharse; el imperio había llamado a los soldados para luchar contra la mácula mágica que se estaba filtrando al mundo desde las Cavernas de Cristal. Vhalla recordó la partida de su padre.

—¿Qué? —su voz sonó más cortante, más fuerte. Se había puesto en pie—. No, se ha equivocado de persona, de libros. Mis notas debieron mezclarse con las de otra persona. No soy una hechicera. Mi padre era granjero, los padres de mi madre trabajaban en la oficina de correos de Hastan. Ninguno de nosotros es...

—La magia no corre en la sangre. —El ministro interrumpió sus palabras atropelladas—. Dos hechiceros pueden tener hijos Comunes —explicó, en alusión a las personas con y sin magia—. Y dos Comunes pueden tener un hijo hechicero. Es la magia la que nos elige.

—Lo siento. —Vhalla se reía como si el mundo fuese un chiste enorme y ella fuese el remate final—. No soy una hechicera. —Se dirigió hacia la puerta, aunque no sabía a dónde llevaba. Sus facultades lógicas no estaban del todo en funcionamiento. Solo quería irse.

—No puedes huir de esto. —El ministro también se levantó—. Vhalla, tus poderes han empezado a Manifestarse. Eres mayor que la edad habitual para ese tipo de Manifestaciones, pero está ocurriendo. —El hombre parpadeó unas cuantas veces—. Incluso ahora, puedo ver trazas de magia entretejidas a tu alrededor.

Vhalla se detuvo, a medio camino entre el ministro y la puerta, y se retorció las manos. Solo porque afirmara verlo no significaba que de verdad estuviera ahí. *Podría estar mintiendo*, se insistió Vhalla. ¿Acaso podía confiar en la palabra de un hombre que la había secuestrado?

—Tu magia continuará creciendo. Nada podrá pararla y, con el tiempo, Despertarás a la totalidad de tus poderes. Será a manos de otro hechicero que te guíe en el proceso, o bien tus poderes simplemente se liberarán. —El tono del ministro no era ligero en absoluto, pero la falta de un matiz bromista no lograba que sus palabras fuesen más fáciles de creer.

—¿Qué podría pasar? —La energía nerviosa que discurría por su interior estaba buscando una salida. Todo su cuerpo temblaba mientras esperaba la respuesta.

—No lo sé. —El ministro Victor tomó su tazón de líquido color caramelo y bebió un trago largo, mientras pensaba—. Si eres una Portadora de Fuego, quizá puedas encender una vela con la mirada. También podrías prender fuego a toda la Biblioteca Imperial.

Vhalla estuvo a punto de perder el equilibrio y caer. Las palabras la dejaron sin respiración. Negó con la cabeza, como si así pudiera espantar la realidad.

—Quiero irme a casa —murmuró al final.

—Lo siento, Vhalla, pero deberías quedarte...

—¡Quiero irme a casa! —El grito de Vhalla lo interrumpió. Con los ojos ardientes fulminó con la mirada a un hombre a quien debería mostrar respeto y sumisión.

El ministro la dejó recuperar la respiración antes de contestar.

—Muy bien —dijo el ministro Victor con voz suave y considerada.

—¿De verdad? —Los dedos de Vhalla se relajaron, no sin antes haber dejado medialunas marcadas en las palmas de sus manos con las uñas.

—Veo que esta es una decisión a la que la fuerza no le hará ningún bien. —Levantó ambas manos en señal de rendición—. Por lo general, cuando traigo a un hechicero incipiente a la Torre, suele aceptar su nueva situación. Tenía la esperanza de poder enseñarte...

—¡No quiero verlo! —casi gritó Vhalla, aunque su mano voló hacia su boca, como para retirar esas palabras bruscas y maleducadas.

—Quizás en otro momento. —El ministro sonrió.

Mientras la acompañaba fuera de la habitación, Vhalla mantuvo los ojos clavados en sus pies. El pasillo era una espiral descendente con puertas a intervalos aleatorios a ambos lados. No había ventanas y supuso que la luz provenía de más de esas llamas antinaturales que había visto en las habitaciones anteriores.

Vhalla no quería ver nada. No quería llevarse nada de ese lugar, ni siquiera un recuerdo. No quería tener nada que ver con la extraña gente de la Torre que en esos momentos mantenía las distancias con ella y el ministro. Vhalla se mordió el labio y reprimió un sollozo. Estaba cansada y no tenía energía para las mentiras de este hechicero. Estaba equivocado, y cuando ella regresara al mundo real, jamás tendría que volver a pensar en este sitio. Juntó las manos y se retorció los dedos.

Aun así, a pesar de su introspección mental y emocional, Vhalla sí vio. Vio las interminables alfombras de diseños espectaculares que tapizaban el pasillo. Donde una alfombra terminaba, empezaba la siguiente; sus pies no tocaron la piedra del suelo en ningún momento. Vio el principio de los adornos de las paredes, esculturas embellecidas con hierro y plata, moldeadas en formas que se negaba con terquedad a permitirse mirar. Vio los pies de las personas con las que se cruzaban: botas y zapatos lustrosos. ¿Por qué tenían los hechiceros cosas tan refinadas cuando las manoletinas que tenía ella estaban tan desgastadas que casi tenían agujeros? ¿Cuando sus ventanas eran estrechas aspilleras y sus pasillos estaban desnudos, agrietados y sin adorno alguno?

El ministro la condujo por un pasillo lateral sin decir ni una palabra. Las piedras empezaron a cambiar a formas y colores con los que estaba más familiarizada, la iluminación se hizo más tenue. Vhalla levantó la vista cuando por fin se detuvieron. Delante de ellos, se alzaba una estrecha pared sin salida.

—¿Ministro? —El pánico afloró en su interior de nuevo.

—La Torre vive y muere con la luna, con el Padre que mantiene a raya los reinos del caos y protege la entrada celestial en lo alto —la informó en tono críptico—. Cuando te hayas calmado, sé que vendrás a buscarnos otra vez. La mayoría de los hechiceros en proceso de Manifestarse lo hacen, cuando piensan con lógica.

—¿Me traerá aquí por la fuerza otra vez si no lo hago? —Vhalla dio medio paso atrás. Dudaba mucho de que fuese a buscar a este hombre y a su Torre otra vez por elección propia.

—Mis disculpas por eso. —El ministro mostraba un destello en sus ojos, algo que a Vhalla casi le pareció sinceridad—. No veía ninguna otra manera de hablar contigo en privado. Pensé que si estabas en la Torre estarías dispuesta a ver lo que albergaba para ti.

—Hubiese escuchado... —Vhalla apartó la mirada, irritada. No estaba segura de qué le frustraba más: las acciones del hombre o el hecho de que tenía razón en que no estaba dispuesta a tener contacto con hechiceros.

—Muy bien, estoy seguro de que te veré pronto —dijo con tono ligero; no parecía que hubiese muchas cosas que molestaran a Victor Anzbel. Vhalla se preguntó cuántas veces habría bailado este mismo baile con otras personas.

El ministro alargó una mano en dirección a la pared. Vhalla miró al hombre y parpadeó, pero él no dijo nada más. La joven dio un paso tentativo hacia delante y estiró un brazo, con la mano abierta. Esperaba empujar contra algún tipo de puerta oculta. Sin embargo, sus dedos desaparecieron a través de la piedra.

Vhalla soltó una exclamación ahogada y se giró hacia el ministro para pedir una explicación, pero ya no estaba. Apenas reprimió un escalofrío antes de adentrarse en la pared mágica.

Al emerger al otro lado, Vhalla reconoció de inmediato el sitio donde estaba. La piedra detrás de ella tenía el mismo aspecto que había tenido cada día que había pasado por su lado a medida que se hacía mayor. Guiñó los ojos y se fijó en algo que no había visto nunca: un círculo cortado en dos, sus mitades desalineadas. Era la luna rota de la Torre. ¿Cómo podía no haberlo visto durante todos esos años?

Dubitativa, alargó una mano. Desapareció a través de la pared falsa. Una chispa de curiosidad brotó en su interior. ¿Qué magia podía hacer eso?

Vhalla se apresuró a borrar ese pensamiento de su mente. Demasiado curiosa para su propio bien, la había regañado siempre el maestro. La magia era peligrosa. Repitió las palabras susurradas que siempre había oído de boca de los sureños: *la magia era arriesgada y extraña.*

Se encaminó hacia la biblioteca tan deprisa como sus pies quisieron llevarla.

CAPÍTULO
3

Fue mucho más fácil aparentar normalidad vestida con su anodina ropa de aprendiza mientras recibía la regañina de su maestro por haber llegado casi cuatro horas tarde a sus tareas. Las palabras del hombre fueron contenidas y su castigo no fue más allá de recibir una reprimenda verbal delante de Roan, que estaba sentada ante el escritorio transcribiendo. La chica miró a Vhalla con curiosidad; un destello en el ojo de Roan indicaba que no se tragaba la excusa de Vhalla de haberse quedado dormida. El maestro, sin embargo, sí la aceptó, después de toda la excitación de la noche anterior.

El maestro le asignó la labor más aburrida que había en la biblioteca: alfabetización. A la mayoría del personal no le gustaba la tarea, pero Vhalla encontraba que el baile de sus dedos sobre los lomos de los libros era terapéutico. Este era su mundo de seguridad y consistencia.

—Vhalla —susurró una voz desde el final del pasillo. Sareem miró a un lado y a otro por el cruce donde las estanterías se encontraban. Le hizo un gesto para que lo siguiera y Vhalla bajó la escalera sin pensarlo dos veces para serpentear entre las estanterías detrás de él en dirección a la pared exterior.

—¿Qué pasa, Sareem? —preguntó Vhalla en voz baja cuando llegaron a su asiento al lado de la ventana.

—¿Te encuentras bien? —le preguntó él, al tiempo que le hacía un gesto para que se sentara a su lado.

—Estoy bien. —No se sentía con fuerzas para mirarlo a los ojos mientras se sentaba. ¿Cómo podía explicarle los acontecimientos tan poco ortodoxos de su día?

—Mientes —la regañó Sareem—. Mientes fatal, Vhalla.

—Ha sido una noche larga. Estoy cansada —farfulló. Eso, al menos, era verdad.

—No es propio de ti llegar tarde. Estaba preocupado. —Frunció el ceño.

—Siento haberte preocupado —se disculpó Vhalla.

Hacía casi cinco años que conocía a Sareem. Él había entrado como aprendiz solo dos años después que ella y se hicieron amigos íntimos enseguida. Seguro que podía confiar en él.

—Sareem, ¿conoces a algún hechicero?

—¿Qué? —Sareem se alejó al instante, como si lo hubiese amenazado de algún modo—. ¿Por qué tendría yo nada que ver con hechiceros?

—Sé que tu padre es de Norin y he oído que la magia está más aceptada en el Oeste. Pensé que quizá... —Lo que había empezado como una excusa apresurada enseguida perdió fuelle.

—No. —Sareem negó con la cabeza—. No conozco a ningún hechicero y no tengo ningún plan de hacerlo.

—Vale —aceptó Vhalla sin demasiado entusiasmo. Tenía frío.

—¿Qué libro tienes metido en la cabeza ahora? —Sareem le dio unos golpecitos en la barbilla con los nudillos para atraer otra vez su atención hacia él. Vhalla intentó inventar algún tipo de explicación, pero él no estaba dispuesto a permitirlo—. Te conozco, señorita Yarl. —Sareem esbozó una sonrisilla de suficiencia—. Lee todo lo que quieras, perfecto. No puedo juzgarte por ello, no después de que probablemente eso haya salvado al príncipe, pero no vayas en busca de ningún hechicero, ¿vale?

Vhalla no podía soportar su mirada de preocupación.

—Son peligrosos, Vhalla. Mira nuestro príncipe heredero. Su temperamento está mancillado por sus llamas, o eso dicen. —Sareem apretó la palma de la mano contra la cabeza de Vhalla y la dejó ahí un momento—. Vhalla, estás caliente.

—¿Qué? —Vhalla parpadeó, temerosa de que Sareem pudiese sentir la magia en su interior de algún modo.

—Tienes fiebre. —Sareem había deslizado la mano hacia la frente de su amiga—. No deberías estar aquí. Deberíamos ir a decírselo al maestro.

—Me encuentro bien.

—No, si te fuerzas solo conseguirás que empeore. La Fiebre Otoñal estará sobre nosotros en cualquier momento y deberías conservar tus fuerzas.

Sareem la estaba ayudando a levantarse cuando Vhalla vio un movimiento por el rabillo del ojo. Giró la cabeza. Al final de la hilera de estanterías había una figura oscura entre los rayos de luz que cortaban a través del polvo de las ventanas. Se le aceleró el corazón. Una chaqueta negra cubría los hombros de la persona; acababa a la altura de la cintura y las mangas llegaban justo por debajo del codo. Vhalla no pudo reprimir un gritito de miedo.

—Vhalla, ¿qué pasa? —Sareem recuperó su atención y, para cuando su amigo se giró para seguir la dirección de su mirada, la persona había desaparecido.

—N… nada. —Vhalla hizo un esfuerzo por que su voz sonara serena.

Sareem la acompañó de vuelta al mostrador principal, donde él recibió su correspondiente regañina por no estar trabajando. Su amigo desapareció otra vez entre las estanterías con una pequeña sonrisa en dirección a Vhalla. El maestro confirmó lo que decía Sareem poniendo una mano arrugada sobre la frente de la joven. Con una preocupación paternal, la envió de vuelta a sus aposentos para que descansara.

Sola en el exterior de la biblioteca, Vhalla llegó enseguida hasta la estatua que estaba lo bastante alejada de la pared como para permitir que alguien pasara de lado por detrás… y desapareciera. Vhalla conocía cada grieta en esas paredes, cada piedra irregular bajo sus pies y cada pasadizo de servicio. Llevaba casi siete años haciendo ese recorrido, desde que su padre había aceptado la oportunidad de ascender de soldado de infantería en el ejército a guardia de palacio después de la Guerra de las Cavernas de Cristal; un traslado que aceptó para asegurarse de que su hija tuviese un futuro mejor que en una granja en Cyven, en el Este.

La mano de Vhalla se detuvo un momento sobre el picaporte de su puerta; unas pisadas en el otro extremo del pasillo habían llamado su atención. Un grupo de sirvientes y aprendices pasó por uno de los cruces de pasillos. Sin embargo, ella guiñó los ojos para mirar más allá. Un par de ojos le devolvieron la mirada. Vhalla se apresuró a desaparecer dentro de su habitación, y se dejó caer de bruces sobre la cama. No se hubiese quedado dormida tan deprisa de no haber sido por el agotamiento que emanaba de sus mismísimos huesos.

Su sueño fue inquieto, lleno de imágenes vívidas.

Soñó que notaba el aire nocturno sobre la piel mientras estaba de pie delante de las puertas de la biblioteca en un lateral del palacio. Había antorchas a ambos lados, y sus superficies talladas hacían que las sombras danzaran de maneras antinaturales. A través de la ranura entre las puertas, sintió el frío y húmedo aire de la biblioteca al otro lado, como el aliento de una bestia dormida.

Las puertas no eran un obstáculo para ella; al igual que la pared falsa de la Torre, le permitieron pasar a través con facilidad. Vhalla se encontró enseguida en la biblioteca iluminada por la luz de la luna. Giró para dirigirse hacia su asiento al lado de la ventana. Su corazón aleteaba más deprisa que las alas de un colibrí. Allí, tenía que ir allí.

El mundo empezó a enturbiarse, las estanterías se difuminaron como ocultas por una neblina. Todo resbalaba a su alrededor mientras corría hacia su destino. En su sitio favorito de la biblioteca, estaba sentada la figura encorvada de un hombre. Borroso y oscuro, no lograba ver sus rasgos y, cuando por fin se giró, el movimiento fue pesaroso. La sorpresa tensó los hombros de la figura y Vhalla solo alcanzó a distinguir unos ojos oscuros en un rostro borroso que hacían el mismo esfuerzo por enfocarla que el que estaba haciendo ella por enfocarlo a él.

—¿Quién eres? —Las palabras del hombre sonaron tan profundas y oscuras como la medianoche. Resonaron dentro de Vhalla, en pleno centro de su ser, y fracturaron el mundo desvaído a su alrededor.

«Espera», gritó Vhalla. «¡Espera!». Solo salió aire por sus labios. Todo a su alrededor perdió su nitidez y empezó a desmoronarse bajo sus pies. Se sumió en la oscuridad.

Vhalla se despertó sobresaltada; las mantas se habían desparramado en el suelo de tanto moverse mientras dormía. Puso la palma de la mano sobre su frente. No tenía fiebre, pero estaba pegajosa de haber sudado durante la noche.

Ha sido solo un sueño, insistió, mientras se preparaba para el día. Sin embargo, nada parecía capaz de calmar los nervios que le atenazaban el estómago, ni siquiera la sensación rasposa de su basta ropa de lana. Hacía años que usaba la misma ropa, pero aun así, Vhalla se encontró de repente tironeando de las mangas de su vestido, incómoda.

Tuvo un sueño parecido a la noche siguiente, y a la siguiente; cada vez más vívido que el anterior. Ignoró los temblores que los sueños dejaban a su paso. Vhalla los achacaba a las figuras vestidas de negro que parecían seguir todos sus movimientos, justo fuera del alcance de su vista. No pasaba ni un solo día sin que viera a un hechicero vestido de negro, pero solo por el rabillo del ojo.

Esperaban al final de una estantería, en el cruce de dos pasillos; a veces, pasaban a través de puertas que resultaban estar cerradas con llave cuando probaba el picaporte. Nadie más los veía nunca. Ni Roan, que ordenaba libros con ella. Ni Sareem, cuando la acompañaba de vuelta a su habitación después de la cena, unos alimentos que caían como piedras en su estómago.

La sensación de que unos ojos la observaban se volvió tan normal como respirar. Qué querían de ella, no lo dijeron. Qué estaban esperando, no lo revelaron.

Vhalla procuraba hacer caso omiso de sus sospechas de que ya sabía lo que buscaban.

Un día, estaba trabajando sola en la biblioteca cuando se le erizaron los pelillos de la nuca.

Al final de la hilera de estanterías, vio a una mujer. Llevaba una variante del atuendo de los aprendices de la Torre que Vhalla solo había visto una o dos veces. La chaqueta negra también terminaba en la cintura, pero las mangas estaban cortadas casi a la altura de sus hombros. Vhalla no podía imaginar para qué serviría tener chaquetas de distintos estilos; los aprendices de la biblioteca se vestían todos del mismo modo.

La mujer no se movió, ni siquiera parecía respirar. Oscuros ojos marrones, casi negros, sobre una lustrosa piel occidental marrón. Su pelo negro caía liso alrededor de su cara, con un flequillo horizontal cortado justo por debajo de las cejas. Tenía el pelo más largo por delante que por detrás, lo cual dejaba su cuello al descubierto.

Era la primera vez que Vhalla veía a uno de sus observadores el tiempo suficiente como para estudiar su aspecto. No sabía lo que había esperado, pero la mujer era como cualquier otro occidental. ¿No le decían siempre que los hechiceros eran diferentes de la gente normal?

—¿Qué quieres? —susurró Vhalla. Tenía los ojos acuosos porque ni siquiera se permitía parpadear, no fuese a desaparecer la mujer.

—¿Alguna vez has leído alguno de estos? —preguntó la mujer con un acento marcado, pronunciando las aes y las íes como las del Oeste. Vhalla había oído trazas de ese acento en Sareem, aunque él había nacido y crecido en el Sur.

—¿Estos? —repitió Vhalla con cuidado.

—Estos libros —aclaró la mujer—. ¿Alguna vez has leído alguno?

—Por supuesto que sí —replicó Vhalla a la defensiva. La gente no solía cuestionar su conocimiento de la biblioteca, sobre todo cuando de sus lecturas se trataba.

—¿Y aun así nos temes? —La mujer guiñó un poco los ojos, la cabeza ladeada.

Vhalla dio un paso subconsciente hacia atrás.

—Yo n... no t... temo a... —Se calló al ver a la mujer acercarse. ¿Qué le haría esta persona? Vhalla miró hacia atrás para asegurarse de que Sareem o Roan no estuvieran cerca y dio un respingo cuando volvió a girarse. La hechicera estaba justo delante de ella.

—Este. —La mujer sacó un manuscrito de una balda y se lo pasó—. Lee este.

—¿Por qué? —Vhalla aceptó el manuscrito de manos de la mujer con dedos temblorosos. Leyó el título a toda prisa: *Una introducción a la hechicería*.

—Porque eres demasiado lista para tener tanto miedo de lo que eres —repuso la mujer morena sin más, al tiempo que daba media vuelta para marcharse.

Vhalla parpadeó, estupefacta por la extraña interacción.

—Espera —la llamó, un poco demasiado alto—. ¿Cómo te llamas?

La mujer se detuvo. Vhalla agarró el libro con los nudillos blancos y contuvo la respiración. Unos ojos oscuros la evaluaron, en silencio, pensativos.

—Larel. —Y con eso, desapareció entre las estanterías. Vhalla no intentó seguirla.

Para cuando sonaron las campanas de cierre en la biblioteca, a Vhalla le dolía el cuello de estar encorvada leyendo durante tanto tiempo. Había recopilado manuscritos adicionales sobre magia para ayudarla con los puntos más complejos. Uno era sobre Afinidades mágicas, otro sobre la historia de los hechiceros.

Vhalla buscó su ajado marcapáginas, que había remetido en el ceñidor azul claro que sujetaba su túnica cerrada, y lo puso con delicadeza entre las páginas. Devolvió el manuscrito a su sitio en la balda y amontonó sus referencias a ambos lados, desordenadas. Nadie más iba a leer a la sección de misterios.

A la mañana siguiente, caminaba detrás de Roan a través del palacio. La guerra seguía su curso en Shaldan y habían recibido un envío de libros para procesar desde una ciudad conquistada. Los guardias se habían negado a trasladar las pesadas cajas hasta la Biblioteca Imperial, pero por qué habían enviado a cambio a dos de las chicas más menudas de palacio era un misterio para Vhalla.

Mientras descendían por al lado de la muralla exterior, empezó a secarse el sudor de la frente. La biblioteca daba a la ciudad en uno de los puntos de acceso al palacio más altos y siempre estaba fresca, incluso en verano. Los establos estaban más abajo, a lo largo de la calle principal de la capital.

—¿Sabías que cuando empezamos a adorar a la Madre, todas las Matriarcas eran Portadoras de Fuego? —soltó Vhalla de repente, cuando se acordó de algo que había leído el día anterior.

—¿Qué? —Roan se giró hacia ella, perpleja—. ¿Qué es una Portadora de Fuego?

—Yo... —Vhalla abrió y cerró la boca como un pez mientras intentaba formular las palabras. Lo último que quería era admitir que había leído libros sobre magia que explicaban lo que era un Portador de Fuego. Optó pues por ignorar la pregunta de Roan y continuar hablando—. Bueno, pues yo no lo sabía, puesto que el imperio invadió Cyven para extender la palabra de la Madre.

—Conozco la historia de la expansión del imperio —dijo Roan con una risa ligera—. No es tan larga.

—Sí, bueno, siempre pensé que la adoración de la Madre Sol era algo que provenía del Sur, visto que el emperador dice que sus guerras son para liberar al mundo de los paganos. Pero en realidad es algo occidental. El rey Solaris se proclama emperador, invade Mhashan, adopta su religión y luego la utiliza para reclamar Cyven y ahora Shaldan —caviló Vhalla en voz alta—. Pero lo está haciendo para extender una fe (o al menos eso dice) que no es suya en origen.

—Vale, ¿qué estás leyendo? —musitó Roan, divertida.

—¿No crees que es interesante? —preguntó Vhalla, dejando a un lado cualquier mención sobre hechicería.

—Sí. —Su amiga sonrió y la expresión enseguida se convirtió en una sonrisa burlona—. También creo que alguien ha estado leyendo cosas raras cuando debía estar trabajando.

Vhalla apartó la mirada, culpable de la acusación. Su amiga se limitó a reírse y le dio un leve codazo en el costado. Roan tenía menos de un año más que Vhalla y siempre habían mirado la una por la otra. Cuando se conocieron hace siete años, solo Lidia y otro hombre, que ahora ya hacía tiempo que se había marchado, trabajaban como aprendices en la biblioteca. Dos niñas de once años apenas tenían interés alguno en veinteañeros; Vhalla y Roan se habían hecho amigas por necesidad y por afinidad en su amor a la palabra escrita.

Doblaron una esquina y llegaron a un pequeño rellano que se asomaba sobre la planta de abajo. Vhalla ignoró a una figura oscura en la periferia de su visión. Los establos eran dos grandes edificios empotrados en las murallas del castillo, uno a cada lado de la calle principal que llevaba hasta el palacio. Se extendían a lo largo de una distancia imposible y Vhalla siempre se sentía un poco impactada por todos los caballos, carros y carruajes que podían albergar. En esos momentos, sin embargo, la mayoría de las cuadras estaban vacías debido a la presión que la guerra estaba ejerciendo sobre los recursos del emperador.

Después de su breve escapada a la luz del sol, las dos jóvenes volvieron al interior y descendieron por unas escaleras de caracol cortas que llegaban a una pequeña puerta que daba al suelo rocoso y polvoriento. Al lado de ese portal más reducido había dos enormes puertas opulentas que Vhalla sabía que eran más por decoración que por funcionalidad. Al otro lado de esas puertas había una sala de audiencias donde el emperador, de vez en cuando, permitía que el pueblo acudiera a hablarle de sus problemas, en las raras ocasiones en que no estaba fuera de la ciudad a causa de alguna guerra. Vhalla solo había estado en ese salón del trono una vez, cuando su padre la había llevado por primera vez a la capital para pedirle al emperador que intercambiara su ascenso a la guardia de palacio por una oportunidad para que su hija entrara de aprendiza en algún gremio.

Las primeras seis cuadras pertenecían a la familia imperial. Todas menos dos estaban vacías. La montura de la emperatriz, una preciosa yegua blanca, ni se inmutó al verlas. En la cuadra de al lado residía un caballo de guerra que resopló cuando Vhalla pasó. La chica se detuvo, cautivada por los ojos del animal.

—He oído que los soldados lo llaman *el semental pesadilla*. —De repente Roan estaba a su lado, con los ojos fijos en la inmensa criatura mientras hablaba—. Creo que viene, en parte, de la reputación del príncipe, pero he oído que el animal es bastante temperamental con la mayoría de la gente.

—¿Su reputación? —Vhalla echó un rápido vistazo a la placa en la puerta del establo. *Príncipe Aldrik Solaris.*

—Es un hechicero. Eso incomoda a la gente. La magia es algo que debería quedarse dentro de la Torre. —Roan remetió un mechón de pelo color limón detrás de su oreja.

Vhalla siempre había tenido celos del pelo de Roan y, en general, de todo lo demás en ella. El pelo de Vhalla era una anodina maraña castaña de rizos encrespados y ondas indomables; el de Roan caía en rizos preciosos. Los sureños tenían suerte con su tez clara y sus rasgos. Incluso los dioses eran representados de ese modo. Vhalla se sentía siempre inadecuada en comparación con los sureños y los occidentales. Los orientales solían tener la piel color paja, con oscuros ojos marrones y pelo ondulado. No había nada fantástico en ella.

—Dicen que los ojos del príncipe refulgen de color rojo cuando se enfada —murmuró Roan.

—¿Y tú qué crees? —susurró Vhalla, mirando a su amiga.

—No lo sé. Nunca he estado en un campo de batalla y, cuando he visto al príncipe, sus ojos nunca han estado rojos. —Roan se puso las manos en las caderas y guiñó los ojos en dirección al caballo, como si pudiese contarle algún secreto acerca de su dueño—. Pero creo que en todos los rumores hay una pequeña fracción de verdad.

Retomaron su camino, cada vez más cerca de la sección de carros de los establos.

—Entonces, ¿crees que es verdad que es un bastardo? —preguntó Vhalla en voz baja, puesto que no quería que la oyera nadie de los que pululaban por ahí, sobre todo aquellos con vestiduras negras que sospechaba estarían acechando en las cuadras más oscuras.

—No sé si importa. El emperador se casó con nuestra difunta emperatriz antes de presentarla en público. Nadie puede saber si estaba encinta antes de su noche de bodas. Pero el emperador afirma que el príncipe es su legítimo heredero y, puesto que nuestra primera Lady Solaris camina ahora por las tierras del Padre, nadie puede afirmar lo contrario. —Roan se encogió de hombros.

Vhalla asintió, al tiempo que recordaba un libro que había leído acerca de la familia imperial al poco de haber llegado a la capital. Después de conquistar el Oeste hacía veinticinco años, el emperador se apresuró a meter a una esposa occidental en su cama, con lo que vinculaba las lealtades a la sangre. Sin embargo, siempre hubo habladurías sobre por qué se casaría con la hija más joven del difunto rey del Oeste cuando tenía dos hermanas mayores disponibles. Su muerte al dar a luz al príncipe heredero del imperio un año después de la boda solo había empeorado las cosas.

Al llegar a la sección de los carros, las jóvenes se reunieron con el Maestro de los Caballos. Después de los típicos saludos y un poco de cháchara educada, recogieron los libros que habían ido a buscar. Las cajas que contenían los manuscritos eran demasiado pesadas para cargar, así que su contenido tuvo que ser dividido en cajas más pequeñas y el resto habría que recogerlo otro día.

Les costó casi el triple de tiempo cubrir la misma distancia para subir de vuelta al palacio. Al principio, ambas chicas parecían estar jugando a un juego de negación y determinación, pero cuando Vhalla sugirió tomarse un respiro, esos descansos se convirtieron en algo que ocurrió con generosidad durante el resto de su ascenso.

Después de despedirse de Roan en el escritorio, Vhalla desapareció entre los libros para fingir que trabajaba. Recuperó sus manuscritos de la sección de misterios casi sin pensar y los llevó a su asiento de la ventana. No fue hasta que tuvo todo dispuesto cuando se fijó en el pedazo de papel doblado en torno a su marcapáginas. Miró a su alrededor a toda prisa. No había observadores vestidos de negro.

Cuando tocó el papel, percibió un cosquilleo en los dedos que le hizo soltar una exclamación ahogada. El libro cayó al suelo bocabajo, olvidado. Vhalla contempló la escritura desconocida, inclinada y apretada.

Para Vhalla Yarl...

CAPÍTULO

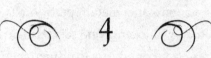

4

Unas profundas arrugas aparecieron en el ceño de Vhalla mientras estudiaba la nota. La escritura no le sonaba de nada. La de Lidia se inclinaba en la otra dirección. La del maestro era mucho más picuda. La de Sareem no era ni la mitad de bonita. Cadance era una niña, y su escritura lo reflejaba. La de Roan era la más parecida, pero Vhalla sabía cómo formaba cada mayúscula, después de varios años de clases de caligrafía juntas.

No, esa nota no era de nadie de la biblioteca.

Para Vhalla Yarl,

Para la que niega sus orígenes y busca el peligro al rechazar la tutela y los brazos abiertos de la Torre de los Hechiceros. Para la chica tonta que arriesga su vida y las vidas de los que están a su alrededor paseando por ahí, Manifestándose con libertad. Para aquella que es tan egoísta que prefiere molestar a sus iguales obligándolos a vigilar cada uno de sus movimientos.

Es hora de dejar de fingir. Es hora de que te pongas seria acerca de quién eres y de tu futuro como hechicera. Ya se ha malgastado tiempo suficiente.

Miró pasmada esa nota tan antipática. Con un grito, la estrujó en su mano y la tiró al otro lado del asiento, donde rebotó contra la pared de enfrente. ¿Habría sido esa mujer, Larel? La nota no le pegaba, pero ¿qué sabía Vhalla? ¿Qué sabía acerca de ninguno de ellos?

Vhalla ignoró el pergamino arrugado durante el resto del día, antes de recogerlo a regañadientes, doblarlo bien y remeterlo en su ceñidor cuando sonaron las campanas de cierre. Sareem entrelazó el brazo con ella de camino al comedor, pero Vhalla se excusó a toda prisa y animó a Roan y al joven a que se adelantaran. De todos modos, no tenía hambre y la comida era lo primero que sacrificaba cuando tenía la cabeza demasiado llena de cosas.

Sentada sola en su habitación, con la tenue luz de unas velas, Vhalla volvió a inspeccionar la nota. Cada palabra enviaba una oleada de calor rojo a sus mejillas. Antes de poder pensarlo mejor, había alargado la mano para agarrar una pluma y un frasco de tinta.

De todos los fantasmas que me siguen durante mis horas de vigilia, no sé cuál eres, pero no sabes nada. No soy ninguna hechicera. Si esto viene de parte de Larel, puedes hablar conmigo en persona como hiciste la última vez. No estoy dispuesta a satisfacer a alguien que es tan cobarde que ni siquiera firma con su nombre. Estoy leyendo libros sobre magia solo para...

¿Para qué? La pluma de Vhalla se quedó parada. ¿Por qué estaba leyendo el libro que le había dado la hechicera? No tenía ningún sentido. No era como si Vhalla fuese a... o pudiese siquiera... utilizar nunca la información que contenía.

... mi propio aprendizaje y progreso intelectual.
Vete a molestar a otra persona.

Dejó caer la cara entre las manos. Ella no era así. Vhalla masculló una maldición en voz baja. Ella no hablaba mal a desconocidos. Tampoco a conocidos. Esto era culpa de la Torre. Si no fuera por su insistencia en desgastarla durante todas sus horas de vigilia, Vhalla no estaría tan cansada. Volvió a estrujar la nota y la tiró dentro de su armario, haciendo todo lo posible por ignorarla.

Ese mismo sueño recurrente no hacía nada por mejorar su agotamiento. Todas las noches perseguía sombras y les preguntaba a figuras borrosas cómo se llamaban, solo para que sus palabras se esfumaran convertidas en viento.

A la mañana siguiente, se puso su túnica de aprendiza y ni siquiera intentó pasar un cepillo por su pelo.

Recogió su respuesta del suelo del armario y decidió darle a ese hechicero un poco de su propia medicina. Le importaba un comino si ofendía a algún aprendiz desconocido de la Torre de los Hechiceros. Metió la nota en *Una introducción a la hechicería* y rezó por que ese fuese el final de la historia.

Estaba equivocada.

La persona superó sus expectativas en su testarudez.

Yarl,

No estoy acechando por los pasillos. No me escabullo ni me oculto. Estoy esperando a ver si eres digna siquiera de mi tiempo. No soy un fantasma con nada mejor que hacer que estar pendiente de tu bienestar. Soy el fantasma de la oscuridad.

Sin embargo, si tu última nota y tus intentos desesperados por investigar son indicativos de algo, no te mereces ni una gota de la tinta de esta página. Tal vez deberías hacerle un favor a la comunidad de hechiceros y Erradicarte antes de avergonzarnos a todos.

Ese debía haber sido el momento en que Vhalla dejara de escribir. Ese debía haber sido el momento en que Vhalla levantara las manos por los aires, irrumpiera en la Torre y exigiera ser Erradicada. Al menos, después de consultarlo y descubrir que la Erradicación significaba la retirada de los poderes de un hechicero y no alguna horrible sentencia de muerte.

Pero Vhalla tenía pocas cosas que pudiera llamar suyas. No tenía ropa, gemas ni metales preciosos. Ni siquiera había comido nunca fruta fresca aparte de la que había cultivado su madre alrededor de la granja cuando era niña. No obstante, Vhalla sí tenía una cosa valiosa: sus conocimientos. Y no estaba dispuesta a permitir que un aprendiz de la Torre la dejara en evidencia a nivel intelectual.

Para el que se declara «el fantasma».

¡Quizá debería exigir ser Erradicada! Leí sobre la Guerra de las Cavernas de Cristal; la magia liberada ahí no solo era capaz de pervertir las mentes y deformar los cuerpos para convertirlos en abominaciones, sino que también está escrito que la magia fue liberada por la intromisión de hechiceros. Fue una guerra de dos años contra monstruos que mantuvo a mi padre apartado de mi madre y de mí mientras ella estaba enferma y moribunda. Una guerra y un horror engendrados y alimentados por magia.

¡Quizá el mundo debería ser Erradicado!

Vhalla nunca había estado más segura de que debería deshacerse de cualquier rastro de magia que pudiera poseer. Todo lo que le habían dicho era cierto, y hacía falta solo medio libro de la historia de la guerra más misteriosa del imperio para entenderlo. La magia cambia las cosas; la magia hizo que murieran más hombres en la guerra; la magia podía convertir a un ser humano en una abominación.

Vhalla devolvió los libros a la balda de malos modos, sumida en una ira justiciera.

Pero la ira luchó una batalla con el asombro cuando esta persona fue lo bastante testaruda para escribir otra respuesta.

Yarl,

¿Estabas leyendo sobre la Guerra de las Cavernas de Cristal? ¿Tu interés en la historia surgió por tu introducción a

la magia o por tu «vendetta» malentendida contra ella? En cualquiera de los dos casos, deja que te explique algunas cosas acerca de tu lectura. Quizás en esto tengas razón. Hay hombres buenos entre los malvados de este mundo, vestidos con la piel de los inocentes. Aquel que liberó el poder que corrompe los corazones, mentes y cuerpos de los mortales desde luego que era malvado. Las acciones de ese hombre deberían condenarlo solo a él, no a todos los que posean magia. También fue gracias a la hechicería que la guerra pudo terminar y ese poder pudo sellarse de nuevo dentro de las Cavernas de Cristal. Los soldados, como tu padre, regresaron a casa gracias a los guerreros mágicos de la Legión Negra.

Piensa en eso cuando te plantees ser Erradicada. ¿Vas a ser la hechicera que podría haber salvado vidas pero eligió, en cambio, no ser nadie? Cuando una espada se clava en la tripa de alguien, ¿culpas a la espada o al caballero que la blande?

¿Cuándo vas a dejar de tener miedo y vas a leer y aprender más acerca de quien eres?

Vhalla miró la nota. No sabía qué era más inquietante: el tono de esa persona o el hecho de que tenía razón. Vhalla confirmó lo que decía terminando de leer el libro que había empezado el día anterior. La Legión Negra, los hechiceros de guerra del imperio, habían sido cruciales para volver a sellar las Cavernas y su peligrosa magia.

¿Eran esos hechiceros distintos de cualquier otro soldado? No. Su pluma se detuvo un momento dubitativa por encima de su página en blanco. ¿Eran los hechiceros tan diferentes de las personas a las que denominaba *normales*?

Fantasma,
Ya he superado la introducción; quiero aprender más acerca de lo que hacen los hechiceros, de lo que es la magia. Encontré un libro

sobre Afinidades mágicas. Como yo lo veo, los primeros hechiceros del Oeste creían que la magia procedía de la Madre Sol en forma de sus elementos, así que dominaron y entrenaron esos elementos. Esta es la razón de que las Matriarcas fuesen las únicas con Afinidades ígneas, llamadas Portadoras de Fuego.

Después, empecé a investigar a los Rompedores de Tierra. Parece que con su habilidad son útiles sobre todo para curar heridas, preparar ungüentos mágicos y crear pociones.

Vhalla Yarl

Aunque Vhalla no quería, descubrió que las palabras de las notas de su contendiente se grababan a fuego en su mente. A lo largo de las siguientes semanas, a cada oportunidad que tenía, Vhalla se escabullía para recorrer con sigilo las estanterías de libros hasta el pasillo de misterios. Y a medida que el montón de notas de su armario crecía, también lo hacía su admiración y aprecio por los conocimientos aparentemente interminables de su fantasma.

Yarl,

¿Qué es la magia? Me temo que no encontrarás esa respuesta en estos libros. Es una pregunta más adecuada para teólogos y filósofos.

¿He de felicitarte por señalar lo obvio? Dime por qué los Rompedores de Tierra pueden hacer esas cosas y quizá te conceda la gracia de continuar esta correspondencia contigo.

El fantasma

Vhalla buscó con vigor una respuesta durante el resto de esa tarde y al día siguiente. ¿Cómo osaba esa persona presionarla tanto, presionarla más de lo que el maestro incluso la había presionado jamás, en busca de nuevos conocimientos? Algo en sus palabras le llegó muy profundo. El orgullo hinchió su pecho cuando encontró algo que su fantasma quizá considerara aceptable. Era innegable: quería impresionarlo.

Fantasma,

Aunque no es exclusivo de su Afinidad o proximidad a Shaldan, los Rompedores de Tierra a menudo poseen vista mágica. Esto les proporciona la capacidad para localizar dolores en el cuerpo y diagnosticar enfermedades. Pero, como dicen los escritos, esto no es exclusivo de los Rompedores de Tierra. No he podido encontrar nada más al respecto.

Vhalla Yarl

Sin darse cuenta, los días de Vhalla empezaron a caer en un ciclo repetitivo de trabajo, una nota del Fantasma y sueño. Encontró un ritmo para gestionar su trabajo de modo que pudiera maximizar la cantidad de tiempo en su asiento de la ventana. Cuanto más leía, más se percataba de que nunca había pensado siquiera en las costumbres del mundo mágico. Estaba decepcionada consigo misma como académica, y eso solo servía para impulsar aún más sus investigaciones continuas. Vhalla siempre se había considerado inteligente, al menos por encima de la media, pero ¿podía afirmar eso siquiera si había ignorado un ámbito de estudio entero solo por ser cerrada de mente?

Yarl,

Veo que tu tono ha cambiado. Muy bien, ahora que estás mostrando algo de humildad, voy a satisfacer tu curiosidad. Un Rompedor de Tierra posee una Afinidad con la tierra, pero si tiene suerte, también pude poseer una Afinidad con el ser, lo cual le proporcionaría la capacidad para examinar a una persona mejor que cualquier clérigo. Las Afinidades del ser son menos conocidas y, en consecuencia, la literatura existente es más escasa. Sin embargo, lo que sí sabemos es que todas las Afinidades naturales llevan aparejada una Afinidad del ser única, aun cuando no todos los hechiceros de una Afinidad elemental dominan las destrezas.

El fantasma

En contra de su voluntad, Vhalla empezó a barajar Afinidades. Si de verdad era una hechicera, ¿qué Afinidad tendría? Por la noche, mientras escribía a la luz de una vela, Vhalla miraba la llama y se preguntaba si podría hacer que se moviera y danzara como hacían los Portadores de Fuego en sus libros.

Fantasma,

Me estaba preguntando si todas las personas tienen una Afinidad. ¿Son todos los hombres y todas las mujeres seres mágicos sin explotar? ¿Acaso está todo el mundo simplemente esperando a Manifestarse?

He estado leyendo sobre la historia de la magia y, al parecer, la hechicería está conectada con algunas de nuestras más antiguas tradiciones. Nunca me había dado cuenta de que el espejo que pasa de una Matriarca Mayor a otra pretendía ser un recipiente en el que guardar la magia de la propia Madre.

Los escritos sobre el espejo de la Matriarca me llevaron a encontrar un trabajo escrito por un hombre llamado Karmingham. Hablaba de la transferencia mágica a través de conductores y del almacenamiento a través de recipientes. ¿Cualquier cosa que toca un hechicero es un recipiente?

Atentamente,

Vhalla Yarl

Algunos días releía las notas. Contemplaba esa escritura inclinada y apretada y se preguntaba qué mano la habría escrito. Nadie dio la cara en ningún momento, ni de la Torre ni del personal de la biblioteca. Cuanto más tiempo continuaba el juego, más se inclinaba a pensar que de verdad había un fantasma rondando por la biblioteca. Vhalla bromeaba consigo misma con la idea de que era el mismo hombre que había estado acechando en sus sueños desde hacía semanas.

Vhalla Yarl,

Tu tono ha cambiado. ¿Estás comenzando a pensar en la hechicería con algo más que tus anteriores nociones ignorantes infundadas?

Siento informarte de que no todas las personas tienen una Afinidad mágica. La mayoría son simplemente Comunes cerrados de mente que temen a las cosas solo porque no las conocen y no pueden entenderlas. Tú eres especial. La magia te ha elegido y ya es hora de que lo aceptes.

Estoy impresionado por que hayas elegido una obra como la de Karmingham y hayas sabido descifrarla. Tal vez sí hayas aprendido algo estas últimas semanas.

Estás en lo cierto: un recipiente mágico puede conducir o bien almacenar magia. Es imposible tener un artículo que haga ambas cosas. Pero los recipientes son difíciles de crear, incluso para los Corredores de Agua con experiencia. A pesar de que es posible crear recipientes sin querer, es algo muy infrecuente porque la voluntad de un hechicero debe ser muy fuerte para formar uno. Es más frecuente que un recipiente sea creado cuando un hechicero deja una traza mágica en algo que fabrica. No un poder de verdad, sino algo parecido a una huella de tinta dejada por un dedo sobre una página en blanco.

El fantasma

Los sueños de Vhalla se convirtieron en un problema creciente que la joven ignoraba durante el día. Pero cada noche, soñaba con intentar llegar hasta una figura en la oscuridad. La única explicación era que esos sueños eran consecuencia de las notas misteriosas.

Querido fantasma,

Tus elogios me agradan de un modo extraño, a pesar de tu visión sombría del mundo. Creo que debería ser obligación de un hechicero compartir la magia con los Comunes (como pareces llamar a la gente no mágica) de una manera que sea fácil de entender, como tú has hecho conmigo.

No soy especial. Nunca he sido una persona especial. Aunque quizá tengas razón en lo de que mi tono ha cambiado en estas últimas semanas bajo tu tutela.

Esta es mi pregunta para ti hoy: ¿Por qué las Afinidades parecen preferir determinadas regiones geográficas?

Atentamente,

Vhalla

A medida que seguían intercambiando notas a través del libro de introducción a la magia, las lecturas de Vhalla se extendían ahora mucho más allá de ese manual básico. Había ocasiones en que quería compartir sus notas con Roan o con cualquiera, pero entonces Vhalla recordaba lo que esos escritos significaban. Nadie más aparte de su fantasma compartiría su entusiasmo por la magia. Bueno, nadie más aparte de su fantasma… y de otros hechiceros en la Torre.

Como consecuencia, en cierto modo, empezaba a resultarle más fácil hacer confidencias y hablar abiertamente con su fantasma que con sus mejores amigos. El anonimato del sistema encajaba bien con la mente inquisitiva de Vhalla y le resultaba fácil revelar cosas acerca de sí misma.

Vhalla,

Llámame «sombrío» y yo te llamaré «ingenua y optimista». ¿Lo dejamos en tablas?

No te elogio para agradarte. Te elogio para que puedas seguir aprendiendo. Aunque eres libre de tomártelo como quieras.

Ningún hechicero parece saber por qué las Afinidades tienen preferencia por determinadas regiones geográficas. Se sabe que la mayoría de los Portadores de Fuego proceden del

Oeste, los Corredores de Agua son del Sur, y los Rompe-dores de Tierra, del Norte.

Dices estar bajo mi tutela. ¿Me consideras tu profesor?

Atentamente,

El fantasma

Vhalla no sabía muy bien cómo responder, así que pasó la noche dando vueltas de un lado para otro en la cama. Si confesaba que había empezado a considerar al fantasma como un profesor, ¿la convertía eso en una hechicera? La niña que había en ella huía aterrada con solo pensarlo. Pero después de que comenzara su correspondencia, también había una mujer incipiente en su interior que sopesaba la idea de ser una hechicera con la mente fría.

Querido fantasma,

Tal vez sí que te considere mi profesor. El último hechicero con el que hablé me drogó y me llevó a la Torre a la fuerza. Al menos, tu peor ofensa es tu lengua afilada y que no me has dicho tu nombre. ¿Quién eres, exactamente?

Has hablado del Sur, del Norte y del Oeste. Pero ¿qué pasa con el Este?

Atentamente,

Vhalla Yarl

—¡Vhalla! —Roan le dio un empujón mientras caminaban hacia la biblioteca después del desayuno.

—Perdona, Roan, ¿qué decías? —farfulló Vhalla mientras se frotaba el hombro.

—¿Qué te pasa últimamente? —Roan la miró de arriba abajo.

—Estoy cansada. —La verdad de sus palabras se filtró en ellas.

—Sí, lo estás, pero ya te he visto cansada otras veces. Esto es diferente. Tienes horarios raros y solo comes pequeños bocados durante las comidas, si es que comes siquiera —rebatió Roan.

Vhalla se encogió de hombros—. Incluso Sareem se ha dado cuenta de que algo va mal. Me ha preguntado por ti; se ha fijado en tus hábitos —musitó su amiga en tono inexpresivo.

Vhalla continuó con la vista al frente. Las palabras de Roan sonaban distantes, como si estuviese hablando debajo del agua. ¿A quién le importaba Sareem? Tenía cosas más acuciantes en la cabeza. Una de ellas era que daba la impresión de que los hechiceros no la seguían a todas horas.

—No me digas más —susurró Roan—. Sareem y tú... ¿sois una unidad?

—¿Qué? —Vhalla parpadeó, de vuelta a la vida en un instante—. ¿Sareem y yo? No.

—¿En serio? —ronroneó Roan—. Está claro que se preocupa por ti, y viene de una buena familia. Ya sabes que su padre era el constructor de barcos de Norin. —Vhalla asintió—. Y es guapo de ese modo occidental. Siempre pensé que los ojos azules sureños quedaban muy bien con la piel del Oeste...

—Excelente —murmuró Vhalla sin entusiasmo.

—¿De verdad no es Sareem, entonces? —volvió a preguntar Roan. ¿Por qué le importaba tanto?

—No, no es Sareem —confirmó Vhalla.

—Pero ¿es un chico? —bromeó su amiga, riéndose ante la idea de Vhalla entablando una relación romántica con alguien. Vhalla casi se tropezó con sus propios pies, lo cual le consiguió una mirada lenta y penetrante de su amiga—. ¿Lo es? Por el Sol, ¿es un chico?

—No sé de qué estás hablando. —Vhalla apartó la mirada. Las manos de la chica rubia se cerraron sobre los hombros de Vhalla y, en un abrir y cerrar de ojos, Vhalla se encontró en un pequeño pasillo lateral—. Roan, vamos a llegar tarde.

—Entonces cuéntamelo deprisa, para que no lo hagamos. —Roan sonrió.

Vhalla se concentró en las pecas que salpicaban la nariz de Roan en lugar de en la incómoda mirada ansiosa que le estaba lanzando su amiga.

—Creía que no estabas interesada en los chicos después de…

—¿Narcio? —Vhalla suspiró. Narcio había sido el propietario de su corazón durante unos meses, y Vhalla había sido lo bastante joven para creer que era amor. No se arrepentía del tiempo pasado con él, pero las cosas simplemente no habían funcionado. En realidad, a Vhalla no se le daban demasiado bien las relaciones, pues prefería pasar más tiempo con libros que con personas. Aun así, desearía saber qué había sido del hombre con el que primero había yacido como mujer—. No soy una Matriarca. Por supuesto que todavía me interesan.

—Entonces, ¿quién, qué, dónde, cuándo, cómo? —insistió Roan.

—No hay gran cosa que contar —suspiró Vhalla, cediendo al fin—. No sé su nombre. Ni siquiera sé si es un chico… —confesó en voz baja, al tiempo que echaba un vistazo hacia el pasillo cercano para comprobar si alguien se había acercado demasiado.

—Lo que dices no tiene ningún sentido. —Roan aflojó la mano.

—Es complicado, pero es especial. He aprendido mucho; es muy listo, también ingenioso… de un modo un poco malvado, a veces. Pero es alguien que parece entender justo cómo estimularme y, aun así, no parezco capaz de averiguar nada acerca de él. —Se calló antes de divagar y revelar demasiado.

—Pero ¿cómo puedes no saber? —Roan frunció el ceño.

—En realidad, no lo he visto nunca. —Antes de que su amiga pudiese preguntar, Vhalla continuó—. Nos comunicamos mediante notas dejadas en libros. Eso es todo. —Dio media vuelta y echó a andar otra vez por el pasillo hacia la bienvenida escapatoria del trabajo.

—Espera, ¿entonces es por eso que siempre andas escabulléndote últimamente? ¿Siempre con ese bolso a cuestas? —Roan señaló el bolso de cuero colgado del hombro de Vhalla, que lo agarró más fuerte de manera inconsciente—. ¿Para escribirle notitas a tu amante secreto?

—No es mi amante —replicó, cortante.

—Perfecto. Pero, Vhalla, esto es raro —susurró Roan. Antes de que Vhalla pudiera ofrecerle algún tipo de contestación, su amiga continuó—: Aunque es emocionante en cierto modo.

Al llegar a la biblioteca, se separaron. Vhalla consultó su tarea para el día, la completó y luego fue hacia su asiento en la ventana. Sus manos estaban impacientes por encontrar un libro con una nota escondida en su interior.

Querida Vhalla,

La Afinidad del Este era el aire. Se les llamaba Caminantes del Viento, pero hace ciento cuarenta y tres años que no ha habido ninguno.

Ya te he dicho quién soy. Soy el fantasma en la oscuridad.

Atentamente,

El fantasma

Más tarde esa noche, Vhalla se resistía a dormir. Tenía esa nota críptica aferrada en una mano mientras se pasaba la otra por su larga melena, aunque se le quedaban los dedos atascados en los nudos.

Estaba cansada de esos jueguecitos. A pesar de la naturaleza mordaz y seca de su fantasma, no quería que su correspondencia terminara. Cuando por fin se le cerraron los ojos, no estaba más cerca de resolver la batalla que rugía en su interior.

Estaba en el pasillo desierto delante de las puertas de la biblioteca, iluminadas por antorchas. Por lo general entraba a la carrera, pero esta vez caminaba. No había necesidad de correr; todo sería igual en cualquier caso. Pasó por delante de la sección de historia, luego por el pasillo de misterios y un poco más allá todavía, hasta su asiento en la ventana.

Allí lo vio, una sombra negra iluminada solo por la luz de una única llama que flotaba de manera mágica a su lado. Él no se movió y, por primera vez, ella no intentó hablar.

En el silencio, Vhalla lo estudió. Esta noche, su sueño se volvió más nítido, más claro. Al no tratar de hablar, el sueño permaneció estable durante el tiempo suficiente para poder distinguir unos rasgos que solían estar en la sombra y borrosos. El hombre era entre seis y ocho años mayor que ella. Llevaba el pelo negro hasta los hombros, retirado de la cara y fijado con algo que emitía un resplandor mortecino a la luz.

—Esta noche llegas pronto. —Una voz profunda resonó en el silencio.

Vhalla estaba confundida. «¿Llego pronto?», quería preguntar, pero solo salió aire por su boca.

—Tienes que intentarlo con más ahínco —suspiró el hombre, y fingió examinar el libro que tenía apoyado en sus rodillas enfundadas en pantalones negros.

¿Que lo intentara con más ahínco? Aun así, solo salió aire cuando movió los labios.

—Dime tu nombre —le ordenó él.

¿Qué?

—Dime tu nombre —ordenó de nuevo, y la agitación hizo que sus palabras sonaran más cortantes.

Vhalla.

—¡Dime tu nombre! —Cerró el libro de golpe y se giró hacia ella. Vhalla casi podía ver el fuego detrás de sus ojos color carbón.

«¡No cierres así los libros!». Vhalla encontró su voz y esta resonó a través del sueño, desde ella hasta los oídos de él.

Vhalla sintió la risa del hombre reverberando a través de su cuerpo cuando se despertó sobresaltada.

Se sentó e intentó controlar su respiración entrecortada. Era inútil, y algo salvaje se apoderó de ella.

En un santiamén, se levantó de la cama y bajó por el pasillo en un torbellino de movimiento. Ni siquiera lo pensó dos veces antes de apoyar el hombro contra la sólida puerta de la biblioteca para abrirla de un empujón. Un tenue destello de luz parpadeó reflejado en las estanterías lacadas.

Al parar en seco, a punto estuvo de caer sobre el hombre que estaba en el asiento en la ventana. *Su* asiento en la ventana. El pecho de Vhalla subía y bajaba a cada respiración jadeante y le dolía un poco el costado por el esprint, pero clavó los ojos en el hombre. Se quedó ahí en silencio durante un buen rato, y la impactante nitidez del mundo a su alrededor le recordó que aquello no era un sueño.

Despacio, el hombre apoyó la mano en el asiento y se giró para mirarla con ojos penetrantes. Una sonrisita cómplice se desplegó por su cara mientras la mantenía inmovilizada solo con la mirada. Es posible que pasaran minutos u horas antes de que hablara.

—Sabía que vendrías.

CAPÍTULO
5

La realidad golpeó a Vhalla como una bofetada. El hombre lucía en el pecho un símbolo que conocía bien. Hubiese reconocido ese símbolo, presente en cada una de sus horas de vigilia, mejor que cualquier otro del mundo entero. Bordado en oro, brillaba el ardiente sol del imperio.

Vhalla estaba descalza y en camisón delante del príncipe heredero, el segundo hombre más poderoso del mundo, que en ese momento bajó los pies al suelo y dejó de manera despreocupada su libro sobre el banco. Apoyó los codos en los muslos y la cabeza en la palma de una mano, con una ceja oscura arqueada, como si ya estuviese aburrido.

Sus ojos la tenían inmovilizada en el sitio, sin apartar la mirada en ningún momento. Se limitaron a contemplarse y, mientras Vhalla sentía que su ira aumentaba despacio hasta bullir en su interior, la actitud de él era de una calma absoluta. A medida que el tiempo se prolongaba, Vhalla se fue poniendo nerviosa. Lo que fuese que la había poseído se desvaneció, y se dio cuenta de que aquel era un rumbo peligroso. Estaba jugando con fuego.

—¿S... sabíais que vendría? —balbuceó Vhalla al final, al tiempo que deseaba que su lengua la obedeciera de una manera más elocuente delante de un príncipe.

—Oh, sin duda. —La voz del príncipe era suave, pero Vhalla podía sentirla reverberar a través de sus huesos.

—¿Cómo? —Parpadeó, confundida.

—Oh, Vhalla. —El príncipe se rio bajito y eso hizo que se pusiera tensa—. ¿Desde cuándo me he limitado a decirte las cosas sin más? —Se levantó y Vhalla se dio cuenta de que era al menos cabeza y media más alto que ella, más alto aún que su hermano—. Nunca te he dado información sin más, eres demasiado *lista* para eso. ¿Dónde estaría la gracia? —El príncipe caminó a su alrededor y la miró desde lo alto, por encima del puente de su nariz. Vhalla se sentía como una presa herida atorada en la trampa de un animal mucho más grande—. Piensa, Vhalla. ¿Cómo sabía que vendrías corriendo hasta mí?

—No lo sé —susurró la chica.

El príncipe se detuvo detrás de ella, se inclinó hacia su oreja. Vhalla sintió cómo se movían los pelillos de su nuca cuando habló.

—Vhalla. —La joven apenas pudo reprimir un escalofrío al sentir su voz sobre la piel—. Demuéstrame ese gran intelecto tuyo por el que el mundo parece elogiarte.

—Los sueños —murmuró con voz grave y cerró los ojos. El príncipe se alejó un poco de ella y Vhalla soltó un pequeño suspiro de alivio.

—Muy bien. —Era un cumplido, pero no parecía sincero.

—¿Qué pasa con los sueños? —Vhalla se giró hacia él. Una llama levitaba por arte de magia encima de su hombro. La fascinación de Vhalla con el diminuto fuego solo se vio interrumpida por su incapacidad para recuperar la respiración cuando lo miraba.

Desde ese ángulo, Vhalla tenía la luz a su espalda y podía estudiar los rasgos del hombre de manera adecuada. Tenía los pómulos altos y una nariz pronunciada, y su rostro era más estrecho y anguloso que el de su hermano. Todos sus rasgos faciales eran claramente occidentales, salvo por la pálida tez sureña que parecía blanca como el papel incluso al resplandor naranja de la llama. No había nada en él que fuese de una belleza tradicional, pero aun así, a pesar de todo, era asombrosamente guapo.

—Otra vez no estás pensando —murmuró el príncipe arrastrando las palabras. Se apoyó en una estantería y volvía a parecer aburrido.

—No lo sé —repitió Vhalla con voz débil.

—Por supuesto que lo sabes. —El príncipe bostezó.

—No, no lo sé —insistió, al tiempo que se plantaba las manos en las caderas en ademán desafiante.

—Entonces, estaba equivocado con respecto a ti. Eres tan aburrida como todos los demás. —Se encogió de hombros y echó a andar entre las estanterías llenas de libros.

La frustración y la impotencia de Vhalla le hicieron un nudo en el estómago mientras le observaba alejarse. En realidad, no era su lugar hablar con el príncipe heredero.

—¡Esperad! —Su mente curiosa se oponía a esa voz obediente en su interior, esa voz que respetaba las normas—. ¡Esperad, príncipe! —Echó a correr detrás de él y se interpuso en su camino.

Una sonrisilla de suficiencia jugueteaba por las comisuras de su boca. Ese arrogante miembro de la realeza había sabido que correría detrás de él.

—No eran solo sueños —se forzó Vhalla a continuar. Él cruzó los brazos delante del pecho y ladeó la cabeza—. No sé lo que eran, pero no eran *solo* sueños.

—Bueno, eso ya es algo; el veinte por ciento, diría. Aunque sigue sin ser un aprobado. —Un lado de la boca del príncipe Aldrik se curvó hacia arriba.

Vhalla se quedó ahí, aturdida. En realidad, no sabía nada más que eso, *pero*, pensó, *tenía que haber algo más*. ¿Cómo lo había sabido él?

—Lo sabíais, lo de los sueños. Cuando estaba soñando, vos sabíais que estaba aquí. —Acababa de darse cuenta.

—Muy bien. Ahora estamos llegando a alguna parte, mi incipiente Caminante del Viento. —Las cejas del príncipe treparon por su frente y su sonrisilla se convirtió en una sonrisa radiante. Vhalla trató de convencerse de que no era una mueca burlona.

—¿Caminante del Viento? —repitió como tonta.

—Ya has oído el término antes —le recordó él.

—Hechiceros, del Este —murmuró Vhalla—. Pero dijisteis que ya no hay de esos, que hace más de un siglo que no existen.

—No los había —la corrigió el príncipe. Vhalla frunció el ceño.

—Dijisteis que…

El príncipe la interrumpió.

—Sigo siendo tu *príncipe*. Harías bien en no olvidarlo, *aprendiza*. No cuestiones las cosas que digo. —El príncipe Aldrik habló bajo y lento.

Las mejillas de Vhalla perdieron su expresión animosa. Por primera vez, se sintió aterrada por el hombre. Su proximidad irradiaba un calor temible que hizo que sintiera un escalofrío. El hombre se enderezó y Vhalla cruzó las manos y se las retorció.

—Perdonadme, príncipe. —Vhalla bajó la vista, incapaz de soportar ya la intensidad de su mirada. El príncipe dio media vuelta y se adentró más en la biblioteca—. ¿A dónde vais ahora?

—Deja de hacer preguntas y sígueme —le ordenó con un suspiro.

Vhalla se apresuró a cruzar la distancia que los separaba y, con los ojos fijos en sus pies, echó a andar detrás del misterioso ser que era el príncipe heredero.

En ese momento de silencio, pudo apreciar con precisión lo extraño que era todo. A esa hora intempestiva de la noche, el príncipe heredero estaba guiando a una aprendiza de la biblioteca a algún lugar misterioso. El miedo y la curiosidad la tenían atrapada, lo que la hacía estar aún más fascinada por el hombre que tenía delante. Vhalla tenía todo el derecho del mundo a temer al príncipe, pero aun así, después de semanas de intercambiar notas, lo encontraba menos temible de lo que le había parecido el ministro de Hechicería.

Estaba claro que se estaba volviendo loca.

—Había esperado que ya lo hubieses deducido. Te tenía leyendo libros sobre Afinidades para empujarte hacia ello. —Suspiró de nuevo, como si diera rienda suelta a su decepción—. Además, parecías estar muy cerca. Algunas de tus preguntas me hicieron pensar que cavilabas ya sobre tu propia Afinidad potencial. Seguro que alguna de tus Manifestaciones te ha dado alguna indicación.

—En realidad, todavía no me creo que sea una hechicera. No he tenido ninguna... Manifestación. No hay nada en mí que sea mágico —susurró Vhalla, y pensó otra vez en el ministro de Hechicería—. Leer los libros no era problema, siempre me ha encantado leer. Era más fácil que hablar... como una niña jugando.

—Eres una niña. —La miró de arriba abajo con aparente desaprobación—. Pero *no* estamos jugando. —Vhalla cruzó las manos y empezó a retorcérselas otra vez—. ¡Y para de hacer eso!

Le dio un manotazo en los dedos y luego la agarró de la barbilla para obligarla a mirarlo a la cara. El movimiento brusco fue doloroso y Vhalla apenas pudo reprimir un gemido. Estaba bastante segura de que eso le hubiese gustado aún menos.

—Eres una hechicera... un pequeño, desentrenado e inútil amago de hechicera... ¡pero aun así una hechicera! Deja de encogerte o serás una vergüenza para el resto de nosotros —la regañó, mientras miraba con desaprobación su expresión consternada e impotente. Sus dedos se aflojaron poco a poco, luego se relajaron del todo, hasta que sujetó su barbilla solo entre los nudillos y el pulgar—. Tu Afinidad es el aire —le reveló el príncipe Aldrik con voz suave. Luego dejó caer la mano y apartó la mirada de sus ojos pasmados. Había una repentina y sorprendente amabilidad en él, aunque el momento fue efímero.

—¿Aire? —repitió Vhalla, la cara caliente por el roce de sus dedos. La mano del príncipe le había parecido diferente al contacto con su hermano. Incluso meses después de que el príncipe Baldair la atrapara en plena caída en la biblioteca, Vhalla aún recordaba la sensación de sus dedos callosos sobre las corvas. Aunque, claro, todo lo que tenía que ver con los príncipes era como la noche y el día.

—Es como ir por ahí con un loro sobre el hombro. No, lo retiro, el loro me daría mejor conversación. —El príncipe suspiró y se pellizcó el puente de la nariz.

—¿Cómo lo sabéis? —se vio forzada a preguntar.

—Afinidades del ser —repuso él en tono críptico.

Vhalla no tuvo tiempo de preguntar nada más, pues una exclamación ahogó las palabras en su garganta.

Habían llegado a una pared con un gran tapiz colgado. El príncipe apartó el metal fundido del marco del tapiz, calentado solo por las yemas de sus dedos, para revelar un pasadizo secreto al otro lado. Sonrió con suficiencia al ver la expresión de Vhalla.

—¿No creerías que los sirvientes eran los únicos con pasadizos ocultos para moverse por el palacio, verdad? —Se rio entre dientes y entró en el estrecho túnel.

Vhalla miró hacia atrás. *Todavía podía desaparecer entre las estanterías de la biblioteca.* Podía irse a casa. La luz de la llama del príncipe se fue atenuando mientras él seguía adelante sin mirar atrás. Vhalla nunca supo qué fue exactamente lo que la empujó a entrar en el pasadizo detrás de él, justo antes de que la puerta secreta se cerrara con un golpe fuerte.

—¿A dónde vamos? —preguntó Vhalla otra vez.

—Vamos a demostrarte lo que estás tan empeñada en negarte a creer, lorito —contestó el príncipe Aldrik, con las manos cruzadas a la espalda.

—No soy un loro. —Frunció el ceño—. Y tampoco soy una hechicera.

—Tu problema… —empezó el príncipe, mientras subía por el túnel negro como el carbón. A Vhalla no le quedó más opción que seguir de cerca la llama mágica que flotaba por encima del hombro del príncipe como única fuente de luz— es que dependes por completo de los libros.

—¿Qué hay de malo en los libros? —se vio forzada a preguntar. El príncipe se detuvo, giró sobre los talones y la miró desde lo alto.

—Lo que hay de malo es que *no* puedes aprender cómo hacer las cosas *de verdad* a partir de los libros. —Hizo caso omiso cuando la vio abrir la boca y continuó hablando—. Son puntos de partida para el principio, la teoría y el concepto. Tu mente lo entiende, pero tu cuerpo no lo sabe hasta que realizas el acto tú misma. Sin acción y práctica, tus manos no obedecerán. La experiencia es una maestra mucho mejor.

»Dime, Vhalla, ¿alguna vez has hecho el amor con un hombre? —preguntó, aproximándose más a ella al hablar. Con un solo paso, el príncipe heredero estaba dolorosamente cerca después de haber hecho una pregunta tan personal—. Dime, ¿te has dado placer a ti misma alguna vez?

Vhalla tragó saliva. Su mente la traicionó y pensó en experimentos torpes en noches solitarias. El guardia, Narcio, apareció en su mente sin haberlo pretendido. Un dolor fugaz y el recuerdo de satisfacciones breves llevaron un ardiente rubor avergonzado a sus mejillas. *Como si fuese a hablarle a nadie de eso.*

—Fuese lo que fuere, dudo de que haya sido muy bueno —se burló desde lo alto. Vhalla tenía ganas de pegarle—. Te voy a decir por qué no lo fue, Vhalla: porque piensas y observas, pero nunca haces. Puedes leer todos los libros de esta biblioteca, puedes ser más sabia que el maestro algún día, pero morirás sin haber hecho nunca nada de verdad. Solo habrás vivido a través de las experiencias de todos los demás.

Vhalla lo miraba pasmada, miraba esos fríos ojos que la juzgaban y amenazaban hacerla pedazos y luego chupar cada hueso hasta dejarlo limpio. Apartar la mirada solo le proporcionó un alivio mínimo. Él seguía ahí, atacando sus sentidos. Vhalla se resistió al impulso de moverse, incómoda; en vez de eso, cruzó las manos y las apretó con fuerza.

—Bueno, ¿y cómo tengo que *hacer*, entonces? —preguntó, aún sin mirarlo a los ojos. Era una pregunta potencialmente peligrosa, dada su reciente conversación.

—Me sigues y dejas de ignorar lo que está justo delante de tus propios ojos. —Continuaron hacia arriba, por una escalera de caracol que los llevaba al corazón del palacio. En ocasiones giraban hacia un lado cuando el camino se bifurcaba, antes de continuar su ascenso. No había ventanas, ni luces, ni adornos, ni señales. Estaba perdida del todo.

Cuando por fin pararon, Vhalla estaba mareada de tanta escalera. Por encima de ellos había una puerta de madera que les cortaba el paso. El príncipe deslizó el perno y abrió la trampilla. Como un agua gélida que cayera sobre su pelo y por sus hombros, un viento frío entró en el hueco de la escalera y la obligó a protegerse la cara y a parpadear para eliminar las lágrimas de los ojos.

—Ven —le ordenó el príncipe, y ella obedeció.

Emergieron al aire nocturno en un lugar imposible. El viento le robó todo el aire de los mismísimos pulmones. Estaban en una pequeña plataforma, apenas lo bastante grande para los dos.

Parecía la cima del mundo.

Habían subido directos a través de los pasillos de servicio, las zonas públicas, más allá de los Aposentos Imperiales, hasta la cima de una de las torres doradas que Vhalla nunca había visto más que desde abajo.

Ahora veía cómo el castillo se extendía hacia fuera desde debajo de ella, cómo sus muchos pisos descendían en cascada por la ladera de la montaña y hasta la capital. Las lejanas y titilantes luces de la ciudad reflejaban las estrellas en el cielo. Vhalla podía ver los picos gemelos de la montaña, y si estiraba la vista hacia el horizonte, alcanzaba a ver el Gran Bosque del Sur, que ocultaba una carretera que podía llevarla a casa.

—¿Qué opinas? —El príncipe se había colocado detrás de ella e, incluso desde tan cerca, apenas lograba descifrar sus palabras entre el viento aullante.

—Es asombroso —murmuró.

—He oído que se decía que los Caminantes del Viento eran los hijos del cielo.

Vhalla apenas registró sus palabras mientras levantaba la vista hacia los cielos. Era una imagen impactante, como si estuviese en el sitio exacto donde se encontraban cielo y tierra. Vhalla dio un pasito hacia delante y devolvió la vista a la centelleante ciudad en lo bajo.

Quizá fuese por su fascinación con el mundo que la rodeaba. O quizá por el viento que llenaba sus oídos. Fuera cual fuere la razón, enmascaró las pisadas del príncipe, que colocó sus manos con suavidad sobre los hombros de la joven.

—Confía en mí —le dijo, y sus labios rozaron con suma suavidad su oreja.

Vhalla no dispuso ni de un momento para girar la cabeza antes de que él la empujara sin ningún esfuerzo al vacío.

CAPÍTULO

6

Vhalla cayó por el aire en un trance surrealista. El impacto de su hombro contra el tejado dorado la trajo de vuelta a la realidad de sopetón, con un desagradable crujido. Siguió medio rodando, medio rebotando pequeños tramos por la pendiente del tejado, tratando a la desesperada de agarrarse a algo. Pero el tejado era demasiado empinado y cada intento por sostenerse solo le proporcionó una uña rota o arrancada. Pronto no hubo más tejas doradas a las que intentar aferrarse.

Vhalla había oído historias de que la vida de una persona discurría ante sus ojos en los momentos previos a la muerte, pero todo lo que ella vio fue la luna redonda por encima de su cabeza, mirándola desde lo alto. Cuando el viento sopló con fuerza alrededor de su cuerpo, ella empezó a girarse en el vacío. El cuerpo celestial abandonó su campo de visión cuando quedó bocabajo. Fue sustituido por el suelo que subía a su encuentro a toda velocidad.

Iba a morir.

Abrió la boca para gritar, pero la fuerza del viento le robó la voz e inundó sus pulmones.

Trató de girar para caer hacia un balcón cercano, algún saliente o incluso una moldura decorativa. Su cuerpo se estrelló contra la pared del castillo y solo consiguió sacarle todo el aire de los pulmones con un grito agónico. Y entonces estaba cayendo de nuevo. Su menudo cuerpo se estampó contra un arco antes de seguir dando volteretas por el cielo nocturno. Buscó una piedra que la frenara, pero cada intento la lanzaba de vuelta hacia su muerte.

Se le empañó la vista y tenía las manos cubiertas de sangre. Estiró los brazos, con el suelo muy cerca ya. Solo podía ver el cielo por encima, pero sabía que aquello acabaría pronto. Vhalla manoteó en el vacío, agarrada a nada excepto al viento que resbalaba entre sus dedos.

Una explosión reverberó en su interior y se sentó erguida, despierta de repente.

Vhalla se arrepintió al instante de haber abierto los ojos. El mundo estaba brumoso, demasiado brillante y demasiado oscuro al mismo tiempo; los colores lucían entremezclados, y a sus ojos les costó enfocarse. Se giró a toda velocidad y vomitó por el borde de su cama; un chorro de bilis caliente salpicó sobre el suelo vagamente familiar. El proceso de vomitar hizo que su estómago expresara su oposición a esos espasmos tensos, y ella soltó un grito agónico mientras se desplomaba de vuelta en la cama como un fardo.

Notaba todo el cuerpo equivocado. Era como si alguien hubiese robado su alma de su antiguo cuerpo y la hubiese colocado dentro de uno distinto. No cuadraba nada, nada obedecía como debería y todo trabajaba de modos errados. Notaba el cerebro embarullado y, debajo de sus dedos, al agarrarse el estómago, sintió unos ángulos espeluznantes de costillas rotas. Supuso que probablemente no debería estar tumbada sobre el costado, pero dolía si se movía, y dolía si no lo hacía. Así que optó por soportar su posición actual, mejor que arriesgarse a hacer algún cambio.

A través del resquicio de luz que entraba entre sus párpados, Vhalla trató de orientarse. La primera indicación de que debería asustarse fue la ventana: era tres veces más grande que cualquier cosa que hubiese visto jamás en los pasillos o habitaciones de los aprendices y de los sirvientes. Cuando sus ojos encontraron la moldura con dragones alrededor del techo de la habitación, Vhalla intentó salir de la cama a toda prisa, pero esa era una exigencia muy poco razonable para su cuerpo roto.

Oyó una serie de voces amortiguadas y pasos apresurados. Se acercaban por el otro lado de la puerta antes de que esta se abriera de par en par y diera paso a dos figuras que se dirigieron hacia ella con expresión frenética. Al hombre mayor lo reconoció al instante: el ministro de Hechicería. La mujer, sin embargo, fue una sorpresa. Vhalla parpadeó porque veía borrosos los contornos de la gente.

—¿Larel? —Su propia voz le sonó rara en los oídos y tuvo que hacer un esfuerzo por no vomitar de nuevo. La mujer morena salió enseguida de la habitación. Vhalla hizo una mueca. La mujer debía estar avergonzada por su papel en el estado actual de Vhalla. Si ella no le hubiese plantado ese libro en las manos, jamás habría conocido al príncipe.

—No hables —le indicó el ministro en tono severo. Vhalla entreabrió los ojos contra todo su buen juicio. El hombre deslizó la mano entre su frente y su hombro, pero Vhalla no tenía ni la energía ni la fuerza de voluntad para luchar contra su contacto como hubiese querido.

El ministro la hizo rodar sobre la espalda y el cuerpo de Vhalla se quejó de un modo doloroso. Con un grito, la joven intentó apartarlo de un empujón. Este hombre, su mundo de magia y todos los hechiceros no le provocaban más que dolor.

—Vhalla. —Se quedó quieta al oír su nombre en boca del hombre—. Tienes que creerme. Estoy aquí para ayudarte. —La voz del ministro sonó suave, más suave de lo que tenía derecho a ser—. Tienes que ingerir… y mantener dentro esta vez… algo de poción crecehuesos.

¿Esta vez? Vhalla estaba tan confundida y cansada que cerró los ojos. Dormir era mucho más fácil de lo que pensaba. Todo esto podía desaparecer si cerraba los ojos y fingía que ya no existía.

—No, Vhalla, quédate aquí.

—¿Cómo? —Apenas lograba pronunciar palabras cortas, pero el ministro pareció comprenderla.

—Te he dicho que no hablases. —Le lanzó una mirada fría—. El príncipe Aldrik te trajo aquí después de que Despertaras.

¿Despertara?

Vhalla oyó una conmoción detrás del ministro e hizo un esfuerzo por abrir los ojos de nuevo. Larel había regresado, al parecer sin avergonzarse en absoluto, con un cubo y una fregona. De hecho, fue Vhalla la que se sintió avergonzada cuando la mujer empezó a limpiar su charco de vómito del suelo.

—Larel, el vial azul —le pidió el ministro Victor. La mujer asintió obediente y salió corriendo de la habitación. Vhalla se permitió sumirse en la oscuridad de nuevo—. No, Vhalla, ahora tienes que permanecer despierta. —El hombre le sacudió el hombro con suavidad, donde el más ligero contacto le provocaba oleadas de dolor hasta las puntas de los pies. Vhalla gimoteó en protesta—. *Vhalla.* —La voz del ministro sonó imperiosa, exigente, y su tono severo le recordó tanto a la voz de otro hombre que le entraron ganas de vomitar de nuevo.

Pero funcionó y Vhalla le hizo caso. Abrió un poco los ojos. Tenía un campo visual muy limitado y ni siquiera vio a la hechicera pasarle el vial al hombre en silencio. El ministro se giró, deslizó un brazo por debajo de los hombros de Vhalla y la enderezó. Vhalla sacudió la cabeza con violencia al recordar la última vez que se había sentado. Su cerebro se limitó a rebotar por dentro de su cráneo y amenazó con hacer que la negrura que rondaba por la periferia de sus ojos fuese absoluta.

—Para, para, *para* —le ordenó el ministro, al tiempo que la sujetaba con fuerza contra él con un brazo y apretaba el vial contra su boca con el otro. Vhalla no quería beber; quería dormir. Sin embargo, la insistencia del hombre logró su eventual rendición y Vhalla engulló todo el líquido como jarabe para una leve tos. Fluyó por su interior como fuego y oyó a alguien gritar mientras el ministro tiraba el vial al suelo, donde se hizo añicos, y la abrazaba con fuerza con ambos brazos. Hasta que Vhalla no fue consciente de estar forcejeando contra los brazos firmes que la sujetaban, no se dio cuenta de que los gritos provenían de su propia boca.

Con el tiempo, los gritos agónicos dieron paso a sollozos a medida que el ardor se le iba pasando poco a poco y se quedaba inerte entre sus brazos, totalmente dependiente de la sujeción del hombre al que quería odiar. Vhalla dejó a un lado toda decencia y se limitó a llorar sobre su pecho. En algún sitio, el hombre estaba hablando; Vhalla podía oírlo y sentirlo.

—... demasiado susceptible a la magia ahora. Intentamos... ayudarte a que te sientas más cómoda. Pero tus... conductos mágicos están demasiado... rotos para... soportar más ser... sobre ti. —Vhalla odiaba la magia. Su opinión original se había reafirmado de nuevo, mientras su cerebro empezaba a estabilizarse después de la poción—. Vhalla... diez, tenías dos costillas rotas... lado izquierdo y lado derecho de tu... torácica estaban destrozados. Tus manos están hechas un desastre. Tu hombro izquierdo estaba destrozado y el derecho dislocado. Tu columna estaba toda desalineada y las caderas estaban fracturadas junto con una de tus piernas.

Vhalla se rio contra el pecho del hombre con un desquiciado sonido rasposo.

—Te pondrás bien —le aseguró con ternura. Ahora el desquiciado era él—. Pero como estamos curándote casi solo con ungüentos y pociones clericales no mágicas, llevará algo de tiempo. —La mujer occidental había recolocado las almohadas de Vhalla para que pudiese sentarse en una posición más erguida y el hombre la devolvió con cuidado a ellas. A continuación, tomó una botella verde—. Esta es la siguiente; no debería doler.

Fiel a sus palabras, el líquido blancuzco entró por sus labios agrietados y no causó ningún cambio discernible en su estado general de forma inmediata.

—Agua —pidió con una vocecita rasposa. El ministro asintió y le sirvió una tacita de una jarra de barro en la mesilla. Luego la acercó a sus labios y la sujetó ahí para que pudiera beber varios tragos largos.

—Así no es como quería verte la siguiente vez. Créeme, Vhalla —empezó. Dejó la taza de vuelta en la mesilla y tomó un tercer vial de forma extraña de manos de la mujer—. Quería darte tiempo para que asimilaras lo que está pasando. He visto a algunas personas huir si las forzaban, y pensé que te vendría bien si te dejábamos algo de espacio. Cuando descubrí que el príncipe se había interesado por ti, pensé que tenía poco de qué preocuparme.

Vhalla soltó una risa ronca. Había empezado a pensar que quizá la magia no diese tanto miedo después de todas sus notas. Era irónico que el hombre que abrazaba su cuerpo destrozado fuese justo en el que debería haber confiado desde un principio.

—El príncipe Aldrik no sabía cómo atender tu actual... *estado*. —El ministro Victor escupió la última palabra antes de hacer una pausa—. Así que te trajo a mí hace tres días.

Vhalla escupió con una tos el último sorbito de líquido del vial que le había plantado delante de la boca.

—¿Tres días? —consiguió boquear, bastante orgullosa de que dos palabras pudieran salir seguidas por su boca. Victor asintió.

—No estaba seguro de si ibas a salir de esta. La segunda mañana te dormimos porque forcejeabas y gritabas demasiado para poder mantenerte despierta —le explicó Victor con diligencia. El cerebro de Vhalla estaba demasiado lleno y los horrores casi no los registraba ya—. Pero dormirte alteró la curación de tus Canales mágicos pues no hacías más que revivir tu Despertar.

—¿Despertar? —preguntó.

—El Despertar es cuando los poderes de un hechicero se Manifiestan por primera vez en toda su fuerza. —Estudió a Vhalla durante un momento—. Suele ser un poco más suave —añadió en tono de disculpa.

Larel entró con un cuarto vial y Vhalla negó con la cabeza. No creía que su estómago encogido y su cuerpo apaleado pudiesen tolerar nada más. Después de entregar la poción, la mujer recuperó el cubo y la fregona y desapareció en las habitaciones exteriores.

—Este es el último por el momento —le prometió el ministro, así que Vhalla cedió. El mundo dio la impresión de estabilizarse poco a poco, aunque Vhalla seguía teniendo la sensación de que preferiría estar dormida que despierta—. Bien —la animó el hombre cuando apuró la última gota—. Ahora, por favor, procura mantener todo esto en tu interior; nada de movimientos bruscos.

Vhalla hizo un leve gesto afirmativo.

—¿Ahora puedo dormir? —preguntó con una vocecilla.

—No —le dijo él, y ella le regaló un gimoteo—. Casi —la tranquilizó Victor—. Tengo que probar una cosa más. Espero que te haga sentir mejor.

A Vhalla le resultaba imposible oponerse con nada más que un gesto negativo de la cabeza, así que cedió sin protestar. Si esta gente planeaba matarla, no estarían haciendo tantos esfuerzos por mantenerla con vida.

Victor salió de la habitación un momento. Regresó con un estuche de madera que llevaba con sumo cuidado. Se sentó, lo depositó en su regazo y abrió el cierre. En su interior había muchas piedras de tamaños y colores diferentes. Vhalla se preguntó si eran solo sus ojos que estaban raros o si de verdad las piedras brillaban y centelleaban de manera antinatural, como si un cosmos de estrellas diera vueltas en su interior. Después de meditarlo un momento, el ministro sacó una de esas brillantes piedras y se la puso a Vhalla en la frente. Estaba demasiado cansada para sentirse tonta y, por pura necesidad, ya confiaba del todo en él. El ministro buscó una piedra similar y la colocó sobre el estómago de la joven.

Vhalla abrió los ojos de par en par. De repente, el mundo estaba nítido otra vez. Sus ojos habían vuelto a enfocarse y sus oídos percibían una quietud maravillosa.

—No hables —le recordó él—, pero entiendo que eso ha ayudado un poco. —Vhalla esperó que el aleteo de sus pestañas fuese suficiente afirmación—. Voy a dejarlas ahí un ratito, así que procura no moverte demasiado. Bueno, no deberías moverte de todos modos. —Como si pudiera, pensó Vhalla—. Y sí, ya puedes dormir.

Vhalla cerró los ojos con un pequeño suspiro y notó cómo su cuerpo se relajaba un pelín antes de sumirse de vuelta en esa oscuridad bienvenida.

La siguiente vez que se despertó, era de noche. Su habitación estaba vacía, excepto por un pequeño bol de fruta, una hogaza de pan y una serie de viales en la mesa de al lado. Se sentó con gran cuidado. Se habían llevado las piedras, pero su vista parecía aguantar bien. El mundo osciló un poco, pero su estómago permaneció asentado. Vhalla se lo tomó como una pequeña victoria y evaluó la comida con cautela. Si vomitara otra vez, el pan y la fruta le harían más daño que la bilis.

Detuvo la mano en medio del aire para evaluar los moratones y arañazos desperdigados por su piel. Incluso la luz de la luna la hizo sentir inquieta cuando recordó sin querer la última vez que había visto el cuerpo celestial. Vhalla pescó uno de los pequeños frutos rojos y lo dejó en su regazo. Una fresa. Esbozó una leve sonrisa.

Hacía mucho tiempo, su madre había plantado unas matas de fresas cerca de su casa. Cada año, se habían comido los escasos frutos dulces que daban las plantas. A pesar de lo mucho que les gustaban, ni Vhalla ni su padre tuvieron la energía para conservar las plantas después de que su madre muriera de Fiebre Otoñal. Vhalla no había comido fresas desde entonces, a pesar de que en ocasiones había fresas disponibles para los aprendices; Vhalla no sabía si lo habría soportado a nivel emocional.

Unas cuantas lágrimas despistadas cayeron sobre las palmas de sus manos mientras contemplaba la pequeña fruta. Estaba muy lejos de casa, y se sentía pequeña y rota. Notaba el cuerpo extrañísimo, hasta el punto de que su cerebro ni siquiera lo reconocía. Tenía algo en su interior, magia que nunca había conocido y que no creía que quisiera.

En principio, ella no tenía por qué lidiar con algo así. Era una aprendiza en la biblioteca, no era nadie… menos que eso. El agotamiento había consumido todas sus emociones y ni siquiera era capaz de sentir ira. Solo quería sentirse normal otra vez, significase lo que significare eso ya.

Reprimió un sollozo y le dio un mordisco a la fruta. Masticó, pensativa, y ahí fue cuando oyó la discusión susurrada al otro lado de la puerta, en la habitación de al lado. Notó un hormigueo debajo de la piel. La resonancia de una de las voces era inconfundible e hizo que Vhalla casi se atragantara con la fresa.

Con los ojos clavados en la puerta, sopesó si tenía la fuerza, mental o física, para intentar saber lo que estaban diciendo. Sobre unas piernas que apenas la soportaban, Vhalla se tambaleó hasta la puerta para apoyarse contra ella. Con la oreja pegada a la madera, logró distinguir las dos voces masculinas.

—De verdad, Aldrik, ¿en qué estabas pensando? —preguntó el ministro.

—No tengo por qué darte explicaciones, *ministro* —repuso el príncipe con desdén.

—Podrías haberla matado. —El ministro Victor dio voz a los temores de Vhalla.

—No podría haberla matado —replicó el príncipe, con una confianza absoluta.

Vhalla sabía que se rumoreaba que el príncipe tenía mucha labia, pero había una agitación peculiar en su voz, como si de verdad estuviese ofendido por que el ministro sugiriera eso siquiera.

—¿Cómo lo supiste? —exigió saber el ministro—. Apenas había Manifestado trazas de magia en ese ámbito. Era imposible que conocieras su Afinidad.

—Entonces, subestimas mi destreza. —Vhalla oía el repiqueteo de unas botas mientras el príncipe andaba de un lado para otro de la habitación.

—Eso parece —comentó el ministro con un sarcasmo descarado—. Solo lo pregunto porque se me ha ocurrido la desquiciada idea de que tengas algo de información sobre ella que no estás compartiendo conmigo, *príncipe*.

—Victor —suspiró el príncipe Aldrik de un modo dramático—. ¿Crees que me rebajaría a molestarme con una plebeya normal y corriente como ella?

—Te molestaste lo suficiente como para escribirle notas —señaló el ministro.

Vhalla no había pensado en eso, pero en verdad era extraño que el príncipe heredero le hubiese mandado notas a una aprendiza.

—Es la primera Caminante del Viento en casi ciento cincuenta años. Por supuesto que me molestaría. —Su tono se había tornado frío y calculador.

—Bueno, la próxima vez que tengamos a un nuevo hechicero Manifestándose, me aseguraré de pedirte ayuda, con esos misteriosos poderes tuyos para deducir Afinidades —comentó el ministro con sequedad. Se produjo un silencio largo que indicaba que el príncipe había dejado de tolerar los comentarios del ministro sobre este asunto—. Sin importar cómo lo hayas sabido, el dato es cierto: es una Caminante del Viento. Lo he confirmado.

—¿Sentiste la necesidad de confirmarlo cuando sobrevivió a una caída desde las torres del palacio?

Solo con oír su tono, Vhalla casi pudo ver al príncipe Aldrik poniendo los ojos en blanco.

—Usé cristales sobre ella —continuó el ministro, haciendo caso omiso del sarcasmo del príncipe.

—¿Que hiciste *qué*?

¿Acaso era preocupación lo que Vhalla había oído en la voz del príncipe Aldrik? Pensó en las piedras rutilantes que el ministro Victor le había puesto en la frente y en el estómago. ¿Eran cristales? Era imposible que fuesen las mismas piedras que habían causado la mácula en la Guerra de las Cavernas de los Cristales. La habían ayudado, en cambio de hacerle daño.

—Deberíamos decírselo al emperador. —El ministro Victor parecía bien versado en pasar por alto determinados comentarios del príncipe—. Querrá saberlo. Podría utilizarla en la guerra.

El corazón de Vhalla empezó a galopar. La idea de ella en la guerra era ridícula. No le había pegado jamás a nadie, ni cuando jugaba ni al hacer deporte.

—No. —El príncipe sofocó la idea con brusquedad, como si hubiese percibido el pánico de Vhalla—. Yo me encargaré de mi padre, Victor. No quiero enterarme de que le hayas susurrado ni una palabra al emperador acerca de ella.

—Muy bien —suspiró el ministro—. Aldrik, solo puedo teorizar sobre tu gran plan para la chica, dadas nuestras historias. Sé lo que hemos leído, lo que hemos estudiado...

—Victor —gruñó el príncipe con tono peligroso.

—Recuerdo haber deseado que tuviéramos a alguien como ella —continuó el ministro, ignorando su tono de advertencia. ¿Qué quería esta gente de ella?—. Sería un falso si dijera que no se me han pasado ya por la cabeza ideas parecidas. Pero habrá que entrenarla primero. Necesitamos...

—La chica no es problema tuyo —le cortó el príncipe Aldrik—. Yo supervisaré su entrenamiento.

Vhalla apoyó la frente contra la puerta y se recordó que debía respirar. No parecía que fuese a poder escapar del príncipe en ningún momento pronto.

—Larel será su mentora y me informará. Te doy las gracias de antemano, ministro, por mantener las distancias.

Vhalla tenía el corazón desbocado y la adrenalina sustituyó al dolor. ¿Cómo había sabido el príncipe su Afinidad? ¿Por qué había decidido, de entre todos los hechiceros sobre los que tenía control, que ella sería a la que convertiría en su mascota? La cara de Vhalla se retorció debido a la agonía. Debería ser Erradicada; seguro que eso seguía siendo una opción.

—Ahora, si me perdonas, me gustaría ir a ver cómo está. —Las pisadas del príncipe se acercaron a la puerta.

—Príncipe, por favor, déjala descansar. —La opinión de Vhalla con respecto al ministro de Hechicería estaba mejorando por momentos.

Pero no había nada que detuviera al príncipe si quería algo. Vhalla dio un paso para alejarse de la puerta y miró frenética a su alrededor. Una vez más, recordó lo atrapada que la hacía sentirse esta habitación. Aún tenía que tambalearse de vuelta hasta la cama cuando la puerta se abrió.

Unos ojos oscuros se cruzaron con los suyos y Vhalla levantó la vista dubitativa, atrapada en un torbellino de aprensión y miedo. ¿Sabría el príncipe que había estado escuchando la conversación? Le daba la impresión de que el hombre no se lo tomaría demasiado bien.

—Estás despierta —murmuró, y sus ojos se suavizaron con lo que parecía alivio. Aunque Vhalla estaba segura de que se equivocaba.

—Lo estoy. —Asintió. Su voz ya no sonaba rara.

—Me alegro —dijo él en voz baja.

Vhalla lo miró con los ojos entornados, sin importarle lo descarado que fuera.

—¿*Vos*, vos os alegráis? —La ira hizo que sus palabras salieran tartamudeadas, mientras fulminaba con la mirada al alto hombre vestido enteramente de negro.

—Sí, Vhalla…

El príncipe dio un paso hacia ella y Vhalla dio un paso atrás.

—No. —Sacudió la cabeza—. No, no os acerquéis a mí. No volváis a acercaros a mí jamás. —La voz de Vhalla sonó más ruda de lo que la había oído en su vida. No le importaba que fuese el príncipe y no le importaba que el ministro estuviese ahí como testigo.

—Vhalla. —El príncipe tuvo la audacia de mostrar el principio de una sonrisa en la cara. ¿Quién se creía que era ella… una niña ignorante?—. Este no es momento de estar enfadados; deberíamos celebrarlo.

—Vos. Me. Empujasteis. De. Un. Tejado. —Vhalla deseó tener una palabra más dramática para *tejado*, porque no parecía describir toda la verdad del asunto.

El príncipe se rio.

Vhalla nunca le había pegado a nadie, pero el príncipe estaba reuniendo muchas papeletas para ser el primero.

—Estás bien. ¿Has visto lo rápido que te estás curando ahora? En muy poco tiempo estarás más que bien. Yo mismo te enseñaré incluso. —Sonrió de oreja a oreja, como si le estuviese concediendo un gran honor.

Vhalla no sonrió. Dio otro paso atrás y osciló cuando el mundo se volvió inestable de repente. Llevaba demasiado tiempo de pie.

El príncipe Aldrik estaba ahí al instante, sus manos sobre sus brazos para sujetarla.

—Deja ya de hacer el tonto —le dijo, y su voz grave sonó dulce—. Sabes que no deberías estar en pie. Deja que te ayude a volver a la cama. —Su repentina amabilidad le dio a Vhalla ganas de gritar.

—No me toquéis —susurró.

—Vhalla… —La ligereza empezaba a desvanecerse de su rostro.

—No. Me. ¡Toquéis! —gritó. Apartó sus manos de un empujón y dio un paso atrás. Vhalla se tambaleó, el mundo se escoró, pero mantuvo los pies en el suelo con toda la fuerza de su rabia—. ¡Me tirasteis de un tejado! —Su voz era casi estridente ya—. ¡No me dijisteis nada! ¡No me advertisteis!

—Si te hubiese advertido, no habría funcionado. Si te hubiese advertido, nunca lo habrías hecho. —Cruzó los brazos delante del pecho.

—¡Por supuesto que lo habría hecho! —Abrió los brazos por los aires y osciló peligrosamente otra vez, pero recuperó el equilibrio—. ¡Confiaba en vos para que fueseis mi profesor! ¡No confiaba en nadie, pero confié en vos como mi príncipe! ¡Confiaba en vos porque me lo pedisteis! —La confesión se atascó en su garganta mientras la escupía por su boca. Vhalla no estaba segura de si solo se había imaginado que los ojos del príncipe se abrían un pelín antes de oscurecerse.

—Y tenías razón al hacerlo. Yo te he Despertado a algo extraordinario. —Su voz sonó más fría.

—Yo no quería esto. —Se miró el cuerpo roto y magullado.

—¡Tú lo pediste! —espetó, indignado.

—Príncipe, por favor, esto no es… —En el umbral de la puerta, el ministro vio cómo la conversación se iba deteriorando ante sus ojos. Dio un paso dentro de la habitación.

—¡Yo no pedí esto! ¡No sé lo que quería, pero no era esto! —Su ira mantuvo las lágrimas a raya y, en ese momento, Vhalla se juró que no la vería llorar—. Estoy confundida. Estoy rota…

—Te curarás y serás mejor que antes —le aseguró el príncipe Aldrik.

—Estaba muy bien antes —protestó Vhalla.

—Eras aburrida. Peor que aburrida. Eras normal y corriente y estabas contenta de serlo. Yo te he dado una oportunidad para la grandeza. —La miró iracundo.

—¿Qué habría pasado si no hubiera sido una Caminante del Viento? —Se hizo el silencio.

—No voy a perder el tiempo con semejantes tonterías —murmuró, descartando la pregunta.

—No juguéis más conmigo —dijo Vhalla despacio—. ¿Qué habría pasado?

El príncipe la miró durante unos momentos.

—Si las cosas no fuesen como son y tú no fueras una Caminante del Viento, la caída te habría matado. —El príncipe Aldrik se encogió de hombros, como si la idea le hubiese pasado por la cabeza, pero no le importase lo más mínimo.

—Serás bastardo. —Las palabras habían salido por su boca antes de que tuviese tiempo para pensarlas siquiera, aunque después de decirlas, apenas se arrepintió de ellas.

—¿Cómo has dicho? —gruñó el príncipe Aldrik.

—Tú, *mi príncipe* —masculló Vhalla con el mismo desdén—, eres un egocéntrico, ególatra, egoísta, estrecho de miras, vanidoso, superficial —Vhalla notó cómo su ira alcanzaba ya el punto de ebullición—, engreído, ¡bastardo!

La ventana que tenían al lado estalló en mil pedazos y la habitación quedó inundada por un viento huracanado salpicado de esquirlas de cristal. Vhalla apenas pareció notarlo, mientras el ministro se protegía del viento. El príncipe se quedó inmóvil, contemplándola ceñudo desde detrás de una delgada lámina de llamas que cortaba el paso del viento y lo resguardaba de los cristales rotos.

—Cálmate —gruñó.

—¡Ya no puedes decirme qué hacer! —le gritó ella.

—Puedo decirte lo que me venga en gana. ¡Soy tu príncipe! —gritó él y la delgada capa de fuego que lo cubría se estiró hacia ella.

Vhalla levantó los brazos para protegerse de las llamas. El fuego pasó por encima de las palmas de sus manos y de su cara como poco más que calor... pero le hizo perder la concentración. El viento amainó y, con él, Vhalla se desplomó, con toda su energía agotada.

El príncipe la miró desde lo alto, una máscara pétrea sobre sus facciones y un juicio de valor ardiendo en sus ojos.

—Quédate ahí —dijo, despacio—. Quédate en el suelo adonde perteneces. Eres como un gusanito patético que solo quiere arrastrarse por la tierra, cuando yo estaba preparado para darte la oportunidad de que te crecieran alas y pudieras volar.

—Príncipe —dijo el ministro con firmeza, pero fue ignorado con facilidad.

—Yo te elegí y tú lo tiraste por la borda —escupió el príncipe Aldrik.

Vhalla lo miraba desde el suelo. Este era el príncipe que había esperado. No el fantasma misterioso e intelectual, y desde luego que no el hombre incómodo y amable que había entrado en la habitación en primera instancia.

—Así que quédate ahí, con la mugre que eliges con tanta alegría.

Se marchó de la habitación hecho una furia. A Vhalla le ardía la cara y le costó tragar saliva. El ministro rondaba a su lado, incómodo.

—Solo márchese —susurró Vhalla. El ministro ignoró su deseo y se arrodilló a su lado—. No lo haga —dijo. Miró los cristales rotos de la ventana—. Solo... márchese. —No tenía ningún derecho a darle órdenes, pero ya no le quedaba nada dentro como para que ese hecho le importara.

—Vhalla —dijo con amabilidad.

Fue demasiado amable para cómo se sentía. Solo quería que él también le gritara y se marchara. O que la tirase por la ventana y acabara lo que el príncipe había empezado.

—Váyase —exigió. El hombre se quedó—. ¡Le he dicho que se fuera!

Al final, con un suspiro audible, el ministro se puso de pie y se fue.

Vhalla no llegó a oír sus pisadas cuando se alejó. La joven sabía que se había quedado al otro lado de la puerta mientras ella se venía abajo sobre los cristales rotos y se echaba a llorar. Lloró hasta que ya no le quedó nada por sentir y la oscuridad se apoderó de ella otra vez.

CAPÍTULO 7

Vhalla movió los dedos. Había un bicho empeñado en incordiarla mientras dormía. Cuando se negó a marcharse, ella giró en dirección contraria; pero, para su frustración, el bicho siguió a su mano. Casi despierta del todo, intentó retirarla y oyó un suave *shhh* desde el borde de las sábanas.

Entreabrió los ojos y vio que estaba de vuelta en la cama. La fastidiaba que se hubiesen molestado en levantarla del suelo y depositarla otra vez entre las mullidas almohadas y mantas. Hubiera preferido pasar la noche en el suelo. Al recordar lo que le había dicho al príncipe a la cara, gimió.

—¿Te duele? —susurró una voz suave a su lado.

Vhalla se giró hacia ella. Era la mujer occidental, Larel, que le estaba cambiando las vendas del brazo.

—¿Y a ti qué te importa? —Vhalla recordó que el príncipe había dicho que Larel iba a espiarla y a informarle a él de lo que hacía. La occidental que tenía delante confraternizaba con el enemigo.

—Me importa mucho —repuso Larel con serenidad—. ¿Te duele?

—¿Por qué? —Vhalla siguió ignorando su pregunta. Le dolía todo, aunque no estaba segura de qué era físico y qué era emocional.

—Porque vas a ser mi protegida. —La hechicera tenía una manera de hablar inexpresiva, con acento del Oeste.

—No quiero ser tu protegida. —Vhalla apartó la mirada en una protesta infantil.

—Muy bien —dijo la mujer sin inmutarse—. Podemos cambiarlo cuando te hayas curado.

—¿Qué? —Giró la cabeza despacio hacia la mujer morena. El movimiento vino acompañado de un dolor penetrante en los hombros.

—Cuando te hayas curado, conocerás al resto de los habitantes de la Torre —explicó Larel—. Si no deseas que yo sea tu mentora, puedes elegir a otro mentor, con el que te sientas más cómoda.

Vhalla contempló los moratones y arañazos de su piel. Era verdad que estaba hecha un desastre. Debajo de las vendas, su piel era un grotesco arcoíris de rojo, amarillo, morado y azul. Las heridas eran tan extensas que ni siquiera alcanzaba a ver el tono natural de su piel.

—¿Has hecho esto todas las noches? —preguntó Vhalla al cabo de un rato. La mujer era muy suave con las manos.

—Casi —dijo, como si no tuviera ninguna importancia.

A su pesar, Vhalla se encogió un poco. Esa hechicera no le importaba nada, se dijo. Pero no pudo evitar que la idea de que alguien le hubiese estado cambiando la ropa sucia y atendiendo a sus necesidades la hiciese sentir culpable.

—Siento ser una molestia —susurró Vhalla. Hasta ese momento, la magia solo la había convertido en un ser más patético. Una brisa suave atrajo sus ojos hacia la ventana; no habían reemplazado el cristal y el fresco olor del invierno empezaba a cambiar el aire nocturno. El verano había pasado y el otoño ya estaba sobre ellos.

—El príncipe Aldrik nos dijo que no la arregláramos. —A Larel se le pasaban pocas cosas por alto. Vhalla hizo una mueca al oír el nombre—. ¿Tienes frío? Puedo traerte otra manta.

—Estoy bien. —Vhalla *sí* tenía frío, siempre tenía frío. Pero su orgullo no le permitía ser una carga aún mayor—. Supongo que me va a hacer la vida tan incómoda como pueda.

—Si el príncipe quisiera incomodarte, podría hacer cosas mucho peores que no reponer una ventana. Y lo haría —señaló Larel.

Era una verdad que Vhalla no quería creer. Creerla significaba que la mujer tendría razón. El hecho de que Vhalla siguiera en la cama recibiendo tratamiento significaba que el príncipe no quería que estuviera incómoda, incluso después de lo que le había dicho.

—¿Qué relación tenéis el príncipe y tú? —preguntó Vhalla sin rodeos. El príncipe había nombrado a esta mujer como su mentora, y Larel había sido la que le había dado el libro en el que el príncipe dejaba sus notas.

Sus ojos avellana, ribeteados de dorado, conectaron con los ojos oscuros de Larel. Tal vez Vhalla mintiera mal, pero eso no le impediría buscar mentiras en otros.

Cuando Larel habló, no hubo ningún indicio de vacilación ni de miedo.

—Fuimos aprendices en la Torre juntos —dijo sin más. Luego siguió aplicando ungüento sobre la piel de Vhalla.

—¿El príncipe fue aprendiz? —Vhalla parpadeó. Habría imaginado que ser aprendiz sería algo demasiado degradante para la realeza.

—¿Cómo habría aprendido, si no? —Larel sonreía un poco—. Sé la impresión que da, pero en realidad no es mezquino... normalmente no, y casi nunca con gente como nosotros.

—¿Gente como nosotros? —repitió Vhalla, dubitativa.

—Hechiceros. —La mujer retiró un poco el flequillo de su frente y levantó la vista.

Por supuesto, pensó Vhalla. Ahora era una de ellos y la verdad era que ya no servía de nada negarlo. La caída debería haberla matado y, si el príncipe no había intervenido, algo lo hizo.

—Los Comunes suelen tener miedo de la gente con magia. Incluso tú nos tenías miedo —caviló Larel.

Vhalla solo pudo asentir. Tenía opiniones encontradas acerca del uso del pasado por parte de la mujer en lo que a su miedo respectaba. Aunque, en ese preciso momento, Vhalla no estaba asustada. Estaba triste. Algo en ella era diferente. Roan, Sareem, el maestro Mohned... no lo entenderían, ni aunque tratara de explicárselo.

—El príncipe lo sabe —continuó Larel—. Sabe lo duro que es, lo sabe mejor que la mayoría. Lo ha sufrido en sus propias carnes.

—¿O sea que ahora se supone que debe darme pena? —escupió Vhalla, con un tono mucho más mordaz de lo que le hubiese gustado.

Larel cesó lo que estaba haciendo y levantó la vista hacia Vhalla. La miró de un modo extraño durante unos instantes largos.

—Sí. —Retomó su trabajo y Vhalla notó que se había quedado boquiabierta—. Y él debería sentir pena por lo que te hizo pasar —añadió Larel en voz baja—. Los Despertares pueden dar miedo, pero no deberían ser dolorosos, al menos nunca tanto como en este caso. Creo… que estaba fascinado por la promesa de lo que eres.

—¿Lo que soy? —caviló Vhalla, y recordó la conversación inesperada que había escuchado—. ¿Te refieres a una Caminante del Viento?

Larel asintió.

—Creo que no lo entiendes, Vhalla. Eres la primera Caminante del Viento en generaciones. Muchos teóricos han llegado incluso a postular que el Este ya no tiene magia. Que la fuente de la magia para los Caminantes del Viento se había secado o destruido ya que nadie se había conectado con el Canal durante tanto tiempo. —Larel recuperó la botella de ungüento y lo aplicó en las heridas abiertas de Vhalla—. Tú contradices todo lo que la gente ha estado diciendo en más de un siglo.

Vhalla quería sentirse especial. Quería sentirse importante. Quería sentir que era especial e importante sobre todo para el príncipe heredero. Pero solo se sentía como un objeto. Salió de golpe de su ciclo de pensamientos destructivos cuando Larel aplicó ungüento sobre un corte especialmente feo.

—Lo siento, debí advertirte. —La mujer continuó con su trabajo.

—Yo siento que tengas que hacer esto —repuso Vhalla. En la escala de hechiceros, Larel era la que menos mal le había hecho a Vhalla y, sin embargo, parecía estar parcheando los males de todos los demás.

—No me importa. —Empezó a almohadillar algunas heridas con retales de tela antes de agarrar vendas limpias—. Sí, has dado más trabajo que la mayoría de los aprendices Despertados de mis compañeros, pero creo que tu historia ya es más profunda de lo que la mayor parte de nosotros tendremos jamás.

Hizo una pausa para sonreír y Vhalla se quedó impresionada por los rasgos de la mujer. Era despampanante cuando sonreía. El pelo negro liso se curvaba alrededor de su rostro y enmarcaba a la perfección sus facciones. Tenía los ojos marrones oscuros, casi negros, y Vhalla tuvo que apartar la vista antes de que le recordaran a otros ojos occidentales un pelín más oscuros.

—Bueno, ¿qué sucede ahora? —Parecía una pregunta natural. Vhalla necesitaba empezar a enfocar las cosas con cierta lógica. Sus emociones habían corrido por ahí desbocadas durante demasiado tiempo, y eso no la había llevado a ninguna parte.

—Una vez que Despiertas, solo hay dos opciones. Tus poderes continuarán Manifestándose, y ya has visto cómo pueden estar atados a tus emociones cuando el Despertar es reciente. —Vhalla echó una ojeada a la ventana, porque acababa de darse cuenta de lo que de verdad había pasado—. Así que debes aprender a controlar tus poderes o Erradicarlos. Probablemente no debería decírtelo, pero el ministro planea ofrecerte una chaqueta negra.

—Pero soy aprendiza en la biblioteca —protestó Vhalla con una vocecita. Ya sentía añoranza.

—Las cosas cambian. —La mujer se encogió de hombros—. Pero será tu elección. El ministro no te forzará a hacerlo.

—Lo dudo —farfulló Vhalla. No estaba segura de si los hechiceros de la Torre sabían cómo hacer algo sin usar la fuerza—. ¿Y si elijo que me Erradiquen?

Había leído sobre el proceso de agotar la magia de un hechicero para bloquear sus Canales de poder. Aunque no lo había entendido del todo, no sonaba doloroso tal y como lo describían en el libro de la biblioteca. No podía ser mucho más doloroso que la agonía por la que estaba pasando.

—Yo te animaría a replanteártelo. —Vhalla miró a la mujer con el ceño fruncido—. Pero creo que debe ser tu elección —añadió Larel al ver su mirada. Luego se echó atrás y empezó a recoger sus cosas.

Vhalla se limitó a mirar por la ventana, con la esperanza de que las estrellas pudieran decirle lo que debía hacer.

—El príncipe Aldrik —empezó Larel con tono suave, aunque advirtió cómo Vhalla daba un respingo al oír su nombre—. Me dijo que eres muy brillante. Que le sorprendía lo inteligente que eres para ser una aprendiza.

—Sí, él lo expresaría así: un cumplido dentro de un insulto —comentó Vhalla con sequedad.

—Lo decía en serio —le aseguró Larel—. Yo también lo creo. —Vhalla miró con dudas a la mujer que ya se levantaba—. No hagas esta elección sin poner a funcionar ese intelecto. Si tienes preguntas, puedes hacérmelas a mí o a cualquier otro hechicero.

Vhalla notó una semilla de culpabilidad en el estómago mientras miraba a la mujer. Había sido amable con ella. Vhalla jugueteó con las costuras de su manta.

—Gracias —farfulló—. Creo que no habría estado tan bien como estoy ahora sin tu ayuda —añadió con más énfasis.

—De nada —dijo Larel como aceptación de su gratitud—. Ahora descansa. Cuando te encuentres lo bastante bien, hay una biblioteca aquí en la Torre que puedes usar con libertad.

La mujer sonrió al ver la expresión de Vhalla al mencionar la biblioteca. Pero la hechicera no dijo nada más y se marchó. Con un suspiro suave, Vhalla recolocó las almohadas y se recostó hacia atrás.

Por mucho que quisiera, no lograba sentir ninguna ira hacia Larel. La mujer había sido demasiado amable con ella para eso. Además, era agradable tener a alguien con quien hablar de manera abierta y sincera sobre estos temas. La mejor conjetura de Vhalla era que la occidental no parecía estar siguiendo a ciegas las órdenes de Victor ni del príncipe.

Por mucho que quisiera ignorarlas, las palabras de Larel habían tocado una fibra en su interior. Aplicar el intelecto al mundo que se abría ante ella. A Vhalla le preocupaba lo que pasaría si lo hiciera. Con otro suspiro, permitió que su cuerpo herido se relajara y sus ojos se cerraran. Siempre tendría la mañana para tomar decisiones de esas que te cambian la vida.

Pero la mañana llegó y pasó y Vhalla no estaba más cerca de decidir cómo se sentía sobre nada. La mayor parte del dolor había amainado y, con él, la ira que sentía por su situación. Todavía estaba resentida con cierto príncipe, pero ya no tenía ganas de golpear cosas. Alrededor de la hora de comer, pensó que ya era hora de salir de la habitación que había ocupado durante días y días.

Cuando se puso de pie, el mundo se quedó exactamente donde debería estar. Aparte de unas mortecinas molestias generales, no sentía ningún dolor. Probó a caminar en círculo por el reducido espacio de la habitación; cuando no vomitó, lo consideró un éxito. Respiró hondo y abrió la puerta que conducía a la habitación de al lado.

Vhalla se sorprendió al ver que estaba desierta. Larel, el ministro y, gracias a la Madre, el príncipe no estaban por ninguna parte. Al recordar lo que le había dicho Larel acerca de una biblioteca, se dirigió despacio hacia la segunda puerta.

Vhalla observó el pasillo. A la izquierda, subía; a la derecha, bajaba. A intervalos frecuentes, colgaban orbes de cristal con llamas en su interior que proyectaban un resplandor cálido por todo el corredor. Contempló las esculturas alineadas por las paredes a intervalos aleatorios.

Eran una obra de arte.

Inspeccionó de cerca la piedra tallada. Los aprendices y los sirvientes no exhibían obras de arte en sus pasillos y salas. ¿Habría otros nobles de la corte detrás del ministro?

Los relieves contaban historias que Vhalla había conocido desde niña. La mayoría eran de referencia religiosa, alusivas al Padre. Vhalla vio a un hombre que agarraba la cabeza de un dragón y lo forzaba a comerse su propia cola; la creación de la luna. El Padre protegía el mundo de su amante del caos de los mundos más allá.

Por instinto, Vhalla tomó el pasillo ascendente, pero cuando recordó su última interacción con las alturas, dio media vuelta para dirigirse hacia abajo. Era el mismo pasillo que había recorrido con el ministro hacía varias semanas, solo que ahora se tomó el tiempo de ver ese mundo. Las puertas tenían arcos en la parte superior, con picaportes de hierro, y encima de cada una había una placa de plata. Algunas tenían nombres grabados; otras solo exhibían símbolos que Vhalla no reconoció.

De vez en cuando, el pasillo se bifurcaba hacia zonas comunes, recintos de práctica y demás. Algunos de estos estaban desiertos, otros estaban ocupados. Las pocas veces que se cruzó con alguien, la saludaron con cordialidad y continuaron su camino. Nadie pensó que la chica del camisón blanco con vendas era extraña.

Había un aroma peculiar flotando en el ambiente. Le hacía cosquillas en la nariz y la animaba a seguir adelante. Al principio no logró identificarlo, pero a medida que aceleraba el paso y el olor se intensificaba, se dio cuenta de lo que era con una sonrisa. Era el olor a cuero polvoriento y a pergaminos. Se giró justo a tiempo de ver la sala circular que albergaba la biblioteca de la Torre.

La biblioteca era grande y redonda y, comparada con muchas otras, podría ser considerada de un tamaño bastante respetable, aunque solo ocupara más o menos como dos alas y media de la Biblioteca Imperial. No obstante, la reconfortó más que cualquier otra cosa hasta la fecha. Un chico rubio que no parecía mayor que Vhalla se afanaba en colocar algunos libros de vuelta en las estanterías. La miró cuando entró.

—¡Ah! ¡Bienvenida! —exclamó con una sonrisa, y casi dejó caer los libros que llevaba en las manos para correr a saludarla.

Vhalla no estaba segura de sentirse demasiado sociable, pero sonrió con educación y le estrechó la mano. La chaqueta del chico no tenía cuello y las mangas eran más largas que las de Larel; le llegaban casi hasta los codos. Tenía el pelo ondulado, con aspecto un poco infantil debido a los trasquilones. Eso y su sonrisa bobalicona parecieron aliviar la tensión de los hombros de Vhalla.

—Hola —contestó.

—Tú debes ser la recién Despertada.

Vhalla asintió. Si todo el mundo había oído hablar de ella, no le extrañaba que la gente con la que se había cruzado en el pasillo no se hubiese sorprendido de su estado.

—Estoy seguro de que tienes un montón de preguntas. Si puedo ayudarte a encontrar algo, no tienes más que decírmelo. Me llamo Fritznangle, pero como es larguísimo casi todo el mundo me llama Fritz. No seas tímida, ¿vale? —Sonrió otra vez y, al notar que aún le estaba estrechando la mano, dejó de moverla arriba y abajo con una carcajada.

—Es un placer conocerte, Fritz. Yo soy Vhalla. —La joven sonrió. Ese chico era más enérgico que los bibliotecarios normales que había conocido hasta entonces—. ¿Eres el maestro de esta biblioteca?

—¿Maestro de la biblioteca? Oh, no. En realidad, no tenemos de eso. Supongo que el ministro dirige la biblioteca como conservador formal. ¿Se dice «conservador» para una biblioteca? Bueno, da igual, sí me encargo de ella, si eso es lo que preguntas. Nadie más quiere hacerlo, creo.

Vhalla no pudo reprimir una risita; era la primera vez que reía en una semana, y le hizo sentir todo el cuerpo más ligero.

—No sabía que hubiera una biblioteca en la Torre. —Evaluó los libros con ojo crítico.

—No tendrías por qué saberlo, supongo. Quiero decir, es privada, ¿sabes? Tiene algunas cosas extraordinarias. Originales. He oído que rivalizaría con los Archivos Imperiales. —Lo dijo como si eso no fuese nada. Vhalla casi babeaba.

—Eh, ¿quieres dar una vuelta? Vas a ser una chaqueta negra pronto, ¿no? —La tomó de la mano y la condujo más adentro entre los libros—. Todavía no llevas una, pero cuando te hayas curado del todo, estoy seguro de que te iniciarán y entonces esta también será tu casa.

Vhalla se detuvo y el chico se dio la vuelta cuando su brazo se negó a moverse.

—No soy una chaqueta negra. —Se miró los pies—. Debería irme.

—Espera. —Fritz la paró—. Eso es… bueno… quiero decir… Estás aquí. Y bueno, ¿quieres verla de todos modos?

—¿Crees que puedo? —preguntó, y se giró otra vez hacia él. Aunque fuese una biblioteca para hechiceros, Vhalla jamás rechazaría ver libros.

—Sí, claro. Vamos. —Fritz sonrió de nuevo.

Volvió a tomarla de la mano y la condujo hasta una mesa ante una alta ventana en la parte posterior. Vhalla apoyó las manos en el cristal y miró afuera, tratando de ubicar la biblioteca en el palacio. Sabía que la Torre de los Hechiceros tenía su propia entrada a pie de calle en alguna parte, pero se fusionaba con el palacio a medida que ascendía, lo cual dificultaba distinguir su localización exacta a medida que otros edificios y estructuras crecían a su alrededor.

—Entonces, ¿qué eres? —preguntó Fritz, al tiempo que sacaba algunos libros de las estanterías—. ¿Portadora de Fuego? ¿Corredora de Agua? ¿Rompedora de Tierra?

—Caminante del Viento —repuso sin girarse. Cada vez le resultaba más fácil de decir, y Vhalla no creía que se alegrara mucho por ello. Aunque tampoco la molestaba tanto como hubiese creído.

—¿Q… qué? —Fritz fue hasta ella—. Perdona. No te he oído bien. ¿Me lo repites?

—Soy Caminante del Viento —repitió, mirándolo de reojo.

Fritz apoyó la mano en el marco de la ventana y respiró hondo.

—¿Estás segura? Sé que el Despertar puede embarullar un poco la mente y, bueno, no oímos las cosas bien. Ya sabes cómo es. —Fritz seguía mirándola incrédulo.

Vhalla lo miró, un poco irritada por que el joven estuviese estropeando su momento de reencuentro con los libros al mostrarse tan obtuso.

—Mi Afinidad es el aire. No sé demasiado, pero todo el mundo me ha dicho que eso me convierte en una Caminante del Viento. —Vhalla habló muy despacio y procuró pronunciar bien cada palabra.

—Lo dices en serio —farfulló Fritz. Vhalla asintió, frustrada—. Oh, por el Sol, hablas en serio. —La agarró de la mano otra vez y se la sacudió de manera vigorosa—. Es un honor. ¡Un honor! Conocerte. Me preguntaba por qué se mostraba tan hermético el ministro sobre la nueva Despertada. Una Caminante del Viento. Una Caminante del Viento aquí, en la capital, segura, de una pieza. No quemada y reducida a pedacitos.

—Me estás haciendo daño. —Vhalla sonrió a pesar de la mueca y se frotó el hombro palpitante cuando el joven le soltó la mano con una disculpa—. ¿A qué te refieres con «no quemada»?

—Bueno, dada la historia de los Caminantes del Viento... —Fritz dejó la frase sin acabar, como si ella supiese a qué se refería. No lo sabía y él, por fin, se dio cuenta—. Espera, ¿no conoces la historia?

—He leído parte en la historia de los hechiceros —repuso Vhalla sin precisar demasiado. Fritz le estaba provocando la misma sensación que le había provocado el príncipe: una de culpabilidad por ignorar un ámbito de conocimiento entero durante años.

—Cuéntame qué sabes. —Fritz sonrió y todo parecido con el príncipe se desvaneció—. Yo te ayudaré a llenar las lagunas.

Vhalla respiró hondo.

—Bueno, sé que los Caminantes del Viento son... eran... del Este. Yo soy oriental. Sé que no ha habido uno desde hace ciento y pico de años y que algunas personas creían que ya nunca habría otro.

—Eso es lo básico. —Fritz sonrió—. Pero muy justito.

La condujo entre los libros con tironcitos suaves de la mano y pasos lentos. La palma de su mano estaba fría pero no era incómoda. Vhalla se permitió una leve sonrisa. Ya era hora de que conociera a un hechicero con un carácter amable y alegre.

—Por aquí. Esta sección es la de nuestras historias.

No había escaleras rodantes y Fritz se alejó a toda prisa en busca de una banqueta. Al menos las estanterías eran solo la mitad de altas que las de la Biblioteca Imperial; hacía falta una escalera con veinte peldaños para que Vhalla llegara a las baldas superiores de esas.

—Caminantes del Viento... No ha habido demasiado material nuevo desde... bueno, hace bastante tiempo que no ha habido Caminantes del Viento. Los libros también son escasos. Mhashan no quería que quedara ninguno.

—¿Mhashan? ¿El antiguo Oeste? —Vhalla parpadeó mientras se preguntaba qué tendría que ver el reino de Mhashan con los Caminantes del Viento.

—Yo no sabría explicártelo bien. —Fritz negó con la cabeza, dubitativo—. Toma, lee esto.

Vhalla miró el título del manuscrito que el bibliotecario de pelo desgreñado depositó con ademán reverente en sus manos: *Los Caminantes del Viento del Este*. Era un manuscrito viejo y la aprendiza de bibliotecaria que había en ella tomó nota mental de inmediato de que habría que reencuadernar el libro pronto. Una rápida hojeada y la inspección de varias páginas del centro revelaron que al menos la tinta aún era legible.

—Gracias. —Fue como un soplo de aire fresco. El solo hecho de sujetar un libro otra vez entre las manos hizo que se sintiera mejor.

—¡No hay de qué! —Fritz esbozó una sonrisa amplia y radiante.

—¿Puedo leer aquí? —Vhalla no tenía ningún interés en regresar a la habitación donde se había estado recuperando.

—Esto *es* una biblioteca. —Fritz se rio. Luego la condujo hasta una ventana con un banco ancho colocado delante de ella. No era del todo como su asiento en la ventana, pero se parecía lo suficiente como para que Vhalla se relajara en su nuevo entorno.

Abrió el libro y, diligente, empezó a leer por la primera página. Vhalla no contaba un libro como leído a menos que sus ojos se posaran en la primera palabra de la primera página y en la ultimísima palabra de la última.

Frunció el ceño y deslizó los dedos por encima de los trazos. Remetió unos pelos descarriados detrás de su oreja solo para que cayeran delante de su cara otra vez.

Había algo raro.

La escritura le resultaba familiar. Era un poco menos irregular, menos picuda que la que conocía. Estas palabras estaban escritas con una mano más firme, probablemente más joven. Pero era imposible. Vhalla parpadeó varias veces en dirección a la portada.

Los Caminantes del Viento del Este.

Una colección de cuentos de Los Tiempos de Fuego.

Compuesta por Mohned Topperen.

CAPÍTULO
8

Mohned Topperen. El nombre tenía que ser un error. Tal vez fuese un nombre muy común y Vhalla no lo supiera. ¿Por qué estaría, si no, el nombre del Maestro de los Tomos en un libro sobre historia de la magia? Aunque también era cierto que el maestro era autor de más de cien manuscritos. ¿Por qué habría de tener ningún problema en escribir sobre magia?

Vhalla hizo una pausa. De repente, se sentía muy pequeña. Durante todo este tiempo había tenido miedo de los hechiceros cuando el hombre que era su mentor, que había sido como un padre para ella en palacio, había escrito sobre ellos mucho antes de que ella naciera siquiera. Se apoyó contra la pared, la cabeza le daba vueltas. ¿Cómo podía haber estado tan equivocada?

Mohned la había educado mejor. Su padre la había educado mejor. Vhalla había vivido en el Sur durante tanto tiempo que el miedo sureño a la magia se había filtrado en su interior. Sí, los hechiceros eran diferentes, pero el Sur había sido diferente y sin embargo no le había dado miedo mudarse al palacio. Había estado emocionada ante la perspectiva de expandir sus conocimientos. Su mundo había crecido y, de niña, lo había aceptado mejor que como una mujer joven.

¿Por qué había encogido su mente solo por haberse hecho mayor?

—¿Vhalla? —susurró el joven bibliotecario, al tiempo que se sentaba a su lado.

—¿Sí? —Vhalla lo miró y parpadeó, preocupada por que su magia hubiese escapado de su control otra vez; el chico estaba inexplicablemente borroso.

—Eh, ¿estás bien? —Le puso una mano en la rodilla y Vhalla miró pasmada ese contacto desconocido. Era extrañamente bienvenido—. Estás llorando.

—Perdón. —Sacudió la cabeza y apartó la mirada mientras se frotaba los ojos por la frustración.

—No te disculpes. Debe de ser algo muy gordo. —Vhalla asintió en silencio mientras Fritz hablaba—. ¿Ya vivías en palacio antes de esto?

—Sí —repuso Vhalla, y encontró que hablar aliviaba un poco el nudo que tenía en la garganta—. Era aprendiza en la biblioteca. He vivido aquí desde que tenía once años. Casi siete años ya…

—Eso es bueno. —Fritz sonrió. Vhalla lo miró, perpleja. Antes de que pudiera preguntar qué había de bueno en su situación, el joven continuó hablando—. A algunos de los aprendices nuevos los dejan aquí sus familias, sin haber vivido nunca en el palacio… a veces ni siquiera fuera de sus casas. Lo peor es cuando la familia además reniega de ellos.

—¿Reniega de ellos? ¿Su propia familia? —Vhalla parpadeó. No sabía lo que opinaba su padre en realidad sobre la magia, pero Vhalla quería creer que nada le impulsaría a abandonarla ante una puerta. Se había mostrado lloroso cuando la dejó en el Sur.

—Tienen miedo. —Fritz se encogió de hombros—. Creen que no es natural, aunque la gente no pueda elegir tener o no tener magia.

—¿Eso es lo que te pasó a ti? —preguntó Vhalla.

—No. —Fritz se rio—. En mi familia no hay ningún hechicero, pero apenas les importó. Mis hermanas creían que era hilarante cuando no podía parar de congelar cosas de manera aleatoria.

—¿Congelar cosas? —caviló Vhalla en voz alta—. Eso te convertiría en un… un… —No lograba recordar el nombre correcto—. Tienes una Afinidad con el agua.

—Un Corredor de Agua —aportó Fritz con amabilidad—. Vale, bueno, te dejaré leer. Solo quería asegurarme de que no te doliera nada.

—No. —Cuando el joven hizo ademán de levantarse, Vhalla agarró la mano que tenía apoyada en su rodilla—. No te vayas. —Apartó la mirada y se sonrojó. Vhalla no quería que Fritz se marchara. Era la primera persona estable de toda la Torre y, en esos momentos, necesitaba a alguien cálido y genuino. Algo en su pelo y en sus ojos sureños le recordaba a Roan.

—Vale —aceptó Fritz con entusiasmo, y se instaló a su lado—. Leeré contigo; no me vendrá mal repasar un poco de historia.

Empezaron a leer juntos y Vhalla agradeció que el joven leyera casi igual de deprisa que ella.

La historia de los Caminantes del Viento empezaba varios siglos antes de que el último Caminante del Viento muriera, durante el gran genocidio que se conocía como Los Tiempos de Fuego. Era una detallada historia de Cyven, el antiguo Este, que a Vhalla no le habían contado nunca a pesar de haber nacido ahí. La historia estaba incompleta en algunos aspectos, pues había sido elaborada a partir de relatos orales, pero cuando llegó a la parte central de Los Tiempos de Fuego, Vhalla empezó a tener preguntas.

—No lo entiendo. ¿El rey de Mhashan estaba invadiendo Cyven?

—Hay quien dice que Mhashan podría haber sido más glorioso que el imperio Solaris si hubiesen conseguido retener Cyven —confirmó Fritz.

—¿Por qué no lo consiguieron? —El libro mostraba un punto de vista claramente oriental y las explicaciones para las acciones del Oeste eran escasas.

—El rey Jadar afirmaba que la invasión era para extender la voz de la Madre Sol. —Estaba claro que la historia era uno de los temas favoritos de Fritz, por cómo hablaba y por la animación de sus manos. Vhalla se preguntó cuántas naciones utilizarían a la Madre como excusa para la conquista—. Pero, en realidad, lo que quería era el poder de los Caminantes del Viento.

—¿Por qué? —Vhalla procuró no sonar demasiado ansiosa. La conversación entre el príncipe y el ministro seguía fresca en su memoria.

—La verdad es que no lo sé —repuso Fritz, con un tono de disculpa en la voz.

Vhalla sintió que su pecho se desinflaba. Fuera cual fuere la razón, el rey había esclavizado a cada Caminante del Viento encontrado por sus ejércitos y por una orden secreta de caballeros con un entrenamiento especial. En el proceso, incendiaron la mayor parte del Este. Llegó un momento en que los Caminantes del Viento admitieron la derrota, con la esperanza de salvar al resto de su gente. Comparado con las milicias occidentales, el Este era desorganizado y débil. Después de que el rey aceptara su rendición, y después de haber puesto esposas y grilletes a los últimos hechiceros, quemó toda resistencia que aún pudiera existir, o a sus simpatizantes, con la Afinidad por el aire. Fue como si quisiera borrarlos de la faz de la Tierra.

Vhalla miró las palabras aturdida y se dio cuenta de que se estaba acercando al final de la historia. El último cuarto del libro se centraba en lo que hizo el Oeste con sus cautivos. Experimentos *in vivo* y trabajos forzados que a Vhalla le revolvieron el estómago.

—¿Por qué harían algo así? —susurró.

—No lo sé. —El joven sureño le dio unas palmaditas en la rodilla—. Pero eso fue hace mucho. Las cosas ahora son diferentes.

—¿Cómo es que no sabía que esto había ocurrido? —Vhalla aún trataba de asimilar lo que acababa de leer.

—En mis lecciones de historia, siempre nos contaban que el Este declaró tabú toda magia después de Los Tiempos de Fuego. Cyven tenía miedo de volver a atraer la cólera del Oeste así que proscribió la magia, hablar sobre magia, los libros sobre magia... —explicó Fritz—. Con el tiempo, la persona media olvidó la magia y las leyes se convirtieron en normas sociales.

Vhalla miraba a la nada, el libro sujeto sin fuerza alguna en las palmas de sus manos. El charlatán Fritz guardó silencio y le dio tiempo para procesar todo lo que acababa de aprender. Si Vhalla hubiese nacido hacía más de siglo y medio, el Oeste la habría matado por su magia. Tenía algo por lo que los reyes mataban. Pero Vhalla no entendía qué era lo que hacía que su magia fuese más significativa que la de las otras Afinidades. Le daba miedo, pero también sabía que era algo que debía descubrir antes de que lo descubrieran el príncipe, el ministro o incluso el emperador. Si no lo habían hecho ya.

Sin embargo, la energía que fluía por las venas de Vhalla no era solo miedo.

Emoción, pensó Vhalla. La niña que había en ella y nunca había sido más que una lectora ávida, ahora tenía algo por lo que los reyes mataban. Tenía poder, y la curiosidad que sentía por ello por fin superó al agotamiento y al miedo.

—Fritz —dijo Vhalla de pronto. Se puso de pie, osciló un minuto sobre sus rodillas débiles, pero plantó los pies con firmeza en el suelo—. ¿Cómo uso la magia?

—¿Qué? —El hombre rubio se sobresaltó por su repentino frenesí de movimiento.

—Soy hechicera, ¿no? Por lo tanto puedo usar magia. ¿Cómo lo hago? —Vhalla temía perder lo que fuese que la había poseído antes de que pudiera ver la verdad siquiera.

—Yo no soy profesor —la advirtió Fritz.

—Hazlo lo mejor que puedas. —Vhalla le dedicó una leve sonrisa. Recordó al último hombre al que había considerado su profesor. Fritz no podía hacerlo peor.

—¿Estás segura de que te sientes con fuerzas? Aún estás convaleciente. Sin ofender, pero no quiero exigirle demasiado a tu cuerpo. —Fritz osciló de un pie a otro.

—Por favor —suplicó Vhalla, con su determinación a punto de desaparecer—. Necesito saberlo.

—Vale, vale. —Fritz puso las manos sobre los hombros de Vhalla y la hizo girar con suavidad para mirar a uno de los orbes de cristal que había a ambos lados de la ventana. Se inclinó hacia delante y señaló hacia la llama—. Mira ahí, mira con atención. Por favor, ten en cuenta que no soy ningún profesor de magia. Así que me disculpo de antemano por cualquier mal consejo que pudiera darte. Ahora que te he advertido, no puedes echarme la culpa. A mí me dijeron que la mitad de la magia es visualizarla y la otra mitad es permitir que ocurra. ¿Eso te ayuda en algo?

—¿Quizá? —dijo Vhalla con sinceridad.

—No sé cómo funciona la cosa para los Caminantes del Viento. Yo soy un Corredor de Agua, así que siento el agua que hay en mí para ayudarme a abrir mi Canal. Supongo que tú tendrás que sentir el viento que hay en ti...

—Esto no va a funcionar —musitó Vhalla, dubitativa. Su convicción menguaba por momentos.

—Sí que funcionará. Ni siquiera lo has intentado todavía. —Fritz le dio un apretoncito de ánimo en los hombros.

Vhalla miró el cristal fijamente. El fuego siguió ardiendo en su interior y ella se encogió de hombros.

—¿A eso lo llamas «intentarlo»? —Le dio un empujoncito suave—. Si las miradas pudiesen apagar un fuego por sí solas, entonces esa habría hecho el apaño.

Vhalla frunció el ceño y cerró los ojos mientras respiraba hondo. No tenía ni idea de cómo proceder con respecto a esto y se sentía un poco tonta por estar tratando de hacerlo siquiera. Aspiró otra lenta bocanada de aire. Vhalla oyó cómo el aire pasaba a través de ella, sintió cómo entraba en su cuerpo, notó cómo le daba vida.

Vacilante, trató de imaginar la posición del orbe delante de ella, del fuego en su interior. La imagen se formó en su mente casi con la misma claridad que si tuviese los ojos abiertos.

Magia, tenía magia en su interior.

Lo aceptaría. ¿No la habían raptado y empujado de un tejado para que lo aceptara?

Vhalla pensó en el príncipe y su humor se agrió al instante. Cuando estaba con él había invocado su magia. Ese hombre cabezota e irritante la había hecho invocar su magia. Si él podía extraer la magia de ella, ni en broma iba a permitirse no poder sacarla por su propia voluntad. Respiró hondo y abrió los ojos justo a tiempo para ver que el fuego se apagaba y el orbe se hacía añicos.

—¡Lo has hecho! —Fritz retiró las manos de sus hombros y empezó a aplaudir como loco.

—He roto el orbe. —Contempló los cristales esparcidos por el suelo. Pensar en el príncipe la conducía a romper cosas. En realidad, no era demasiado impresionante... ni saludable.

—¿A quién le importa? Tenemos muchos más. —Fritz se rio y algo en su risa era contagioso, así que Vhalla sonrió a pesar de todo—. ¡Es verdad que eres una Caminante del Viento! —Tomó sus dos manos en las suyas y la hizo dar unas cuantas vueltas hasta que se sintió mareada, aunque también un poco entusiasmada—. Ahora, esa otra.

Vhalla se volvió hacia el orbe del otro lado y repitió el proceso. Esta vez intentó pensar en que el viento se quedara solo dentro del cristal, pero sin llegar a tocarlo nunca. Intentó reprimir un poco sus emociones, pero aun así tiró de la misma fuente que sentía cuando su mente se centraba en pensamientos iracundos sobre el príncipe heredero. El orbe se estremeció antes de agrietarse y romperse. Esta vez, sin embargo, hubo muchos menos trocitos.

—¡Eres asombrosa, Vhalla! —exclamó Fritz.

Sus palabras y el mundo a su alrededor se perdieron mientras Vhalla contemplaba, fascinada, los cristales rotos. Lo había logrado, más o menos. La magia había sido algo temible, misterioso, doloroso o intelectual. Pero esta era la primera vez que podría haber descrito el momento como divertido o gratificante. Por una vez, le transmitía una buena sensación.

Y por primera vez en su vida, Vhalla se sentía fuerte.

—Vhalla. —Una voz familiar rompió su trance—. Lo siento, salí para dar unas clases y entrenar y luego no estabas.

Vhalla se giró para encontrar a la mujer occidental que se acercaba con paso apresurado. Detectó preocupación sincera en los ojos de

Larel, aunque fue atemperada por una mirada a Fritz, al darse cuenta de que Vhalla no había estado sola.

—¿Cómo te encuentras? —preguntó Larel, al tiempo que inspeccionaba sus vendajes.

—Estoy bien. —Vhalla se arriesgó a esbozar una sonrisa y se sorprendió de ver que su cara aún se movía como esperaba que lo hiciera.

—¡Está más que bien! —Fritz le plantó una mano en el hombro y Vhalla hizo una mueca ante la punzada de dolor que bajó por su brazo—. ¡Mira, Larel, la primera Caminante del Viento que tenemos en la Torre ha roto un orbe!

—¿En serio? —Larel se asomó por un lado de Fritz para inspeccionar el logro de Vhalla, si era que podía llamarse así—. ¿Te encuentras bien?

—Sí. —Vhalla asintió mientras se frotaba el hombro en el que Fritz le había dado su dolorosa versión de ánimo—. Bueno, aparte de lo obvio.

—Necesitas más poción. —Larel asintió al decirlo—. Le contaré al ministro lo de tu éxito aquí y luego te conseguiremos algo de comer y medicinas.

—Ven a visitarme alguna otra vez, ¿vale? —se despidió Fritz esperanzado.

Vhalla jugueteó con las vendas de sus manos y sus dedos. No quería volver a esa habitación solitaria, todavía no. Las cosas le habían parecido normales durante ese rato; un normal extraño y diferente, pero normal al fin y al cabo.

—¿Puedo comer con vosotros dos? —preguntó con timidez.

—¡Por supuesto que puedes! —Fritz botaba arriba y abajo. Larel mostraba una pequeña sonrisa cómplice, pero se ahorró los comentarios y se limitó a asentir.

Vhalla se sentó al lado de Fritz en el comedor de la Torre. Se sorprendió al descubrir que tenían sus propias cocinas y que los aprendices se turnaban para cocinar. Fritz explicó que, gracias a eso, tenían la oportunidad de probar todo tipo de comidas de distintas regiones del continente.

Las fresas no habían sido un espejismo. No solo la variedad parecía ser mejor, sino también la calidad de la comida. La carne era fresca y eran cortes reales, no los trozos descartados, llenos de grasa gomosa y tendones, que solían servir en el comedor de los sirvientes y los aprendices. Las verduras eran tan frescas que todavía crujían. Vhalla se sintió engañada.

Larel percibió su mirada de desaprobación en cuestión de segundos, y Vhalla se preguntó si el poder para leer la mente era parte de la Afinidad de una Portadora de Fuego, pues Larel enseguida empezó a explicar la razón de que su sistema de alimentación fuese distinto.

Existía un dicho que Vhalla ya había oído alguna vez: la Torre cuida de su gente.

Los hechiceros sabían lo dura que podía ser la vida y, por ello, hacían piña. La Torre tenía muchos mecenas que, después de haberse formado ahí, habían salido al mundo a ganar sus fortunas. Pero nunca habían olvidado lo que la Torre había hecho por ellos y enviaban dinero y regalos con regularidad para cuidar de los aprendices que hubiera en ese momento. El ciclo se repetía generación tras generación.

Vhalla se sentó entre Larel y Fritz, que se preocuparon por que la conversación discurriera alrededor de ella de modo que pudiese participar solo en la medida que le apeteciera. Larel habló con otros Portadores de Fuego, que también llevaban chaquetas sin mangas de cuello alto. Fritz parecía absorto en su propio mundo mientras hablaba con el hombre que tenía a su otro lado, Grahm. Por el rabillo del ojo, Vhalla vio cómo los muslos de los dos hombres se tocaban cuando Fritz se inclinaba hacia Grahm. ¿Se estaría imaginando el resplandor cálido que irradiaba entre ellos?

Cuando terminó la comida, Larel la acompañó de vuelta a su habitación temporal y Vhalla aprovechó para admirar otra vez las obras de arte de los pasillos. Trató de apagar la luz de un orbe, pero solo consiguió romperlo.

—En serio, Vhalla —suspiró Larel, aunque no sonaba molesta de verdad. La mujer alargó una mano y los fragmentos de cristal refulgieron un momento al rojo vivo antes de desaparecer.

Entraron en el taller y Vhalla se acomodó enseguida bajo las mantas. Larel tenía cinco pociones más para su paciente y tres vendajes que sustituir.

—Mañana hablarás con el ministro. —La mujer occidental observó las magulladuras de Vhalla con ojo crítico. Incluso Vhalla estaba sorprendida de lo deprisa que se estaba curando su piel ahora.

—¿Qué pasará entonces? —se atrevió a preguntar.

—No lo sé. —Larel sacudió la cabeza—. Pero estaré aquí para ayudar con lo que necesites, siempre y cuando no te importe que yo sea tu mentora.

Vhalla miró a la mujer morena durante unos instantes. Recordó sus duras palabras de hacía unas noches. Quizá fuesen merecidas, quizá no. Las cosas habían cambiado y, por mucho que Vhalla llevase años intentando crecer y convertirse en una mujer, ahora mismo necesitaba a su niña interior, esa que abrazaba el mundo cambiante a su alrededor.

—No me importa —susurró Vhalla—. Si a ti sigue sin importarte ser mi mentora.

Larel se limitó a sonreír.

CAPÍTULO 9

Vhalla despertó al amanecer al día siguiente. No fue dolor o malestar lo que la despertó, sino la aprensión por lo que le depararía el día. Llevaba ya casi una semana en la Torre, aunque, claro, la mitad de ese tiempo había estado inconsciente. El ministro había pasado por su habitación dos veces más cuando estaba despierta, pendiente de su mejoría.

La opinión de Vhalla con respecto al ministro de Hechicería había mejorado con sus esfuerzos por curarla, pero no se le había olvidado la conversación del hombre con el príncipe. El ministro no hacía más que asegurarle que podía confiar en él, que no pretendía hacerle ningún mal, y Vhalla solo esperaba que fuese sincero.

Se encontró con el ministro en la sala adyacente a su dormitorio temporal, y se sentó en la misma silla que había ocupado semanas antes. Esta vez, dejaron un tazón de humeante té delante de ella, y bebió un sorbito con timidez, con valentía. Como era de esperar, el té era de alta calidad. *La comida buena es algo a lo que podría acostumbrarme*, caviló Vhalla mientras inhalaba los aromas del té.

—Me alegro de ver que te encuentras mejor —empezó el ministro, después de procurarse su propio té—. Lo bastante bien como para haber oído rumores ya de que mis aprendices y mentores han comido con la primera Caminante del Viento. —Vhalla evitó su mirada, culpable de su acusación—. Lo cual significa que debemos hablar sobre tu futuro.

Vhalla no sabía muy bien qué decir.

—Estoy seguro de que Larel ya te ha explicado la mayor parte, pero ahora eres una hechicera y tu lugar está aquí en la Torre. Hemos trabajado duro para crear un sitio que pudiera ser un remanso de paz para hechiceros de todos los niveles y destrezas. Se te permitirá practicar con libertad y se te enseñará a controlar y a aplicar tus nuevas destrezas. —Cruzó las manos y las apoyó en la mesa—. Ahora bien, para aceptar la chaqueta negra, tendrás que renunciar a tu puesto actual en la biblioteca. Eso no significa que no puedas frecuentarla en tu tiempo libre, pero te mudarías aquí, a la Torre, para vivir y trabajar entre tus nuevos compañeros.

El ministro sacó un papel de sus vestiduras. Era un decreto formal de cambio de puesto de aprendiz con cuatro espacios en blanco para las firmas.

Ahí estaba todo, nítido y claro.

—¿Y si rechazo la oferta? —se encontró preguntando. El ministro hizo una pausa y Vhalla trató de descifrar lo que cruzó por su cara—. ¿Me podrán Erradicar?

—Vhalla —empezó el ministro despacio—. Eres la primera Caminante del Viento en casi ciento cincuenta años. —A Vhalla se le aceleró el corazón—. Creo que...

—¿No es mi elección? —se apresuró a preguntar.

—Lo es. —El ministro ya sabía que no llegaría a ninguna parte a base de forzarla. Ella se arrellanó en su asiento con un leve suspiro.

—Ministro —empezó—, se avecina el Festival del Sol. —Si podía fiarse de los colores cambiantes de los árboles debajo de su ventana, la mayor celebración del imperio tendría lugar a lo largo de ese mes—. Soy consciente de que no estoy en condiciones de pedir demasiado, pero... ¿podría esperar a después del festival para tomar mi decisión?

—Vhalla. —El ministro juntó las yemas de los dedos de ambas manos—. Estoy seguro de que ya eres consciente de los peligros de tener a un hechicero Despertado y sin entrenar en palacio.

—Pero ¿no provenía la mayor parte del peligro de no saber cómo iba a despertar a mi magia? —preguntó Vhalla con timidez—. Ahora que he Despertado, hay menos riesgo.

—No, ya has visto cómo pueden influir tus emociones sobre tu magia cuando no cuentas con un entrenamiento para suprimir esa respuesta natural —la contradijo el ministro, y a Vhalla se le cayó el alma a los pies—. Voy a necesitar que tomes tu decisión hoy.

Vhalla frunció el ceño. Observó los ojos azul hielo del ministro mientras recordaba su conversación con el príncipe. Más allá de lo que quisiesen de ella, no estaba dispuesta a entregárselo con facilidad.

—Entonces, elijo ser Erradicada —anunció Vhalla sin rodeos.

—Vhalla… —musitó Victor despacio.

—¿No era mi elección? —lo interrumpió ella—. Si se me fuerza a elegir ahora, entonces tomaré la decisión más segura, que es ser Erradicada.

—Eres la primera Caminante del Viento —repitió el ministro, aturdido.

—Es una pena, ¿verdad? —Vhalla se tragó su miedo para mantener esa fachada valiente.

El hombre la miró durante un momento largo. Vhalla cerró los puños en torno al borde del fino vestido de algodón que le habían puesto. Tenía que mantenerse firme. Si de verdad la necesitaban, el ministro no permitiría que la Erradicaran. Forzar su mano era peligroso, pero Vhalla necesitaba saber la verdad.

—Muy bien. —El ministro cedió con un suspiro. El corazón de Vhalla aporreaba en su pecho—. Te concedo hasta el final del Festival del Sol para tomar tu decisión.

O sea que estaba en lo cierto. Lo que fuese que quisieran tenía que ver con su magia. Vhalla disponía de un mes para averiguar por qué y entonces decidiría si quería conservar su magia o no.

—Gracias, ministro —dijo Vhalla con educación.

Antes de que pasara una hora, Larel regresó con su ropa. Cuando la dejó sobre la cama, Vhalla la miró asombrada. Sus túnicas estaban más limpias que nunca. El algodón parduzco estaba casi blanco, y cuando levantó la túnica granate vio que su dedo ya no cabía en ninguno de los agujeros de las costuras.

—También la hemos arreglado —señaló Larel.

—Gracias. —Vhalla no había visto a ningún sirviente en la Torre, lo cual significaba que los aprendices compartían el trabajo en todas las áreas, como hacían en las cocinas. Vhalla se preguntó si cuando Larel hablaba en *plural* se refería en realidad a *ella*.

Larel se excusó y Vhalla se cambió despacio. Levantar los brazos le provocaba dolorosas punzadas en las costillas, hasta el punto de hacerla guiñar los ojos. A pesar de tener el cuerpo maltrecho, amoratado y arañado, su ropa todavía le quedaba bien. Todavía era la misma persona, o casi.

Caminó al lado de Larel en silencio, incapaz de encontrar las palabras. La otra mujer irradiaba una sensación de comodidad y Vhalla no se sentía presionada a hablar. Miles de pensamientos rondaban por su cabeza mientras sopesaba sus opciones, y era una agonía pensar que solo disponía de un mes para tomar una decisión.

Debería ser fácil, se regañó. Debería Erradicarse y dejar todo esto atrás, pero mientras cruzaba una puerta desconocida detrás de Larel, echó un último vistazo a la Torre. Había algo en ese lugar que Vhalla ya no podía negar.

—Has de saber que el ministro informó a la biblioteca que habías contraído la Fiebre Otoñal —le explicó Larel con diligencia.

—Ya veo. —Vhalla asintió, al tiempo que se preguntaba cuán profundo llegaba la influencia de la Torre en el palacio—. Larel, gracias —dijo Vhalla de pronto. Después de todos los cuidados de la mujer, Vhalla se estaba marchando sin haberle dado a la Torre nada a cambio.

—Cuídate —le pidió Larel con amabilidad.

Vhalla desapareció a través de la turbia pared y se encontró en un cruce de pasillos.

Animó a sus pies a moverse, pero estos se negaron.

Algo en su interior le gritaba que corriera de vuelta por ese pasillo en penumbra a los brazos de la gente que la había arrancado de las garras de la muerte, la gente que conocía el cambio que estaba viviendo y podía ayudarla a enfrentarse a él. Sería más fácil si no regresara nunca a la biblioteca, si no volviera a ver nunca las caras de los que habían sido su familia desde que había llegado al Sur.

El rostro de Mohned apareció en el ojo de su mente. Unos ojos blancuzcos por la edad, que aún brillaban con intensidad mientras miraban al mundo desde detrás de unas gafas circulares. La culpabilidad se hizo notar como un espasmo en el estómago. No podía marcharse de ese modo. Así que fue dando paso tras paso de vuelta a su antiguo hogar.

La mayoría de los vendajes de sus manos ya no estaban, pero el tono morado de los hematomas seguía siendo intenso en algunas zonas. Vhalla se alegró de llevar manga larga, pues ocultaban la mayor parte de las heridas restantes.

Casi no tenía fuerzas para empujar las elaboradas puertas de la biblioteca, por lo que se sintió agradecida cuando los guardias las agarraron desde el interior y terminaron de abrirlas.

Durante su ausencia, el Ministerio de Cultura había empezado los preparativos para el Festival del Sol. Grandes cornucopias colgaban del techo. Ramos de trigo recalcaban los títulos de cada fila de estanterías. Incluso el mostrador central había sido decorado con guirnaldas de olor dulzón hechas con flores y hojas otoñales.

Sareem fue el primero en percatarse de su presencia, pues estaba ante el escritorio, mirando algo por encima del hombro de Mohned.

—¡Vhalla! —gritó.

El maestro lo regañó con suavidad, pero Sareem ya corría hacia ella. Dos brazos se envolvieron a su alrededor con fuerza y a Vhalla ni siquiera le importó el dolor de sus costillas y sus hombros. Con un grito similar, Roan salió corriendo de entre las estanterías para abrazarla a su vez, seguida de Cadance y después una mucho más serena pero sonriente Lidia. Incluso el maestro recorrió media biblioteca para recibirla.

—¿Cómo te encuentras, Vhalla? —se oyó la voz del maestro en medio de la cháchara.

—Mucho mejor. —Parpadeó para eliminar las lágrimas que anegaban sus ojos. Vhalla sabía que el maestro preguntaba por la mentira sobre la Fiebre Otoñal, pero la joven podía contestar con sinceridad.

—Estábamos todos muy preocupados por ti —intervino Sareem. Vhalla se frotó los ojos.

—¿Qué te pasa? —La voz de Cadance sonó pequeñita.

—Os he echado mucho de menos a todos, eso es todo. —Vhalla sorbió por la nariz, frustrada consigo misma.

—Ha pasado poco más de una semana, Vhalla —la consoló Roan con una sonrisa y unas palmaditas en la espalda—. De hecho, no tanto tiempo para ser Fiebre Otoñal.

—Pues a mí me ha parecido una eternidad. —Les dedicó una sonrisa cansada, consciente de que ellos no podían entenderlo.

El maestro se recolocó las gafas.

—Bueno, creo que es obvio que todos estamos contentos de tener a Vhalla con nosotros otra vez —empezó Mohned—, pero démosle algo de espacio y volvamos al trabajo.

Con otra ronda de palabras cálidas y pequeños abrazos, todo el mundo se fue en una dirección diferente, salvo ella, el maestro y Sareem. Vhalla siguió a los hombres hasta el escritorio.

—Hoy te daré una tarea muy sencilla, Vhalla. Por favor, revisa la sección de pociones para asegurarte de que todo esté en su sitio.

Contenta con esa tarea, caminar por la biblioteca fue como volver a encontrarse con un viejo amigo. Cada balda era un rostro familiar. Muchos libros contenían recuerdos para ella, en la misma medida que contenían información. Vhalla se permitió echar una ojeada en dirección a la sección de misterios antes de zambullirse entre las estanterías sobre pociones y dejar su situación fuera de la vista, aunque por desgracia no fuera de su mente. Se dio cuenta de que sería feliz de seguir con esta vida otra vez. Como si nunca hubiese pasado nada.

Podía permitir que la Erradicaran y dejar atrás la magia, como si no hubiese sido más que una pesadilla.

Tenía la cara empapada de lágrimas otra vez y Vhalla se maldijo en silencio por llorar tanto. Una estantería se convirtió en su soporte. Se dejó resbalar por ella hasta llegar al suelo. Luego echó la cabeza atrás y levantó la vista hacia las altísimas estanterías que contenían los libros que se suponía que debía revisar.

Mientras estaba ahí sentada, rodeada por el silencio del lugar y respirando hondo en un intento por recuperar la compostura, Vhalla fue consciente de algo que no había pensado nunca. Esta era la primera vez que tenía que tomar una decisión sobre su futuro.

Su cumpleaños era dentro de unos días, pensó. Iba a cumplir dieciocho años y jamás había tomado una decisión trascendental en toda su vida. En cierto modo eso la aterraba, en cierto modo la avergonzaba, y en cierto modo la impulsaba a seguir adelante.

Se levantó del suelo y empezó a revisar los libros. Tenía la mente demasiado ocupada para leer ninguno de ellos. El trabajo era consuelo suficiente ese día.

Esa tarea simple mantuvo sus manos ocupadas mientras su mente hacía su propia revisión en silencio. Para cuando sonaron las campanas de cierre, se había prometido que fuera lo que fuere lo que le deparara el futuro, iba a tomar su propia decisión. A pesar de lo que decía todo el mundo acerca de los hechiceros, su breve paso por la Torre le había demostrado que las cosas eran muy diferentes. No estaba dispuesta a que los rumores de gente corriente, ni los susurros de los lores oídos a través de una puerta decidieran su futuro por ella. Era más fuerte que eso. Al menos, eso era lo que quería creer.

Cuando el personal de la biblioteca se estaba marchando, llegó un pequeño grupo del Ministerio de Cultura cargado con artículos para terminar de decorar. Vhalla se preguntó cuándo empezaría el festival. Era una de las mejores épocas del año, pues la mayor parte del personal solo tenía que trabajar un día para así poder disfrutar de las celebraciones.

—Vhalla, ven a comer con nosotros. —Sareem le tocó el hombro con suavidad.

Vhalla no tenía hambre (el peso del mundo llenaba su estómago), pero se encontró aceptando de todos modos.

El comedor era un lugar caótico, lleno de gente de todos los rincones del palacio. Era un espacio enorme y cavernoso con largas hileras de mesas de madera. El repiqueteo de platos metálicos y vasos, las conversaciones en multitud de dialectos, peleas y risas... todo ello resonaba en sus oídos. Le recordó por qué no solía comer ahí, pero al mismo tiempo sintió nostalgia por sus años de niña, cuando había sido más sociable y a menudo comía con sus compañeros.

Vhalla se sentó con Sareem a su izquierda, y Roan enfrente de él. Lidia y Cadance también se quedaron con ellos, y el personal de la biblioteca comió y disfrutó de su mutua compañía, hasta que Vhalla ya no pudo reprimir sus bostezos.

—Alguien tiene sueño. —Sareem le puso una mano sobre la frente.

—Un poco —admitió Vhalla.

—Es probable que todavía te estés recuperando de la fiebre —señaló Lidia, con sus instintos maternales a flor de piel.

—Sí —confirmó en voz baja, y se miró los dedos inquietos. Todavía se estaba recuperando, lo cual no era una mentira tan grande. Cuando Vhalla volvió a levantar la vista, sus ojos se cruzaron con los de Sareem. Su amigo guiñaba los ojos de un modo extraño, pero antes de que Vhalla pudiera preguntarle nada, ya se había puesto en pie.

—Bueno, creo que debería acompañar a Vhalla a su habitación, para asegurarme de que esté bien —anunció Sareem. Vhalla levantó la vista, deslizando los ojos por el cuerpo del muchacho. ¿Cuándo había crecido tanto?

—Estoy bien. Quédate. —Vhalla se levantó y procuró hacer caso omiso de la mirada de soslayo de Roan.

—No, no. Quiero acompañarte —insistió Sareem. Le ofreció el brazo y Vhalla lo tomó con timidez. No era la primera vez que había caminado del brazo de Sareem, pero sí era la primera vez que lo hacía sin que fueran dos niños que se dirigían hacia alguna travesura. Se sintió un poco extraña, y no fue solo porque los ojos de Roan los siguieron todo el camino hasta salir de la sala.

Recorrieron los pasillos casi desiertos en silencio. Vhalla recolocó su mano en el codo de Sareem, pero él no dio ninguna indicación de que quisiera que la retirara. A punto estuvo de dar un respingo cuando la voz grave de Sareem por fin rompió el silencio.

—Vhalla, no has tenido Fiebre Otoñal, ¿verdad? —le preguntó Sareem sin rodeos. Ella lo miró boquiabierta, sorprendida.

—¿A qué te refieres? ¡Por supuesto que sí! ¿Dónde habría estado, si no? —repuso con un toque de pánico.

—No lo sé. —Había una severidad preocupada en sus ojos azul océano mientras la miraba—. Pero sé que ya tuviste Fiebre Otoñal de niña, y no debería dejarte fuera de juego durante una semana. Además, he visto un vendaje en tu antebrazo.

Vhalla apartó la mano de su codo a toda prisa y bajó su manga. Se mordió el labio. ¿Qué podía decir?

—Si alguien pregunta sobre tu fiebre, mándamelos a mí —le indicó Sareem.

—¿Por qué? —pregunto Vhalla en voz baja, la comida se le empezaba a revolver en la tripa.

—¿No te lo he dicho ya alguna vez? Mientes fatal. Será más convincente si me los mandas a mí.

—¿Por qué habrías de hacer eso? —Pararon delante de su puerta y Vhalla levantó la vista hacia su amigo.

—Porque podría ayudarte —respondió, y apartó la mirada. De repente, algo resultaba incómodo entre ellos—. No sé por qué estás mintiendo, Vhalla, pero estoy seguro de que no lo harías si no fuese importante. Si alguna vez necesitas a alguien con quien hablar, cuenta conmigo.

—Gracias, Sareem. —Vhalla se movió, incómoda. Para su sorpresa, Sareem se llevó su mano a los labios y le dio un suave beso en los nudillos.

—Descansa bien, Vhalla —susurró Sareem antes de soltar sus dedos y dirigirse de vuelta al comedor.

Vhalla no pudo hacer más que observar cómo se alejaba en medio de un silencio perplejo.

CAPÍTULO 10

asaron dos días con tal normalidad que parecieron casi surrealistas. Vhalla retomó casi todas sus tareas habituales. El maestro le dio algo más de flexibilidad por las mañanas para ayudar con su recuperación y, aunque ella solía despertarse al amanecer, disfrutó del tiempo extra para relajarse en la cama y vestirse con calma. La hizo sentir un poco culpable, pero en los últimos tiempos se sentía así bastante a menudo, ya que no parecía capaz de tomar ninguna decisión con respecto a la Torre.

Las cosas con Sareem no habían cambiado después de la primera noche. En ocasiones, notaba una mirada extraña procedente de él y, a veces, se sentaba más cerca de lo normal cuando se escaqueaban del trabajo para acomodarse en su asiento en la ventana. Pero ninguno de los dos parecía preparado para cruzar la línea que los separaba.

Vhalla empezó a mirarlo de otro modo y recordaba a menudo las palabras de Roan. Había descartado enseguida las preguntas de su amiga acerca de una relación, pero ahora pensaba en ello durante cada una de las miradas de Sareem. ¿Por qué le estaba prestando tanta atención? Era algo para añadir a la lista de cosas que dilucidaría en algún momento.

Así, el día de su cumpleaños durmió más allá del amanecer, hecha un ovillo en la cama con las mantas por encima de la cabeza. Como era su costumbre, el maestro Mohned le había dado el día libre y Vhalla aprovechó la oportunidad para remolonear hasta tarde. Ya casi se había curado del todo, pero su cuerpo todavía exigía descanso adicional.

O más bien lo hubiese exigido de no haber llamado alguien a la puerta. Vhalla entreabrió los ojos con la esperanza de que esa persona se marchara. Sin embargo, después de unos momentos, una segunda llamada la sacó de la cama.

Hizo un esfuerzo por pensar quién podría ser. El personal de la biblioteca estaría trabajando ya, y Vhalla no tenía demasiados amigos. Por ello, no debería haberse sorprendido de a quién encontró al otro lado de la puerta.

—¿Larel? —exclamó, mirando a la mujer de la chaqueta negra.

—Hola, Vhalla. —Larel le lanzó una de sus sonrisas arrebatadoras—. ¿Puedo pasar? No querría que me viera nadie cuando he evitado que se fijasen en mí hasta ahora.

Vhalla asintió y dio un paso a un lado para dejar pasar a su amiga.

Larel entró en el pequeño espacio y miró a su alrededor. La habitación de Vhalla era poco más que una cama, una mesa, una silla, un armario y un espejo, pero los ojos de Larel tomaron nota de todo ello. Hizo una pausa, con los ojos fijos en el armario. Justo cuando Vhalla estaba a punto de preguntar qué era lo que creía ver la otra mujer, Larel giró en redondo con una palmada.

—¡Bueno! ¿Cómo te encuentras? —Larel condujo a Vhalla hasta la cama y la joven jugó a ser la paciente de manera obediente.

—Muy bien —repuso.

—Genial. —Larel tiró de la silla para sentarse frente a Vhalla y empezó a inspeccionar los pocos moratones que le quedaban—. La verdad es que te has curado a una velocidad asombrosa.

Esa conversación le resultaba muy extraña después de haber vuelto a lo que Vhalla consideraba el mundo real. Queriendo o sin querer, no había pensado más que de manera fugaz en la magia durante al menos tres días enteros.

—¿Has estado experimentando? —Larel levantó la vista de sus atenciones médicas. Vhalla negó con la cabeza—. ¿Por alguna razón?

—No sé lo que estoy haciendo. —Vhalla sujetó la pierna en alto para que Larel comprobara el vendaje de su pantorrilla.

—Apenas —repuso Larel en tono seco.

—¿Apenas? —Vhalla ladeó la cabeza, las manos estiradas detrás de ella en la pequeña cama.

—Rompiste orbes de luz en la Torre —señaló la mujer occidental.

—Me estaba ayudando Fritz —replicó Vhalla, y al instante sintió una punzada de añoranza por ver a Fritz otra vez.

—Oh, sí, Fritz es un profesor excepcional —comentó Larel en tono sarcástico. Luego se rio.

Vhalla sonrió, en contra de su voluntad, mientras recordaba la naturaleza y los esfuerzos torpes del hombre por ayudarla a comprender la magia. Puede que Larel no lo entendiera, pero después del ministro y del príncipe, Vhalla pensaba que Fritz era bastante buen profesor.

—Aunque quizá sea para mejor —continuó Larel al ver que Vhalla guardaba silencio—. Sin un profesor para supervisar tus esfuerzos, experimentar podría ser peligroso ahora que has Despertado. ¿Ha pasado algo raro?

—¿Raro? —repitió Vhalla.

—Sí, raro. Como no estás empleando la magia de manera activa, necesito saber si tus poderes están buscando alguna otra salida, por ejemplo a través de tus emociones. —Los ojos oscuros de Larel mostraban un dejo severo.

—¡Oh! No, nada raro. —Vhalla hizo una pausa y Larel hizo otro tanto. Sus ojos se posaron en la ventana—. En realidad, el viento me parece distinto ahora. Desde que he vuelto, he dejado la ventana abierta mucho rato. Bueno, es difícil de explicar: es como si hubiese *algo* en el aire. Es obvio que el viento puede sentirse, pero…

—Lo comprendo; el fuego transmite una sensación diferente a los Portadores de Fuego. —Larel pasó los dedos por su flequillo—. A mí me gusta tener fuego alrededor. En las llamas no siento el calor, pero sí siento que hay algo ahí, como la esencia de la llama.

—¿No sientes el calor? —Vhalla parpadeó, perpleja.

—No. El fuego no me puede quemar, a menos que lo cree un hechicero mucho más poderoso que yo.

—Ya veo —caviló Vhalla en voz baja, mientras observaba a Larel ajustar bien sus últimas vendas.

—Bien. Bueno, no parece que haya nada mal. Solo quería comprobar qué tal estabas. —La hechicera se echó atrás con una sonrisa.

—¿Querías o te enviaron? —inquirió Vhalla.

—¿Tienen que ser mutuamente excluyentes? —La mujer se puso en pie—. Oh, y por cierto, feliz cumpleaños.

—¿Cómo has sabido que era mi cumpleaños? —preguntó Vhalla, asombrada.

—Cuando estuviste a nuestro cuidado, el ministro hizo llevar a la Torre todos tus papeles y registros. Me fijé en la fecha de tu cumpleaños. —Larel rebuscó en una pequeña bolsa durante un momento—. Toma. —Le tendió dos paquetes pequeños.

—¿Qué es esto? —Vhalla aceptó los tesoros con ambas manos.

—Regalos de cumpleaños, tonta.

Larel lo dijo como si no tuviese ninguna importancia, pero Vhalla los depositó con ademán reverente en su regazo. Apenas esperaba que sus amigos recordaran su cumpleaños, no digamos ya que le llevaran un regalo. Y que alguien a quien apenas conocía le ofreciera no uno sino dos regalos era algo asombroso.

—Oh —añadió Larel—, uno es de Fritz. Cometí el error de decirle a dónde iba esta mañana y el chico insistió.

—¿Puedo abrirlos ahora? —preguntó Vhalla.

—Adelante. —Larel asintió y esbozó una leve sonrisa al ver el entusiasmo infantil de Vhalla.

La joven dejó un paquete a un lado, pues tenía la sensación de que ya sabía qué era. Tomó el más pequeño de los dos y desenvolvió el sencillo papel marrón sujeto con un cordel para descubrir un precioso brazalete de metal. Era delgado y se curvaba un poco hacia arriba por los lados con una pequeña abertura en la parte de atrás para deslizar la muñeca a través. Lo estudió a la luz. Grabadas sobre la superficie había unas runas extrañas que Vhalla no reconoció.

—Es precioso —susurró, dándole vueltas entre las manos. Vhalla deseó de corazón que su nueva amiga no hubiese gastado mucho en aquello.

—Me alegro de que te guste. —Larel sonrió de oreja a oreja.

—Me encanta, Larel. ¿Dónde lo has conseguido? —Vhalla lo acercó a su cara e inspeccionó las inscripciones con atención.

—Lo he hecho yo. —Al ver la expresión de sorpresa de Vhalla, se apresuró a explicarlo—. Los Portadores de Fuego a menudo son joyeros o herreros. Podemos templar metal, prender llamas, conservar el calor. No ser capaz de quemarte ayuda.

—¿Y las marcas? —preguntó Vhalla.

—Son occidentales —respondió Larel.

Vhalla asintió. Se sentía abrumada. Se volvió hacia el otro regalo, con una envoltura sencilla, y descubrió un libro viejo y ajado. El título casi se había borrado, pero la escritura en el interior aún era bien legible: *El arte del aire*.

—Fritz se sintió mal porque no es un regalo de verdad que puedas conservar para siempre —explicó Larel. Vhalla sacudió la cabeza.

—Es maravilloso —murmuró.

—Pensé que te gustaría. —La hechicera sonrió.

—Por favor, dale las gracias a Fritz de mi parte —dijo Vhalla, sin dejar de dar vueltas al libro en sus manos.

—¿Quieres venir a dárselas en persona? —preguntó Larel—. Tienes el día libre por tu cumpleaños, ¿no es así? Estoy segura de que el ministro no pondrá objeciones a que entres en la Torre otra vez, puesto que todavía tienes que tomar una decisión oficial.

Vhalla lo pensó durante unos instantes. Había disfrutado del tiempo en compañía de Fritz y leer con él otra vez sería agradable. Tal vez pudiese comer más de los platos de la Torre como regalo de cumpleaños.

Deslizó los ojos hacia la ventana. La ranura de la pared ofrecía poca luz, pero pudo ver las nubes flotando por el cielo empujadas por la brisa otoñal. Vhalla se sentía abrumada por una necesidad insaciable de estar al aire libre.

—Gracias por la oferta, pero creo que me gustaría estar al aire libre hoy —dijo Vhalla, pensativa.

—Lo comprendo —aceptó Larel, con un asentimiento y un tono que hizo que Vhalla la creyera. La mujer morena empezó a dirigirse hacia la puerta, pero se paró un momento y miró el armario de Vhalla una vez más. Abrió la boca un instante como para decir algo, pero cuando se giró otra vez, su expresión había cambiado—. Cuídate, Vhalla. Estaremos ahí mismo si nos necesitas.

—Gracias, Larel, por todo. —Vhalla sonrió.

Larel asomó la cabeza por la puerta de la habitación y luego se marchó con sigilo.

Con uno de sus regalos puesto, metió el otro en su bolso. Los días eran ya casi siempre frescos y sus túnicas de invierno por fin habían llegado. Estaban hechas con lana más gruesa y materiales más pesados que sus túnicas de verano y otoño. Vhalla siempre tenía frío, así que agradeció esa tela más gorda en toda su gloria rasposa. Igual que en sus túnicas de verano, las de invierno llevaban un libro abierto bordado en la espalda, lo cual la marcaba como una de las aprendizas de la biblioteca. Vhalla contempló el hilo azul. ¿Durante cuánto tiempo más llevaría esas túnicas?

Vhalla decidió que, de hecho, le iba a dar algo de importancia a su apariencia hoy. Era su cumpleaños, un año mayor, otra oportunidad para madurar y desarrollar hábitos de mujer a los que todavía tenía que encontrarles el gusto. En su espejo deslustrado, Vhalla movió la cabeza para que cupiera en el reflejo del tamaño de la palma de una mano. Su pelo tenía un aspecto un pelín mejor.

Vhalla tenía una parada especial planeada antes de salir a pasar el día. Subió hasta el sudoroso batiburrillo de las cocinas. Era un lugar bullicioso de ruido y aromas que hacían gruñir su estómago. Vhalla no solía tener motivos para frecuentarlas, pero en el día de su cumpleaños esperaba que hiciesen una excepción.

Los limones solo crecían en el lejano Oeste y en las islas, así que eran una exquisitez en otras regiones del Continente Mayor. Las cocinas servían una pequeña tartaleta con el té o los almuerzos de los nobles y miembros de la realeza. Con un glaseado de azúcar blanco por la parte superior, Vhalla solía pasar el año entero anhelando el esponjoso dulce amarillo.

Con justo la cantidad adecuada de súplicas, y suerte, consiguió meter en su bolsa un postre del tamaño de su mano, envuelto en tela, para celebrar su cumpleaños.

Por lo que a Vhalla respectaba, el palacio albergaba tres mundos. El mundo más interno era el más bajo en la sociedad; estaba medio oculto en espacios del tamaño de armarios, con dormitorios comunes para los sirvientes, habitaciones para los aprendices y pasillos que discurrían entre paredes. Era la piedra áspera, el mortero descascarillado y las escaleras con peldaños de distintos tamaños. Manchurrones de cera de vela goteando por las paredes era su arte y los placenteros aromas del sistema de alcantarillado, el sofisticado sistema de acueductos del palacio y el imperio, eran su perfume.

Por encima de ese mundo estaba el mundo público. Ese tenía los salones vistosos donde se permitía el acceso de los plebeyos y los pasillos por los que caminaban los nobles y los ministros. Estaba pulido y lleno de frescos y esculturas de piedra.

Por ahí era por donde andaba Vhalla hoy. No del todo inusual para una aprendiza, pudo disfrutar de la belleza del palacio a su aire. La mayoría de las salas estaban vacías pues la corte estaba reunida y los ministros estaban trabajando.

Vhalla jamás había puesto un pie en el último mundo del palacio. Bueno, si no contaba haber subido por escaleras secretas detrás del príncipe. Las dependencias de la realeza y sus invitados nobles de más alto rango estaban cerradas con una verja dorada. Los guardias más peligrosos estaban ahí apostados día y noche para mantener fuera a todo el que pudiese querer entrar a la fuerza. Vhalla solo había puesto los ojos en la verja una vez, cuando era una niña curiosa, pero enseguida la echaron de ahí.

Vhalla no sabía lo que estaba buscando. Se limitó a andar. Subió y luego bajó, pasando de una cosa a la siguiente. Pasó por al lado de uno o dos sirvientes, pero no le preguntaron nada y ella no les dio ninguna explicación.

Puede que Vhalla no tuviese un objetivo cuando empezó su paseo sin rumbo, pero supo que lo había encontrado en cuanto lo vio.

A través de una ventana de las de arriba, Vhalla vio un jardín que no había visto nunca, escondido dentro de un patio del palacio. Senderos de gravilla serpenteaban entre tupidos setos, plantas y árboles. Muchos de ellos empezaban a perder su follaje verde, trocado ahora en los naranjas y rojos del otoño. Los árboles que oscilaban a la brillante luz del sol parecían estar en llamas.

Mientras caminaba en espiral alrededor del jardín, Vhalla vio una verja a través de las ventanas. Sin embargo, ninguna de las escaleras de subida o de bajada la conducían a un pasillo que conectara con ella. Frustrada pero decidida, encontró la ventana más baja que pudo. Era casi imposible ver por encima del seto que se alzaba justo delante de ella.

Vhalla abrió la ventana, pasó por encima del alféizar de piedra y aterrizó con suavidad en el jardín más abajo. Apenas pudo cerrar el portal a su espalda, por lo que tendría que encontrar algo en lo que subirse para volver a entrar después. Con el viento revolviéndole el pelo, Vhalla se zambulló entre los arbustos y se adentró en otro mundo.

Una brisa bajó resbalando por la ladera de la montaña y la hizo parar en seco. Era distinta de cualquier cosa que hubiese sentido hasta entonces. El mundo estaba vivo a su alrededor y cada ráfaga de aire era como el susurro de un amante sobre seda.

Fascinada, estiró una mano y la inspeccionó, como si pudiera ver el aire resbalando entre sus dedos. Esto era más que esas bocanadas suaves que conseguían colarse por su ventana. No podía verlo, pero lo *sentía*. No del modo que uno siente una brisa de costumbre. No, como había dicho Larel, Vhalla sentía la esencia del viento. Era como si pudiese agarrarlo y cerrar los dedos alrededor de algo más fino que cualquier seda o gasa.

Una ráfaga ascendente atrajo su atención hacia el cielo y a Vhalla se le quedó atascado el aire en la garganta. Lo que se alzaba imponente por encima de ella eran los Aposentos Imperiales. Todo su cuerpo hormigueó al verlos. Era la primera vez que ponía los ojos sobre las afiladas torres doradas desde su caída.

No existía ninguna razón para estar viva. Las torretas se alzaban hasta una altura impactante, con una vertiginosa caída vertical. Vhalla trató de imaginar las cosas contra las que quizá se había golpeado, pero nada parecía tener sentido. Todos los salientes y adornos estaban a los lados de la torre y había una caída larga antes de haber nada que hubiese podido frenar su caída. Desde el lugar en el que estaba ahora mismo, parecía claro que habría tenido que desplazarse diez o quince metros por el aire para haber impactado contra algo. Todas las opciones parecían casi imposibles.

Vhalla decidió quitarse esos recuerdos dolorosos de la cabeza, agarró mejor su bolso y empezó a caminar por el jardín. Había visto una estructura poco ortodoxa desde las ventanas y tratar de encontrarla era una pérdida de tiempo mucho menor que cavilar sobre príncipes y experiencias cercanas a la muerte.

Por fortuna, todos los caminos parecían dirigirse hacia su objetivo y el corazón de Vhalla empezó a latir a un ritmo extraño al ver su belleza.

El edificio era como una jaula de pájaro. Unos perfiles plateados se arqueaban para juntarse en lo alto y, entre ellos, sujetaban grandes láminas de cristal esmerilado como paredes. En el vértice superior había un sol plateado. Vhalla se retorció las manos mientras pensaba. En toda su vida, solo había visto el ardiente sol del imperio fabricado en oro.

El cristal estaba como neblinoso y, aunque podía distinguir formas borrosas y manchurrones verdes, era imposible discernir lo que había en el interior. Tres peldaños plateados conducían a una puerta con un arco.

Su mano vaciló sobre el picaporte de plata. Tenía el corazón acelerado, pero no hubiese podido decir por qué.

El olor de las rosas atacó sus sentidos en cuanto entró. Crecían por las paredes exteriores y trepaban también por un gran poste central. La temperatura dentro de la estructura tipo invernadero era cálida, controlada a la perfección para garantizar que las flores carmesís del Oeste siguieran en floración.

Sus bailarinas no hicieron ni un ruido cuando fue con sigilo hacia la columna para inspeccionar uno de los capullos. Un movimiento llamó su atención más allá del asombroso follaje y hasta un banco plateado al fondo del espacio, en el lado opuesto a la puerta.

No estaba sola.

Un hombre estaba ahí sentado, encorvado sobre un dietario abierto, y parecía enfrascado en las notas que estaba tomando. A Vhalla se le heló la sangre en las venas y dio un paso atrás. Esto no debería estar pasando. De todas las personas del mundo, no debía encontrarse justo con este hombre vestido de negro, con su engominado pelo también negro y sus ojos oscuros.

Vhalla estaba calculando cómo escapar mejor cuando la pluma del hombre se detuvo y su barbilla se levantó despacio. Abrió los ojos como platos y frunció el ceño al tiempo que sus labios se entreabrían por la incredulidad. La voz grave y sofisticada que rompió el silencio hizo que Vhalla rechinara los dientes.

—¿Eres real? —susurró el príncipe Aldrik con una sorpresa obvia.

CAPÍTULO

11

Irritada, Vhalla se borró la confusión de la cara.

—Por supuesto que soy real, y ya me iba. —Dio media vuelta e hizo ademán de dirigirse a la puerta.

—¡Espera! —El príncipe se levantó de un salto y sus papeles se desperdigaron por el suelo. Vhalla se giró a tiempo de ver su movimiento torpe y descuidado—. Espera.

—¿Esa es una orden, príncipe? —Vhalla concentró toda su atención en el picaporte de la puerta. Una ira silenciosa empezó a crecer en su interior.

—Sí. No. *No*, no lo es, si quieres marcharte, adelante; pero por favor, solo… espera. —Suspiró y se pasó una mano por el pelo, mientras recolocaba su largo abrigo cruzado con la otra.

—¿Por qué? —preguntó Vhalla, que medio se giró hacia él, pero sin apartar la mano del picaporte.

—Porque… —se aclaró la garganta antes de tratar de continuar con más convicción—. Porque quiero hablar contigo.

—¿Y si yo no quiero? —Vhalla suspiró.

—Entonces vete. —Cuando la joven no hizo ningún movimiento en su dirección, la postura del príncipe dio la impresión de venirse un poco abajo. Se arrodilló y empezó a recoger sus papeles.

Vhalla estaba en un limbo mientras observaba a ese hombre extraño, frustrante e irritante en el suelo, recogiendo sus pergaminos desperdigados. Con otro suspiro suave, la aprendiza que había dentro de ella reafirmó su existencia y Vhalla fue a arrodillarse delante del príncipe. Recogió unos cuantos papeles que tenía a su alcance y se los tendió con actitud expectante.

El príncipe levantó la vista hacia ella y tomó los papeles de sus manos, con la mandíbula floja y los labios entreabiertos.

Vhalla esperó un momento. Al no recibir nada a cambio, se levantó y giró hacia la puerta, frustrada. ¿Qué esperaba? Era un príncipe y, si los rumores del palacio eran ciertos, jamás pensaba en nadie más que en sí mismo.

—Lo siento. —Las palabras fueron tan suaves que Vhalla apenas las oyó por encima del frufrú de los árboles. Vhalla tenía la puerta medio abierta ya. *Seguro que solo me lo he imaginado.* Dio otro paso—. Vhalla, *lo siento.*

Se giró despacio y volvió a mirarlo, un pie dentro y el otro fuera. Las palabras se fueron asentando en su interior y Vhalla esperó a ver si serían suficientes para apaciguar la ira que sentía hacia ese hombre vestido de negro.

—No debí atacarte como lo hice, ni mágica ni verbalmente —continuó. Había una chispa en sus ojos que le suplicaban algo que no estaba segura de poder darle—. Me mostré impaciente… y estúpido. No pensé en cómo podría afectarte.

Vhalla volvió a entrar, cerró la puerta a su espalda y se apoyó contra ella para recibir su sostén.

—Estoy seguro de que has oído todas esas historias sobre mí. —El príncipe Aldrik dejó sus papeles en el banco a su lado. Vhalla se preguntó por qué parecía incapaz de mirarla a los ojos—. Te aseguro que todo es verdad. No estoy exactamente versado en, en… —Hizo una pausa para buscar las palabras más adecuadas.

—¿En crear relaciones reales con la gente? —terminó Vhalla con rencor. Si el príncipe quisiese echarla del palacio por su falta de decoro, ya lo hubiese hecho. No tenía ni idea de por qué no lo había hecho. Pero Vhalla estaba dispuesta a averiguarlo y a lavarse las manos de la realeza.

—Te he hecho daño con mis palabras. Y con mis acciones. Lo sé. Y es probable que para ti no signifique nada que diga que no era mi intención. —Suspiró y apartó la mirada.

—Dicen que sois un príncipe con mucha labia. —La voz de Vhalla sonó más débil de lo que hubiese querido—. Ya me convencisteis para subir a la cima de una torre. ¿Cómo puedo creeros ahora?

—Porque hay cosas que no sabes sobre nosotros —repuso el príncipe Aldrik en tono críptico.

Vhalla negó con la cabeza. No había ningún «nosotros» entre ellos.

—Me tirasteis de la torre y pude haberme matado, pero lo peor es que ni siquiera os importaba. —Se le quebró la voz y tuvo que respirar hondo. Vhalla apretó la mandíbula; ella era la que había sufrido. El príncipe no tenía ningún derecho a mostrarse tan dolido.

—Ahí te equivocas. Sí me importaba. Sabía que eras una Caminante del Viento, así que nunca se me ocurrió que pudieras morir. —El príncipe dio un pequeño paso hacia ella y Vhalla miró ceñuda las puntas de sus botas como si la hubiesen ofendido.

—Perfecto —convino, y acto seguido se dispuso a contraatacar con su propia lógica—. Aunque conocierais mi Afinidad, cosa que ni siquiera el ministro mismo parecía saber, ¿qué seguridad teníais de que la caída no me mataría, de que sería lo bastante fuerte?

—Porque el aire no puede hacer daño a los Caminantes del Viento, igual que el fuego no puede dañar a los Portadores de Fuego —señaló.

—Da la impresión de que no sabemos casi nada sobre los Caminantes del Viento. No sabíais a ciencia cierta que esa caída no fuese a matarme. —Vhalla cruzó los brazos delante del pecho.

—Sabía que no morirías porque tú salvaste mi vida. —La voz del príncipe sonó lenta y cuidadosa, como si le costara pronunciar las palabras. Vhalla dejó caer los brazos a los lados—. Cuando llegué a casa desde el frente, iba a morir. El... *arma* que había perforado mi piel estaba impregnada en un fuerte veneno. De no haber sido por una inmunidad que he desarrollado a lo largo de muchos años, me hubiera matado a medio camino de casa. Los clérigos no sabían qué hacer, así que recurrieron a la biblioteca y a la Torre en busca de cualquier pista sobre un antídoto o el tratamiento a utilizar.

»Sabía que era el final. Los clérigos no lograban encontrarle un sentido al veneno ni a cómo había sido alterado con magia para que me afectara. —Aldrik apretó un puño y Vhalla escuchó su relato con atención—. Aun así, empecé a estabilizarme a medida que extraían determinadas notas de los libros. Algunas eran comprensibles, otras se convertían en un galimatías, pero de algún modo, todas tenían sentido para mí y fui capaz de guiar mi propio tratamiento. Las notas eran todas tuyas.

—Eso es imposible —protestó Vhalla—. ¿Cómo supisteis que eran mías?

—Le pedí al ministro que les preguntara a los guardias quién las había escrito. Un guardia condujo a Victor hasta ti —explicó el príncipe—. Supe qué estabas gastando una buena cantidad de energía mágica para mantenerme con vida y quise asegurarme de que estuvieras a salvo.

—¿Qué? —preguntó Vhalla con una vocecilla. ¿El ministro la había raptado porque el príncipe había estado preocupado por su bienestar? Era retorcido y apenas tenía sentido. Pero si fuese verdad, Vhalla empezó a hacerse una imagen diferente de aquella noche y de los acontecimientos subsiguientes.

—No me sentí del todo entusiasmado por los métodos de Victor —farfulló Aldrik—, pero te encontró y supe a quién buscar.

Vhalla se había sumido en un silencio estupefacto.

—A falta de una explicación mejor: escribías magia. No sé por qué lo hiciste… ni cómo. Pero te preocupaste tanto por salvarme, que forzaste a tus poderes a Manifestarse. Creaste recipientes y me los enviaste. Por imposible que eso pudiera ser para alguien que ni siquiera había Despertado, lo hiciste. Y si no hubiese sido por eso, yo no estaría en pie ahora mismo. —La voz del príncipe había encontrado fuerzas.

—¿Cómo lo sabéis? —Vhalla también recuperó la voz, mientras seguía tratando de encontrar el fallo en su historia. Todo lo que decía parecía tan imposible...

—Porque cuando un hechicero salva a otra persona, una parte de él, o de ella... de su magia... arraiga. Se lo denomina «Vínculo». Lo más probable es que tu Despertar sea tan reciente que no lo entiendas, ni lo sientas, pero yo sí pude. —Cruzó las manos detrás de la espalda.

—¿Un Vínculo? —Vhalla repitió la palabra en ese contexto tan extraño.

—Sí, mi loro. —La comisura de su boca se curvó un poco al ver su mueca de enfado—. Parte de un Vínculo es que no puedes hacerle un daño mortal a la persona con la que estás Vinculado. Se debe a que llevo una parte de ti en mí. El cuerpo se niega a hacerse daño a sí mismo. Si empujarte de ese tejado fuese a matarte, yo no hubiese sido físicamente capaz de hacerlo.

Vhalla frunció el ceño y, al recordar aquella noche, le dolieron las articulaciones aún en proceso de curación.

—Pero —continuó el príncipe Aldrik como si le leyera la mente— no me di cuenta de que el Vínculo me permitiría hacerte tanto daño. Estaba convencido de que aterrizarías sana y salva, de que incluso podríamos hablar de ello después de hacerlo. Ese fue mi error.

—Vaya, qué suerte para vos que seáis príncipe y vuestros errores no tengan consecuencias —comentó Vhalla cortante.

—Sí las tienen —respondió él enseguida y con firmeza—. La consecuencia fue haber perdido tu confianza.

Los ojos de Vhalla se cruzaron inquietos con los del príncipe. No podía evitar preguntarse si sus palabras no estaban siendo elegidas con sumo cuidado para decir lo que ella quería oír. Como si pudiese percibir su escepticismo, la mirada del príncipe Aldrik se demoró en ella casi con tristeza.

—¿A cuánta gente más utilizáis como marionetas? —Vhalla suspiró.

—Por favor, explica tu pregunta —le pidió él.

—Larel. El libro de introducción. Esas cosas no fueron casualidad, ¿verdad que no? —Vhalla vio cómo fruncía los labios—. Me dijo que os conocía.

—Larel es amiga mía.

Con cuatro palabras del príncipe, Vhalla se quedó boquiabierta.

—¿Vos tenéis amigos? —soltó antes de poder evitarlo, y sus manos volaron hacia su boca como para ocultar su arrebato. Si hubiese sido cualquier otra persona, Vhalla hubiera esperado que se riera.

El príncipe se limitó a encogerse de hombros y apartó la mirada, con una incomodidad dolorosa. Vhalla se recordó que no debía sentirse culpable. Pero también recordó las palabras de Larel. El príncipe había tenido que soportar el estigma en contra de la hechicería, a pesar de su posición. Sus propios súbditos parecían preferir *Señor del Fuego* por encima de sus títulos naturales.

—¿Y yo qué soy? —se atrevió a preguntar Vhalla.

—Ya te he explicado lo que eres para mí —repuso el príncipe.

Solo eso fue suficiente para empujarla de vuelta hacia el borde de la ira.

—No, no creo que lo hayáis hecho. ¿Acaso soy otro de vuestros juguetitos a los que dar órdenes? ¿Para serviros? ¿Para dejar que me entrenéis hasta que me podáis entregar a vuestro padre?

La conversación que había oído volvió a la cabeza de Vhalla: el príncipe y el ministro decidiendo su destino sin pensar siquiera en consultarla. A juzgar por el ceño fruncido del príncipe, él también la recordaba.

—¿Nos oíste? —preguntó muy serio.

Vhalla tragó saliva y asintió, aunque al mismo tiempo se preguntó si confesar algo así era de verdad buena idea. El príncipe Aldrik apretó el puño y Vhalla vio las más diminutas chispas de unas llamas destellando alrededor de sus nudillos. El hombre relajó los dedos con un gran suspiro y Vhalla notó que la temperatura de la habitación bajaba.

—No puedo explicártelo todo ahora, pero no planeo hablarle a mi padre de ti. El último sitio al que quisiera que te llevasen es a ese sofocante frente de guerra en el Norte. Si me permites utilizar tus propias palabras: Victor era la marioneta. No tú.

—¿Por qué me estáis protegiendo? —preguntó Vhalla antes de poder pensárselo mejor. Eso no coincidía con las anteriores acciones del príncipe, si acaso podía creerle para empezar.

—Porque eres la hechicera con la que estoy Vinculado. Un Vínculo no puede romperse nunca, y jamás puede ser reemplazado. —La miró otra vez, mientras el corazón de Vhalla parecía latir con tal fuerza que le hacía daño contra las costillas magulladas—. Para ser alguien tan importante para mí, no te traté como es debido y, por ello, Vhalla, lo siento. No obstante, más allá de lo que sientas por mí, y sin importar lo justificado que pueda estar, eso no cambia nada para mí. Seguiré utilizando todos los poderes que poseo para mantenerte a salvo.

A pesar de todas sus órdenes y de sus comentarios desdeñosos, su presencia autoritaria y su habitual atuendo intimidante todo de negro, Vhalla vio algo diferente ahora. Simplemente vio a alguien que se sentía solo, alguien que era probable que pudiese contar a sus amigos con los dedos de una mano y que quizá quisiera usar algún día las dos. No se parecía en nada al hombre que había conocido al principio: el hombre que llevaba una máscara para cumplir las expectativas de palacio.

No lo había perdonado, todavía no, pero tal vez Larel tuviera razón, y Vhalla también sintió un poco de pena por él.

El príncipe apartó la vista, entretenido con las flores. Luego volvió a sostenerle la mirada. Se hizo un pesado silencio entre ambos. Y se sostuvieron la mirada.

Al cabo de un rato, Vhalla se dio cuenta de que el príncipe esperaba que diera su veredicto. Estaba ahí de pie, inquieto, cruzando y descruzando las manos, aguardando.

Vhalla respiró hondo mientras trataba de encontrar el valor para hablar. Era fácil estar enfadada, resentida, y discutir. Fue más difícil dar un paso hacia él, y luego otro. Agarró su bolso con fuerza y cruzó el espacio que los separaba. Se plantó delante del príncipe e intentó con todas sus fuerzas no retorcerse las manos.

—He venido aquí a leer. Si no es un problema —dijo con voz queda.

—No, no lo es. —Su voz sonó suave, serena, y Vhalla ya no rechinó los dientes al oírla.

Pasó por al lado del príncipe y se sentó en un extremo del banco. Él la miró como un niño perdido.

—Vos estabais aquí primero. Es obvio que podéis quedaros —le ofreció, al tiempo que sacaba su libro del bolso.

El príncipe se sentó a su lado y volvió a poner el dietario sobre su regazo. Vhalla había olvidado el calor que irradiaba el príncipe, así que se quitó la túnica y dejó que cayera en el banco. Aldrik echó un vistazo a los pantalones ceñidos y la túnica que llevaba debajo, pero evitó hacer ningún comentario sureño sobre lo inapropiado de esa vestimenta para una mujer. Vhalla se apoyó en la pared de detrás de ellos, se acomodó con el libro en el regazo y lo abrió por la primera página.

—Príncipe —murmuró. Él elevó la vista hacia ella—. Yo también lo siento, por todas las cosas desagradables que os dije. —Vhalla levantó la vista de su libro.

El príncipe sonrió y, por primera vez, a Vhalla le dio la impresión de que era una sonrisa sincera, que no había motivos ulteriores, ni nada fingido ni otras emociones ocultas tras ella. Fue poco más que una leve curva ascendente de las comisuras de sus labios, pero iluminó sus ojos de un modo que Vhalla aún no había visto. Hizo que se preguntara si alguna vez había visto al verdadero hombre dentro del príncipe. Eso acalló la voz que susurraba en su mente, la voz que decía que todo aquello no era más que el principio de alguna estratagema más retorcida y elaborada.

—Llámame Aldrik y tutéame —dijo de un modo de lo más casual, antes de devolver su atención a su dietario—. Al menos en privado. —Vhalla se quedó boquiabierta mientras la pluma del príncipe empezaba a rascar contra la página una vez más, dejando una escritura inclinada y familiar a su paso—. Y no eres un gusanito, Vhalla.

CAPÍTULO
12

Vhalla continuó dándole vueltas a su situación. Se quedó ahí sentada y fingió leer, mientras no hacía más que pensar en el hombre frustrante e irritante que estaba a su lado. Un millar de preguntas discurrían por su cabeza, pero no encontró ninguna por la que mereciera la pena romper el silencio.

Trató de leer entre las palabras del príncipe, de encontrar significados o motivos ocultos. Pero cuanto más pensaba en el Vínculo, menos convencida estaba de que estuviera jugando con ella. ¿Por qué, si no, la mantendría en palacio? ¿Si no compartiese una conexión con ella que considerara importante, no la habría echado ya? ¿Sobre todo después de su arrebato dialéctico?

Vhalla lo miró por el rabillo del ojo. Notó una pequeña prominencia en el puente de su nariz, como si se le hubiese roto y luego se hubiera soldado mal. Sus pómulos pronunciados daban sombra a sus mejillas a la luz del sol.

El príncipe levantó los ojos de su trabajo y se cruzaron con los de ella. Vhalla apartó la mirada a toda prisa, pues no quería que la pillara mirando. *Actúa con normalidad y ya está*, se regañó. Pero ¿qué era la normalidad para una aprendiza y un príncipe?

Se recolocó un poco, intentó olvidar lo extraño de su situación y empezó a leer con fruición. Había algo relajante en ese sitio... el olor, los sonidos amortiguados del mundo exterior... Su libro no era demasiado denso y, de hecho, fue interesante aprender más acerca de lo que su magia podía hacer. Vhalla se tomó su tiempo con las páginas, mientras tomaba nota mental de los puntos que más le interesaban.

El libro hablaba de las aplicaciones de la magia basada en el aire utilizada en un entorno práctico. Mientras pasaba la página, se preguntó si de verdad sería capaz de realizar alguna de las hazañas aparentemente imposibles contenidas en el texto. Tal vez, con el profesor adecuado, pudiera...

Vhalla pasó la página y relegó las decisiones difíciles a la parte de atrás de su mente.

Continuaron así durante un rato. Vhalla no estaba segura de cuánto tiempo había transcurrido, pero de repente fue consciente del peso de la mirada del príncipe sobre ella.

—¿Qué? —Miró con recelo la expresión extraña del príncipe.

El príncipe... Aldrik, se corrigió en su cabeza... abrió la boca para hablar y luego la cerró otra vez para darse otro momento para pensar sus palabras.

—¿Qué estás leyendo? —Dejó su pluma en el dietario abierto y se inclinó un poco hacia ella para inspeccionar el libro.

—Es algo que me dio Fritz, o más bien que me prestó. Se llama *El arte del aire*. —Volvió a la primera página para mostrarle el título.

—¿Fritz? —Los ojos del príncipe se cruzaron un instante con los de ella.

—Sí, de la Torre. El chico sureño de la biblioteca. —Vhalla se preguntó cuánto sabía el príncipe acerca de la Torre.

—Ah. —El hombre se echó hacia atrás—. Ese memo incompetente. —Ahí ya sonó más como era él.

—No seas desagradable —lo regañó con suavidad. Él la miró de soslayo.

—Si iba a romper las reglas y a dejar salir un libro de la Torre, hay libros mejores que ese. —Aldrik recalcó su comentario egoísta con un trazo seco de su pluma.

Vhalla puso los ojos en blanco.

—No sé demasiado, así que cualquier cosa es bienvenida —señaló Vhalla.

—Muy cierto. No sabes demasiado —afirmó él en tono casual. Vhalla soltó una carcajada.

—Eres un real incordio, ¿lo sabías? —Sacudió la cabeza, pero ni siquiera estaba enfadada. Una parte de ella prefería con mucho este lado engreído y arrogante de él que los destellos más callados e inseguros que había visto antes. No parecían encajar con lo poco que sabía de él. Era más seguro que el príncipe siguiera siendo un estirado miembro de la realeza que alguien con un corazón y un alma.

—No eres la primera en pensar eso. Tampoco serás la última. —Se encogió de hombros y se relajó, concentrado otra vez en su propio trabajo. Vhalla devolvió la vista a su libro y pasó la página otra vez. El príncipe la observaba de nuevo.

—¿Qué? —Su voz dejó entrever una leve irritación.

—Hazlo otra vez —le pidió.

—¿Que haga qué? —Vhalla suspiró.

—Lo que acabas de hacer. —Aldrik señaló hacia el libro.

—Sé que no soy más que la hija de un granjero, pero *sí sé* leer. —Vhalla lo fulminó con la mirada.

—No me refiero a leer. Pasa la página. —No había levantado la vista del libro.

Vhalla lo miró y pasó la página con énfasis.

—*Tachán.* —El sonido rezumaba sarcasmo.

El príncipe levantó la barbilla y la miró con esos insondables ojos negros.

—Ni siquiera te das cuenta. —Lo dijo en voz baja al principio, sus rostros muy cerca. Se echó atrás con una carcajada—. ¡Ni siquiera te das cuenta! —repitió.

Vhalla empezaba a estar enfadada de verdad.

—Gracias, Aldrik, el loro —masculló.

El príncipe dejó de reírse y la miró. Vhalla se quedó parada. Esa había sido la primera vez que había utilizado su nombre sin un título. Después de un momento, el hombre sonrió y se levantó.

—Déjalo en el banco. Quiero ver una cosa. —Le tendió la mano.

—No me vas a empujar de un tejado otra vez, ¿verdad? —Vhalla deseó al instante que su tono hubiese sido más jovial y menos plano.

Una inusual mezcla de emociones cruzó la cara del hombre y su mano se relajó un poco antes de caer a su lado.

—Dijiste que me aceptarías como tu profesor —dijo en voz baja. Vhalla se maldijo en silencio por haber estropeado ese momento más ligero—. Quiero ese honor otra vez.

Extendió la mano de nuevo hacia ella y esperó. Vhalla tragó saliva con esfuerzo. Príncipe o no, le estaba pidiendo demasiado en un solo día. Evitó su mirada intensa.

—Te lo tienes que ganar. —Vhalla no sabía qué más decir. Había confiado en él, para que la guiara, para que le enseñara, y él había roto esa confianza. No era algo que pudiese reiniciar sin más por voluntad propia.

—Eso es aceptable —fue el sorprendente comentario del príncipe. Vhalla lo miró otra vez; seguía ahí de pie, expectante, esperanzado.

Vhalla tomó su mano. Tenía la piel suave, la palma caliente; casi cosquilleaba bajo las yemas de los dedos de la joven. Aunque dispuso de poco más que un momento para pensar en eso cuando tiró de ella para ponerla en pie y la sacó del cenador, de vuelta al día otoñal.

—¿Cómo te encuentras? —le preguntó él mientras la conducía al jardín.

—Bastante bien. Larel vino esta mañana a ver cómo estoy y dijo que me estoy curando bien —lo informó. Aldrik la miró de reojo.

—Si se tuerce algo, dímelo. Cuando estabas en la Torre, podía controlar tu curación, pero ahora que estás de vuelta en el castillo propiamente dicho, me resulta más difícil supervisarla en persona.

—Hacía un esfuerzo por que sus largas zancadas cubrieran el mismo terreno que las piernas más cortas de ella.

—¿Controlar... mi curación? —Vhalla sopesó las implicaciones de eso.

El príncipe asintió y se detuvo. Acababan de llegar a un pequeño estanque.

—Después de lo ocurrido —hizo una pausa—, quería asegurarme de que tuvieras los mejores cuidados posibles. Era lo menos que podía hacer.

Vhalla lo miró pasmada y una parte de ella quería gritar. ¿No acababa de decir que él no era un titiritero en su vida? Pero entonces recordó las palabras del ministro: el príncipe era el que la había llevado a la Torre en primer lugar y lo más probable era que hubiese muerto si no.

—En cualquier caso —continuó el príncipe tras aclararse la garganta—, ahí adentro, estabas pasando las páginas sin tocarlas —anunció Aldrik.

—¿Eh? —fue todo lo que logró decir Vhalla. Aldrik asintió.

—Estabas pasando las páginas solo moviendo la mano por encima del libro, pero no llegabas a tocarlas. Ni siquiera te diste cuenta. —Su tono era una mezcla de emoción y severidad—. Tus poderes se están revelando, Vhalla.

—Eso es imposible. —Vhalla negó con la cabeza.

—Para otros hechiceros, sí. Pero no para ti, está claro. —Cruzó los brazos delante del pecho.

—Estoy segura de que tú podrías hacer algo aún mejor sin pensarlo siquiera —protestó ella, aferrada a la idea de que lo que estaba haciendo no era especial.

—Sí, muy probablemente podría hacerlo. —Cerró el espacio que los separaba y la miró desde lo alto. Ella le sostuvo la mirada en ademán desafiante—. Soy el hechicero más poderoso de este imperio. Por lo tanto, no soy un buen punto de comparación para determinar lo que es *posible* o *fácil* de hacer. —El príncipe esbozó una sonrisa confiada antes de dar la vuelta alrededor de Vhalla para colocarse detrás de ella.

Vhalla mantuvo la vista al frente.

—Dime, ¿alguna vez has jugado a hacer saltar piedras en el agua? —Se arrodilló y escogió una de las piedras circulares más planas.

—De niña. —¿*Quién no había jugado a la rana?*—. Aunque no me acuerdo de cuándo fue la última vez.

El príncipe pasó la piedra de una mano a otra unas cuantas veces antes de hacerla volar por encima del agua quieta del estanque. La piedrecita rebotó tres veces por la superficie antes de hundirse. Vhalla hizo alarde de no parecer impresionada.

—Tu turno. —Aldrik se agachó, buscó otra piedra y la puso en la palma de la mano de Vhalla.

El príncipe fue hacia una composición decorativa de rocas de montaña a un lado del estanque y se sentó sobra la más alta. Apoyó el codo en una rodilla doblada, puso la barbilla en su mano y miró a la joven, expectante. Vhalla lo observó con curiosidad antes de echar el brazo atrás para hacer el lanzamiento.

—No, así no —la detuvo él—. Sin tirarla.

—¿Cómo voy a...? —Lo miró, perpleja.

—Muévela, como hiciste con las páginas —le indicó.

—Ni siquiera era consciente de que estaba haciendo eso —protestó Vhalla, ya enfadada.

—En algún sitio en tu interior, sí lo eras. Sé que esto va a ser difícil para ti, pero piensa menos. —Sus palabras no llevaban ningún mordiente—. La puesta en práctica de la magia no es algo que pueda resumirse a la perfección solo con palabras. Sé que piensas, y desearías, que el mundo entero pudiese plasmarse en un pergamino contenido entre dos tapas de cuero. Pero siento que me haya tocado a mí informarte de que eso simplemente no es posible.

Le regaló otra de sus pequeñas sonrisas. A Vhalla le provocó una chispa de calidez ver que estaba siendo abierto con ella y no mordaz. Esa chispa se esfumó enseguida cuando ella miró dubitativa la piedra que tenía en la palma de su mano.

Abrió la mano delante de ella, la piedrecita en el centro. Respiró hondo, trató de calmar su mente y de centrarse solo en el aire de la tarde que la envolvía. Luego cerró los ojos y el mundo se materializó a su alrededor en la oscuridad. Él fue la primera cosa que vio con su visión mágica.

Alrededor del príncipe había fuego. Ardía de un amarillo intenso, casi blanco, que iluminaba sus facciones. En marcado contraste, vio una mancha oscura en su abdomen; una cicatriz negra contra la luz. Vhalla abrió los ojos y se giró despacio hacia él.

—No estás bien, ¿verdad? —murmuró. Aldrik frunció el ceño y ella casi pudo sentir cómo se replegaba sobre sí mismo—. Esa magia, ese veneno, sea lo que fuere, sigue dentro de ti. —Señaló hacia su costado, donde había visto la mancha. El príncipe la miró durante un momento largo, sin moverse.

—La piedra, Vhalla —dijo Aldrik en voz baja, despacio.

La estaba dejando al margen. Con un suspiro, cerró los ojos. Algunas cosas no cambiarían. Sería tonto esperar que lo hicieran. Él era un príncipe y ella, una aprendiza; algunas distancias no podrían cerrarse nunca.

Su mente se centró en la roca esta vez. *Igual que hiciste con el orbe*, se recordó.

La piedra se estremeció en la palma de su mano. *Adelante*, la urgió Vhalla. Frunció el ceño y notó cómo una gota de sudor rodaba por su cuello, aunque la temperatura no era cálida para nada. Frustrada, abrió los ojos para fulminar con la mirada a la piedra insubordinada.

—¡Hacia allá! —medio suplicó, medio la increpó irritada.

En el mismo momento en que el dedo de su otra mano cortó a través del aire en la dirección deseada, la piedra cobró vida. Vhalla dio un respingo cuando salió volando de la palma de su mano, pasó como una exhalación por encima del estanque, atravesó los arbustos del otro lado y se enterró en la pared de piedra detrás de ellos.

Aldrik estalló en carcajadas. Vhalla apretó los puños y lo miró ceñuda.

—Eso ha sido asombroso. —Poco a poco, recuperó la compostura—. Aunque un poco demasiado fuerte.

Frustrada, Vhalla agarró una segunda piedra y la sujetó en la mano de nuevo. Esta vez, conectó con ella más deprisa, pero aun así, se negó a moverse, a pesar de sus mejores órdenes mentales. Luego levantó la otra mano, hizo un gesto brusco con la muñeca y la piedra salió disparada hasta el otro lado del estanque, aunque no tan lejos.

Aldrik se inclinó hacia delante, ambos codos sobre las rodillas y las manos cruzadas entre medias. Sus ojos negros seguían cada uno de los movimientos de Vhalla mientras ella buscaba una tercera piedra. Esta vez, ni siquiera cerró los ojos para comprender dónde estaba la piedra mágicamente. Sus dedos se movieron un pelín y la piedra cayó justo al otro lado del agua.

La cuarta aterrizó en el centro del estanque con un *plop* sordo y un grito de victoria por parte de Vhalla.

Después hubo una quinta, una sexta y una séptima, pero una llevaba mal ángulo, otra se movió demasiado despacio y la última aterrizó lejos otra vez. Vhalla se secó la frente con el dorso de la mano y se dio cuenta de que su respiración era ahora fatigosa.

El príncipe se levantó.

—Ya basta por hoy —anunció con tono amable.

—Pero ya casi lo tengo —protestó.

—Y estás a punto de agotarte en tu intento por conseguirlo. —Le ofreció el codo—. Ven.

Vhalla retuvo la octava piedra un segundo más antes de darse por vencida y sustituirla por el brazo de Aldrik. Entonces respiró hondo y se relajó.

—Tendremos que trabajar en tu técnica —explicó Aldrik mientras caminaban—. No necesitas vincular acciones mágicas a movimientos físicos.

—No funcionó sin hacerlo.

—Con el tiempo, funcionará —la animó él—. No te acostumbres demasiado a que tu magia requiera un movimiento físico.

—¿Me la enseñas? —le preguntó con timidez.

—¿Qué es lo que tengo que enseñarte? —preguntó Aldrik, que ya iba de camino al banco.

—Tu magia, sin movimiento —aclaró Vhalla.

—Muy bien. —El príncipe dio unas palmaditas en el banco a su lado y Vhalla retomó su posición anterior. Ni siquiera se había dado cuenta de que acababa de pedirle algo al príncipe.

De pronto, la mano abierta de él estalló en llamas. Lenguas de fuego brotaban de alrededor de su muñeca, daban vueltas en torno a sus dedos y subían por el aire con su danza brillante antes de desvanecerse. Vhalla observó la escena como hipnotizada. Aldrik hacía más o menos lo mismo.

Con una mano tímida, Vhalla estiró los dedos. En cuanto cruzaron el punto de calor, la llama se extinguió. La mano del príncipe agarró la suya.

—Cuidado —le dijo, considerado—. No querría que te quemaras.

Se quedaron así un instante, el calor de la mano de él envolvía la de ella. Vhalla notó la garganta gomosa. Ninguno de los dos parecía capaz de formar palabras en el estridente silencio.

—Bien —murmuró Vhalla, rompiendo el silencio primero. Retiró la mano y examinó sus cutículas como si se hubiesen convertido en las cosas más fascinantes del mundo. Dentro del invernadero hacía el calor suficiente como para tener las mejillas arreboladas y Vhalla se apresuró a agacharse para rebuscar en su bolso debajo del banco, ocultando así su cara.

Depositó el bolso de cuero en su regazo y desenvolvió la tartaleta de limón después de solo un momento de vacilación. Ni siquiera estaba segura de si al príncipe le gustaban los dulces, pero aun así se sintió obligada a compartir su tesoro con él. Cortó la tartaleta del tamaño de su mano en dos y le ofreció al príncipe la mitad, la mitad pequeña. Aldrik arqueó una ceja.

—Es una tartaleta de limón —le explicó ella.

—Ya sé lo que es. —La aceptó y luego la olisqueó.

—Está buena, te lo prometo. —Vhalla sonrió y él le dio un bocado—. De hecho, son mis favoritas.

—Es una hornada buena —afirmó el príncipe. Vhalla masticó más despacio. Por supuesto que el príncipe habría probado las tartaletas de limón antes—. Entonces, ¿simplemente llevas una tartaleta de limón encima todos los días? —preguntó.

—No. En realidad no debería tenerla, puesto que soy solo una aprendiza. Podría meter en un lío al personal de la cocina si alguien importante supiera que me la han dado. —Aldrik esbozó una sonrisa irónica. Vhalla continuó hablando, rezando por que eso no llegara a pasar—. Pero si el día de mi cumpleaños se lo ruego a la persona adecuada, suelo tener suerte.

—¿Tu cumpleaños? —preguntó él. Vhalla hizo un gesto afirmativo—. ¿Es hoy? —Vhalla asintió de nuevo.

—Por eso me dio Fritz el libro. —Vhalla empujó un poco el bolso con la punta del pie—. Larel me regaló este brazalete. —Vhalla le mostró la muñeca para que pudiera verlo.

Lo inspeccionó pensativo durante un momento y Vhalla se terminó el resto de su tartaleta de limón mientras aprovechaba la oportunidad para estudiar sus rasgos otra vez por el rabillo del ojo. De hecho, estaba contenta de poder compartir algo con el príncipe, aunque deseó que no fuese una comida favorita que solo podía comer una vez al año.

Vhalla estaba a mitad de su libro cuando se percató de que sus páginas habían cambiado de un color crema pálido a un resplandor anaranjado. La puesta de sol ardía con intensidad por encima de ellos y amenazaba con dejarla sin luz para leer. Cerró el libro, se dobló por la cintura y lo devolvió al bolso.

—¿Has terminado? —preguntó el príncipe, que llevaba todo el día haciendo anotaciones en ese dietario negro.

—Aún no. Voy por la mitad más o menos —respondió, al tiempo que se levantaba.

—Me había dado la impresión de que leías más deprisa que eso —farfulló mientras anotaba un par de cosas rápidas en su propio libro.

—Siento desilusionarte —bromeó Vhalla. Sonreír en compañía del hombre que antes había sido fuente de miedo e ira le resultaba de una facilidad sorprendente.

Aldrik levantó la vista y cerró su dietario, luego agarró una tira larga de cuero y la envolvió a su alrededor para mantener los papeles dentro.

—¿Tú también te vas? —preguntó Vhalla.

—¿Por qué no? —Se metió la carpeta debajo del brazo.

Se encaminaron hacia la puerta y a Vhalla le dio la sensación de que no estaba saliendo con la misma persona con la que se había encontrado al llegar. Aunque, claro, con cómo habían cambiado sus emociones, Aldrik podría decir lo mismo.

—¿Cómo llegaste hasta aquí? —preguntó Vhalla una vez que salieron del cenador. El príncipe le lanzó una mirada inquisitiva.

—Soy el príncipe heredero; a mí se me permite estar aquí. La pregunta sería más bien cómo llegaste *tú* hasta aquí. —Aldrik tenía una sonrisilla de suficiencia dibujada en la cara.

—B... bueno, descubrí una manera de entrar. —Vhalla agarró la correa de su bolso. Aldrik soltó una carcajada—. ¡No encontraba la entrada normal!

—Eso es obvio; se supone que no debes saber cómo entrar en un Jardín Imperial. —Vhalla movió los pies, incómoda—. Pero no dejes que eso te detenga. Está claro que no lo ha hecho hasta ahora. —Y dicho esto, dio media vuelta riéndose y empezó a andar hacia la verja. Unos pasos más allá, Aldrik se detuvo en medio del sendero y se volvió hacia ella—. ¿Necesitas que te ayude a salir?

El viento la empujó de repente por la espalda, como si la animara a avanzar. Vhalla miró al príncipe vestido de negro. ¿En qué medida confiaba en este hombre? Deslizó el pulgar por las yemas de sus dedos, donde él había sujetado su mano.

—Si no es mucha molestia... —sugirió Vhalla, tras hacer acopio de valor. No entendía lo que era el Vínculo, no del todo. En eso, Aldrik había tenido razón. Pero había algo en cómo la miraban sus ojos que era diferente de la mirada de cualquier otra persona.

Descendió despacio las escaleras del cenador y sus ojos conectaron con los del príncipe cuando este le ofreció el codo. Vhalla no pudo ignorar las chispas que la recorrieron de arriba abajo como un relámpago cuando se tocaron.

Aldrik la condujo a través de una verja de hierro y por un pasillo que la hizo exclamar embelesada en cuanto entró. El suelo no estaba cubierto de alfombras, tampoco era de piedra. Era mármol blanco dispuesto en forma de diamante, con diamantes dorados más pequeños en las esquinas. El techo abovedado estaba decorado con vistosos frescos y las velas se encendían de manera mágica cuando se acercaban a ellas.

El príncipe guardó silencio mientras su invitada asimilaba todas esas maravillas con asombro. Estatuas de alabastro los contemplaban desde los altos techos. Ventanas de cristales policromados y plomo negro proyectaban brillantes dibujos sobre los lienzos de suelos y paredes. Era un mundo del que solo había oído hablar, como un cuento de hadas que pasaba de boca de un sirviente a otro.

—Este lugar es… —Su cerebro se estaba rebobinando despacio para volver a ser capaz de formar palabras—. Es…

—Mi casa —terminó Aldrik por ella.

—Yo no debería estar aquí. —Vhalla negó con la cabeza cuando se pararon delante de un pequeño pasillo lateral.

—Puedes estar donde yo lo permita —le recordó Aldrik. A pesar de su tono principesco, las palabras sonaron consideradas, y la miró como si ella fuese a la única que querría permitirle la entrada—. Me gustaría enseñarte más cosas.

—Creo que me divertiría. —Vhalla no estaba segura de por qué estaba susurrando.

—¿Vienes mañana?

—No puedo. —Vhalla se mordió el labio—. Hoy tenía el día libre porque es mi cumpleaños, pero mañana tengo que trabajar.

—Si pudieras, ¿vendrías? —A Vhalla le costó descifrar su mirada. La incertidumbre estaba bastante clara, pero ¿había también deseo?

—Si pudiera —repuso Vhalla con un asentimiento.

—Muy bien. —Las comisuras de los labios de Aldrik quisieron sonreír—. Este pasillo te llevará de vuelta a las dependencias de servicio. Solo tienes que seguir recto.

Vhalla dio un paso atrás, dejó caer la mano de su codo. Dio media vuelta antes de que la mirada del príncipe la mareara más y echó a andar por los pasillos en penumbra, alejándose del mundo de asombro y magia. El castillo se transformó a su alrededor y anduvo sumida en sus pensamientos todo el camino de vuelta a su habitación. Si pudiera, preferiría aprender magia que estar en la biblioteca. Eso era lo que había dicho, ¿no? ¿Era verdad?

Vhalla se frotó los ojos y abrió la puerta de su dormitorio. Sabía que no había comido gran cosa, pero no tenía demasiada hambre y la que sentía no era suficiente para animarla a enfrentarse al comedor.

Sobre la mesa, encontró tres pequeños regalos. Había un diario en blanco de parte del maestro y una pluma y un tintero nuevos de parte de Roan; Vhalla sospechaba que se habían puesto de acuerdo con sus regalos. Por último, había una delgada caja rectangular con una pequeña nota adherida:

Vhalla~
Muchas felicidades. Aunque me alegro de que tuvieras el día libre, tu presencia en la biblioteca se ha echado de menos.
Con cariño,
~Sareem

Vhalla le dedicó a la nota una sonrisa cansada. La dejó a un lado de la mesa y tomó la caja. Tras retirar su envoltura de pergamino usado, encontró una caja color rubí. La reconoció vagamente. Era de Chater's, una tienda de ropa en una zona agradable de la ciudad, no lejos de la entrada pública a la biblioteca. Vhalla solo había visto a mujeres nobles salir de la tienda, llevando esas cajas rojas con orgullo.

Se sintió extraña con solo sujetarla.

Despacio, quitó la tapa. Soltó una exclamación ahogada. En el interior, encontró dos preciosos guantes color zafiro. No tenían dedos, lo cual era muy adecuado para su hábito de escribir y se prolongaban casi hasta sus codos. Recordó entonces todas las veces que se había quejado el invierno anterior de tener las manos demasiado frías para escribir. Sus otros guantes eran unas cosas viejas de algodón, raídos y con agujeros de tanto usarlos. Su regalo era de cuero teñido, bordado con un precioso hilo de oro que embellecía la base y los laterales con un intrincado diseño de hojas y enredaderas.

Vhalla no podía ni imaginar cuánto le habrían costado a Sareem. Estaba bastante segura de que se aproximarían a la misma cantidad de ahorros que ella había conseguido reunir en toda su vida. Como si fuese a estropearlos solo con tocarlos, Vhalla los devolvió a la caja. Con un suspiro, enterró la cara en su almohada. ¿En qué estaba pensando Sareem?

CAPÍTULO 13

Al día siguiente, Vhalla se despertó grogui y cansada. El amanecer llegó demasiado pronto. Tantas emociones la habían dejado agotada. *Mi cuerpo todavía se está acostumbrado a la magia*, se recordó. Si la estaba utilizando en ocasiones sin ser consciente de ello siquiera, entonces era probable que se estuviese cansando más de lo que creía.

Soltó un gemido por dos razones. La primera se debía a que acababa de darse cuenta de que había olvidado su túnica de invierno en el jardín. Tendría que recuperarla de alguna manera; de momento, la de verano tendría que valer. La segunda razón fue que volvió a ver el regalo de Sareem. Vhalla se puso los guantes sin pensarlo demasiado y trató de ignorar lo suave que era el cuero.

—¿Son nuevos? —le preguntó Roan mientras esperaban al maestro.

—Lo son. —Vhalla asintió sin mucho entusiasmo en respuesta.

—¿Puedo verlos?

Vhalla estiró una mano por encima del mostrador central ante el que esperaban las dos. Roan inspeccionó las costuras con cuidado.

—Vhalla, están muy bien.

—Creo que son de Chater's —farfulló.

—¿Chater's? ¿Fueron un regalo? —Roan soltó la mano de Vhalla despacio. Una expresión difícil de descifrar se extendió por su cara.

—Un regalo de Sareem. —Vhalla se giró hacia las puertas laterales de palacio como si el joven fuese a aparecer con solo mencionarlo. Las dos chicas habían llegado temprano y él no.

—Le gustas, Vhalla —dijo Roan, pensativa.

—No creo que... —Algo en la expresión de su amiga hizo que se callara. Roan estaba muy segura de lo que decía—. ¿Sareem? ¿En serio?

—Eso creo. —Roan asintió.

Las puertas de un extremo de la biblioteca se abrieron para dar paso al maestro y a Sareem, y ninguna de las dos chicas tuvo ocasión de hablar después de eso. Roan se quedó detrás del escritorio con el maestro y a Vhalla la enviaron entre los libros, como de costumbre. Se dijo que iba a ir a buscar a Sareem para darle las gracias por su regalo, que no estaba nerviosa, pero justo entonces apareció al final de su pasillo.

—Sareem —dijo Vhalla, al tiempo que hacía una pausa para colocar un libro en una balda que quedaba justo fuera de su limitado alcance.

—Te echamos de menos ayer. —Sonrió y cruzó la distancia que los separaba.

—Fue agradable tener un día libre. —Vhalla se regañó por dar rodeos—. Gracias por los guantes. Son perfectos.

—¿Te gustan? —Toda su cara se iluminó de un modo que le produjo a Vhalla una punzada de dolor en su interior—. No he tenido hermanas y, bueno, me costó mucho elegirlos.

—Pues elegiste bien —le aseguró Vhalla.

—Dime, Vhalla. —Sareem se apoyó contra la estantería y retiró una pelusa imaginaria de su túnica—. Pronto, durante el festival, tendremos algo de tiempo libre. Solo trabajaremos un día y, bueno, estaba pensando que quizá... tú y yo podríamos, bueno...

El corazón de Vhalla empezó a latir más despacio. Esto no podía estar sucediendo. Roan no podía tener razón. Miró a su amigo de la infancia con nerviosismo. Desde luego que era atractivo. Había ensanchado y había perdido algo de su aspecto infantil, y el tono más oscuro de su piel complementaba muy bien sus ojos y su pelo más claro. *Y es de buena familia*, se recordó.

—¡Vhalla! —la llamó de repente el maestro desde el mostrador central. La joven se giró hacia atrás y luego miró a Sareem otra vez—. Vhalla, ven aquí.

—Adelante. —Su amigo parecía hundido en la miseria—. Te veré más tarde. Feliz cumpleaños atrasado, Vhalla.

La chica se quedó ahí parada un momento, incómoda, antes de que la llamada del maestro la hiciera apresurarse de vuelta al escritorio. ¿Qué le había querido preguntar Sareem? No le dio muchas vueltas al asunto pues enseguida la distrajo la presencia de un guardia que esperaba ante el maestro.

—Un miembro de la corte ha solicitado tu presencia para evaluar unos libros —anunció el guardia de un modo casi mecánico.

—¿Mi presencia? ¿Seguro que no es la del maestro? —Vhalla miró al anciano, que era apenas más alto que el mostrador central; una de las pocas personas en el mundo más bajitas que ella.

—Dio tu nombre en concreto —repuso el guardia.

—No puedes negarte. —El maestro la dejó marchar con relativa facilidad, pero Vhalla oyó los indicios de curiosidad en la voz titubeante del hombre.

El guardia no había mentido. Vhalla lo siguió por medio palacio hasta una oficina señorial. Dos de las paredes estaban dominadas por estanterías y el guardia la dejó sola para examinar su contenido sin instrucciones claras. Otra de las paredes consistía en cuatro grandes ventanas y pronto el paisaje compitió con los libros por su atención.

Se abrió una puerta lateral y, cuando una figura fibrosa vestida toda de negro cruzó el umbral, todo lo demás quedó olvidado.

—¿Príncipe Aldrik? —Vhalla parpadeó.

—Creo que te dije que podías llamarme solo Aldrik en privado —le recordó.

—¿Qué estás haciendo aquí? —Vhalla cambió el peso de un pie a otro mientras se acercaba.

—Bueno, parece que olvidaste algo. —El príncipe sacó la mano de detrás de la espalda y le ofreció su túnica de invierno. Vhalla sintió un burbujeo extraño en el estómago y, como impulsado por él, Aldrik siguió hablando—. Además, me dijiste que si pudieras, vendrías y me dejarías enseñarte más cosas hoy.

Vhalla se rio. Se burló de él por haberla sacado de su trabajo y lo regañó por haber utilizado su autoridad para obtener lo que quería. Pero su manera de abducirla fue mucho más agradable que la del ministro y Vhalla descubrió que no le importaba estar rodeada de opulencia. Cuando estaba de buen humor, el príncipe era una compañía agradable, y para el final del día consiguió que moviera una pluma de un lado al otro del escritorio sin tocarla.

Su fantasma la rondaba de nuevo, pero ya no con notas. El príncipe la abdujo de la biblioteca al día siguiente, y al otro. A cada vez, había alguna excusa ingeniosa y, cuando esas se le agotaron, se limitó a materializarse entre las estanterías de la biblioteca y luego se escabullían juntos como niños.

Con su tutela diligente, Vhalla empezó a dominar la magia más básica. El príncipe ponía la palma de su mano sobre el dorso de la de ella y entrelazaba los dedos con los suyos para mantener su mano en el sitio mientras intentaba hacer magia sin movimiento físico. Vhalla tuvo poco éxito con esta táctica… y mucha distracción. Aldrik le prometió que pronto aprendería algo llamado «Canalización» que haría que la magia fuese más fácil. Sin embargo, fuera cual fuere esa técnica, él la estaba reteniendo justo fuera de su alcance hasta que tomara una decisión acerca de unirse a la Torre.

Con el tiempo, Vhalla fue destapando capas del príncipe Aldrik, aunque él todavía evitaba nada ni remotamente personal. De hecho, Vhalla sabía más acerca de él por lo que había leído en libros que por lo que él le contaba. Sin embargo, lo que aprendió en persona no estaba escrito en ninguna parte. Vhalla aprendió que al príncipe le gustaba un té fuerte de estilo occidental que era casi tan oscuro como la tinta. Aprendió que cuando entreabría los labios significaba que estaba sorprendido, y que cuando arqueaba sus cejas significaba que estaba impresionado. Vhalla se percató enseguida de que no le gustaba hablar de su familia bajo ninguna circunstancia.

Vhalla tardó una semana entera en darse cuenta de que, por primera vez en su vida, no quería realmente estar en la biblioteca.

Mientras el maestro la conducía entre las estanterías hacia la muy reforzada puerta de los archivos, se descubrió mirando con expresión anhelante un tapiz de esa misma pared, un tapiz que ahora sabía que conducía a un mundo de asombro y magia que era solo suyo.

Las bisagras emitieron una queja sonora cuando les permitieron el acceso al maestro y a ella. Vhalla siguió a Mohned al mundo sombrío que eran los Archivos Imperiales. Apenas pudo reprimir una tos inducida por el polvo.

Los Archivos Imperiales eran casi una biblioteca en sí mismos. Cuando un libro era un original antiguo, singular o la última copia existente, era llevado a los archivos para mantenerlo a buen recaudo. Había cinco pisos en los archivos, llenos de libros y con una escalera de hierro que giraba en espiral por el centro. Algunos de los manuscritos más antiguos y los primeros registros sobre la humanidad se guardaban ahí dentro. Vhalla sentía una sensación de asombro cada vez que entraba.

Cuando no había nadie presente, unas gruesas cortinas cubrían cada ventana para evitar que la luz decolorara o dañara los manuscritos. Ahora, Mohned abrió varias cortinas, lo cual espantó la oscuridad de un plumazo. El polvo se quedó atrapado en los rayos de luz y danzó por al aire como hadas diminutas.

—Hay unas cuantas obras orientales que están a punto de desintegrarse. —El maestro la condujo por las escaleras hasta dos pisos más abajo, abriendo más cortinas al pasar.

—¿Orientales? —preguntó Vhalla.

—Sí. En realidad, no tenemos demasiadas obras antiguas del Este... —empezó el maestro.

—¿Debido a Los Tiempos de Fuego? —preguntó Vhalla como quien no quiere la cosa.

Mohned se detuvo y la miró. Aprovechó para recolocarse las gafas.

—Exacto, Vhalla —repuso en voz baja—. ¿No te he dicho que dejes de leer libros cuando deberías estar trabajando? Deberías tener cuidado de dónde metes la nariz —añadió en tono críptico.

—¿Maestro? —preguntó ella, confundida.

—Ah, aquí está. —Mohned sacó con sumo cuidado un tomo grande de la balda, usando ambas manos para hacerlo.

Vhalla vio al instante dónde se estaba deshaciendo la cubierta de cuero y ayudó al anciano a depositarlo con suavidad en la mesa.

—Si terminas con este, los otros tres de esta saga también requerirán arreglos. —Hizo un gesto hacia la balda—. ¿Necesitas algo más?

—No, me acuerdo de cómo encuadernar —contestó Vhalla al tiempo que negaba con la cabeza.

Mohned asintió y ella se inclinó un pelín ante él antes de que se alejara arrastrando los pies sin decir una palabra más.

Vhalla se instaló en una de las sillas y comenzó a trabajar con cuidado. No estaba segura de cuánto tiempo había pasado cuando oyó unas pisadas suaves que bajaban por las escaleras de hierro. Eran demasiado firmes para ser las del anciano maestro y todavía quedaba mucho rato para el cierre.

Hizo caso omiso del rubor acalorado provocado por los frenéticos latidos de su corazón. El príncipe había dicho que lo más probable era que ese día estuviese ocupado. Vhalla sabía que no podía llevársela todos los días, pero aun así tenía unas esperanzas vergonzosas.

Levantó la vista y vio aparecer las botas de un hombre: marrones, gastadas y no de buena calidad. Vhalla dejó caer los hombros.

—¡Hola! —susurró Sareem.

—Sareem —repuso ella, con la esperanza de disimular bien la desilusión de su voz—. ¿Qué estás haciendo aquí?

—He terminado un poco pronto hoy y pensé que podía venir a verte. —Sonrió.

—El maestro no se va a alegrar si te pilla vagueando —lo advirtió Vhalla.

—El maestro está detrás del mostrador con Roan, transcribiendo como siempre. —Sareem se encogió de hombros.

Vhalla bajó la vista hacia su libro y terminó de atar una de sus puntadas.

—Deberías estar trabajando —musitó en voz baja.

—Venga ya, Vhalla. —Sareem acercó una silla y apoyó la barbilla en las palmas de sus manos—. No es como si nunca te hubieses saltado el trabajo. —La joven notó que se sonrojaba un poco—. No me chivaré si no lo haces tú. —Sareem le guiñó un ojo.

Vhalla puso los ojos en blanco y ocupó sus manos con el trabajo. La parte aprendiz de su mente le recordó que tenía más razones para estar con Sareem que con Aldrik. Miró a su amigo por el rabillo del ojo mientras se instalaba en una silla enfrente de ella. Roan había mencionado que era guapo debido a su piel occidental, combinada con su pelo y sus ojos sureños. Vhalla, en realidad, pensaba que lo contrario era más atractivo.

—Bueno —empezó—. Me da la sensación de que no he tenido ocasión de hablar contigo en toda la semana. Has estado muy ocupada y cuando he intentado buscarte, siempre parecías haber desaparecido.

Vhalla encogió los hombros de manera casi imperceptible. No había nada que pudiera decir, pues Sareem ya sabía que mentía mal.

—De todos modos, intenté preguntártelo antes, pero nos interrumpieron. Supongo que he estado tratando de reunir el valor otra vez. —Se rio un poco tenso, mientras se pasaba una mano por el pelo. Vhalla sintió que su respiración se volvía más superficial—. Durante el festival vamos a tener algo de tiempo libre. Y bueno, esperaba que… bueno, podríamos hacer algo entonces… solo nosotros dos.

Roan había tenido razón. Vhalla maldijo a la chica, a su madre y a la Madre en los cielos. Abrió la boca, a punto de rechazar su proposición.

Aunque, claro, ¿qué otras opciones tenía a la vista? Había cumplido dieciocho años y apenas había tenido un romance. Roan tenía razón otra vez. Sareem venía de buena familia. ¿No le había dicho siempre todo el mundo que el matrimonio iba primero y el amor después? Vhalla se movió en su asiento, dividida entre la respuesta apropiada y la deseada.

Los ojos cerúleos de Sareem la miraron esperanzados y Vhalla se reafirmó otra vez. Este era Sareem; ella siempre había disfrutado de su compañía. No cambiaría nada. Estaba a punto de aceptar su oferta cuando vaciló un instante.

—Quiero enseñarte algo —soltó de pronto. Sareem arqueó las cejas sorprendido cuando Vhalla se levantó. La joven era consciente de que estaba esquivando su pregunta, pero recordó estar sentada con él en su asiento en la ventana hacía una eternidad y haberle preguntado acerca de los hechiceros… Vhalla tenía que saberlo.

Buscó algo, cualquier cosa. Por fin se decidió por un pequeño dedal que había estado usando.

—Necesito que prometas que no se lo contarás a nadie —murmuró.

—Vhalla, yo…

—A nadie, Sareem. Ni al maestro, ni a ninguno de los otros aprendices, ni a Roan… *A nadie.* —Vhalla contuvo la respiración.

—Muy bien, Vhalla. Lo prometo. —Sareem sonrió alegre y ella sintió una punzada de frustración por lo relajado que estaba.

—No tuve Fiebre Otoñal —empezó.

—Ya lo sé —señaló él.

—Ya sé que lo sabes. —Vhalla suspiró. Ya estaba cuestionando su buen juicio, pero había ido demasiado lejos—. Estaba en la Torre.

—¿La Torre? —Sareem apoyó las palmas de ambas manos en la mesa. La determinación de Vhalla titubeó—. ¿Quieres decir en *la* Torre? ¿La Torre de los Hechiceros? —Vhalla se atrevió a asentir. La confusión se dibujó en el rostro de Sareem—. ¿Por qué? ¿Te raptaron? ¿Te hicieron algo? —Se había puesto en pie—. Juro que si te tocaron…

—Siéntate —le ordenó, y él obedeció—. No, no me hicieron daño. Me estaban... ayudando. —Vhalla tuvo cuidado de no mencionar el rapto del ministro, al príncipe y la caída. Todo eso no haría nada por mejorar su caso y no estaba dispuesta a explicar por qué ella misma había llegado a aceptarlo. Apenas.

—¿Ayudarte? ¿Por qué? —Sareem frunció el ceño.

Vhalla cerró los ojos y sintió, al instante, cómo sus sentidos mágicos se estiraban y construían una imagen de la habitación que estaba más allá de la vista. Percibía la presencia de Sareem, pero no era más que una zona gris. Vhalla no pudo evitar recordar la claridad ardiente y brillante que siempre rodeaba a Aldrik, y de repente sintió un reconocimiento completamente nuevo por él como hechicero. Vhalla levantó la mano abierta, el dedal plantado en medio.

Abrió los ojos, lo vio, lo sintió y lo comprendió. Sareem estaba a punto de hablar cuando el dedal se estremeció y se elevó por encima de la palma de su mano abierta. Vhalla lo mantuvo ahí durante un momento, antes de elevarlo un poco más hasta la altura de los ojos. De hecho, se sintió bastante orgullosa de sí misma por su logro; estaba segura de que Aldrik también lo hubiera estado. Su atención se desvió hacia Sareem; la expresión sorprendida y horrorizada en su cara la hizo perder toda concentración y el dedal cayó de vuelta a su mano.

Vhalla lo dejó en la mesa y se giró despacio hacia su amigo. El joven la miraba como si fuese un monstruo que estuviera a punto de comérselo.

—Esa es la razón... —musitó Vhalla, incapaz de mirarlo a los ojos.

—V... Vhalla... ¿Q... qué ha sido eso? —tartamudeó.

—Justo lo que crees que fue —replicó, a la defensiva y enfadada. No sabía lo que había esperado de él, pero no era esto.

Sareem estaba de pie delante de ella, con los brazos abiertos a los lados.

—Oh, Vhalla, qué graciosa eres. Dime cómo lo has hecho. Es un truco genial. ¿Tenías un hilo enganchado a la otra mano? ¿Algún tipo de imán? ¿Un truco de luz? —Parecía incapaz de soltar explicaciones alternativas por la boca a la velocidad suficiente.

—Ya sabes lo que era. —Lo miró, furiosa.

—No, no, eso te convertiría en...

—Una hechicera —terminó Vhalla por él. Cruzó los brazos delante del pecho. Sareem dio un paso atrás para alejarse de ella.

—No, no puedes serlo. No eres una de *ellos*.

—Lo soy —confirmó con tono agrio—. Eso es con lo que quieres iniciar una relación. —Lo miró con toda la amargura gélida que pudo reunir. Era cierto, era *una de ellos*, y *ellos* eran diferentes y temibles.

Sareem negó con la cabeza y dio otro paso atrás. Abrió la boca para hablar, le tembló la mandíbula. Luego dio media vuelta y echó a correr.

Vhalla se sentó otra vez detrás de la mesa, los ojos clavados en el libro. Escuchó los pasos apresurados de Sareem escaleras arriba y fuera de los archivos.

Su silencioso grito de dolor y frustración se atascó para trocarse en un sollozo, y Vhalla se abandonó a las lágrimas. Después de llorar durante un tiempo indiscernible, levantó la cabeza de la mesa y se sentó más erguida. Con los sentidos embotados, sus manos volvieron al trabajo. Debía de haber sabido que Sareem reaccionaría así. Después de cómo había reaccionado ante su simple mención de los hechiceros la otra vez, mostrarle su magia había sido una tontería. No había forma humana de que fuese a aceptarla jamás como era, y no estaba dispuesta a derramar lágrimas por alguien tan estrecho de mente, por un falso amigo.

Vhalla se paró a medio paso, justo cuando la puerta de los archivos se cerraba a su espalda. Contempló el tapiz a través del cual la había llevado Aldrik en una de sus lecciones.

Ella ya no sabía lo que era. ¿Era una aprendiza de bibliotecaria o era una hechicera? Se prometió ponerse seria para averiguar cuáles eran sus poderes y tomar una decisión pronto.

—Vhalla. —Casi había llegado al mostrador central cuando Sareem le susurró apurado desde las estanterías. Vhalla mantuvo la vista al frente—. ¡Vhalla! —La joven fingió no oírlo y siguió adelante con decisión.

—Maestro, he terminado el primer manuscrito, pero no me encuentro bien. ¿Puedo salir un poco pronto hoy, por favor?

El maestro y Roan levantaron la vista con expresiones igualmente perplejas.

—Sí, Vhalla, no pasa nada. Ve a descansar. —El maestro asintió.

—Gracias —le dijo con educación, hizo una reverencia y se marchó. Vhalla ignoró de manera ostensible a Sareem, que la miraba en silencio desde el borde de las estanterías, y salió de la biblioteca.

Sus pies repiqueteaban sobre el suelo de piedra mientras volvía directa a su habitación. Vhalla abría y cerraba las manos en su lucha por mantener a raya una nueva oleada de ira. Se suponía que Sareem era su amigo; ¿cómo podía reaccionar como si de repente no fuese ni humana siquiera?

Vhalla se detuvo y una vela cercana se apagó, luego la siguiente... Y, de pronto, estaba envuelta en oscuridad. Se tragó una exclamación de sorpresa y se marchó a toda prisa a su habitación.

Cerró la puerta de un golpe a su espalda y clavó las uñas en la madera mientras trataba de recuperar la respiración. Estaba caminando por terreno pantanoso. Cualquier emoción salvaje y descarriada podía forzarla a tomar una decisión, pero ya se sentía próxima a tomarla por su cuenta. Un aroma le hizo cosquillas en la nariz y Vhalla abrió los ojos. Su corazón se ralentizó.

Sobre su almohada descansaba una rosa roja de tallo largo. A su alrededor, había un lazo negro atado que sujetaba una nota. Todos sus pensamientos se derritieron y sus ojos enseguida estuvieron devorando las palabras.

Vhalla,

Siento no haber podido abducirte hoy. Tienes mi palabra de que mañana haré todo el esfuerzo posible.

Atentamente,

A. C. S.

P. D.

¿Cuándo te veré de negro?

Con una risa suave, Vhalla se hizo un ovillo en la cama con la flor pegada a la cara. Inspiró su rico aroma. Quizá debería pedirle que la llevara otra vez a esa rosaleda. Vhalla se rio alegre al imaginarse dándole órdenes al príncipe. De algún modo, no parecía tan inconcebible.

A. C. S., caviló, mientras empezaban a pesarle los párpados. Aldrik era la A, y Solaris, el nombre de la familia imperial, era la S. Pero ¿qué era la C? Vhalla sacudió la cabeza, cerró los ojos y se entregó a ese olor relajante; un misterio para más adelante, tal vez. Apenas se había hecho de noche, pero todo lo que quería era quedarse ahí tumbada y estirar su mente todo lo posible, hasta encontrar ese lugar que olía a rosas.

CAPÍTULO
14

La luz de la luna entraba por el cristal en lo alto y Vhalla levantó la barbilla hacia el cielo y observó la luna pasar flotando. La rosaleda no era distinta de noche de lo que lo había sido de día. La oscuridad no la molestaba; veía todo brillante y claro a su alrededor. Había una especie de neblina misteriosa si movía la cabeza demasiado deprisa, pero se explicaba con facilidad como la luz de la luna que le jugaba malas pasadas.

Se levantó y fue hacia la puerta del cenador. Intentó abrirla, pero no se movía. Probó el picaporte otra vez, pero descubrió que se negaba a girar. Vhalla quería estar fuera.

Con solo pensarlo, se encontró de pie en las escaleras. Miró detrás de ella. No recordaba haber abierto o cerrado la puerta. Bajó con pasos ligeros y fue hacia la verja de hierro. Él estaba ahí, pero ella no conocía el camino por ese pasillo; solo sabía volver a las dependencias de servicio. Seguro que la verja estaba cerrada.

Vhalla se apoyó contra la verja y se deslizó por ella hasta quedar sentada en el suelo, contemplando las estrellas de nuevo. En una noche tan fresca y clara parecía una pena estar encerrado en el palacio. Se preguntó si él lo sabría. Se estaba mejor fuera. Le pesaban los párpados. Simplemente tendría que esperarlo, se recordó otra vez. Al final, saldría. Por el momento, sin embargo, dormiría mientras esperaba.

Vhalla abrió los ojos como si alguien la hubiese despertado con un pellizco. Un intenso dolor de cabeza aporreaba su cráneo. Rodó para hacerse un ovillo, sin darse cuenta siquiera de que había aplastado la preciosa flor con la que había dormido toda la noche. Se agarró las sienes, respiró hondo y dejó salir el aire despacio, como si así pudiera convencer a su cabeza de que dejara de dolerle. Vhalla apretó los ojos otra vez; la luz del día la mareaba.

Poco a poco, su cuerpo empezó a relajarse y las fuertes punzadas amainaron hasta no ser más que un pulso mortecino. La luz ya no provocaba una rebelión de sus sentidos, así que probó a sentarse. Se vistió despacio. Todo iba como a cámara lenta, con una falta de nitidez mareante.

Escondió la nota en su armario, con el resto, y puso la rosa medio estrujada con ellas. Era inútil intentar salvarla. Las rosas empezaban a morir en el momento en que las cortaban, y ella solo le había dado un empujoncito al proceso. Los pétalos rojos colgaban en ángulos extraños y tenía las hojas rotas. Sus dedos se demoraron en su suave tacto aterciopelado. No lograba animarse a tirarla a la basura todavía.

Hizo una pausa. ¿No había soñado con rosas? Vhalla sacudió la cabeza. Aún le dolía. Tratar de recordar sus sueños pareció agravar el dolor aún más.

Un destello de color zafiro captó su atención y otra punzada de dolor vertiginoso atravesó sus sienes. Agarró los estúpidos guantes de Sareem y los arrojó al suelo dando un grito, mientras sus pies saltaban sobre ellos.

Las lágrimas y los saltos solo empeoraron su dolor de cabeza. Sareem no se merecía que llorara por él, se recordó. Dejó los guantes tirados cuando se encaminó hacia la biblioteca.

Se quedó parada ante las puertas, sentía una violenta guerra en el estómago. O bien Sareem estaba ahí dentro, esperando, y se quedaría atrapada a solas con él otra vez. O bien no había llegado a la biblioteca todavía y se quedaría atrapada con él cuando entrara. Se llevó la palma de la mano a la frente e hizo una mueca. Sentía como si su cabeza estuviese a punto de partirse en dos. El día no podía ponerse peor.

Hizo acopio de valor, empujó las puertas y se alegró al descubrir que era la primera en llegar. Se planteó esconderse en alguna parte, pero no se le ocurrió ninguna excusa para cuando por fin emergiera. Así que se limitó a cruzar los dedos por que Sareem fuese el último en llegar y ella ya estuviese trabajando en los archivos para cuando él entrara.

Se sentó detrás del mostrador y se entretuvo haciendo rodar por la superficie una botella de tinta tapada con un corcho. Las puertas se abrieron otra vez.

Era Roan. Vhalla suspiró y apretó la frente contra la madera fría del mostrador. La chica rubia se sentó a su lado.

—Buenos días, Roan —se forzó a decir, y su voz le sonó rara en los oídos.

—Buenos días, Vhalla —contestó su amiga con una sonrisa.

—¿Has visto a Sareem ya? —farfulló Vhalla.

—¿A Sareem? —preguntó Roan con delicadeza—. No, ¿por qué?

—Por nada. —Vhalla suspiró otra vez, sin ganas de hacer el esfuerzo de explicarle nada.

—¿Estás bien? —Roan puso una mano en la espalda de su amiga, pero antes de que esta tuviese ocasión de responder, las puertas de la biblioteca volvieron a abrirse.

Eran el maestro y Sareem, que estaban hablando. Vhalla se levantó de un salto, el dolor ignorado por su corazón asustado. ¿Por qué estaba Sareem con el maestro? A Vhalla le temblaban las manos de la paranoia, a pesar de procurar que se estuvieran quietas.

—Buenos días, Vhalla, Roan —empezó el maestro—. Hoy las tareas son muy parecidas a las de ayer. Cadance y Lidia han ido a recoger algunos adornos finales para el Festival del Sol en el Ministerio de Cultura. Así que Roan, tú seguirás con tus transcripciones, y Vhalla, tú volverás a los archivos.

Vhalla asintió y se apresuró a dar la vuelta al mostrador. Notaba los ojos de Sareem sobre ella, pero los ignoró, igual que ignoró la mirada perpleja de Roan y la inquisitiva del maestro. Si el anciano no la estaba echando a patadas, entonces quizá Sareem no le hubiese dicho nada. Lo único que sabía Vhalla era que quería alejarse de todos ellos.

—¿Qué te pasa, Vhalla? —preguntó el maestro mientras abría el candado de la puerta del Archivo.

—Estoy bien. Es solo que hoy me duele la cabeza. —Se frotó las sienes otra vez.

—Me tienes preocupado —añadió Mohned con amabilidad, una mano sobre la espalda de Vhalla.

—Gracias, pero no hay de qué preocuparse —Vhalla le dedicó al maestro una sonrisa cansada y apartó la mirada antes de que la emoción pudiese apoderarse de ella. Desearía poder hablar con él, pero el maestro tampoco lo entendería. *El nombre del libro de la Torre debía corresponder a un Mohned Topperen diferente*, se dijo Vhalla.

El maestro la condujo escaleras abajo hasta el mismo lugar del día anterior, abriendo algunas cortinas por el camino. Cuando estuvo instalada, le dijo que volviera a la biblioteca principal si se encontraba peor. Vhalla asintió con ademán cansino y se puso manos a la obra en un intento por transmitir, con la mayor educación posible, que no tenía ningún interés en hablar. Mohned no pareció ofenderse y se fue con el arrastrar suave de sus pies.

Vhalla trató de concentrarse en la tarea que tenía entre manos, pero le costaba enfocarse en cualquier cosa. Cada vez que abría los ojos, el mundo estaba turbio, como si las cosas estuviesen superpuestas. Al final, se limitó a apoyar la cabeza en la mesa y trató de dejar que el silencio curara su cerebro.

El suave repiqueteo de unas pisadas que bajaban las escaleras fue como si unos cuchillos apuñalaran su conciencia. Vhalla abrió los ojos, pero ni siquiera levantó la cabeza cuando vio quién era. La forma de caminar de Aldrik era distinta y, de algún modo, hubiese hecho menos daño.

—Sareem, márchate. —Su voz sonó ronca.

—Vhalla, tenemos que hablar —empezó con cautela.

—Márcha... te —repitió, con escasa paciencia.

—No. —Sonó decidido.

Vhalla levantó la vista hacia él al tiempo que intentaba convencer a sus ojos para que cooperaran. Sareem solo había entrado a medias en la salita, claramente inseguro de si estaba tomando la decisión correcta. Vhalla tuvo el placer de hacerle saber que no.

—¿Qué quieres? —preguntó, cortante, y volvió a apoyar la frente en la mesa.

—¿Estás bien? —se interesó él, tras dar unos pasos hacia ella.

—Sí, estoy bien. Solo me duele la cabeza. ¿Qué quieres? —Sus frases sonaron secas por la irritación.

—Sobre lo de ayer, Vhalla... —comenzó él.

—¿Se lo has contado al maestro? —lo interrumpió.

—¿Qué? No, te prometí que no lo haría. —Vhalla lo miró, otra vez con los ojos guiñados—. No lo hice, Vhalla —insistió Sareem y se sentó con un suspiro.

Vhalla devolvió su cabeza a la mesa y cerró los ojos.

—Entonces, ¿qué quieres?

—Sobre lo de ayer... —Se rascó la parte de atrás del cuello—. Verás, me pillaste algo desprevenido. —Emitió una risita nerviosa y Vhalla sintió ganas de obligarle a vomitar lo que fuese que quisiera decirle—. Creo que...

Resonó un cuerno en alguna parte a lo lejos, su llamada replicada por otra más cercana. Pronto, todos los trompetistas del palacio estaban repitiendo esa llamada imperiosa.

—¿Qué? —Vhalla levantó la cabeza de la mesa—. ¿Qué es...?

—¡Cuernos, Vhalla! Cuernos con esa llamada, ya sabes lo que significan. —Sareem ya estaba en pie y recogía el libro y los utensilios de Vhalla sin pensar—. Vamos, tenemos que irnos. —Sareem casi levantó el cuerpo inerte de Vhalla de la silla; la chica se encontraba demasiado grogui para resistirse.

Se apresuraron a cruzar la biblioteca. Vhalla guiñó los ojos. El mundo se movía tan deprisa que le revolvió el estómago y se vio obligada a apoyarse en Sareem. Al menos, si vomitaba, podría apuntar a los pies del chico.

Sus ojos no sabían en qué enfocarse y todo se detuvo en seco cuando llegaron ante el mostrador central. El maestro estaba hablando y Vhalla hacía esfuerzos por escuchar. Mohned le entregó algo a Sareem y envió al joven de vuelta a toda prisa en la dirección por la que acababan de llegar.

—... nos alcanzará. Deberíamos encaminarnos ya hacia el Escenario Soleado.

El maestro y Roan se dirigieron hacia la puerta del castillo. Vhalla los siguió de cerca y Sareem se unió a ellos cuando salían de la biblioteca. El joven se dio cuenta de que Vhalla no estaba demasiado estable sobre sus pies y entrelazó un brazo con el de ella. Vhalla se vio obligada a depender de su apoyo otra vez mientras se unían a la masa de gente que se desplazaba a toda prisa por el palacio.

El Escenario Soleado era la entrada oficial al palacio. Mientras que la entrada de los establos era más práctica, el Escenario Soleado albergaba las ceremonias a gran escala celebradas con público. Era una zona semicircular a la que los residentes en la capital podían entrar a través de los muchos arcos dorados que había en la muralla exterior. Unas gradas gigantescas se extendían por encima de la muralla; se suponía que recordaban a los rayos del sol. Multitud de dignatarios, nobles y miembros de la corte ya estaban ahí sentados, todos de frente al palacio.

Unas escaleras de mármol blanco conducían a una gran plataforma con columnas dispuestas a intervalos amplios. Detrás de ese escenario estaban las puertas doradas que daban acceso al palacio, igual de grandes y ceremoniosas. De hecho, cuatro o cinco caballos podían pasar lado a lado a través de ellas sin problema. Más arriba por la pared, había un balcón, que el emperador había utilizado una vez o dos para hacer breves anuncios o promulgar decretos ante su gente. Hoy, decenas de soldados con relucientes armaduras y yelmos decorados con grandes plumas doradas bordeaban ambos lados del escenario.

Cadance y Lidia se unieron a Vhalla y sus acompañantes por el camino, y todo el personal de la biblioteca se situó sobre la muralla exterior, junto con la mayor parte del resto de trabajadores del castillo. Con un gemido sonoro, las puertas del escenario se abrieron y dos personas caminaron hasta el borde del escalón superior.

La emperatriz era una mujer bajita con largo pelo rubio que caía en cascada hasta su cintura. Aunque tenía un aspecto joven, su actitud y su pose eran modestas y maternales. Llevaba un clásico vestido sureño holgado de seda blanca que se arremolinaba alrededor de sus pies y cuya cola se extendía detrás de ella. Ondeaba al aire con suavidad.

Los ojos de Vhalla se deslizaron hacia la figura que estaba de pie al lado de la emperatriz. Llevaba pantalones blancos con raya y una larga chaqueta también blanca, de estilo militar, con dos hileras de botones dorados por delante. El alto cuello de la casaca estaba fijado a los hombros con dos placas decorativas de metal dorado. Varias medallas militares decoraban la pechera. Un cordón dorado discurría desde su hombro hasta su pecho. A pesar de todo eso, llevaba el pelo como siempre: engominado hacia atrás y retirado de la cara, aunque se abría un poco por los lados. El príncipe observaba el mundo con una ambivalencia ensayada; cuando bajó la vista hacia la multitud, el sol acentuó su nariz y sus altos pómulos.

Hasta que Roan no le dio un codazo rápido en el costado, Vhalla no se dio cuenta de que se estaba riendo. Aldrik estaba tan distinto vestido de blanco, aunque seguía siendo él. Roan le lanzó a Vhalla una mirada inquisitiva, pero la joven se limitó a negar con la cabeza en respuesta. No sabía por qué lo encontraba tan gracioso, pero cerró los ojos con fuerza y procuró recuperar la compostura. El sol todavía le hacía daño en los ojos.

El retumbar sordo de la multitud se acalló y fue sustituido por un rugido diferente: el sonido de cascos de caballos sobre piedra. Empezó como un ruido lejano que poco a poco escaló para convertirse en un trueno. La muchedumbre empezó a darse cuenta de por qué los habían convocado y pronto sus gritos y vítores igualaron el sonido de los cascos de los caballos.

El primer corcel cruzó las puertas. Era un ejemplar de un blanco puro que llevaba a un hombre enfundado en una armadura dorada. Cada pieza de metal estaba embellecida con elaborados detalles de metal y bañada en oro. Un grito estridente brotó entre la multitud y los vítores se volvieron casi ensordecedores.

Vhalla se llevó una mano a la frente. No necesitó mirar para saber quién había provocado semejante conmoción.

El príncipe dorado de anchos hombros se apeó de su caballo. Saludó con la mano a su gente y ellos estiraron los brazos hacia él como los estira un bebé hacia su madre. Cuando se quitó el yelmo, su pelo corto y rubio quedó pegado a su cara por el sudor. El príncipe sonrió como un tonto y estrechó las manos de innumerables personas mientras se abría paso hacia el escenario.

Por un breve instante, Vhalla se preguntó si, de haber sido ella una de esas personas que tendían la mano hacia él, la hubiera reconocido del día en que se encontraron en la biblioteca hacía varios meses ya.

Vhalla se giró hacia Aldrik. Estaba inmóvil, como una roca, y su rostro mostraba la misma falta de emoción. Tenía las manos cruzadas a la espalda mientras miraba desde lo alto a su hermano pequeño, que se abría paso despacio hacia allí. Vhalla recordó por un momento el regreso tan poco ceremonioso del príncipe heredero. No había habido ni un solo segundo de vítores en su honor.

Los gritos evolucionaron poco a poco para convertirse en un cántico unánime cuando su máximo dirigente entró por las verjas.

—*Solaris, Solaris, Solaris.*

Todo el mundo alrededor de Vhalla se había entregado al cántico cuando el emperador en persona, enfundado en una armadura blanca y dorada con una capa ondeando sobre el dorso de su caballo, entró en el recinto del escenario. Sobre la parte de atrás de su capa, brillaba el sol dorado. Cabalgó todo el camino hasta el primer escalón, donde echó pie a tierra. El regente se dirigió entonces hacia su familia; su caminar era firme y fluido para un hombre de su edad. El príncipe Baldair había ocupado su lugar al lado de su hermano. El emperador le dio un casto beso a su mujer y luego saludó a su hijo mayor con un recio apretón de manos.

Vhalla no apreció nada en la fría mirada de Aldrik y empezaba a sentirse frustrada por estar tan lejos... y por que sus ojos todavía se negaran a enfocarse.

El emperador se giró hacia la multitud y todo el mundo, jóvenes y ancianos, cayó de rodillas delante de su líder. Vhalla no fue ninguna excepción.

—Mis más leales súbditos —resonó su voz, alta y clara, en el recinto ahora callado—, hemos regresado de nuestras campañas en el Norte con muchas victorias que contaros.

El gentío volvió a estallar en vítores, luego se acalló deprisa.

—La capital norteña, Soricium, aún aguanta, pero caerá pronto. Su país ha quedado hecho un desastre ante el ardiente poderío del Sol.

Por un breve instante entre las aclamaciones, Vhalla se preguntó por qué, si la Madre Sol de verdad era una diosa amorosa, enviaba a su gente a matar y a morir.

—Reuniremos el botín de la guerra bajo una sola bandera unificada.

La gente se puso en pie y Vhalla volvió a apoyarse en la pared. No lograba distinguir si Aldrik se había movido.

—Y con esto, ¡demos comienzo al más grandioso Festival del Sol! —El emperador levantó las manos y resonaron unas cuantas explosiones antes de que el cielo se llenara de fuegos artificiales. Todo el mundo levantó la mirada, excepto Vhalla y el príncipe heredero. Él siguió mirando al frente, inmóvil.

Vhalla cerró los ojos y se concentró en su respiración. Por un momento, su dolor de cabeza menguó. El mundo se reconstruyó despacio a su alrededor con una claridad asombrosa. Miró hacia delante, pero no con sus ojos físicos, y lo vio a él, un punto lejano de luz. Forzó a su vista a acercarse, para comprobar si su rostro de verdad tenía el aspecto que había tenido desde la distancia.

El príncipe tenía la mandíbula apretada, los ojos fríos. Aunque estaba de pie entre cientos de personas, bien podía haber estado en medio de una isla, solo. Vhalla no lo entendía. Era el principio de un festival; ese era un tiempo para la felicidad.

No estés tan triste.

La cabeza del príncipe voló en dirección a Vhalla, que abrió los ojos de par en par. Soltó un grito y apretó las palmas de las manos contra su cara. La luz del sol era como fuego en su cerebro. Detrás de sus ojos ardía una abrasadora luz incandescente que amenazaba con hacerla pedazos. Sacudió la cabeza y chocó con alguien. Vhalla pensó que oía a un hombre hablándole, pero la voz sonaba lejana y tenue, apenas la registraba por encima del rugido dentro de su cabeza.

Se abalanzó hacia delante, aferrada a la pared como si fuese lo único que la ataba al mundo físico. Quería que aquello parara; haría cualquier cosa por lograr que parara. Notó una mano en la espalda e intentó ponerse de pie abriendo los ojos una rendija. Los cañones dispararon de nuevo y Vhalla vio la segunda ronda de centelleantes fuegos artificiales que salían disparados hacia el cielo, justo antes de que sus rodillas cedieran y su cuerpo se desplomara.

CAPÍTULO
15

Vhalla flotó en el aire. No, no flotaba, la llevaban en volandas. Su oreja derecha estaba apoyada contra el pecho de un hombre, un latido frenético bajo la piel. *¿Por qué iban tan deprisa?* Vhalla quería decirle que estaba bien, que podía ir más despacio, pero parecía que no había nada conectado con su mente. Era como si estuviese atrapada dentro de su propio cuerpo.

Aunque, estuviera donde estuviere, era un lugar cálido y el dolor había desaparecido. Eso le bastaba. Decidió que estaba cansada, y se fue a dormir.

Se despertó sobresaltada cuando notó que depositaban su cuerpo. Oyó voces hablando otra vez, pero no lograba hacer funcionar sus oídos del todo. El hombre le estaba preguntando algo. ¿Qué podía querer? ¿Acaso no se daba cuenta de que no estaba en condiciones de darle nada? Y entonces se marchó. Sentía que se había marchado; algo en su interior simplemente lo sabía.

Más oscuridad y silencio. Vhalla estaba sentada en los confines de su propia mente, mientras se preguntaba cómo había llegado hasta ahí. Su cuerpo seguía negándose a obedecerla.

Volveré con ayuda. Eso era lo que había dicho, aportó su mente. Iba a ir más gente. Él iba a llevar a más gente. Vhalla tenía que despertarse, pero era demasiado tarde. Ya estaban ahí. Más voces familiares, palabras apresuradas. ¿Quiénes eran esta vez?

Hubo manos, más manos, distintas de las de antes pero no desconocidas del todo. Esta vez eran las manos de una mujer. La llevaba a otro lugar. Vhalla quería sentirse aterrada ante semejante perspectiva, pero descubrió que era incapaz de sentir gran cosa de nada.

El mundo se movió a su alrededor y el aire cambió. Una vez más, era diferente pero aun así extrañamente familiar. Ya había estado ahí antes, a pesar de que no sabía dónde era *ahí*.

La depositaron sobre otra cama. Atrapada dentro de su prisión mental, Vhalla pugnó con el silencio. Despacio, se estiró hacia fuera y el mundo se reconstruyó ante ella.

La habitación era desconocida, pero Vhalla reconoció al instante la moldura con forma de dragón cerca del techo: estaba en la Torre. Había un armario. Vhalla esperaba que fuese negro, pero era de madera gris, color ceniza. Una mesa pequeña y una silla; sus ojos se posaron en la cama y a Vhalla le dio un ataque de pánico.

Se vio a sí misma ahí, tumbada. Inmóvil. Apenas respiraba. Vhalla no sabía si estaba viva. Aparte de la habitación desconocida, hizo caso omiso de la presencia de Fritz y de Larel, y contempló su cuerpo con aspecto de cadáver. Muerta, estaba muerta y este era el comienzo de la vida en el más allá.

—Tenemos que llamar al ministro. —Fritz se mesaba los cabellos sin dejar de andar.

—Está respirando. No parece sufrir dolor. Comprueba sus Canales. —Larel permanecía en calma, recolocó las piernas de Vhalla. El movimiento de su pecho era tan leve que casi era invisible, pero Vhalla se sintió aliviada de que en efecto su pecho se moviera. Fuera lo que fuere lo que estaba pasando, todavía no estaba muerta.

«¿Larel?», susurró Vhalla. «¿Fritz?». Ninguno de los dos pareció oír sus efímeras palabras.

—No, no puedo. No soy un curandero mágico, Larel. Mis lecciones acaban de emp... —Fritz estaba sin aliento por el pánico.

—¡Compruébalos! —exigió Larel con brusquedad.

Fritz por fin la obedeció. Apoyó las manos en la garganta de Vhalla, las yemas de los dedos detrás de sus orejas, con delicadeza y suavidad, como si la joven fuese de cristal. Con los ojos cerrados, deslizó las manos por sus hombros, las bajó por sus brazos, planas sobre su estómago.

—No encuentro nada mal.

El eco de un portazo en la sala contigua demoró un momento toda respuesta por parte de Larel.

—Examínala otra vez —exigió la mujer morena antes de salir corriendo por la puerta.

Fritz volvió a su labor. Las palmas de sus manos se deslizaron por la cara externa de los muslos de Vhalla y bajaron hasta sus pies. De repente, la puerta de Larel se abrió con tal fuerza que casi rebotó contra la pared.

Aldrik apareció en el umbral, al mismo tiempo autoritario y desaliñado. Su casaca blanca estaba abierta y colgaba suelta a su alrededor, una anodina camisa blanca debajo. Tenía las mejillas arreboladas y su respiración era fatigosa. Incluso su pelo estaba desgreñado, con largos mechones cayendo por delante de sus ojos.

Entró a toda prisa y Larel cerró la puerta a su espalda. Fritz parecía tan aturdido como se sentía Vhalla. El príncipe heredero no iba nunca a las habitaciones de los aprendices, pero a Aldrik no parecía importarle. Lo único que lo preocupaba era la imagen del cuerpo sin vida de Vhalla.

—Príncipe —dijo Fritz con una vocecilla aguda.

Vhalla dio un paso atrás; había una ventana a su espalda.

—Fuera. —Aldrik apenas parecía consciente de la presencia del sureño. Con una sola palabra, Fritz dio la impresión de encogerse hasta no ser más que una mosca en la pared.

—¿Larel? —Fritz miró hacia la mujer, pero esta se limitó a sacudir la cabeza—. Bueno, no encuentro nada mal en ella. —Se movió con cautela hacia la puerta, con lo que eliminó la barrera de su cuerpo entre la figura de Vhalla en la cama y el príncipe—. ¿Debería ir a buscar al ministro?

—No —repuso Aldrik con una mirada furiosa. Su mano salió disparada, más rápida que una víbora, para cerrar los dedos sobre el cuello de la túnica de Fritz—. Si me entero que le susurras una sola palabra de esto a alguien, considera tu tiempo en la Torre *terminado*.

Una amenaza entera vivía en la última palabra de Aldrik. Una que a Vhalla le resultaba incómodo oír siquiera. El chico de la biblioteca lo miró boquiabierto, petrificado donde estaba.

—Y ahora, *fuera* —bufó el hombre mayor. Fritz salió corriendo de la habitación como si su vida dependiera de ello. Vhalla no quería ni considerar que pudiera ser así.

Ni Larel ni el príncipe dijeron nada. La luz mortecina del atardecer entraba por la ventana detrás de ella y Vhalla de dio cuenta de que no tenía sombra.

—¿Qué le pasa? —preguntó Larel, la voz cargada de una cantidad de emoción sorprendente.

—No lo sé —suspiró el príncipe, al tiempo que sacudía la cabeza. Como si se hubiese desinflado, se apoyó en el escritorio para sujetarse.

—¿Cómo lo has sabido? —Larel cruzó los brazos, con la espalda contra la pared.

—No voy a hablar de ello —dijo Aldrik con una mirada significativa. Sus ojos se apartaron del cuerpo exangüe de Vhalla solo medio momento. Larel siguió la dirección de la mirada del príncipe con un suspiro suave. Estaba claro que sabía bien que no debía presionarlo.

—Está progresando deprisa —comentó Larel con voz queda.

—Lo sé. —Aldrik dio un paso adelante, la mano estirada. Su mano levitó en el aire por encima del cuerpo de Vhalla antes de caer de vuelta a su lado.

—Le has estado enseñando. —No era una pregunta.

—Larel —suspiró el príncipe otra vez. Vhalla sintió una punzada de algo que no se atrevería a llamar «celos». El príncipe se comportaba de manera diferente también alrededor de la mujer occidental.

—No es asunto mío —dijo ella, y se encogió de hombros.

—Te lo contaré. —Aldrik apartó los ojos del cuerpo de Vhalla—. Con el tiempo —añadió.

—Sabes que eso siempre ha sido suficiente para mí. —La comisura de la boca de Larel se curvó en una sonrisa casi tipo Aldrik. Era extraño e hizo que Vhalla empezara a preguntarse cómo era en realidad la relación entre esos dos.

—Asegúrate de que Victor no se entere —le ordenó Aldrik a la mujer, cuya mano vaciló un instante sobre el picaporte de la puerta.

—Al final, lo hará —murmuró.

—Lo quiero lejos de ella. —Aldrik hizo un gesto con la barbilla en dirección al cuerpo comatoso de Vhalla al decir la última palabra.

—Sabes que la protegeré. —Larel sonrió.

—Sé que puedo confiar en ti. —Asintió Aldrik.

Sin necesidad de que se lo dijeran, la mujer salió de la habitación y dejó a Vhalla sola con el príncipe heredero.

Aldrik se quedó ahí de pie, los ojos fijos solo en el cuerpo físico de Vhalla. Luego, como si cada movimiento fuese agotador, arrastró una silla desde el escritorio y se dejó caer derrotado sobre ella. Apoyó los codos en las rodillas y enterró la cara en sus manos. Fue un movimiento extraño que ella no le había visto hacer nunca. Tenía el pelo desgreñado, los botones de la chaqueta abiertos y el cuerpo abatido.

Aldrik, susurró con suavidad.

El príncipe levantó la cabeza de golpe y la miró directamente. Guiñó los ojos un momento contra la luz del sol que entraba por la ventana detrás de Vhalla. Levantó una mano despacio para protegerse los ojos de la brillante luz. Vhalla vio en su cara el momento en que el príncipe se daba cuenta.

—Imposible —murmuró.

¿Puedes verme? Vhalla ladeó la cabeza y él asintió, al tiempo que trataba de peinar un poco su pelo desgreñado. *¿Puedes oírme?* Aldrik asintió de nuevo. *¿O sea que no soy un fantasma?*

—No, no lo eres. Pero te has metido en un buen lío. —Sonaba cansado, enfadado, pero en algún sitio, Vhalla hubiese jurado que podía oír alivio.

¿Cómo supiste que debías venir?, preguntó.

—Sabía que algo iba mal. Después de montar el numerito que montaste en la ceremonia del festival. —Frunció el ceño y se puso en pie para acercarse a ella.

Vhalla se percató de que cuando ella preguntaba, el príncipe contestaba... a diferencia de lo que hacía con Larel.

No sé lo que hice, susurró Vhalla. Su miedo era casi un temblor palpable entre ellos.

—Te lo explicaré cuando estés de vuelta adonde perteneces —le aseguró en tono tranquilizador—. Te pedí que confiaras en mí, Vhalla. ¿Confías?

Vhalla miró a los ojos color obsidiana del príncipe. Eran los ojos del hombre que la había empujado desde un tejado, el que hablaba de propósitos misteriosos para sus poderes con el ministro de Hechicería, y el que ahora la ocultaba de ese mismo ministro por razones desconocidas.

Confío. Era una verdad imposible.

—Creo que esto funcionará, pero te va a parecer aterrador. Prometo que no te hará daño —la tranquilizó.

¿Qué vas a hacer?, preguntó vacilante, sin estar muy segura de querer una respuesta.

—Te lo explicaré cuando estés despierta como debes.

El príncipe metió una mano directamente dentro de ella. Vhalla bajó la vista y la imagen era bien aterradora. La mano de Aldrik estaba dentro de su abdomen, en su cuerpo desvaído y hueco. En ese momento, la joven pensó que en verdad debía ser un fantasma.

—No tengas miedo —susurró para tranquilizarla justo antes de cerrar el puño. Un fuego voraz surgió de su mano y Vhalla sintió que consumía su cuerpo delante de sus propios ojos. Todo estaba en llamas.

Vhalla se sentó en la cama con un grito. Intentó apagar a manotazos el fuego de sus piernas y de sus brazos. Aldrik se colocó a su lado con un movimiento fluido, directamente sobre el colchón. La agarró de los hombros y la sujetó con fuerza entre sus manos. Su rostro estaba lívido y crispado. Vhalla golpeó sus brazos en un aturdimiento frenético.

—¡Vhalla! —prácticamente gritó por encima del pánico de la joven—. ¡Vhalla, respira! —La sacudió con fuerza.

Ella se aferró a sus brazos y notó que esa sensación incómoda se iba diluyendo. Sus ojos conectaron con los del príncipe y miró de un modo desvergonzado a esas profundidades color ébano, en busca de su estabilidad. Clavó con fuerza las yemas de los dedos en las mangas de la chaqueta de él, sintió los duros músculos debajo.

—Respira conmigo —susurró Aldrik, y ella obedeció.

Se quedaron ahí sentados durante más de cincuenta respiraciones; se limitaron a mirarse. Aldrik la agarraba por los hombros; ella lo agarraba a él por los brazos. La expresión de ambos se relajó y Vhalla solo quería dejarse caer contra él, pero el sentido común y quién era ella significaba que un contacto semejante sería muy poco bienvenido por parte de él. Vhalla aflojó los dedos despacio y bajó las manos.

—Vhalla —murmuró el príncipe, y retiró las manos de sus hombros con suavidad—. ¿Cómo te encuentras?

La joven respiró hondo y se evaluó. Ahora que el terror y los frenéticos latidos de su corazón habían amainado, se sentía mejor de lo que se había sentido en todo el día.

—Mejor. —Su voz sonó normal. Incluso sus ojos la obedecían y ya no veía doble.

El príncipe esbozó una sonrisa débil.

—Me alegro. —Aldrik se secó el sudor de la frente con el dorso de la mano. Apoyó la frente en la palma y el codo en su rodilla flexionada—. No lo sabía. No sabía que ya habías progresado tanto. Hubiese... —Dejó que la frase se perdiera en sus pensamientos.

—¿Hasta dónde he progresado? —Vhalla apoyó las manos con educación detrás de ella y retrocedió un poco para darle algo de espacio.

—¿Recuerdas cómo nos conocimos? —Aldrik la miró de reojo.

—¿En la biblioteca? —preguntó ella. El príncipe asintió.

—Entonces también lo estabas haciendo, pero creíste que eran sueños.

—¿Haciendo qué? —preguntó, a medida que crecía una pequeña agitación en su interior.

—Solo he leído acerca de ello e, incluso así, la literatura existente es escasa —empezó. Se pasó una mano por el pelo en un intento por domar los bucles descarriados y devolverlos a su sitio—. Decía que los Caminantes del Viento eran centinelas invisibles para sus causas. Claro que eso puede interpretarse de distintas maneras. Solo me planteé por unos instantes que pudiera ser literal. —Suspiró—. ¿Por dónde comienzo? —caviló. Hizo una breve pausa—. Cada Afinidad tiene una Afinidad elemental literal. Sin embargo, algunos eruditos han teorizado que esto es solo una ínfima fracción de lo que los hechiceros pueden hacer en realidad. Que por debajo de toda Afinidad elemental terrenal, hay una Afinidad del ser.

—Recuerdo que dijiste algo al respecto, al hablar de los Rompedores de Tierra. —Ella trataba de aprovechar para aprender más.

—Vaya, sí que tienes buena memoria. —Le regaló una sonrisa cansada y el estómago de Vhalla dio un pequeño brinco al oír su halago—. Se decía que los Caminantes del Viento tenían una Afinidad por la mente. Que el verdadero poder de un Caminante del Viento se basaba en sus habilidades mentales.

—Yo no soy tan lista —descartó Vhalla con tono ligero. El príncipe puso los ojos en blanco.

—Sí lo eres, pero no funciona así. El intelecto y esta destreza son cosas diferentes. Sea como fuere, diría que lo que has hecho está más en línea con el aspecto mental de tus poderes, complementado por el físico —terminó.

Vhalla tomó nota mental de buscar un libro sobre este tema en alguna parte.

—¿Y qué he hecho?

Todavía no lo entendía.

—Has separando tu conciencia de tu cuerpo físico. Se llama Proyección. —Aldrik la miró—. Lo estabas haciendo en tus sueños, pero eso no es ni una cuarta parte igual de impresionante que hacerlo cuando estás despierta.

Vhalla se limitó a mirarlo y a aceptar todo lo que le decía con un asentimiento.

—Hoy lo has hecho en la ceremonia. Pero me sorprendiste. —Se movió un poco y apartó la vista, incómodo—. Me revolví contra ti. Traté de retroceder a toda prisa. Solo sentí a alguien ahí y... Creo que eso es lo que desalineó la conexión con tu cuerpo y acabó dejándote encerrada fuera de tu cuerpo físico.

—Creo que ya estaba un poco desalineado antes de eso. —Se sentó más erguida y contempló el perfil del príncipe, pensativa. Él se giró otra vez hacia ella para examinarla con curiosidad—. Durante todo el día había tenido problemas para enfocar los ojos; era como si estuviese viendo dos cosas superpuestas —caviló Vhalla. El rostro de Aldrik mostró una repentina comprensión—. También tenía un dolor de cabeza atroz.

El príncipe apartó la mirada y se levantó. Vhalla oyó cómo musitaba algo en voz baja y columpió los pies hasta el suelo para quedar sentada sobre el borde de la cama. Estudió la alta y fibrosa figura del príncipe recortada contra la luz del sol del atardecer que entraba por la ventana.

—Vhalla. —Su nombre sonó forzado en sus labios—. Sería mejor que no nos viéramos durante un tiempo; al menos no hasta que decidas si deseas estar en la Torre o no.

Sus palabras fueron como un puñetazo en el estómago de Vhalla. La dejaron sin respiración. Y de repente, estaba en pie.

—No —dijo con firmeza, sin vacilar, cuando él se volvió hacia ella.

—El Vínculo... Estar cerca de mí no es bueno para ti ahora mismo. —Se pellizcó el puente de la nariz—. Tu magia está progresando más deprisa de lo que yo puedo enseñarte y...

—¿Quieres que me vaya? —preguntó sin rodeos. Aldrik la miró con los labios entreabiertos.

—No, no quiero que te vayas —confesó, con un leve gesto negativo de la cabeza.

—Bien. Eres mi profesor —afirmó con convicción—. No puedes abandonarme ahora.

Aldrik dio media vuelta y cruzó la habitación para detenerse apenas a unos centímetros de ella. La miró desde lo alto con su figura autoritaria. Pero ella se mantuvo firme, desafiante ante él, tratando de no retroceder ni un milímetro.

—Y... —empezó Vhalla despacio, apartando la cabeza. Apenas tenía el valor para decir lo que quería decir; mirarlo mientras lo hacía era demasiado para ella—. Eres mi amigo, más allá de lo que valga la amistad de esta plebeya.

Aldrik levantó la mano y puso los dedos debajo de su barbilla. Sin mover nada más que su mano, guio su cara de vuelta hacia él y la levantó para que lo mirara a los ojos. El príncipe la observó durante unos segundos largos y Vhalla notó que su corazón palpitaba en su garganta mientras intentaba tragárselo de vuelta al pecho. Aldrik retiró la mano y la dejó levitar en el aire, dubitativo durante solo un momento antes de apoyarla, suave como una pluma, sobre la mejilla de Vhalla.

Cuando por fin habló, fue con un tono lento y deliberado, poco más que un susurro. Su voz tenía una intensidad que ella no le había oído nunca.

—Vale mucho. —Y sus ojos consumieron los de ella.

Fuera cual fuere el hechizo en el que habían caído, se rompió en el instante en que Larel volvió a entrar con sigilo en la habitación. La mano de Aldrik cayó de su cara con tal precisión y serenidad que incluso Vhalla se preguntó si había estado ahí en algún momento. Si Larel había visto algo, no se inmutó en absoluto por el hecho de que el príncipe estuviese de pie tan cerca de la chica plebeya.

—Los pasillos están bastante despejados. Fritz está montando un numerito en el comedor. —Hizo un ligero asentimiento en dirección a Aldrik, que él le devolvió.

—Gracias, Larel. —El príncipe salió por la puerta y arrastró a Vhalla tras él con apenas el tiempo suficiente para que ella pudiera ofrecerle a la mujer su propio agradecimiento apresurado. Larel le regaló una pequeña sonrisa que prometía secretismo.

Habían bajado por el pasillo en espiral de la Torre y se habían colado por otra puerta lateral antes de que Vhalla pudiera calibrar en qué piso del palacio estaba. Las zancadas del príncipe eran largas y Vhalla tuvo que esforzarse para mantenerle el ritmo. A punto estuvo de chocar con él cuando se paró en seco delante de otra puerta.

—Vhalla, escucha. —La mano de Aldrik se detuvo un momento en la madera. Su perfil estaba iluminado por la llama de un único orbe y la luz delineaba sus rasgos angulosos—. Victor se va a enterar de esto. Cuando lo haga, estoy seguro de que tratará de obligarte a que te unas a la Torre.

—¿Qué hará? ¿Qué es lo que quiere de mí, exactamente? —Vhalla no sabía por qué susurraba, pero parecía lo correcto.

—Yo... —Aldrik se quedó inmóvil mientras sopesaba sus siguientes palabras—. ¿Ya conoces la historia de los Caminantes del Viento?

—Sé lo que hizo el Oeste. —De repente, Vhalla trataba de recordar todo lo que había leído con Fritz.

—Entonces, sabes que hay personas en este mundo que están *muy interesadas* en tus poderes. —Los ojos de Aldrik volaron por el pasillo en dirección a la Torre.

—Eso fue hace más de cien años. —Vhalla no quería creer lo que estaba implicando—. No es...

—No hace tanto tiempo —le advirtió.

—¿Por qué me estás diciendo todo esto? —preguntó Vhalla. Por fin comprendió la causa de su sigilo. ¿La estaba protegiendo el príncipe heredero? Y si era así, ¿de qué? ¿O de quién?

—Porque me han dicho que Victor te había dado un mes para elegir la magia —contestó Aldrik.

—Solo porque amenacé con hacerme Erradicar. —Vhalla se apoyó contra la pared del fondo.

—Aun así, tienes derecho a elegir —insistió—. Me gustaría que eligieras esta vida por voluntad propia.

—¿Y si no lo hago? —Vhalla fue incapaz de decir las palabras con fuerza. Ni siquiera podía mirarlo a los ojos. Le daba la sensación de que el silencio estaba aplastando su cráneo.

Aldrik contestó con voz suave, pero había una especie de contención temblorosa, como si sus palabras fuesen forzadas.

—Entonces —empezó Aldrik—, creo que sería lo más triste que le ocurriría a la comunidad mágica en mucho tiempo.

Vhalla suspiró con suavidad. Por supuesto, era la comunidad mágica. Ella era la Caminante del Viento, la primera de su especie en casi un siglo y medio. La que tenía poderes que la gente anhelaba por razones que aún desconocía. Se giró hacia la puerta sin decir ni una palabra.

—Echaría de menos enseñarte. —Todo se detuvo cuando esa frase cruzó los labios del príncipe. Vhalla se giró hacia él, consciente de repente de lo pequeño que era en realidad ese pasadizo de conexión. Como si acabase de darse cuenta de lo mismo, el príncipe se apresuró a apartar la mirada para alisar su chaqueta antes de abrochar los botones despacio—. Bueno, ¿cuándo volveré a verte?

—¿Qué? —Vhalla parpadeó ante la repentina y extraña pregunta. La había estado viendo sin problema a base de citarla con excusas variopintas—. Eres el príncipe heredero. Puedes verme cuando quieras. ¿No es eso lo que has estado haciendo?

—Sí, bueno —musitó. Se pasó una mano por el pelo—. ¿Comemos juntos, pues? ¿Mañana? No, espera; tengo asuntos que atender con Egmun. —Maldijo ante ese nombre desconocido para ella—. Al día siguiente tendré tiempo. Pero esta no es una orden de tu príncipe.

Algo reptó por la periferia de la mente de Vhalla. No la estaba abduciendo ni la estaba dejando sin elección... aunque tampoco era como si eso le hubiese importado. No le estaba dando una orden como su príncipe. No había mencionado que fuesen a entrenar ni a hablar de hechicería ni de su futuro. Si no era trabajo ni obligación, entonces ¿cuál era exactamente la razón para ese encuentro?

—Me encantaría. —Vhalla sonrió y la máscara que el príncipe solía llevar resbaló el tiempo suficiente para ver un destello de alegría en sus ojos—. ¿Te veo en el jardín?

Aldrik asintió y una pequeña sonrisa jugueteó en sus labios, lo cual le provocó a Vhalla una cálida sensación melosa en el estómago. Empujó la puerta antes de que la sensación se colara en su sangre y abrumara sus sentidos. Emergió al fresco aire nocturno y el misterioso portal se cerró a su espalda para desaparecer como si no fuese más que una pared de piedra.

No pudo evitar que se le escapara una risita mientras se encaminaba hacia su habitación prácticamente dando saltos de alegría. *No tienes ninguna razón para estar tan contenta*, se recordó, pero aun así lo estaba. Iba a almorzar con el príncipe.

Vhalla no notó nada raro cuando abrió la puerta de su cuarto. Pero toda su levedad se esfumó con su primer vistazo al interior.

Sareem estaba sentado en su cama, con los guantes arrugados en sus manos. Levantó la vista hacia ella y una mezcla de emociones destelló por su cara. Dejó caer los guantes al suelo y le dio un fuerte abrazo, apoyando una mano sobre la parte de atrás de su cabeza.

Vhalla se quedó ahí plantada, presionada contra él, uno de los brazos de Sareem envuelto alrededor de los de ella, mientras la otra mano sujetaba su cara contra su pecho. Después de que la sorpresa inicial se diluyera, una sensación extraña se extendió por dentro de Vhalla, y no sabía si quería devolverle el abrazo o rechazarlo. Dejó los brazos colgando a los lados como punto intermedio.

—Estaba muy preocupado —susurró Sareem con voz ronca—. Solo... solo gritaste y entonces estabas en el suelo. —Acarició su cabeza como para ofrecerle consuelo, pero estaba claro que él estaba más consternado que ella—. No sabía qué hacer. Les dije que llamaran a un clérigo, pero después... después de lo que me enseñaste, supe que no era un clérigo lo que necesitabas.

Sareem apoyó la mejilla en la frente de Vhalla un momento, con un suspiro suave. Vhalla se quedó quieta y le dejó reconstruir la historia.

—Corrí a la entrada de la Torre... ¿Una entrada a la Torre? Ni siquiera conozco los nombres de las personas que contestaron. Solo les dije tu nombre y supieron; acudieron sin hacer preguntas y te entregué a ellos. Ni siquiera sabía cómo se llamaban. —Se le quebró la voz—. Y entonces se mostraron frenéticos y te llevaron adentro. Vhalla, no te movías. Apenas respirabas. Te llevaron adentro y... y no sabía si estabas viva, así que esperé.

Sonaba tan impotente y patético que Vhalla no pudo evitar envolver los brazos con suavidad en torno a la cintura de su amigo. Le dio unas palmaditas amistosas en la espalda. Se quedaron así un poco, mientras él recuperaba la compostura. Al final, la soltó y se secó la cara con las palmas de las manos.

—Perdona por esto. —Sareem intentó reírse.

—Te lo agradezco, Sareem. Es obvio que me ayudaron. Hiciste lo correcto. —Trataba de tranquilizarlo y dio la impresión de funcionar—. ¿Alguno de los otros te preguntó algo?

—Sí, pero les dije que encontré a un clérigo y que había sido un golpe de calor. También me quedé para echar a todo el mundo a patadas. Dije que estabas aquí pero que necesitabas descansar —añadió Sareem con un asentimiento.

Vhalla se sintió culpable por hacer que su amigo tuviera que pasar por todo eso, sin importar lo desagradable que se había mostrado acerca de su magia.

—Siento que tengas que mentir por alguien como yo. —Se separó un paso de él.

—¿Alguien como tú? —Parecía confundido de verdad, lo cual la irritó un poco.

—Una hechicera —dijo sin tapujos, y vio cómo Sareem reprimía una mueca al oír la palabra.

—Intenté decírtelo antes. Aunque seas una... una... alguien con magia, sigues siendo Vhalla. —Dio un paso hacia ella—. Sigues siendo la chica a la que conocí cuando vine aquí. La chica que siempre está tan absorta en sus libros que nunca puede dedicarle ni una mirada a un chico como yo. —Vhalla dio otro pasito para evitar su presencia agobiante. Su espalda chocó con la puerta—. La chica a la que nunca tuve el valor de pedirle salir a ninguna parte porque siempre pensé que yo era demasiado tonto, demasiado aburrido, demasiado anodino para ella.

—Yo no soy mejor que tú, Sareem —susurró, mientras él daba otro paso al frente.

—Para mí siempre lo serás. Estaba asustado —susurró, y apoyó una mano al lado de su cara, la palma contra la puerta—. Me asustaba que tu *desarrollo* te alejara de mí. —Apartó la mirada un instante antes de clavar en ella sus ojos azul grisáceos—. Y entonces, hoy, pensé que de verdad te había perdido. Mientras estaba aquí sentado, esperando, me di cuenta de que no puedo seguir esperando, o te perderé de verdad.

Frenética por que se le ocurriera una manera de desviar esa conversación hacia otro tema, Vhalla ni siquiera tuvo tiempo de cerrar los ojos antes de que los labios de Sareem estuviesen apretados contra los suyos.

CAPÍTULO 16

Sareem la estaba besando.

Parecía un pensamiento de lo más improbable, imposible e inverosímil, pero mientras Vhalla estaba apretada contra su puerta, la mano derecha de Sareem al lado de su cara, la izquierda sobre su cadera, era una verdad innegable. Sus labios eran suaves y su aliento caliente contra su mejilla. A medida que el tiempo se alargaba, algo parecía raro.

Vhalla trató de cerrar los ojos, trató de disfrutar del beso. Pero su boca se negaba a moverse y al final, cuando él se apartó, se quedó apoyada contra la puerta sintiéndose bastante estúpida. Había pasado un tiempo desde que la habían besado por última vez. Quizá fuera eso, quizá su torpeza procediera de la falta de práctica. En cualquier caso, tampoco era como si se hubiese considerado jamás una experta en el arte de besar.

Miró a Sareem. Tenía una constitución agradable; aunque no era muy musculoso, tampoco estaba rollizo en absoluto. Era alto y guapo, con el pelo largo. La lógica le obligó a reconocer que en realidad era una de las mejores parejas a las que podía aspirar alguien como ella.

Era frustrante que la lógica no pudiese forzarla a sentir ninguna química con él. Tal vez se desarrollaría con el tiempo. La devoción de su amigo había sido encantadora y conmovedora, a pesar de sus problemas evidentes con su magia. Vhalla conocía a un montón de gente inmersa en relaciones felices de larga duración sin una pasión ardiente.

—Sareem... —consiguió decir al fin para romper el silencio.

—Vhalla, es... espero no haber sido demasiado atrevido. —Él se enderezó y apartó la mirada. Vhalla tuvo la sensación de poder respirar de nuevo.

—Yo... tu... estoy conmovida por tu compasión. —Vhalla esperaba haber empezado bien. Sareem la miró, esperanzado. Vhalla intentó tragarse la extraña culpabilidad que surgió al ver su mirada de esperanza. Quería rechazarlo, pero no tenía ninguna razón lógica para hacerlo. No era como si estuviese comprometida, y el tiempo corría para ella si quería asumir los papeles naturales de una mujer—. Si puedes aceptarme, incluso como hechicera, entonces seguro que podremos encontrar tiempo para hacer algo, solo nosotros dos. —Vhalla forzó a su lengua a formar las palabras.

—Me gustaría mucho. —Sareem sonrió de oreja a oreja—. ¿Qué tal mañana?

—¿Mañana? —repitió. Sí que estaba ansioso.

—Es el principio del festival. Todo el mundo estará en las calles para las celebraciones. Me encantaría estar ahí contigo. —Ya fuese por los nervios o por la emoción, Sareem habló más deprisa de lo que ella le había oído jamás. A Vhalla le daba vueltas la cabeza.

—Mañana. —Intentó quitarse de encima el mareo—. Claro, mañana.

—Si te apetece —añadió Sareem de repente—. Sé de tus complicaciones ahora mismo.

—Está bien. —Vhalla estaba impaciente por acompañarlo a la puerta.

—Excelente. Pasaré por la mañana. —Hizo una pausa en el umbral—. ¿Estás segura de que te encuentras bien? Podría quedarme contigo esta noche.

—Estaré bien —dijo Vhalla con firmeza, y dejó pasar el comentario como preocupación sincera.

—Vale. —Sareem le puso una mano detrás del cuello y le dio un beso en la frente. Vhalla trató de esbozar una sonrisa agradable—. Cuídate, querida Vhalla —se despidió su amigo con ternura—. Soñaré contigo. —Y con eso se fue.

Vhalla se quedó ahí aturdida durante un buen rato mientras intentaba asimilar todo lo sucedido. Sareem la había besado. Tendría que añadirlo a su lista no tan corta de las cosas más imposibles que le habían pasado en los últimos tiempos. Además, había aceptado tener una especie de cita con él. Vhalla se frotó los ojos. *Todo se solucionará*, se dijo.

Tumbada en la cama, se entregó a la oscuridad. *Soñaré contigo*, había dicho Sareem. Vhalla no estaba segura de qué iba a soñar, pero de querer soñar con alguien en todo el mundo, algo le decía que esa persona no sería Sareem.

Vhalla se despertó al día siguiente y otra vez se sentía exhausta. Tenía la sospecha de que no era solo por el esfuerzo mágico del día anterior. Rodó para hacerse un ovillo y ni siquiera trató de reprimir su gemido. Había aceptado tener una cita con Sareem. ¡Sareem! Pero ¿qué más podía hacer cuando la besó?

Mirar el techo no era en absoluto más interesante que mirar la pared. Piedra y más piedra; Vhalla existía en su pequeña cajita insignificante. Respiró despacio. Era asfixiante. Su mundo no era nada y ella no era nada en él.

Notó una sensación extraña en las puntas de los dedos, como un latido del corazón. Había un sitio en el que no era insignificante, un sitio donde las habitaciones no eran pequeñas ni siquiera para alguien de su rango.

La Torre.

El pensamiento fue un soplo de aire fresco. De repente, la contraventana de la aspillera se abrió de golpe y dejó entrar la fría brisa otoñal.

Sobresaltada por el sonido, Vhalla se levantó en un abrir y cerrar de ojos para agarrarse al alféizar de la ventana y contemplar la gran extensión de la capital del imperio. Con timidez, estiró la mano hacia la luz del sol. Con un pulso de magia desde el centro de su ser hacia las yemas de sus dedos, sintió cómo el viento respondía a su orden y se deslizaba alrededor de la palma de su mano abierta.

Vhalla se quedó pasmada. El viento se doblegó a su voluntad. Giró sobre los talones y fue hacia la puerta. Tenía que encontrar a Aldrik y decírselo. Esto no eran pequeños soplos de viento que creaba para empujar cosas o hacerlas levitar. Este era el mismísimo viento. Tenía que haber algo nuevo que pudiesen probar, algo que pudiera enseñarle. Vhalla sonrió como una tonta. La expresión de la cara del príncipe cuando se lo contara sería digna de ser plasmada por un artista.

Sus dedos resbalaron del picaporte con un suspiro resignado. No, hoy no habría príncipe. Vhalla giró de vuelta a la habitación y empezó a quitarse el camisón y a prepararse para lo que sí la esperaba: Sareem.

Vhalla decidió ver cuánto podía hacer con su magia. Ella sola. Levantó la mano, hizo un par de gestos bruscos con la muñeca y unos pantalones de cuero marrón y su mejor vestido volaron por la habitación para caer sobre la cama.

Sujetó en alto las modestas prendas y las estudió, dubitativa. Se las había enviado su padre por su cumpleaños, cuando llegó a la mayoría de edad. Era una fecha importante, después de todo. Vhalla descubrió que usar magia para vestirse requeriría práctica y solo consiguió empezar a sudar. Tuvo que ponerse los pantalones con las manos.

Un desafío para otro día.

Lo siguiente era lavarse. Vhalla trató de extraer el agua de su cuenco, pero se le resistió. Probó incluso a cerrar los ojos y estirarse hacia ella como tenía que hacer cuando empezó a aprender. Pero no hacía más que resbalársele entre los dedos y salpicar de un lado para otro en su jofaina. Vhalla frunció el ceño. El agua era otro desafío para más adelante. Quizá Fritz tuviese algún consejo, caviló. Al fin y al cabo, él era un Corredor de Agua.

Vhalla miró su pelo en el deslustrado pedazo de metal que le hacía las veces de espejo. Como de costumbre, estaba encrespado y era una maraña de nudos. Si pudiese usar magia con su pelo, su vida estaría completa. Respiró hondo y se preparó para una pelea. Miró el espejo y pensó en un estilo sencillo que había visto en algunas sureñas. Consistía en un moño con una trenza alrededor de la base.

Dejó escapar el aire despacio mientras se concentraba en su pelo y pensaba en lo que quería que hiciera. Guiñó los ojos en su dirección, ladeó la cabeza, cerró los ojos, parpadeó varias veces y agitó las manos como una tonta.

Nada.

Vhalla respiró hondo y se echó atrás. Lo más probable era que Sareem llegara pronto y ella necesitaba tener algo. Resuelta, insistió en que su pelo se moviera. Se vio recompensada por el leve oscilar de un mechón al lado de su cara antes de caer otra vez a su sitio original. Al parecer, su pelo era tan testarudo que incluso rechazaba la magia. Resignada, Vhalla estiró la mano y observó cómo un lazo de cuero flotaba hasta ella desde la mesa. Se peinó a mano con un éxito discreto y un puñado o dos de horquillas antes de decidir que tendría que valer.

Pasó el resto del tiempo haciendo levitar objetos aleatorios en su habitación. Aldrik había sido buen profesor y Vhalla se encontró inventando cosas que podía lograr con facilidad. Justo estaba trabajando en hacer levitar dos cosas en el aire al mismo tiempo, su pluma y su diario, cuando llamaron a la puerta.

—Pasa, Sareem. —Absorta en los artículos que oscilaban en el aire delante de ella, ni siquiera miró para asegurarse de que fuera él.

Sareem cerró dando un portazo.

—Vhalla —bufó—. ¿Qué estás haciendo?

Vhalla lo miró con expresión bobalicona.

—Probar algo. Mira, ¡mira! Lo acabo de conseguir. ¡Dos al mismo tiempo! —Sonrió de oreja a oreja, ajena al desagrado de su amigo, y señaló hacia la pluma y el diario.

—Para de hacer eso. —Sareem pescó los artículos del aire como si fuesen propaganda en contra del imperio.

Vhalla cambió de cara al instante. Frunció el ceño.

—Nadie me ha enseñado a hacer eso. Me lo inventé sobre la... —Ni siquiera intentó disimular su enfado.

—¿Y si no hubiese sido yo el que entró por esa puerta? —espetó Sareem—. ¿Y si te hubiese visto alguien que no lo supiera? —La expresión de Vhalla se suavizó un poco al pensarlo—. Vhalla —le dijo Sareem con voz dulce, al tiempo que iba hacia ella—, estás despampanante. Vayamos a pasar un día completamente *normal*, solos tú y yo, ¿te parece?

Vhalla casi lo rechazó, y sentía el estómago revuelto de repente, pero Sareem le había puesto una mano en los riñones y ya la conducía hacia el pasillo. Aprovechando que Aldrik no estaba por ahí, ella se retorció las manos a conciencia.

Salieron por la verja de servicio más cercana a la habitación de Vhalla. La llamaban «verja», pero era poco más que una puerta trasera con un guardia apostado al otro lado. Daba a la zona de la ciudad en la que vivía la clase media. Las casas estaba limpias y bien cuidadas, pero los tejados eran tan solo de paja, en lugar de tener las tejas de barro o de madera que podían encontrarse más arriba por la montaña. Algunas tenían la pintura descascarillada, si acaso estaban pintadas para empezar, y solo alrededor de la mitad tenían cristales en las ventanas. Eran las casas de la gente común.

Todo el mundo parecía estar de buen humor para el Festival del Sol. Las mujeres paseaban con trajes y vestidos sencillos. Los niños suplicaban asistir a un evento u otro. Los hombres reían y tocaban música por las calles. Todas las fuentes manaban agua procedente de los acueductos de la ciudad, fuese la hora que fuere. A juzgar por el contoneo de algunos, no era solo agua lo que fluía por las calles.

Vhalla sonrió ante los pendones blanco y oro desplegados con orgullo; el sol dorado, símbolo de la Madre y del imperio.

Vio a un grupo de hombres encorvados en torno a algún tipo de juego de dados. Llevaban las camisas sueltas alrededor de los hombros, con las corbatas medio deshechas por delante. Nadie llevaba abrigo ni chaqueta, y nadie parecía molesto por que una porción del pecho quedase a la vista. Vhalla notó las mejillas calientes y apenas pudo reprimir una risita nerviosa al intentar imaginar a Aldrik vestido de un modo tan informal, con su pecho al descubierto.

—¿Qué pasa? —Sareem había tomado su mano mientras ella estaba sumida en sus pensamientos.

—Oh, nada —murmuró, sin dejar de sonreírle a la imagen que tenía en la mente—. Es solo que hace un día precioso.

—Es verdad. Pero tú, querida mía, eres mucho más preciosa que la Madre Sol incluso.

Vhalla le sonrió con dulzura; Sareem lo estaba intentando.

—Bueno, ¿qué vamos a hacer? —preguntó, en un esfuerzo por evitar que el silencio se estirara demasiado.

—Bueno, hay una pastelería maravillosa que no está lejos. La he frecuentado desde que era pequeño —empezó Sareem—. Y después he pensado que podríamos ir a ver a los malabaristas a la plaza.

—¿Hay malabaristas? —Vhalla no había estado demasiado pendiente de las celebraciones. Sareem asintió.

—Una *troupe* de refugiados del Norte, según he oído. Vinieron al Sur con las declaraciones de paz en busca de una vida mejor y para escapar de la guerra. He oído que su actuación es la manera de dar gracias por su liberación.

Vhalla lo sopesó un momento, al tiempo que se preguntaba si ella también estaría dispuesta a actuar ante gente que le había robado su hogar.

—Luego —continuó Sareem—, había pensado que podríamos contemplar la procesión de los senadores. Nos pilla un poco a trasmano, pero van vestidos como pavos reales y siempre es divertido reírse de ellos.

—¿No hemos hecho eso ya alguna vez? —caviló Vhalla en voz alta. Procuraba recordar si había aterrorizado a los senadores o si había sido a la corte cuando salía de su gran sala de reuniones en palacio.

—En efecto —confirmó Sareem—. Si no recuerdo mal, te hice reír tanto que gruñías como un cerdo. —Vhalla se sonrojó y frunció los labios, avergonzada. Sareem se rio entre dientes—. Tienes una risa preciosa, Vhalla, y me encanta oírla.

Vhalla observó cómo se llevaba su mano a los labios y la besaba, los dedos entrelazados con los suyos. Quería encontrar una forma en la que pensar que tenían buen aspecto juntos, pero cada vez que lo hacía, se le venía a la cabeza la reacción anterior de Sareem ante su magia. Aunque, por lo que decía, sus acciones se debían solo a la sorpresa.

—Bueno, si me divertí tanto la última vez... —aceptó, sin mucho entusiasmo.

—Me aseguraré de que te diviertas otra vez, querida —le prometió.

Vhalla esbozó una sonrisa forzada. No estaba dispuesta a dejar que esa sensación de inquietud en el mismísimo centro de su ser lo arruinara todo. Hacía un día precioso y Sareem era un buen amigo. A sabiendas de que tenían varias horas por delante para estar juntos, Vhalla se sintió inclinada a darle a Sareem el beneficio de la duda.

Se instalaron en una pastelería llamada El Bollo Dorado. No estaba lejos de la plaza principal y Sareem buscó una mesa exterior, a petición de Vhalla. Sacó la silla para ella, depositó un pequeño beso en su sien y luego fue en busca de la comida. Vhalla deseó que no fuese tan efusivo en público.

Sareem volvió con un plato de tartaletas de limón calientes. Vhalla parpadeó, alucinada. Aunque era temporada de limones en el Oeste, seguían siendo caros de transportar al Sur.

—Si no recuerdo mal, tus cosas favoritas son de limón. —Se sentó enfrente de ella.

—Lo son. —Las comisuras de sus labios tironearon en una sonrisa decidida. Acababa de darse cuenta de que Sareem debía llevar bastante tiempo prestándole atención. Pescó una de esas tartaletas dulces con los dedos y se la metió entera en la boca.

—Están buenas —dijo, con un toque sorprendido.

—¿Sí? —Sareem apoyó la barbilla en la palma de su mano y tomó la mano libre de Vhalla—. Me alegro mucho, porque las encargué especialmente para ti.

Vhalla parpadeó y se sonrojó un poco.

—Gracias, Sareem. —Para recalcar sus palabras, se apresuró a agarrar otra y le dio un mordisquito más femenino.

—¿Sabes? Llevo queriendo hacer esto desde que teníamos catorce años. —Vhalla hizo un ruidito inquisitivo y él siguió hablando mientras ella masticaba—. Tú eres esa chica, Vhalla. La que uno simplemente sabe que es especial. Tanto que te da la sensación de que es algo que no puedes tocar o lo romperás. —Soltó una risita abochornada—. Debe sonar muy tonto.

—No, para nada. Conozco ese sentimiento a la perfección —dijo con dulzura. Sareem sonrió de oreja a oreja.

—Siempre tuve la esperanza de que sintieras lo mismo. —Le dio un apretoncito en la mano y Vhalla se dio cuenta de que la había malentendido. No se refería a él—. Todo esto es como un sueño y quiero darte todo lo que jamás podrías querer. —Tomó una tartaleta de limón y le dio un mordisco él mismo.

Vhalla trató de decir algo como respuesta, pero se le trabó la lengua. Todo lo que se le ocurría sonaba barato o falso. Al final, optó por cambiar de tema.

—¿Por qué vives en el palacio? —Sareem hizo un ruido como para expresar confusión y ladeó la cabeza—. Tu padre vino aquí desde Norin entre los regalos de la difunta emperatriz al imperio. ¿Por qué no vives en la casa de tu familia?

—Ah, bueno, mi familia vive más al sur, en Oparium —contestó. Vhalla solo sabía de la existencia de esa ciudad al pie de las montañas del Sur porque era la sede del viejo puerto del imperio, antes de que conquistaran el Oeste y se apoderaran del puerto de Norin—. Al principio, mi padre vivía en el palacio, pero conoció a una chica del astillero y, bueno, sus viajes de negocios fueron cada vez más frecuentes hasta que se mudó al Sur con ella. Es curioso, ¿verdad?, que acabes casándote con las personas con las que trabajas.

—Curioso, sí… —farfulló Vhalla, desesperada por alejarse del tema del matrimonio—. ¿Te gusta vivir en la capital?

—Sí —repuso Sareem con un asentimiento—. A Oparium llegan algunas cosas exóticas por el puerto, pero no es lo mismo que vivir en la capital. Espero criar aquí a mis hijos algún día.

—Tus padres… ¿todavía viven? —Vhalla empezaba a cansarse de tener que cambiar de tema a cada rato y ocupó la boca con la última tartaleta de limón.

—Sí —respondió—. ¿Los tuyos? —Vhalla negó con la cabeza. Sareem arqueó las cejas, sorprendido.

—Mi padre, sí, pero mi madre murió cuando yo tenía diez años, mientras mi padre cumplía con su deber para con el imperio durante la Guerra de las Cavernas de Cristal. —Hizo una pausa—. Pillé la Fiebre Otoñal. Mi madre cayó enferma después de mí; nunca se recuperó.

Sareem frunció el ceño.

—Recuerdo que me dijiste que habías tenido la enfermedad, pero nunca fui consciente de… Lo siento muchísimo. —Lo dijo con voz grave, su expresión era seria.

—He tenido mucho tiempo para llegar a aceptarlo. —Si Vhalla dijese que ahora era fácil, sería mentira. Había veces en las que querría tener a su madre más que nada en el mundo. Pero había llegado a un punto en el que ya no dolía tanto como para llorar de solo pensarlo.

—Encontremos un buen sitio para ver a los malabaristas. No quiero que haya pensamientos tristes hoy.

Se puso de pie y ella lo siguió; luego Sareem tomó su mano otra vez.

La plaza central de la capital era una zona amplia que podía albergar a cientos de personas. Un mosaico del sol y de la luna en su danza eterna se extendía bajo los pies de los que estaban reunidos alrededor de un escenario central. El gentío empezaba a acumularse y enseguida estuvieron todos hombro con hombro.

Seis personas, hombres y mujeres, salieron al escenario. Vhalla estaba fascinada. Se dio cuenta de que nunca había visto a gente del Norte. Estaba segura de que hubiese recordado a una persona verde. Su piel era de un profundo tono verde esmeralda, como un bosque, con puntitos, espirales y otros adornos en plata. En combinación con sus máscaras, talladas en corteza de árbol, eran como criaturas místicas y la tenían completamente hipnotizada.

Una mujer caminó por el borde del escenario, luego se giró hacia el público reunido por todas partes a su alrededor.

—Buena gente del Sur. —Su acento era marcado y sonaba amortiguado a través de la máscara sin rostro que llevaba—. Hemos venido bajo banderas de paz para compartir el pan con vosotros. A cambio de vuestra amable hospitalidad, nos gustaría proporcionaros algo de entretenimiento ligero en honor de vuestra Madre Sol.

Empezaron a hacer malabarismos con objetos simples; bolsas de judías y pelotas de cuero. El público comenzó a exclamar *ooh* y *aah* cuando añadieron dagas y espadas a la mezcla. Luego se iban moviendo aquí y allá por el escenario, y se tiraban una variedad de objetos los unos a los otros hasta que los seis estuvieron implicados en un patrón circular de objetos lanzados. Vhalla estaba asombrada por su control y sus manos hábiles. Su audacia hacía que pareciese muy fácil.

Cuando el espectáculo llegó a su fin, el público estalló en aplausos y los seis se inclinaron para saludar. La misma mujer volvió a acercarse al borde del escenario.

—Buena gente, espero que hayáis disfrutado del espectáculo de hoy. Esperamos que podáis asistir a todos nuestros espectáculos hasta el día de nuestro gran acto final en la noche de la gala. —La mujer abrió los brazos por los aires—. ¡Decídselo a todos vuestros amigos!

—Se despidió con ambas manos y condujo a sus compañeros fuera del escenario.

—Me pregunto qué harán para su gran final —caviló Vhalla en voz alta.

—Podemos averiguarlo, juntos. Ven conmigo. —Sareem sonrió y tomó su mano otra vez.

—Sabes que no me gustan demasiado las multitudes de la última noche del festival —murmuró, como excusa bastante blandengue.

—Dos no es una multitud. —Sareem empezó a alejarla de la plaza entre la masa de gente que se iba disipando poco a poco—. Seríamos solo tú y yo.

—Eso no es lo que quería decir.

Vhalla se mordió el labio de abajo, dubitativa. Sareem no lo había estado haciendo mal y los consejos de las damas mayores de palacio resonaban en sus oídos: cásate joven y cumple el papel natural de una mujer. Estaba claro que Sareem le tenía cariño. Levantó la vista hacia él y recibió una sonrisa cálida como recompensa.

—Muy bien —aceptó Vhalla en voz baja—. Iré contigo.

—Nos vemos en El Bollo Dorado. —Señaló hacia la pastelería mientras caminaban por la calle—. Cuando la luna haya subido un tercio por el cielo. Los grandes finales suelen ocurrir cuando la luna está en su cénit, así que eso nos dará tiempo de sobra. Sé cómo os gusta prepararos a las chicas.

Sareem se rio y Vhalla intentó reírse con él. No tenía ningún interés en *prepararse* para una segunda cita con Sareem. Las dudas ya teñían los bordes de su decisión, pero Sareem parecía tan contento al respecto que Vhalla ya no tenía ni la más remota pista de cómo escapar de aquello ahora.

—Hablando de prepararse y de ropa elegante y todo… —Sareem levantó la vista hacia el cielo—. Es casi la hora de la procesión de los senadores. Empieza a mediodía.

A medida que subían por las serpenteantes calles en pendiente hacia la mejor zona de la ciudad, las casas empezaron a pasar de ser construcciones de yeso blanco a ser de piedra y madera sólida. Él la condujo en una dirección que ella no había tomado nunca y las casas se volvieron aún más opulentas. Vallas de hierro y altos setos rodeaban casas que en realidad tenían un patio singular o un jardín pequeño. Casi todas las edificaciones ostentaban un sello noble de alguna región del imperio o un escudo familiar. Vhalla no reconoció casi ninguno y además tenía poco interés en ellos. Algunas casas tenían dos banderas: una con el sello del imperio y otra con el emblema de un país o región.

—Las que tienen dos banderas son las casas de los senadores. Las que no, son simples miembros de la corte —explicó Sareem—. No es mal trabajo; consigues una casa y todo con el puesto. —Vhalla contempló las casas con asombro. Algunas tenían incluso ventanas de cristal policromado como la biblioteca—. Claro que te tienen que elegir senador, así que no es un trabajo fácil de conseguir.

—Aunque diría que merece la pena. —Vhalla todavía estaba asimilando las maravillas que veía a su alrededor.

—Es irritante lo bien que viven algunos, ¿verdad? —comentó Sareem con una risita.

Vhalla asintió en silencio y pensó al instante en Aldrik y los atisbos que había visto de su mundo. Vhalla no lo sabía seguro, pero apostaría a que nada en las casas por las que pasaban podría compararse con la madera bañada en oro y los salones de exuberantes alfombras de la casa del príncipe. En el fondo de su mente, se preguntó si estaría en casa en esos momentos, leyendo ante una ventana. Se preguntó si habría algún otro sitio en el mundo en el que ella preferiría estar.

Al final, las casas dieron paso a una amplia extensión abierta. La calle lateral convergía con una gran calzada de mármol a juego con el edificio del extremo. Era una enorme estructura circular con columnas todo alrededor. A Vhalla nunca le había interesado demasiado la política y no reconocía ninguno de los nombres escritos en las placas atornilladas a las columnas.

Había un buen puñado de gente reunida a los lados de la calle. Vhalla la observó con curiosidad.

—¿Cuándo se ha convertido la política en un deporte con público? —preguntó.

—Siempre lo ha sido. —Sareem sonrió—. Supongo que algunos estarán aquí para abogar por una causa, otros es probable que griten su disconformidad a los senadores cuando salgan por la puerta, mientras que otros es posible que hayan venido por las mismas razones que nosotros. —Se encogió de hombros—. La labor del Senado es tener contenta a la gente común solucionando cosas pequeñas en nombre del imperio, pero eso no significa que siempre hagan bien su trabajo.

—¿No parece un poco inútil? —caviló Vhalla. El emperador siempre tenía la última palabra.

—El imperio siempre ha estado en guerra. Quizá, cuando el emperador tenga tiempo para centrarse en temas de estado, lo será. —Sareem se unió a sus cavilaciones—. Pero creo que es agradable que la gente común tenga una forma de lograr que se oiga su voz. De lo contrario, sería solo la corte, y no es que las personas de alta cuna se preocupen de verdad de nuestros problemas.

En ese momento una campana repicó desde la cima del edificio del Senado.

—Aquí vienen —susurró Sareem tras la campanada número trece.

En verdad, era un espectáculo. Hombres y mujeres de todas las edades y constituciones empezaron a salir poco a poco del edificio de mármol, solos o por parejas. Sareem le dijo que había trece en total, y lo hacían así para que el espectáculo no terminara demasiado pronto. Algunos salieron deprisa, se adentraron entre la gente y enseguida giraron por calles laterales; Vhalla supuso que de vuelta apresurada a sus casas. Otros caminaron más relajados. Justo como había predicho Sareem, algunas personas les gritaron mientras que otras estrechaban las manos de sus representantes electos.

Pero no fue eso lo que mantuvo la sonrisa en la cara de Vhalla. Fue su atuendo. Estaba claro que el paño estaba a la orden del día, un estilo tradicional sureño que se estaba pasando de moda a toda velocidad en pro del aspecto más sofisticado del Oeste y la sensibilidad práctica del Este. Cada senador llevaba un medallón dorado al final de una gruesa cadena, pero las similitudes acababan ahí. El primero era un hombre envuelto en seda morada del Este con ribetes dorados. Llevaba el pelo canoso peinado en ostentosos rizos, con plumas de pavo real que sobresalían en ángulos extraños.

La siguiente mujer tenía la cara delgada, con una nariz puntiaguda sobre la que Sareem no pudo reprimirse de hacer un comentario.

—Da la impresión de que la hubieran obligado a oler sus propios excrementos —susurró con malicia al oído de Vhalla, que tuvo que morderse los nudillos para evitar reírse.

El hombre que venía detrás tenía nariz de cerdo. Luego Sareem bromeó sobre el siguiente diciendo que debería bajar las escaleras rodando, pues su forma era mucho más apropiada para eso que para andar.

Vhalla se lo estaba pasando tan bien que ni siquiera le importó cuando Sareem pasó el brazo alrededor de sus hombros y la acercó a él para seguir susurrándole al oído. Se limitó a seguir riendo como una tonta y dejó que Sareem continuara con su ronda de pullas al oído.

—Mira esa. Mira, mira, todos esos volantes la hacen parecer una gallina.

Vhalla apartó la cabeza del edificio para examinar a una de las damas vestidas de amarillo. En efecto, había hecho unas elecciones muy malas con todos los volantes de su vestido acumulados sobre su amplio trasero. Vhalla se lo estaba pasando mejor de lo que esperaba. Le dedicó a Sareem una sonrisa radiante y él le devolvió otra igual. Vhalla tenía la sensación de que eran niños otra vez y podían simplemente reírse y hacer el tonto sin la presión de nada más.

Pero entonces el viento cambió y la sonrisa se borró de su cara.

Vhalla supo que él estaba ahí antes de girar la cabeza siquiera. Lo percibió. Fue un cambio de temperatura sutil, traído por la brisa, o el sonido de sus botas sobre la calle de mármol. Vhalla giró la cabeza despacio para ver a Aldrik, que caminaba al lado de un hombre sureño de pelo rubio oscuro y penetrantes ojos azules. Todavía estaban a varios pasos de distancia, absortos en su conversación.

—Sareem, esto ha sido divertido, pero tengo muchísima hambre, así que vámonos ya —suplicó, al tiempo que intentaba quitarse su brazo de encima.

Con una carcajada, Sareem la acercó más a él y apretó los labios contra su oreja de un modo bastante incómodo.

—Pero si la mejor parte viene ahora hacia aquí: el presidente del Senado y el oscuro príncipe esnob. —Se rio con desdén.

Vhalla entreabrió los labios y luego los cerró otra vez a toda prisa, justo a tiempo de evitar defender vehementemente a Aldrik.

—El emperador ha ordenado que ciertas reliquias de cristal sean traídas aquí desde el Norte. —La voz del senador le transmitió a Vhalla la misma sensación que un papel al rasgarse, una inquietud gélida ante su sonido callado pero aun así áspero.

—No sabía nada —repuso Aldrik. Aunque estaban susurrando, Vhalla podía oír su conversación en el viento. Sus palabras sonaban más altas a cada paso que se acercaban.

—Sareem, por favor —le rogó. Vhalla estiró un brazo y agarró la mano de Sareem para quitar su brazo de sus hombros y llevárselo a rastras ella misma. Pero fue demasiado tarde.

Los ojos de Aldrik aterrizaron en ella. La miró durante un momento largo y quedó claro que ya no estaba interesado en nada de lo que le decía el senador. Frunció el ceño y una sombra oscureció su rostro un instante, antes de que su máscara inexpresiva volviera a su sitio y mirara al frente una vez más.

Vhalla abrió la boca para decir algo, pero no se le ocurrieron las palabras adecuadas. Sareem seguía musitando tonterías a su oído, pero ella no podía oírlo por encima de las palabras del senador y del príncipe.

—¿Era alguien a quien conocíais, príncipe Aldrik? —preguntó el presidente del Senado de repente con un interés nada sutil.

—Apenas. —La voz de Aldrik sonó fría y lejana—. ¿Por qué habría de tener relación con la gente común?

Entonces se fueron. Aldrik siguió andando hasta perderse de vista. Sin mirar atrás.

Sareem no se había dado cuenta de nada, ajeno a la agitación que rugía dentro del pecho de Vhalla, que se estaba torturando con la idea de correr tras Aldrik, aunque sabía que cualquier cosa que hiciera solo sería un escándalo. ¿Qué había significado esa mirada? Incluso el senador se había percatado del sutil cambio en el príncipe heredero. Le dio una y mil vueltas al tema mientras Sareem seguía con su parloteo y la llevaba donde se le antojaba. ¿Acaso le importaba a Aldrik cómo pasaba ella su tiempo libre? Vhalla apenas pudo contener su grito de frustración.

Fue una compañía espantosa de vuelta al palacio, pero a Sareem no le importó, pues llenó el silencio por los dos. Al llegar, Vhalla rechazó su oferta de cenar juntos y se fue directa a la cama. La comida sabría a ceniza en su boca de todos modos.

CAPÍTULO
17

Vhalla miró el picaporte de su puerta. Había quedado en verse con Aldrik hoy. La había invitado a comer en la rosaleda. Vhalla repasó el recuerdo en su cabeza con dudas. Eso era lo que había pasado. Su mirada perpleja cuando la vio con Sareem también destelló en su memoria.

Se retorció los dedos. *Seguro que aún quiere verme*, se aseguró. Agarró su espejo improvisado y trató de hacer algo con su pelo, pero era el desastre enmarañado de siempre y ella lo miró con impotencia. Aldrik era el príncipe heredero; Vhalla no tenía ninguna duda de que había estado con mujeres mayores, más guapas, más experimentadas y más refinadas que ella. Por lo que sabía, podía estar con una en esos precisos momentos.

Vhalla metió un dedo por un agujero nuevo de su túnica granate y suspiró. Se estaba preocupando por nada, la regañó la aprendiza que había en ella. El príncipe sabía quién era ella; lo había dicho él mismo. ¿Por qué habría de relacionarse con una plebeya como ella?

Los pasillos del palacio estaban casi desiertos debido al festival. Los sirvientes que sí estaban trabajando revoloteaban por ahí cargados con grandes bandejas de comida fastuosa y jarras de bebidas espumosas. Vhalla mantuvo la cabeza agachada mientras caminaba por los pasillos bañados en el sol mañanero.

Con el tiempo, la gente de los pasillos fue desapareciendo hasta que finalmente se quedó sola. El jardín apareció ante ella y Vhalla entró por la misma ventana de la última vez. Era un bonito día de otoño, perfecto para el festival. Algunas de las plantas más pequeñas ya habían comenzado a replegarse para el invierno y Vhalla se preguntó cuánto tiempo pasaría hasta que las rosas también empezaran a caer.

Los jardines y el cenador estaban desiertos. Vhalla se dijo que era solo porque había llegado pronto, que él no se habría olvidado. Paseó por el cenador llena de dudas, inspeccionando las rosas. Por suerte, Aldrik no la hizo esperar mucho.

Vhalla se apartó del poste central de rosas cuando oyó el repiqueteo de sus botas subiendo los escalones. Tenía el corazón acelerado, la boca seca. El príncipe se enredó un poco con la puerta antes de abrirla. En un brazo, llevaba equilibrada una cesta de mimbre de tamaño decente de la cual emanaba un aroma tentador.

Se miraron, como si no se creyesen muy bien lo que estaban haciendo. Vhalla tragó saliva. Él se enderezó y recolocó la cesta.

—Hola. —Vhalla sonrió. Habían pasado un montón de horas juntos. *No hay nada distinto en este encuentro*, se aseguró. Aunque este encuentro no parecía tener otro propósito que el de verse.

—Buenas tardes —repuso él. Algo en la resonancia de su voz hizo que Vhalla vacilara un instante—. Has llegado pronto esta mañana.

—No tenía nada más que hacer —contestó Vhalla, dando a entender, incluso a sí misma, que no estaba emocionada. El príncipe cruzó el espacio y se sentó en el banco del fondo. Vhalla lo siguió y ocupó el sitio del otro día a su lado.

—Empiezo a pensar que no trabajas nunca. Tendré que hablar con nuestro Maestro de los Tomos —declaró Aldrik en su tono principesco.

Vhalla, en actitud juguetona, le sacó la lengua como una niña pequeña.

—Si no estoy trabajando, creo que quizá se deba a que cierto príncipe imperial no deja de alejarme de mis quehaceres —replicó.

—Ah, ahí me has pillado. —Aldrik sonrió.

—De todos modos, es el festival. —Vhalla se encogió de hombros para disimular el haberse puesto a la defensiva porque Aldrik pudiese considerarla perezosa.

—Lo es —convino él. Luego abrió la cesta para revelar múltiples bandejas de comida, dispuestas unas sobre otras. Vhalla solo había oído al personal de la cocina hablar de preparar semejantes lujos, y a los sirvientes domésticos susurrar sobre robar bocados entre medias de las cenas de la nobleza—. He pensado que no habrías comido.

Vhalla contempló las hileras de sándwiches cortados y alineados con sumo cuidado. Había pan blanco, pan moreno, pan con semillas y pequeños bollitos de corteza marrón. Vio lonchas de jamón curado y pavo con pimienta asomando por los bordes, sobre camas de productos frescos. Parecían casi centellear.

—¿Estás seguro de que no pasa nada? —tuvo que preguntar—. En realidad, esa comida no está destinada a mí. —Aldrik la miró con una expresión peculiar—. El personal, los sirvientes, nosotros no comemos cosas así.

—Bueno, pues ahora sí —dijo Aldrik con naturalidad, al tiempo que le ofrecía la bandeja superior. El estómago de Vhalla gruñó de manera lo bastante sonora como para recordarle que se había saltado la cena la noche anterior. Se puso roja como un tomate—. No puedes discutir con eso. —El príncipe se rio bajito.

Vhalla se decidió por un sándwich de huevo. El huevo en sí no tenía la textura ni el sabor gomoso que solían tener los huevos cuando llevaban mucho rato hechos. Tampoco había una masa de salsa de nata o mantequilla encima para disimular los ingredientes rancios. Cada sabor brillaba por sí solo y Vhalla observó el pequeño tentempié con asombro.

—¿Qué comen los sirvientes y el personal? —preguntó el príncipe. Vhalla lo miró con curiosidad.

—A veces, estofado, otras veces un guiso de arroz, otras pan y carne. —Vhalla se encogió de hombros—. Por lo general, lo que la cocina tenga a mano. *Noches de anteayer* es como solemos referirnos a las peores noches: cosas que en realidad la cocina debería haber tirado hacía uno o dos días, pero que cubiertas con algún tipo de salsa espesa o sal, cuelan como comida. —Aldrik había dejado de masticar para mirarla y ella se rio al ver su expresión inmóvil, casi horrorizada—. En realidad, no es tan malo. ¿Qué sueles comer tú?

—Lo que pida —dijo. Obvio. Vhalla se rio aún más fuerte.

—Debe ser agradable ser príncipe. —Vhalla sonrió al tiempo que agarraba unas cuantas uvas de la bandeja y se las metía en la boca antes de empezar otro sándwich. Aldrik se había quedado parado, los ojos fijos en algún punto a lo lejos.

—Supongo que en ciertos aspectos, sí. —Habló despacio, y Vhalla se tragó su comida para escuchar—. En otros, creo que preferiría ser más normal.

—¿Otros aspectos como cuáles?

—Tú eres libre de hacer tus propias elecciones. Yo tengo *obligaciones* —dijo de un modo críptico.

—¿Obligaciones? ¿Como por ejemplo? —preguntó, dando un bocadito y escuchando con atención.

—Bueno, mi lorito —empezó, y sonrió al verla fruncir el ceño—. En los últimos tiempos, he hecho muchas cosas en ausencia de mi padre. He aprobado esto o aquello, he estado pendiente del estado del imperio y de la capital, me he reunido con la mayoría de los ministros y senadores —explicó.

Vhalla recordó el día anterior y optó por ocupar la boca con otro mordisco de sándwich. Aldrik descorchó una botella y se la pasó. Lo que Vhalla había esperado que fuese agua era en realidad té con un sabor afrutado. Era refrescante y estaba delicioso. Casi la hizo olvidar el bochornoso momento durante la procesión de los senadores.

—Estuve en las reuniones del Senado ayer. —Vaya, al parecer él no iba a dejar escapar la posibilidad de un enfrentamiento incómodo. Fue el turno de Aldrik de evitar los ojos de la joven. Vhalla lo observó moverse inquieto en el banco, haciendo caso omiso de la comida. ¿Acaso podía el príncipe sentirse incómodo de verdad?

—Lo sé. —Y deseó al instante haber pensado algo mejor que decir.

—Ese chico con el que estabas… —empezó Aldrik despacio, y su habitual labia parecía haberlo abandonado.

—Es amigo mío —se apresuró a responder Vhalla, sus labios acelerados—. Se llama Sareem. Hace años que somos amigos. En realidad, es como un hermano. Me pidió salir juntos ayer y acepté porque pensé que era lo correcto, y bueno… claro que me divertí, él puede ser tronchante. Pero es solo un amigo.

El príncipe la miró con intensidad a lo largo de todo su discurso apresurado. Sus ojos de obsidiana la tenían paralizada. Vhalla le sostuvo la mirada con toda la sinceridad que pudo reunir. En ese momento, mientras miraba al príncipe, se dio cuenta de que Sareem era solo un amigo. No era nada más para ella. Tragó saliva, muy consciente de un sentimiento peligroso que había arraigado en su pecho a lo largo de los últimos meses sin su consentimiento. ¿Qué estaba haciendo?

—Es solo un amigo. —No sabía por qué susurraba ni a quién de los dos pretendía tranquilizar.

Los ojos de Aldrik se relajaron, la intensidad que había en ellos se diluyó a un calorcillo suave que bajó hasta las puntas de los pies de Vhalla con cada latido de su corazón. Las comisuras de los labios del príncipe fueron lo siguiente; en lugar de relajarse en su habitual línea fina, se curvaron hacia arriba en una pequeña sonrisa. Vhalla se mordió el labio para tratar de disimular su reacción a la alegría de Aldrik, y fracasó en su intento.

—Es bueno tener amigos —dijo el príncipe de repente, mientras se giraba para recolocar las bandejas. Estiró la mano hacia una fresa cortada, Vhalla hizo lo mismo y los dos masticaron para aliviar la tensión del momento.

—¿Larel y tú sois solo amigos? —Vhalla quiso pegarse en el mismo momento en que la pregunta escapó de sus labios. No era asunto suyo y la respuesta del príncipe no tendría ninguna importancia. No importaba lo incómodo que había parecido en la habitación de la otra mujer. *Podía estar con quien quisiera*, se recordó Vhalla.

—Larel —comentó Aldrik después de pensarlo un momento. Vhalla se movió incómoda cuando hizo una pausa. Un rubor caliente empezó a trepar hacia sus mejillas. *Qué tonta había sido*—. Supongo que es como Sareem y tú. La conozco desde niño. Era diferente de los otros y parecía estar dispuesta a hablar conmigo, a trabajar conmigo, sin adular al príncipe.

Vhalla estudió las costuras de su camisa. *Los dos son occidentales*, caviló, aunque Vhalla no tenía ni idea de si Larel tenía ascendencia noble o no. La mayoría de los aprendices tenía alguna conexión con la nobleza, razón por la cual se convertían en aprendices y no en sirvientes.

—No te retuerzas las manos —dijo Aldrik con amabilidad, y apoyó las yemas de los dedos en el dorso de su mano. Vhalla dio un respingo al sentir el contacto—. Y sí, es *solo* una amiga.

El calor de las yemas de los dedos del príncipe era tan intenso como el peso de sus ojos, y Vhalla se quedó hipnotizada por ambos. Estaban danzando alrededor de algo que ninguno de los dos parecía dispuesto a admitir. Vhalla no lo pensó. Lo único en lo que podía pensar era en lo cerca que estaba la cara del príncipe de la suya cuando alargó el brazo para tocar su mano.

—¿Alguna vez practicas tu hechicería? —preguntó Vhalla de pronto, y el momento se disipó.

—Solía practicar con más frecuencia. —Él se enderezó y puso una mano sobre su cadera. Vhalla recordó al instante su herida y ocupó su boca con otro trozo de comida para evitar hacer otra pregunta estúpida.

—¿Te unirás a la Torre?

Vhalla se quedó quieta a medio masticar. Carente de educación en materia de decoro, dejó el sándwich a medio comer de vuelta en la caja y se limpió las manos en las rodillas. Los ojos de Aldrik registraron la acción, pero no dijo nada mientras Vhalla meditaba su respuesta.

—Aldrik —susurró con suavidad, los ojos clavados en las rosas carmesís que eran su única compañía.

—¿Vhalla? —La voz del príncipe reflejaba una confusión evidente con respecto a la actitud de la joven.

—¿Si me Erradicaran, qué pasaría contigo? —¿Cuándo había empezado a incomodarla la palabra «Erradicar»?

—¿A qué te refieres? —Aldrik arqueó una ceja oscura.

—Al Vínculo. —Vhalla lo miró y apoyó la palma de una mano en el banco entre ellos; sus dedos casi tocaban el muslo de él—. Dijiste que es una conexión mágica, que te salvó la vida. Si me Erradicaran, ¿qué te pasaría a ti?

—No te preocupes por eso —dijo, y sacudió la cabeza. El movimiento hizo que un mechón despistado cayera hacia delante para curvarse alrededor de su cara.

—¿Lo sabes? —preguntó Vhalla con los labios fruncidos. En realidad, no tenía ningún sentido preguntarlo. Vhalla reconoció para sus adentros que la Erradicación ya no era una opción.

—No, no lo sé —confesó Aldrik con una leve sonrisa—. Pero quiero que tomes tu decisión por ti misma, no porque...

—No quiero hacerte daño —lo interrumpió ella. El príncipe parpadeó, perplejo—. Aldrik, no podría tomar una decisión si supiera que te iba a hacer daño.

—¿Por qué? —susurró.

—Porque... —La interrumpió el agudo chirrido de una verja de hierro, seguido del golpe metálico al cerrarse. Vhalla se giró hacia la puerta.

Unas pisadas firmes sobre el sendero de gravilla. Vhalla no reconoció esos andares, pero Aldrik sí. Al instante. Se enderezó y Vhalla hizo otro tanto. El hombre con el que había estado charlando de una manera tan casual llevaba de repente una máscara tan dura como una piedra.

—¡Hermano! —llamó otra voz masculina con energía—. Hermano, ¿estás ahí?

Aparecieron dos sombras al otro lado del cristal empañado del invernadero; sus contornos borrosos eran indistinguibles. La puerta del cenador se abrió y un príncipe fornido entró tan tranquilo. El hombre con el que había estado Aldrik la víspera entró con él, el presidente del Senado. El príncipe Baldair miró hacia el otro extremo del espacio, a Aldrik y luego a Vhalla.

—No sabía que tuvieras compañía, hermano. —Una sonrisa lenta se desplegó por su rostro.

—Baldair, creo que ya hemos hablado, largo y tendido, de que no se me debe molestar cuando estoy en mi jardín. —La voz de Aldrik sonó seca y tensa.

Vhalla se perdió el incómodo intercambio entre los príncipes porque la intensa mirada del senador había hecho que un escalofrío bajara por su columna. El hombre mayor guiñó los ojos en su dirección y una sonrisilla de satisfacción se dibujó en las comisuras de su boca. El senador la había reconocido.

—Supongo que ahora entiendo por qué. —Baldair se rio—. Por favor, perdóname, señorita... —El presidente del Senado no fue el único en reconocer a la aprendiza de la biblioteca—. Eres la chica de la biblioteca, ¡la torpe! Vhalla, ¿no es así?

—S... sí. —No pudo evitar tartamudear mientras el príncipe cruzaba hasta ellos, tomaba su mano y la besaba.

Se había acordado de ella, aunque Vhalla hubiese deseado que fuese por algo más que por su torpeza. El príncipe tenía una sonrisa radiante y Vhalla se relajó bajo sus ojos azul hielo. Sus recuerdos del resplandor que rodeaba al príncipe Rompecorazones no le hacían justicia.

—No esperaba que el príncipe recordara mi nombre —murmuró en respuesta.

—¡No! —exclamó él—. Una chica tan bonita como tú no debe olvidarse nunca. Y si estás en el jardín, estoy seguro de que mi hermano no ha olvidado tu nombre ni una sola vez. —Le dio un empujoncito a Aldrik medio en broma.

Él se limitó a mirar a su hermano, clavado a su asiento. Vhalla miró al príncipe mayor, confundida por su mirada ceñuda.

—Baldair, ¿qué quieres? —Vhalla casi podía ver la tensión en la mandíbula de Aldrik mientras forzaba a las palabras a salir por sus labios.

—Disculpad a vuestro hermano, príncipe. —El senador hizo una pequeña reverencia—. Ha llegado un pájaro esta mañana. El frente oriental de las fuerzas del Sur se ha venido abajo en su ataque. El clan de Houl presiona ahora por el Este. Pensé que era un tema urgente para el consejo de guerra.

—Un mensajero hubiese sido suficiente. —Aldrik se puso en pie y fulminó a su hermano con la mirada.

Vhalla también se levantó, rígida. Todos los demás estaban de pie y no quería destacar más de lo que lo hacía ya.

—Mis disculpas más sinceras por haber interrumpido vuestra comida. —Nada en las palabras del senador sonó a disculpa mientras sus ojos evaluaban la caja a medio consumir. Aldrik siguió la dirección de su mirada.

Vhalla cruzó las manos delante de ella y se agarró los dedos con los nudillos blancos para evitar retorcérselos con nerviosismo. Cuando apartó la vista del senador y de su hermano, los ojos de Aldrik lucían mucho más suaves, pero los restos de preocupación entre sus cejas no tranquilizaron a Vhalla en absoluto.

—No ha sido nada —repuso Aldrik, su voz desprovista de toda emoción.

Vhalla sabía que no podía admitir que tenía ninguna relación con ella. Él era el príncipe heredero… ¿cómo iba a querer que nadie supiera que había pasado tiempo con alguien de tan baja cuna? Vhalla se miró los pies. Jamás podría ser alguien para él.

—Mis disculpas a ti también, Vhalla… —El senador alargó el final de su nombre, a la espera de que ella llenara el espacio vacío.

—Yarl —aportó, por pura obligación.

—Vhalla Yarl —repitió el senador, pensativo.

Si Vhalla hubiera podido arrancar su nombre de la mente y de la lengua del hombre, lo habría hecho.

—Acudiré a su consejo de guerra en un momento, senador Egmun. —Debieron de ser imaginaciones de Vhalla, porque le pareció que Aldrik daba medio paso entre ella y el senador.

—Yo la acompañaré a la puerta. —El príncipe Baldair sonrió y le ofreció a Vhalla el brazo. La joven miró el apéndice antes de girarse hacia Aldrik. Su rostro lucía pétreo otra vez—. Tú tienes asuntos más urgentes de los que ocuparte, hermano.

—En efecto. —El príncipe heredero dio media vuelta y a Vhalla no le quedó más opción que aceptar el brazo del príncipe dorado.

El presidente del Senado, Egmun; Vhalla tomó nota mental del nombre. Aldrik salió del cenador en primer lugar y ni siquiera se volvió para mirarla. Los dos hombres empezaron a hablar a medio camino de la verja, pero Vhalla solo oyó el viento mientras su príncipe la dejaba atrás con su hermano.

CAPÍTULO
18

Si Vhalla tuviese que contar las razones para que la acompañara el
príncipe Baldair, utilizaría cero dedos. Aun así, caminó con él por
el jardín y salieron por la verja. Iba apoyada en el pliegue de su brazo
y Vhalla se percató de que, a pesar de su tamaño, no era tan cálido
como su hermano.

Echó un rápido vistazo hacia el pasillo por el que habían girado
Aldrik y el senador. No se les veía por ninguna parte. Ni siquiera se
oía el leve eco de su voz. Para aumentar su incomodidad, el príncipe
Baldair la condujo en dirección contraria. La opulencia era la misma
que la última vez que había pasado por ahí con Aldrik, pero los sirvientes debían de estar ignorando sus labores de limpieza debido al
festival, porque hoy no brillaba con la misma intensidad.

—Bueno —dijo por fin el príncipe. Su voz era más aguda que la
de Aldrik, menos áspera, aunque era un sonido rico y profundo; casi
como una canción—. ¿Cómo acaba alguien como tú en el jardín de
mi hermano?

—¿Alguien como yo? —preguntó Vhalla con cuidado. Sabía muy
bien a lo que se refería, pero quizá podría evitar responder a su pregunta si la volvía en su contra.

—Una aprendiza de bibliotecaria. —Baldair sonrió. Se pasó una
mano por el rubio pelo ondulado que le llegaba a las orejas. Su respuesta fácil le indicó a Vhalla que se había dado cuenta de sus esfuerzos por esquivar su interrogatorio.

—Yo... —Vhalla clavó la vista en las finas ranuras entre las baldosas de mármol a sus pies. Deseó ser lo bastante pequeña como para colarse por una y caer hasta el centro de la tierra. En su mente traicionera resonaron las palabras de Sareem: *Mientes fatal.*

—No te está chantajeando ni nada, ¿verdad? —Había una preocupación genuina en su voz.

—¿Qué? —Vhalla levantó la vista hacia el príncipe, perpleja—. No, por supuesto que no.

—Bueno, sé que no estabas disfrutando de su compañía. —El príncipe Baldair soltó una sonora carcajada, como si hubiera hecho una broma divertidísima.

Vhalla frunció el ceño. Aldrik no querría que revelara que ambos disfrutaban de la compañía del otro, o al menos que ella disfrutaba de la suya. Pero se sintió extraña ahí, de pie, sin defenderlo ante un insulto descarado.

—Creo que tiene una mente asombrosamente avispada —contestó Vhalla con delicadeza. El príncipe Baldair la miró de soslayo.

—Puede que esa sea una de las cosas más agradables que he oído decir a un trabajador o un sirviente sobre mi hermano en toda mi vida. Veamos, he oído «egocéntrico», «un real incordio», que tiene la cabeza metida en una variedad de sitios que no creo que sean anatómicamente posibles... —El príncipe volvió a reírse.

Vhalla sintió que todo su cuerpo se ponía tenso.

—Dudo de que esa gente se tomara el tiempo de intentar comprenderlo —farfulló. El príncipe Baldair dejó de reírse y la miró con expresión extraña.

—Eres muy educada, Vhalla —comentó con una risita suave—. Bien, muy bien, no te presionaré para que seas nada más que una niña buena... por ahora —añadió con un guiño.

Las mejillas de Vhalla se negaban a enfriarse. Parecía que al joven príncipe le encantaba bromear.

—¿Cómo está el frente? —preguntó, loca por encontrar un cambio de tema que no le revelara demasiado al príncipe Rompecorazones.

—Más o menos como dijo mi padre. La capital norteña se resiste a caer. Unos cuantos clanes aún aguantan, aunque los derrotaremos antes o después. —Hablaba de ello con la misma naturalidad que si hablase del tiempo.

—¿Es grave lo que ha pasado? —preguntó Vhalla, al tiempo que miraba hacia atrás. Hacía mucho que habían pasado la entrada a las dependencias de servicio, y la tensión de Vhalla se fue diluyendo poco a poco debido a su curiosidad por las altísimas paredes de reluciente oro y piedra tallada a su alrededor.

—¿Lo que ha pasado? —repitió. El príncipe Baldair estiró el brazo cuando ella se distrajo un momento para inspeccionar un fresco. El príncipe permaneció lo bastante cerca como para mantener el contacto; Vhalla no se había dado cuenta de cuán cerca.

—El consejo de guerra... —Se giró y a punto estuvo de darse de bruces con su ancho y musculoso pecho.

—Oh, eso. —El joven príncipe se rio—. Estoy seguro de que todo se arreglará. No me cabe duda de que mi padre quiere asegurarse de que Aldrik entienda todo lo que ha sucedido para cuando regrese al frente.

Vhalla se detuvo. Todo se detuvo. Su respiración y los latidos de su corazón eran lo único que se movía en el mundo entero. Mientras se concentraba en algún punto a lo lejos, se le pasó por alto la mirada inquisitiva del joven rubio. Era como si Vhalla pudiese ver el momento en que Aldrik se marcharía. Volvería a la guerra.

—¿Vhalla? —El príncipe dorado se volvió hacia ella. Mucho más extrovertido que su hermano, cerró sus manos callosas sobre los hombros de la joven y los cubrió del todo.

Vhalla levantó la cabeza de golpe hacia el apuesto hombre que ocupaba ahora su campo de visión, el trance roto. Le costó formar las palabras, pero él parecía contento de esperar.

—Perdón. —Vhalla sacudió la cabeza y apretó los ojos un instante. ¿Cómo no se había dado cuenta de eso, antes de sentir este horror devastador ante la idea de que el príncipe se marchara? ¿Cómo se habían apoderado de ella estas emociones?—. Solo... he sentido un mareo repentino.

—¿Un mareo? —El príncipe emitió un ruidito suave en la parte de atrás de la garganta—. Vaya, eso no podemos tolerarlo.

Con una risa y un movimiento sorprendentemente elegante para una montaña de hombre semejante, levantó la enjuta figura de Vhalla por los aires con facilidad. Vhalla se ruborizó sin remedio. Movió sus manos con torpeza, sin saber dónde ponerlas, mientras todo su costado quedaba pegado al pecho del príncipe.

—¡Estoy bien!

—Tonterías. He interrumpido tu comida. Estoy seguro de que cualquier mareo se debe a eso. Permíteme que lo remedie. —El príncipe sonrió, y Vhalla se quedó ahí plantada, impotente, entre sus brazos.

Vhalla se distrajo de su incómoda posición cuando entraron en un atrio central con una preciosa cúpula con vidrieras policromadas. El sol, en su cénit, proyectaba un caleidoscopio de colores. Una escalera dorada giraba en torno al patio con varios rellanos que se bifurcaban en distintos pisos. En el suelo había un mosaico del palacio realizado con teselas diminutas.

Vhalla levantó la vista maravillada mientras el príncipe la llevaba en brazos por el centro. Contempló un mapa del mundo representado en centelleantes amarillos. A un lado del grueso de las tierras del imperio aparecía un continente con forma de medialuna; unas islas barrera pintadas de esmeralda salpicaban el espacio entre las dos masas de tierra. Los océanos estaban representados en azul zafiro y Vhalla vio indicios de tierra por los bordes de la cúpula, tierras de las que no había oído hablar jamás y que se preguntaba si existían siquiera.

—Es asombroso, ¿verdad? —preguntó el príncipe. Vhalla ni siquiera se había dado cuenta de que habían dejado de andar.

—Lo es —reconoció, relajada, ahora que empezaba a sentirse cómoda en sus brazos.

—Mi padre se despierta cada día y ve su imperio brillar sobre él —caviló el príncipe, sorprendentemente elocuente.

—No puedo ni imaginar cómo deber ser eso —susurró Vhalla.

—Pues pregúntaselo a mi hermano. —Baldair se rio y continuó por un pasillo tapizado con una mullida alfombra blanca.

La mente de Vhalla empezó a bajar en espiral por una cascada de pensamientos relacionados con la sugerencia del príncipe. Aldrik sería el emperador. Después de haber pasado tanto tiempo aprendiendo a conocer al hombre, eso parecía imposible de repente. Su profesor, su amigo, el hombre al que había llegado a...

Baldair la depositó con suavidad en el suelo delante de una puerta lo bastante grande como para que pasaran por ella dos personas lado a lado.

—¿Dónde estamos? —No había nada que interrumpiera las paredes blancas y los techos dorados abovedados de ese pasillo en particular, excepto por la puerta delante de la que estaban y un espejo en el otro extremo.

—En mis aposentos —repuso el príncipe.

—¿Qué? —Vhalla casi se salió del pellejo—. Príncipe, no creo que esto sea aprop...

La puerta se abrió bajo sus grandes manos y la luz inundó el pasillo. Vhalla parpadeó mientras sus ojos se adaptaban al resplandor. Una curiosidad hipnótica la hizo entrar en la habitación.

Las ventanas más grandes que había visto en la vida dominaban toda la pared opuesta a la puerta. El príncipe había dicho que eran sus aposentos, pero Vhalla no veía una cama por ninguna parte. Sin embargo, sí vio dos zonas de estar separadas, una mesa dispuesta para seis comensales, un aparador bien abastecido de bebidas a la derecha, instrumentos, tableros de carcivi, dardos, un arpa, un laúd y multitud de formas de entretenimiento más.

—¿Qué opinas? —El príncipe se apoyó contra el marco de la puerta.

—Es... —No había palabras para describirlo—. ¿Aquí es donde vivís? —Vhalla tenía la sensación de que debía ser tabú que estuviese en ese espacio, y que si tocaba cualquier cosa estallaría en llamas bajo las yemas de sus dedos.

—¿Dónde viviría, si no? —El príncipe se rio y tiró de una cuerda al lado del aparador.

—¿Dónde está la cama? —Vhalla intentó contar cuántas de sus habitaciones cabrían en la sala de entretenimiento principal del príncipe. Perdió la cuenta cuando iba por quince.

—Por esa puerta. —Baldair señaló hacia ella.

—¿Hay más? —Trató de pensar en la longitud del pasillo por el que acababan de llegar y en cuánto más podía haber oculto tras las otras puertas.

—Sí, bastante más. —Asintió. Cruzó hacia ella y la evaluó con las manos en las caderas y una sonrisa pícara entre la pelusilla de sus mejillas—. ¿Quieres ver mi cama?

Vhalla volvía a sentir las mejillas ardientes y abrió y cerró la boca como un pez que intenta respirar fuera del agua. Ese hombre la sobrepasaba y no tenía ninguna esperanza de escapar.

En el momento en que apareció un sirviente a la puerta de la habitación y los ojos del príncipe se alejaron de ella, Vhalla rezó una oración a la Madre.

—¿Príncipe? —El hombre hizo una profunda reverencia. Vhalla miró de reojo la cuerda de la que había tirado.

—Comida para dos, por favor —solicitó el príncipe Baldair.

—¿Qué os gustaría? —El sirviente no se atrevía a levantar los ojos siquiera, y Vhalla se dio cuenta de lo atrevida que se había vuelto ella en presencia de la realeza.

—Cualquier cosa. —El príncipe le indicó que podía retirarse con un gesto de la mano y el hombre retrocedió con otra reverencia antes de desaparecer por el pasillo.

Antes de que Vhalla pudiera objetar, el príncipe la tenía sentada en una mullida silla en un extremo de una larga mesa de comedor que parecía perfectamente proporcionada en su rincón de la enorme habitación. El príncipe optó por la silla al lado de la de ella, en lugar de por la del otro extremo. A Vhalla nunca le habían servido la comida y no sabía qué hacer ni qué decir cuando los sirvientes empezaron a llenar la mesa a su alrededor. La culpabilidad hormigueó por el fondo de su garganta y se mordió el labio, incapaz de mirarlos a los ojos.

—Sé por qué estabas con mi hermano hoy —dijo el príncipe Baldair por fin, cuando los ayudantes se marcharon.

Vhalla lo miró boquiabierta, la comida colgada del tenedor delante de ella.

Una risa retumbante resonó en el pecho del príncipe al ver su expresión.

—Hubo una carta.

—¿Qué decía la carta? —preguntó Vhalla con cautela, al tiempo que dejaba la comida de vuelta en el plato. Aldrik se había mostrado muy firme en que su padre no supiera de ella. ¿No estaba manteniendo su magia en secreto porque se preocupaba por ella?

Vhalla se distrajo al ver cómo sujetaba el príncipe el tenedor y el cuchillo. Tenía un utensilio en cada mano, el índice estirado por la parte superior. Comparado con cómo estaba cortando ella su carne, con un tenedor clavado en vertical y sujeto con el puño cerrado, se sintió como una bárbara del Continente de la Medialuna.

—Los clérigos informaron que el personal de la biblioteca había sido crucial para salvarle la vida. Vi que tú eras lista desde el momento en que te conocí. Fuiste tú, ¿verdad, Vhalla? —Lo dijo como una pregunta, pero el príncipe Baldair sonreía con conocimiento de causa.

Vhalla dejó de masticar. No tenía ni idea de qué decir. El príncipe se echó a reír y acudió en su rescate.

—Lo sabía. Bueno, eso lo explica pues. Incluso el zopenco de mi hermano tendría que mostrar algo de agradecimiento a alguien que ayudó a salvar su vida. Eso sí, no puedo decir que me sorprenda que haya tardado tanto en rebajarse a hacerlo.

Vhalla cruzó las manos en el regazo por encima de la servilleta, la cual había colocado ahí solo después de ver al príncipe hacer lo mismo. El centro de la carne estaba rosáceo y se preguntó si sería segura de comer. Cavilar sobre la comida era mejor que hablar con el príncipe sobre su hermano. Toqueteó uno de los muchos tenedores y lo empujó hacia arriba por la mesa. *¿Por qué necesitaba nadie más de un tenedor?*

Un suave sonido meditabundo provino de su izquierda y la sacó de su introspección continua. Baldair había apoyado el codo en la mesa, la barbilla en la palma de su mano. La miraba con expresión pensativa. Vhalla quería decir algo, pero estaba luchando una batalla perdida con los ojos cerúleos que tenía delante.

—No eres como la mayoría, ¿verdad? —La voz del príncipe Baldair sonó más suave que antes, las bromas y la frivolidad ausentes.

—¿La mayoría? —repitió, preparada para recibir un comentario sobre loros.

—No eres la primera plebeya a la que invito a comer. —Baldair se inclinó hacia atrás, la comida olvidada—. Entran aquí, se muestran extasiadas por mis aposentos, sueltan todo tipo de alabanzas sobre la comida, hacen todo lo posible por flirtear conmigo. Y al final de todo ello, están panza arriba y desnudas en la cama.

Vhalla lo miró estupefacta. Este príncipe no se parecía en nada al otro. Se puso de pie y dejó que su servilleta cayera al suelo sin pensarlo.

Una mano firme se cerró alrededor de su muñeca.

—No te preocupes —ronroneó el príncipe—. Sé que no eres así y *jamás* forzaría a una mujer a hacer nada que no quisiera o pidiera.

Vhalla relajó el brazo, aunque él siguió sujetándola en el sitio. Su dominio sobre ella era distinto al de su hermano. Donde Aldrik podía hipnotizarla con una sola mirada, el príncipe Baldair la cautivaba con palabras amables y manos suaves.

—Entonces, ¿qué queréis de mí? —preguntó Vhalla. Si sabía que no iba a caer entre sus sábanas, tenía poco sentido que se quedara ahí más tiempo.

—Tengo una idea. —Por fin le soltó la muñeca, pero ella no se movió.

—¿Qué es? —A juzgar por la expresión del príncipe, era posible que ella no quisiera saberlo.

—Aunque mi padre quiere que la herida de mi hermano no se conozca y Aldrik jamás admitiría necesitar ayuda, salvar la vida del príncipe heredero no debería quedar sin recompensa. Y un almuerzo no es en absoluto suficiente compensación. —El príncipe sonrió—. Así que dime, ¿qué es lo que desea tu corazón, mi pequeña aprendiza de bibliotecaria? Soy un príncipe y casi cualquier cosa está a mi alcance.

Vhalla cruzó las manos delante de ella y apretó las yemas de sus dedos. ¿Qué deseaba su corazón? Después de Sareem, después de Aldrik, las cosas ya no cuadraban en su corazón.

—Nada —repuso con un gesto negativo de la cabeza. Hizo ademán de dirigirse hacia la puerta otra vez, como si conociera el camino de salida.

—Debes de querer algo. —El hombre de pelo dorado se apresuró a colocarse a su lado.

Vhalla levantó la vista hacia su cara. Algo en sus ojos le indicó que solo se estaba haciendo el tonto.

—Nada que vos podáis darme —susurró Vhalla, pensando en la noticia de que Aldrik se iba a marchar. Si pudiese tener un deseo, sería que el príncipe heredero se quedara en el Sur. *Aquí estaría a salvo*, susurraban los rápidos latidos de su corazón. Estaría cerca de ella. Vhalla cerró los ojos con fuerza.

—La gala —dijo el príncipe de repente.

—¿Qué? —Esperó a que le diera una explicación.

—Al final del Festival del Sol, hay una gala en el Salón de Baile de los Espejos —empezó el príncipe.

Vhalla conocía su existencia. Tenía amigos que habían trabajado en la gala a lo largo de los años. Era una celebración reservada solo a la nobleza.

—Ven a la gala mañana.

—¿Qué? —Esa parecía la única palabra que su lengua era capaz de formar.

—Piénsalo. La mejor comida, música, entretenimiento. —Agarró sus dos manos entre las suyas y Vhalla lo siguió cuando retrocedió un paso de vuelta a la habitación—. Te conseguiré un vestido adecuado. ¡Y los bailes!

La hizo girar en un círculo por debajo de su brazo. Vhalla se tropezó y se tambaleó. Con una carcajada, el príncipe la atrapó con ambas manos y Vhalla se encontró apretada contra él por segunda vez en un día.

—Bueno, podemos trabajar en el baile. —El príncipe Baldair la sonrió desde lo alto.

—No puedo ir a la gala. —Sacudió la cabeza, al tiempo que intentaba encontrar huesos en sus piernas otra vez.

—¿Por qué no? —El príncipe no parecía darse por vencido. Vhalla se soltó de su agarre, frustrada.

—Porque no pertenezco allí. —Se agarró los codos y abrazó su cuerpo—. Los aprendices no deben mezclarse con la nobleza.

—Tampoco perteneces al jardín de mi hermano —replicó el príncipe con un encogimiento de hombros. Vhalla deseó haber evitado fruncir los labios—. Es peligroso y tiene mucha labia. No le des la oportunidad de enredarte en ninguna trama, Vhalla.

—Me gustaría regresar a las dependencias de servicio —dijo con una firmeza serena que no sabía que su voz era capaz de expresar.

El príncipe la miró durante un momento largo. Había implicado que Aldrik la enredaría en una trama, pero Vhalla no sentía más que escepticismo por el hombre que tenía delante. Se resistió a retorcerse las manos, a duras penas, pero no le gustó el brillo sabihondo de sus ojos.

—Te daré un nombre falso —dijo Baldair al cabo de unos instantes. Vhalla no podía creer que siguiera insistiendo en ese plan descabellado—. Nadie sabrá quién eres debajo del maquillaje, el vestido y el peinado. —Vhalla movió los pies, incómoda, y se preparó para rechazar la oferta por segunda vez—. Es probable que sea la última noche antes de que mi hermano y yo regresemos al frente —reveló el príncipe, y eso hizo añicos la determinación de Vhalla.

La última noche antes de que Aldrik se marchase era mañana en la gala. Miró hacia el otro lado de la habitación mientras le daba vuelta a esa información en la cabeza. Ahí terminaba, ese era todo el tiempo que tendrían para estar juntos. Sin importar cuántas ganas tenía de rechazar la oferta del príncipe que tenía delante, una pregunta seguía ahí: ¿Y si no volvía a tener una oportunidad de ver a Aldrik?

—¿Estáis seguro de que no será un problema? —le preguntó por fin al príncipe que aún esperaba.

—Nadie tendrá ni idea de quién eres. —Baldair asintió—. A menos que creas que mi hermano se chivará.

Vhalla miró con recelo al príncipe y habría podido jurar que lo oyó reírse.

—¿Y si alguien se enterase? —Cambió el peso con nerviosismo de un pie al otro.

—No se enterará nadie. —No era la respuesta que quería, pero era lo mejor que iba a obtener.

—Muy bien. Si deseáis ofrecerme esto como agradecimiento secreto, príncipe, lo aceptaré. —Vhalla le dedicó un asentimiento decidido.

El príncipe sonrió y Vhalla se dio cuenta de que, mientras que las sonrisas de Aldrik eran pequeñas y solían ser solo una ligera curva de las comisuras de sus labios, las del príncipe Rompecorazones se movían en una simetría preciosa.

—Entonces... —el príncipe extendió una mano hacia ella—, primero debemos bailar.

CAPÍTULO 19

Vhalla no tuvo tiempo de objetar antes de que el príncipe medio tirara de ella, medio la levantara en volandas para llevarla al centro de la habitación. Quedó claro de inmediato, con el primer giro, que no tenía ni idea de lo que estaba haciendo. Su pie aterrizó sobre los dedos del pie del príncipe, que se echó a reír y le aseguró que sus *piececillos delicados* no podían hacerle daño.

Al principio, a Vhalla no le gustó nada bailar. Era incómodo y la hacía sentir ignorante, una emoción que solía odiar y evitaba a toda costa. Pero el príncipe era un instructor sorprendentemente amable y alentador.

—Tienes que relajarte —le dijo con dulzura. Vhalla era muy consciente de la palma de su mano sobre su cadera.

—Repetidme por qué estamos haciendo esto —balbuceó.

—¿Qué crees que hace la gente en una gala? —Con un movimiento de la cabeza, retiró un bucle rubio que le llegaba hasta la barbilla.

—¿Cómo voy a saberlo yo? —Vhalla estaba concentrada con terquedad en su juego de pies; la conversación era secundaria.

—Bailamos. —El príncipe se rio, dio un paso atrás y la hizo girar de nuevo. Esta vez, Vhalla comprendió que cuando él estiraba el brazo significaba que debía girar y, aunque no fue un movimiento demasiado grácil, al menos no se tropezó—. Ya le estás pillando el tranquillo.

—Apenas —musitó, los ojos aún fijos en sus pies.

Una vez que aprendió un paso irritante en el que se suponía que debían deslizarse por el suelo la una en brazos del otro, pasaron a un baile de estilo grupal que a los pies de Vhalla les resultó mucho más fácil. Había crecido asistiendo a festivales de la cosecha en un pueblo cercano y todos los plebeyos conocían los cuatro sencillos pasos que eran una variante de este baile.

El príncipe elogió su rápido aprendizaje y Vhalla ocultó la fuente de su habilidad detrás de una pequeña sonrisa. Después de eso, al príncipe Rompecorazones empezó a resultarle más fácil obtener sonrisas de ella.

Si Vhalla lo hacía bien, él le daba un apretoncito en la mano. Cuando la joven por fin levantó la vista de sus movimientos aleatorios, se vio recompensada con un guiño. Poco a poco, bajo la mano experta del príncipe y sus ánimos entusiastas, Vhalla comenzó a divertirse.

Era un tipo de diversión diferente que el que sentía cuando estaba cerca de Aldrik. A esta sensación le faltaban la tensión o el nerviosismo que amenazaban con brotar a través de su piel cuando estaba con Aldrik. Esto era más simple. Era como si el príncipe dorado llevara todas sus emociones a la vista y sus ojos cerúleos no prometieran nada más que la verdad. Vhalla trastabilló cuando sus labios rozaron su mejilla.

—Eres preciosa, ¿sabes? —susurró el príncipe, pensativo.

—No es verdad. —Vhalla apartó la mirada, pero su proximidad no hizo nada por disimular su rubor acalorado.

—Lo eres y quiero que todo el mundo lo vea en la gala. —Deslizó las manos por los antebrazos de Vhalla y luego se apartó con otro apretón de sus dedos.

El corazón de Vhalla latía un poco más deprisa de lo normal a causa del baile.

El príncipe tiró de la cuerda de otra campana al lado de la puerta y, un momento después, llegó un sirviente. Baldair le dio una serie de órdenes en voz baja que no significaron nada para Vhalla. Al percibir que esa conversación no era asunto de ella, deambuló hacia las enormes ventanas que ocupaban la pared opuesta.

La vista era magnífica. El sol del atardecer parecía haber incendiado el mundo y casi podía sentir la alegría palpable de cada pendón del festival que danzaba con la brisa en la ciudad a sus pies. Los banderines y serpentinas que colgaban de ventanas y sobre los tejados hacían centellear la capital.

Vhalla soltó un suspiro melancólico.

—¿Qué pasa?

No había oído al príncipe regresar a su lado.

—Nada. —Vhalla se alejó un cuarto de paso, abrumada por su repentina aparición al final de sus pensamientos.

—Ah, Vhalla —murmuró, pensativo—. Sé que cuando una mujer dice *nada* siempre es *algo*.

—No quiero que el festival termine —confesó en voz baja.

—¿Y eso por qué? —Había un destello de comprensión en sus ojos.

—No hay una razón concreta. —Vhalla sacudió la cabeza y la breve imagen de Aldrik se esfumó.

—El festival es un tiempo mágico —reconoció el príncipe Baldair, mientras seguía la dirección de su mirada hacia la ciudad—. ¿Sabes algo sobre magia, Vhalla?

Levantó la vista sorprendida, y los ojos de ambos se cruzaron de nuevo. La boca del príncipe se curvó en una sonrisa que la hizo sentirse inquieta. Baldair sabía algo; había sumado dos más dos con demasiada facilidad para su gusto. A Vhalla empezaron a fallarle las palabras y solo la salvó la puerta al abrirse.

El príncipe Baldair no preguntó nada más sobre la magia durante el resto de la tarde, y Vhalla se olvidó enseguida de que hubiese dicho nada al respecto cuando un pequeño séquito de sirvientes entró en la habitación con rollos de seda, terciopelo, cachemira, gasa, pieles y telas que no hubiese sabido nombrar. Una vez más, Vhalla procuró mantener la cabeza agachada, aunque no tuvo mucho éxito y su curiosidad tomó el control de sus actos.

Al final del séquito, un hombre rollizo y medio calvo entró como si el palacio entero fuese de su propiedad. El príncipe se lo presentó como Chater. Vhalla le estrechó la mano, aturdida; era la mano de un hombre que era el fundador de la tienda de ropa más famosa de todo el Sur. Él la miró de arriba abajo.

Antes de que Vhalla pudiese preguntar nada, las telas por las que se le caía la baba hacía unos segundos las estaba sujetando contra su piel para evaluar su cutis. Vhalla se quedó ahí plantada, como tonta, un modelo viviente para los hombres que la rodeaban y parloteaban sobre la gala. Fue la seda lila que pusieron contra su mejilla la que por fin la sacó de su aturdimiento.

—Negro —soltó Vhalla de repente, sin darse cuenta de que acababa de interrumpir al famoso diseñador que estaba de pie delante de ella.

—¿Perdón? —El rechoncho hombre se calló de sopetón ante su repentino comentario.

—Quiero algo negro. —Vhalla siguió el pensamiento que la había poseído hasta su conclusión lógica.

—Mi señora, el negro no es un color habitual para una gala. —Chater frunció el ceño.

Vhalla juntó los dedos y se hurgó en las uñas. Ella no era una dama, ni una señora. Aunque se había quitado su túnica de aprendiza para el festival, estaba segura de que Chater también lo sabía.

—Bueno, supongo que si es inapropiado... —farfulló. Vhalla apartó la mirada y se preguntó si Aldrik iría de negro. No podía imaginárselo vestido como un pavo real, aunque fuese una gala.

—Sin embargo, los morados... Son muy orientales y tu cutis... Eres del Este, ¿verdad? —Chater empezó a rebuscar otra vez entre los rollos de tela.

—Deje que se ponga lo que quiera —dijo el príncipe Baldair de repente.

—Príncipe...

—Será una noche especial y estoy seguro de que esta dama tiene alguien a quien quiere impresionar. —Los ojos cerúleos del príncipe se posaron en los de Vhalla, que solo pudo tragar saliva.

—Bueno, tendré que conseguir más tela —dijo Chater algo nervioso, consciente de que sus interlocutores tenían alguna especie de comunicación silenciosa.

Los ojos de Vhalla siguieron al hombre cuando salió de la habitación, hasta que la forma musculosa del príncipe se interpuso en su campo de visión.

—Vhalla —dijo Baldair con suavidad.

—¿Príncipe? —susurró ella. Igual que la vez anterior, la palma de la mano del príncipe estaba sobre su mejilla antes de que ella fuese consciente del movimiento de su brazo siquiera.

—Chater tiene razón. Sí que es inusual para una gala —comentó con amabilidad.

—¿Cuán inusual es el negro? —Vhalla no se apartó del contacto del príncipe.

—Muy. —Vhalla fue vagamente consciente de que Baldair deslizaba el pulgar por su mejilla mientras hablaba—. Vhalla, eres una chica muy guapa, ¿sabes? No hace falta que hagas algo inusual para que se fijen en ti. Muchos hombres buenos repararán en ti sin hacer eso; los hombres que quieres que se fijen en ti. De hecho, estoy seguro de que hay hombres buenos que ya se han fijado en ti.

—N... no es eso —su voz vaciló. Vhalla pugnó por encontrar una explicación.

—Te lo demostraré. —El príncipe de pelo dorado esbozó una sonrisa alentadora—. Puedes ir de negro, pero yo seré el que te demuestre lo asombrosa que eres.

El diseñador regresó y Vhalla se puso roja como un tomate cuando el príncipe no hizo ni ademán de retirar las manos de su persona. La joven dio un casto paso atrás. Chater ni se inmutó por lo que había visto y siguió hablando de siluetas y faldas. Vhalla se encontró más centrada en las sonrisas facilonas del príncipe y en las cosas que decía durante el proceso, que en el diseño en sí. ¿Qué hombres creía que iban a fijarse en ella?

Cuando Chater se marchó, el cielo estaba en llamas y Vhalla no tenía muy claro qué vestido habían diseñado para ella.

—Ahora, recuerda, Vhalla —dijo el príncipe Baldair al tiempo que le ofrecía el codo. Ella lo aceptó y se dirigieron hacia la puerta—. Acude a la entrada de servicio mañana al mediodía. Tendré a alguien ahí listo para que te ayude a prepararte.

—Príncipe, no es necesario —dijo, y negó con la cabeza.

—¡Desde luego que lo es! —El príncipe se rio bajito—. No creerás que te voy a meter en un vestido Chater y voy a dejar que tu pelo y tu maquillaje no reciban la atención debida, ¿verdad?

—No, claro que no… —La mano libre de Vhalla voló hacia su cabeza, palpó la maraña encrespada que era su pelo.

—No te agobies, estarás preciosa. —El príncipe sonrió, su mano sobre el picaporte de la puerta—. Solo recuerda guardarme un baile cuando todos los hombres de la corte estén suplicando ser tu pareja.

—Dudo de que eso vaya a suceder —comentó Vhalla con una carcajada, y levantó la vista hacia su compañero con una sonrisa fácil.

—Entonces, ¿tendré un baile? —insistió el príncipe Baldair cuando salieron al pasillo.

—Ya habéis tenido uno. —Vhalla apretó los labios en una leve sonrisa.

—¿Otro? —Se inclinó para acercarse a ella.

—¿Cómo podría negarme? —cedió con una risa ligera. Empezaba a acostumbrarse más a su proximidad y a su naturaleza casual.

El príncipe dejó de andar y los ojos de Vhalla volaron hacia delante. Ahí, de pie en el pasillo, a menos de cinco pasos de ellos vio una silueta alta que la hizo quedarse boquiabierta. Sintió que el bíceps del príncipe Baldair se tensaba debajo de su mano y la atrapaba contra él. Los ojos de Aldrik saltaron de ella al hombre de pelo dorado que iba a su lado.

—Hola, hermano —saludó el príncipe Baldair con dulzura.

Unos ojos color ébano taladraron a Vhalla. Si Aldrik había oído a su hermano, no hubo más reacción que un ligero fruncimiento debajo de un ojo. De repente, Vhalla se sintió muy pequeña, lo bastante pequeña como para caerse de la tierra. Era incómodo. Doloroso incluso.

—¿Cómo fue el consejo de guerra? —El príncipe dorado parecía tan contento, ajeno a la tensión que resonaba entre su acompañante y su hermano.

—Bien. —La voz de Aldrik atrajo los cobardes ojos de Vhalla de vuelta a él. La palabra sonó tan fría como seca.

Vhalla abrió la boca para hablar, pero no había nada que pudiese decir, no delante del príncipe Baldair.

—Estoy impaciente por marchar al Norte otra vez en cuanto esta tontería de festival haya terminado. —Las palabras del mayor de los príncipes quedaron subrayadas por el portazo que dio y las risas de su hermano pequeño.

Vhalla no debía de haber pillado el chiste, porque no tenía ningunas ganas de reír. Si lo intentaba, tal vez acabara por vomitar.

Con un beso sobre una mejilla insensible, el príncipe Baldair la dejó a la entrada de las dependencias de servicio.

Una agonía. Su sangre había sido drenada y sustituida por algo frío y doloroso. Vhalla corrió por los pasillos y cuando llegó a su puerta, la cerró tan fuerte como pudo, lo cual no la hizo sentir mejor en absoluto. Se tiró sobre la cama y echó mano de su almohada a toda prisa para ahogar un grito.

No quería más príncipes. Había terminado con la nobleza, y lo último que quería hacer era asistir a esa absurda gala. Vhalla rodó sobre la espalda, le ardían los ojos con algo parecido a la ira. Todo el mundo tenía razón. El príncipe Baldair era el mejor de los dos. Era amable, considerado, alegre y fácil de entender.

Pero no tenía el mismo ingenio que su hermano. No tenía el mismo don de palabra ni la misma gracia al moverse. No podía dominar una habitación del mismo modo. Y desde luego que no tenía el pelo negro como el carbón, ni le llegaba a los hombros, ni gozaba de unos pómulos maravillosamente pronunciados.

Vhalla gimió. Era tonta. Mezclarse con príncipes solo conducía al dolor. Había terminado.

Una llamada a la puerta hizo que se pusiera en pie.

—Un momento —dijo Vhalla, y se pasó las palmas de las manos por la cara. Estaba contenta de que no se le hubiese escapado ninguna lágrima, aunque tampoco sabía lo que eso habría significado. De todos modos, estaba segura de que tenía los ojos rojos. La persona volvió a llamar, y cada golpecito le provocó un ligero cosquilleo doloroso entre las sienes. Abrió la puerta de malos modos.

—¿Qué?

—Tenemos que hablar. —Roan entró sin pedir permiso.

—Roan, no es buen… —empezó a suspirar Vhalla cuando la chica rubia se giró hacia ella.

—¿No es buen momento? ¿Demasiado ocupada confraternizando con el príncipe dorado? —Roan le apuntaba a la cara con un dedo.

—¿Qué? —El miedo se coló en el corazón de Vhalla a cada latido.

—Los sirvientes están todos histéricos con el tema. Una chica de la biblioteca con el príncipe Rompecorazones, en su habitación, comiendo su comida. —Roan cruzó los brazos—. ¿Creías que no se iba a enterar nadie?

—No. Pero te lo puedo explicar.

—A mí no tienes que explicarme nada. —Roan negó con la cabeza y el movimiento hizo que sus rizos botaran en todas direcciones—. Es a Sareem al que tendrás que explicárselo. —Vhalla cerró su boca abierta por un momento. ¿Tenía Roan los ojos rojos?—. Vhalla, ¿se te ha ocurrido siquiera pensar en cómo le va a sentar todo esto? ¿Que salgas por ahí con un príncipe? Es un hombre y está loco por ti. Hizo un esfuerzo enorme. Planeó un día entero solo para ti. Organizó comida y entretenimiento y ¿ahora compartes tu tiempo con otro hombre? ¿Con un príncipe conocido por sus conquistas en la cama? ¿Cómo crees que se va a sentir Sareem con todo eso?

Vhalla dejó los brazos flácidos a los lados y sus hombros cayeron un poco. ¿Un esfuerzo enorme? ¿Planeado un día entero? Se llevó la palma de una mano a la frente al recordar un par de oscuros ojos acusadores. ¿Era eso lo que pensaba Aldrik? Gimió por preguntárselo siquiera. Y si eso era lo que había pensado Aldrik, ¿significaba que el príncipe heredero estaba celoso por su hermano y por ella?

—Veo que ahora tienes el suficiente sentido común como para sentirte mal. —Roan levantó las manos por los aires. Vhalla jamás había visto a su amiga tan enfadada—. En serio, es un buen hombre. No iba a decir nada, pero ahora, después de hoy…

—¿Qué? ¿Qué pasa? —Vhalla no estaba segura de si estaba preparada para más.

—No sé en qué estás metida ahora mismo ni por qué, pero hoy he pillado a Sareem en la sección de misterios. En un día de festival, por voluntad propia —bufó Roan—. ¿Sabes lo que estaba haciendo ahí?

—¿Qué? —preguntó Vhalla con cautela.

—Estaba leyendo libros sobre magia —espetó Roan en tono cortante—. Algo sobre la Erradicación. No sé, parecía muy ansioso… demasiado ansioso. Sareem siempre ha estado en el lado correcto de las cosas. Siempre he sabido que tú eras curiosa. La primera en hacer cualquier cosa por adquirir conocimientos. Lo toleré igual que os he tolerado a ti y a él. Pero esto, esto no lo puedo tolerar. No permitiré que lo enredes con temas mágicos solo por tu propia curiosidad.

Vhalla miró a su amiga pasmada y se preguntó si alguna vez había visto de verdad a la mujer que tenía delante. Roan, su amiga, la chica junto a la que había crecido hasta hacerse mujeres, la persona con la que había compartido sus secretos. ¿Cuándo se habían vuelto tan diferentes?

—¿Qué tiene de malo la magia? —Las palabras defensivas se le escaparon en cuanto las pensó.

—¿Que qué tiene de malo la magia? —Roan dio un paso atrás, como amenazada.

—En serio, ¿qué tiene de malo? —insistió Vhalla, y dio un paso al frente—. ¿Alguna vez has leído acerca de ella? ¿Alguna vez te has tomado el tiempo de aprender sobre ella? ¿Alguna vez has hablado con un hechicero sin tener la mente cerrada por el miedo?

—¿Por qué habría de hacer nada de eso? —Roan cuadró los hombros y plantó los pies—. No es algo con lo que se molestaría la gente buena; creía que lo sabías. Tu padre luchó en la Guerra de las Cavernas de Cristal.

—Esa guerra no fue culpa de la magia. Si hubieras leído... —empezó Vhalla.

—No me lo puedo creer —la interrumpió Roan con brusquedad—. ¿Qué te ha pasado? Pensé que éramos iguales. Te dejé tener a Sareem porque eso es lo que hacen las amigas. Pensé que lo tratarías bien. Dejé pasar que me mentiste acerca de ti y de él, pero estaba a gusto porque quería que él fuese feliz.

—¿Qué? —murmuró Vhalla—. ¿Me *dejaste* tener a Sareem? —El enfado repentino de Roan, sus miradas a lo largo de las últimas semanas, la sensación de traición... todo adquirió una nueva perspectiva—. Te gusta Sareem.

—¿Qué? —Fue el turno de Roan de mostrarse consternada.

—Tú, tú estás enamorada de Sareem. —No era una pregunta. Roan la fulminó con la mirada. ¿Cómo no lo había visto antes? Vhalla se rio de sí misma.

—¿Qué es tan gracioso? —preguntó Roan a la defensiva, sin negar la acusación que había salido a la luz.

—Es gracioso porque deberías haberlo reclamado tú. Yo no lo *quiero*, no como amante.

—¿Qué? ¿Cómo podrías no quererlo? Entonces, ¿por qué? —Roan estaba atónita—. ¿Qué es lo que quieres, entonces? —El enfado y la frustración de la rubia se convirtieron en confusión—. ¿Tus libros? ¿Al príncipe Rompecorazones?

—No —dijo Vhalla con suavidad—, quiero un lugar que tú apenas te atreves a susurrar. Quiero la valentía para no solo leer, sino para hacer. Quiero a un hombre, no a un chico de biblioteca. Un hombre que es alto e ingenioso y sabe más sobre el mundo de lo que tú jamás te atreverías a soñar.

»Así que escúchame, voy a entrar en ese mundo y no me importa si tú y tu mente estrecha no podéis ser parte de él. Ve a El Bollo Dorado mañana, cuando la luna haya subido un tercio por el cielo. Reúnete con Sareem ahí en mi lugar. Dile que lo quieres, dile que yo no, e id a vivir vuestras vidas. —Vhalla sintió un dolor en el estómago, pero no estaba segura de qué era. Si era por sus duras palabras o por la verdad aún más dura de la que surgían. Había querido a estas personas y ellas la habían atacado sin preguntarle lo que significaban los cambios de su vida, sin preguntarle por la verdad. Vhalla nunca había conocido el dolor del rechazo de este modo y todo lo que hacía era darle ganas de rechazarlos a ellos de un modo igualmente frío a cambio.

—¿En qué estás enredada? —susurró Roan. Su ira y su frustración se habían trocado en una compasión que irritaba a Vhalla sobremanera.

—Solo estoy aprendiendo dónde se supone que debo estar. —Esa fue su única respuesta, porque era la verdad.

—Vhalla, escucha, yo…

—Creo que deberías irte, Roan. —Vhalla señaló hacia la puerta que sostenía abierta antes de que la otra chica pudiese terminar su frase.

—Si estás metida en algún lío, podemos ayudarte. —Roan se detuvo en el umbral.

—No necesito vuestra ayuda —repuso Vhalla con frialdad.

Roan la miró a los ojos y se quedaron ahí durante un largo instante. En todas sus riñas anteriores, este sería el momento en que una de ellas sonreiría, haría una broma y las dos se reirían. Este sería el momento en que se abrazarían y se dejarían caer en la cama para hablar de lo estúpidas que eran y luego compartirían cotilleos antes de ir corriendo a cenar.

El sol bajó más por el cielo. Vhalla no estaba dispuesta a ser esa chica más. Al parecer, Roan tampoco.

En cuanto la puerta se cerró, Vhalla corrió a la pequeña abertura que era su ventana para engullir bocanadas enteras de brisa nocturna. Al día siguiente, hablaría con el maestro antes de ir a la gala. Vhalla miró al horizonte y se preguntó si podría tener una ventana igual de grande que la de Larel en la Torre.

CAPÍTULO 20

Fue fácil despertarse y prepararse a la mañana siguiente. En realidad, Vhalla no había dormido. Su mente se había pasado la noche entera procesando todo lo ocurrido. Las cosas se estaban moviendo más deprisa que una avalancha y le daba la sensación de que su única opción era correr *con* el suelo que se movía bajo sus pies... o ser arrastrada por él.

El maestro saldría más o menos ahora de camino a la biblioteca. Incluso durante el Festival del Sol, alguien tenía que cuidar de los libros, y si la mayoría de los aprendices estaba por ahí celebrando, entonces la tarea recaía en el maestro.

Vhalla tiró del dobladillo de su camisa mientras recorría los pasillos en su mayoría desiertos en dirección a una de las plantas mejores del palacio. La conversación tendría que ser corta y directa.

En cuanto llegó, encontró el valor para llamar a la puerta de la habitación de Mohned. Esperó a que contestara, cambiando el peso de un pie a otro y retorciéndose las manos hasta que oyó el suave sonido de unos pies arrastrados por el suelo justo antes de que se abriera la puerta. La figura encorvada y avejentada del maestro estaba envuelta en una bata carmesí.

—¿Vhalla? —Mohned se recolocó las gafas.

—Maestro, tengo que hablar con usted —se apresuró a decir, antes de perder su determinación y toda esperanza con ella.

—Muy bien. —El maestro dio un paso a un lado para invitarla a entrar.

Vhalla llevaba ya siete años trabajando con el maestro, pero cada vez que entraba en su habitación volvía a sentir la misma sensación de asombro. Su tiempo con los príncipes había reducido un pelín esa estupefacción, pero aún se sintió maravillada al mirar las estanterías que discurrían por toda una pared. Cada lomo encuadernado en cuero parecía mirarla, como traicionados por lo que estaba a punto de hacer.

—¿Qué necesitas, Vhalla? —El maestro ocupó una de las tres sillas alrededor de una pequeña mesa, e hizo un gesto hacia la que tenía enfrente.

—Yo, bueno. —Se sentó con sumo cuidado, como si la silla estuviese hecha de clavos—. Maestro, le agradezco muchísimo todo lo que ha hecho por mí a lo largo de estos años.

—De nada. —La barba del maestro se plegó alrededor de su sonrisa añosa.

—Pero, verá, yo… —Vhalla miró los ojos blancuzcos del hombre que se había ocupado de ella desde que puso el pie en el palacio por primera vez. Iba a traicionar todo lo que había hecho jamás por ella. Él le había dado todo lo que tenía, y ahora le iba a decir que se marchaba—. No puedo.

—¿Qué es lo que no puedes hacer? —preguntó el maestro con amabilidad cuando Vhalla se quedó sin palabras.

—No puedo seguir en la biblioteca —susurró Vhalla. No vio reacción alguna cuando la confesión salió por sus labios y cruzó el punto de no retorno. El silencio del maestro la sumió al instante en un frenesí de miedo y culpabilidad—. Maestro, querría seguir ahí. Quiero decir, parte de mí querría. Pero, verá, hay esta otra parte. Hay una parte de mí que nunca supe que tenía… y puede, puede que sea algo especial. Maestro Mohned, desearía poder tener ambas cosas, pero no creo que pueda y no creo que pueda continuar siendo aprendiza en la biblioteca.

—Lo sé, Vhalla —le dijo con suavidad, interrumpiendo así sus divagaciones.

—¿Lo sabe? —farfulló, sorprendida.

—Así es. —El maestro asintió.

—No, maestro, esto no es...

—Eres una Caminante del Viento —dijo el maestro sin más.

A Vhalla se le comprimió el pecho. De repente, se sentía desnuda y expuesta, como si le hubiesen quitado todo lo que sabía.

—M... maestro, eso es... —No podía negarlo y el maestro no se lo pidió.

—El príncipe acudió a mí. —El maestro Mohned se echó atrás en su silla—. Hace pocos meses acudió a mí y preguntó por ti, por tu nombre.

—¿El príncipe Aldrik? —susurró.

—El mismo. —Mohned asintió—. Acudió a mí porque creía que yo podía ayudarlo.

—¿Cómo? —¿Por qué no le había dicho el príncipe que había compartido su secreto con alguien de fuera de la Torre?

—Bueno, cuando era joven, más o menos de tu edad, me embarqué en cierto tipo de investigación —empezó Mohned—. Escribí libros, aunque muchos han sido confiscados desde entonces, si es que aún existen siquiera.

—¿Libros sobre qué? —Algo estaba a punto de encajar en su sitio.

—Sobre Caminantes del Viento —dijo Mohned tan tranquilo.

—*Los Caminantes del Viento del Este* —murmuró Vhalla—. ¿De verdad fue usted el que lo escribió?

—En efecto. —El maestro asintió de nuevo.

A Vhalla le daba vueltas la cabeza. Su mundo había entrado de repente en un terreno surrealista que tenía menos sentido a cada minuto que pasaba. Era un mundo en el que no todos los de la biblioteca tenían miedo de quién era, de lo que era. El maestro sabía lo suficiente sobre su magia como para escribir libros sobre ella, lo suficiente como para que un príncipe hablara con él en persona. Se había quedado tan atónita que ni siquiera tuvo tiempo de enfadarse o de sentirse traicionada por el maestro por no habérselo contado antes.

—Vhalla, ¿sabes de dónde soy? —preguntó el maestro. La joven negó con la cabeza—. Soy de Norin.

—¿Del Oeste? —señaló como una tonta. El maestro se rio.

—Sé que no has olvidado tus lecciones de geografía solo por haber tenido uno o dos días libres en el trabajo. Sí, soy occidental. —Vhalla nunca había visto el pelo del maestro Mohned de ningún color que no fuese blanco. Sus ojos estaban blancuzcos por la edad y su piel estaba pálida y cenicienta por muchos años de vida en el interior. Podía haber sido originario de cualquier sitio.

—Nací en Norin, en el seno de una familia pobre que vivía en la periferia de la ciudad, y no en la periferia buena, dicho sea de paso. Supongo que mi infancia no hubiese sido muy distinta a la tuya, de haber vivido en el campo. Pero estaba en la ciudad, y la ciudad es un sitio duro en el que crecer.

Cuando Vhalla asintió para mostrar su comprensión, el maestro continuó.

—Mi padre era un guardia y mi madre era doncella en las cocinas del castillo de Norin. Mis padres no tenían grandes perspectivas, pero siempre ponían comida en la mesa y encendían un fuego en la chimenea. También eran conscientes del valor de la alfabetización para prosperar en la vida. Así que, una primavera, mi padre me dijo que me iba a llevar con él al trabajo. Había un hombre que quería enseñarme las letras.

El maestro se movió en su asiento y recolocó sus vestiduras antes de continuar.

—Lo que empezó como una lección ocasional enseguida se convirtió en práctica diaria. Pero pronto me di cuenta de que esas lecciones no eran gratuitas.

Mohned miraba a través de ella mientras relataba su historia.

Vhalla pensó en sus propios padres. Si su madre no le hubiese enseñado a leer, Vhalla tenía serias dudas de que sus padres hubiesen podido pagar a un tutor.

—No quería ser una carga para mi familia, así que comencé a ayudar a mi padre y a la guardia a ganar pequeñas cantidades de dinero en unos sitios y otros. Era solo un niño, más pequeño que tú cuando te uniste a nosotros, pero los otros guardias eran lo bastante amables para no anotarlo todo en los libros de contabilidad. —Mohned se acarició la barba durante un momento—. Con el tiempo, mi padre me empezó a contar historias extrañas de camino a casa. Eran historias de una tierra lejana, al Este, y de gente que podía controlar el viento, como nuestros propios hechiceros controlaban las llamas. Durante un tiempo, pensé que mi padre se estaba inventando las historias para entretenerme.

»Pero un día, cuando estaba repartiendo la comida, lo encontré sentado a la puerta de una celda en lo más profundo de las mazmorras. —Mohned soltó un suspiro suave—. En la celda había un anciano, encorvado y frágil. Tenía una barba larga y el pelo sin cortar. Jamás había visto el sol. Sus padres fueron apresados cuando eran jóvenes y él había nacido en cautividad.

—Un Caminante del Viento —susurró Vhalla apenas sin aliento. Mohned asintió.

—El último Caminante del Viento —la corrigió Mohned—. Desde aquel día, empecé a colarme en las mazmorras en mi tiempo libre —continuó Mohned—. Robaba plomo y trozos de papel de mis clases de escritura y tomaba notas sobre lo que decía. Algunos días eran mejores que otros. Los hombres no están hechos para vivir en jaulas, Vhalla; el encierro le hace cosas a la mente que son distintas a cualquier otra penuria. Pero registré sus palabras de manera fiel, incluidas sus locuras. Para mi proyecto final con mi profesor, recopilé las historias y los conocimientos que el Caminante del Viento me había aportado y lo convertí en un libro titulado *Los Caminantes del Viento del Este*.

Vhalla se miró el regazo, sin saber muy bien cómo procesar todo aquello. Había unas fuerzas en funcionamiento que ella apenas comprendía. Hombres y mujeres esclavizados en las profundidades del

Oeste. Los negros ojos occidentales de Aldrik centellearon en su mente.

—Traté de advertirte. —Los hombros del maestro se encorvaron más y sus ojos parecían apagados—. Vi tus crecientes distracciones. Sabía que el príncipe había confirmado lo que eras.

—Maestro —susurró Vhalla, a punto de pronunciar unas palabras que rayaban en la traición—, ¿es tan peligroso como dicen?

La miró durante un rato largo mientras acariciaba su barba, sumido en sus pensamientos. Vhalla tragó saliva y se preguntó si de verdad quería la respuesta a su pregunta. Cerró los puños para evitar que temblaran y para no retorcerse las manos.

—Supongo que depende de quién haga esa pregunta —dijo el maestro al fin.

—*Yo* la hago —insistió Vhalla—. Sé lo que dicen de él. Sé que dicen que tiene mucha labia y que lo llaman Señor del Fuego, que sus ojos refulgen rojos cuando está enfadado. Sé que puede ser desconsiderado cuando se trata de algo que quiere. Pero no lo es, también es... diferente.

—Creo... —el maestro le regaló una mirada cansada—, que ya conoces la respuesta a tu pregunta.

—Quiero unirme a la Torre. —Vhalla por fin encontró el valor para decirlo en voz alta.

—Eso creía. —El maestro asintió y después negó con la cabeza. Vhalla intentó encontrarles un sentido a esos dos movimientos contradictorios—. Debí contarte todo esto antes. Perdóname por ser un anciano egoísta, Vhalla, pero supongo que no quería verte marchar. —Ella le sonrió con dulzura, como si eso fuese a molestarla jamás—. Veía muchas oportunidades para ti en la biblioteca. Quería que me sustituyeras algún día.

Vhalla contuvo la respiración emocionada. Hubo un tiempo en que ese hubiese sido su sueño. Pero sus sueños habían cambiado.

—Gracias, maestro —dijo Vhalla con dulzura—. Desearía haber podido ser eso para usted.

—No. Estás destinada a hacer cosas mucho más grandes. —El maestro empezó a levantarse con esfuerzo y Vhalla hizo otro tanto, consciente de que su conversación había llegado a su final natural.

Le habría gustado que se le ocurriese algo más que decir, sobrepasada por un abrumador deseo de continuar su charla de cualquier forma posible. Tenía que haber más cosas de las que hablar, cosas que ella necesitaba decirle al maestro y cosas que él necesitaba decirle a ella. Quizá pudieran pedir un desayuno ligero y rememorar los últimos años. Vhalla pensó, frenética, en algo para alargar la conversación. En la periferia de sus pensamientos estaba la temible idea de que acababa de poner en marcha el cambio.

—Es el último día del festival —señaló el maestro con amabilidad, ajeno a la lucha interna de Vhalla—. Me pondré en contacto con el ministro de Hechicería mañana. Nadie piensa trabajar hoy.

—Es justo —aceptó Vhalla con un asentimiento. Una mano nudosa se cerró en torno a su hombro.

—Yo no estaría tan asustado si fuese tú. —El maestro no era tan ajeno a su situación como ella creía—. Creo que tu sombra está cuidando de ti.

—¿Mi sombra? —susurró Vhalla. El maestro se limitó a sonreír.

—Y Vhalla —continuó, sin más explicación—. Has sido como una hija para mí todos estos años. No creas que puedes marcharte sin la intención de visitarme a menudo.

—Por supuesto que no, maestro. —A Vhalla le escocían los ojos de repente.

—Te diré una cosa más. —El maestro se detuvo ante la puerta—. El prisionero me dijo que era una pena que el Este y el Oeste no hubiesen podido trabajar juntos. Dijo «El fuego necesita nuestro aire para vivir. El aire alimenta el fuego, lo aviva, y lo hace arder más brillante y caliente de lo que jamás podría hacer él solo. Pero demasiado aire lo extinguirá por completo, igual que demasiadas llamas consumirán todo el aire. Juntos son mucho más grandes que la suma de sus partes, pero igual de peligrosos para la existencia del otro».

CAPÍTULO

21

Vhalla desayunó sola. Sareem no estaba por ninguna parte, lo cual era más cómodo que las miradas y el tratamiento silencioso de Roan. La rubia se sentó con Cadance y dejó que la niña parloteara como si ella estuviese interesada en la actividad interior de la mente de una niña de doce años. Vhalla las miró de vez en cuando, pero Roan no la miró a los ojos en ningún momento.

Era mejor así. Puede que Roan no lo entendiese ahora, pero Vhalla estaba fuera de su vida. Después de haberse enterado de que Sareem había estado consultando libros sobre Erradicación, no tenía ninguna duda de que los dos pasarían a vivir sus pequeñas vidas normales y felices lo más lejos posible de la magia y de ella misma. Vhalla dejó su bandeja y la comida casi intacta en la ventanilla de recepción. Echó una última ojeada a Roan.

Aun así, a pesar de todo, Vhalla deseaba haber podido despedirse de su amiga. De repente, Roan miró en su dirección y Vhalla se apresuró a salir al pasillo antes de que pudiera producirse cualquier intercambio.

Discúlpate con Roan después de llegar a un acuerdo con la Torre, decidió Vhalla. Después de que la sorpresa inicial perdiera fuelle y la gente hubiese tenido tiempo de asimilar su transición, buscaría a Roan a solas y le explicaría todo. Se disculparía con su amiga por los secretos y las palabras duras.

Tal vez, pensó Vhalla mientras se paraba a contemplar el sol naciente por una ventana, incluso le hablaría a su amiga del príncipe. Aldrik ya estaría en el Norte para entonces y quién sabía cuándo volvería, si acaso volvía. Sintió como si la hubiesen apuñalado en el estómago con una daga fría como el hielo. La última vez que había ido a la guerra, casi había muerto. Vhalla cerró los puños en torno a la pechera de su camisa.

Esos pensamientos la hicieron caminar aún más deprisa hacia la entrada de servicio que conectaba con los pasillos reales. Tenía que verlo esta noche. Tenía que decirle que había decidido unirse a la Torre. Tenía que darle las gracias por haberla ayudado durante todas las semanas que habían estado juntos. Vhalla se apoyó en una pared para sujetarse. Tenía que decirle cómo se sentía, fuera lo que fuere.

Vhalla inclinó la cabeza hacia atrás y respiró hondo, despacio. Necesitaba decirle demasiadas cosas. Solo podía rezar por encontrar el tiempo necesario para decírselas todas.

Menos de una hora más tarde, hicieron pasar a Vhalla a toda prisa por la pequeña puerta que se fundía de manera imperceptible con la pared de detrás.

El sirviente que la esperaba hablaba poco y cerró con llave el pasillo detrás de ellos antes de conducirla por un corredor que le resultaba vagamente familiar. Vhalla no dijo nada mientras se preguntaba, escéptica, si esta sería una de las personas que había extendido rumores sobre ella y el príncipe Rompecorazones.

El hombre giró en dirección contraria a los aposentos del príncipe y subió por unas estrechas escaleras laterales. Vhalla se preguntó si Aldrik estaría justo al otro lado, fuera de su alcance, preparándose también para la gala. Esos pensamientos, y cualquier otro, se perdieron cuando la hicieron pasar a una habitación de invitados.

Aunque no era tan lujosa como los aposentos del príncipe, Vhalla se quedó embelesada por la gran zona de estar con su dormitorio adyacente. Conectado a este había un cuarto de baño privado. Las manos de Vhalla tocaron cada centímetro de mármol blanco, porcelana y oro que tenía a su alcance. Era una verificación física de que el esplendor que tenía delante no era un sueño magnífico. Sus dedos se demoraron sobre dos palancas doradas conectadas a sus correspondientes grifos de agua fría y caliente.

Vhalla las giró y admiró la magia de tener agua a voluntad. Los baños de los sirvientes y del personal tenían agua corriente, pero salía a la temperatura que tocase ese día. A veces solo había grandes barriles para llenar cuencos más pequeños con los que lavarse con una esponja.

—¡Auch! —Vhalla retiró a toda velocidad la mano del agua humeante.

—Cuidado, mi señora —dijo una joven sirvienta desde el umbral de la puerta. Vhalla se enderezó y miró a las dos sombras silenciosas que habían tomado el relevo de sus cuidados. Se le había puesto la piel rosa, pero no era una quemadura grave.

—No soy una señora —dijo Vhalla en voz baja, mientras abría y cerraba sus dedos cosquillosos.

—Lo sabemos —repuso una chica de piel más oscura que estaba claro que procedía de las regiones más septentrionales del Oeste—. ¿Quieres ayuda para lavarte?

—No, puedo hacerlo sola. —Vhalla sacudió la cabeza y apartó la mirada, avergonzada.

Vhalla llenó su propio baño y se desnudó… después de que las sirvientas salieran de la habitación. Se preguntó si era habitual que la realeza y la nobleza tuviesen ayuda mientras se bañaban. En las salas de baño de servicio, todo el mundo se bañaba junto, o sea que no era la idea de que pudiesen mirarla lo que la tenía cavilando. Era más bien la idea de que la nobleza no fuese capaz de hacerlo por su cuenta.

Se preguntó si Aldrik necesitaba ayuda mientras se bañaba. Vhalla se rio en voz alta e hizo burbujas en el agua con sus carcajadas de diversión. *No*, decidió, *Aldrik seguro que no necesitaba ayuda para bañarse.*

Cuando terminó, las sirvientas le proporcionaron toallas. La tela estaba perfumada, y Vhalla olía después a flores y a jabones dulces. Se puso una bata de seda y se sentó en una silla en el centro de la sala mientras se secaba con la toalla.

La sirvienta de piel más oscura empezó a retorcer y tirar del pelo de Vhalla, sacudiendo el exceso de agua de manera vigorosa. La mujer oriental empezó a limar las uñas de Vhalla, que se las miró desilusionada. De verdad que debería dejar de hurgar en sus uñas cuando estaba nerviosa.

—¿Por qué estáis haciendo esto? —preguntó Vhalla al cabo de un rato, incapaz de soportar el silencio ya más.

—Porque eres una dama noble de una misteriosa tierra extranjera. —La sirvienta oriental le sonrió. La de detrás de ella resopló divertida y Vhalla puso los ojos en blanco.

—Sabéis quién soy —dijo Vhalla, sin tener muy claro qué era lo que la hacía estar tan decidida a averiguar la respuesta.

—Bueno, por eso te estamos ayudando —caviló la mujer que tenía los dedos metidos en el pelo de Vhalla. La joven intentó girarse para mirar a la persona que había hablado, pero tuvo que quedarse inmóvil cuando su pelo se enganchó en algo—. No te muevas, idiota. —La sirvienta suspiró—. Escucha, aunque no nos hubiesen ordenado que te ayudáramos, no nos importaría hacerlo.

—Mmmm. —La sirvienta del Este había pasado ahora a los pies de Vhalla, que se preguntó por qué necesitaba que le hicieran también la pedicura. ¿No llevaría los pies dentro de zapatos?—. Preguntamos por ahí después de que hicieran venir a Chater. El príncipe Rompecorazones ha recibido a muchas damas para comer y, bueno, ya sabes para qué más.

Vhalla se movió incómoda en su asiento al recibir una miradita significativa por parte de la sirvienta. Todos creían que se había acostado con el príncipe. Todos ellos daban por sentado que se había arrastrado hasta su cama. Vhalla frunció el ceño. Incluso Roan debía haber pensado lo mismo.

—No me acosté con él —dijo Vhalla a la defensiva.

—No tienes por qué ser tan modesta con nosotras. Llevamos aquí desde los diez años. —La mujer estaba enrollando el pelo de Vhalla en extrañas bobinas tubulares.

—No lo hice —insistió Vhalla.

—Bueno, pues si no lo hiciste, esto es aún más peculiar —continuó la sirvienta del Este—. El príncipe Baldair nunca ha ordenado que una de sus plebeyas fuese preparada para una función formal. Todo queda siempre dentro del dormitorio, escondido entre las almohadas. Tú eres la primera a la que saca en público.

—Pero, yo, esto no es... —Vhalla deseó tener algo con lo que suavizar su garganta seca. ¿Ella y el príncipe Baldair? ¿Había más en aquello de lo que había pensado?

—Así que queremos enseñarles a todos esos nobles esnobs que nosotras somos igual de buenas que ellos. —La mujer que había estado trabajando en el pelo de Vhalla fue ahora hacia un armario grande. Abrió las puertas de par en par y Vhalla vio una única prenda: un largo vestido negro con la parte de arriba ceñida, unas manguitas muy cortas y una falda interminable.

—¿Eso es mío? —Vhalla apenas oyó sus propias palabras. El asombro sonó como un coro en sus oídos.

—Un original de Chater —afirmó la chica con un asentimiento.

Vhalla no dijo nada durante el proceso de meterse en el vestido. Sus costillas quedaron estrujadas dentro de la prenda más frustrante que había visto en su vida. Se ataba a la espalda y se apretaba para realzar su figura. Las sirvientas la llamaron un corsé, pero a Vhalla se le ocurría un puñado de palabras más coloridas que podría utilizar.

Maquillaron su cara y aplicaron loción a todo su cuerpo. Vhalla era como una muñeca viviente e igual de impotente. Así que se quedó sentada, la mayor parte del tiempo en silencio, y permitió que las sirvientas cumplieran con su cometido.

El vestido le quedaba como un guante. El corsé era de seda con las mangas y la falda de terciopelo. Vhalla deslizó las manos sin disimulo por la tela. Era suavísima al tacto, como suponía que serían las nubes.

Cuando las chicas retiraron el último rulo de su pelo, el sol ya estaba muy bajo en el cielo. Retocaron sus rizos con una varilla calentada sobre unas brasas, después de asegurarle repetidas veces que no quemaría su pelo. Escéptica ante el vapor y el olor que emanaba de su pelo cuando enroscaban los rizos alrededor de la vara, Vhalla las dejó hacer.

Al cabo de un rato, las sirvientas dieron un paso atrás y evaluaron su trabajo. Retocaron una cosilla aquí y otra allá antes de reevaluarlo. Con un asentimiento final, la pusieron en pie.

—¿Estás lista? —La joven oriental la ayudó a meter los pies en unos zapatos de tacón. Los tobillos de Vhalla se bambolearon inestables.

—¿Lo estoy? —preguntó Vhalla, agradecida de que la joven no la hubiese soltado todavía.

—Hay un espejo detrás de ti —le dijo la sirvienta con una pequeña sonrisa. Había una expresión melancólica y anhelante en sus mejillas, y Vhalla sintió una punzada de culpabilidad por tener esta oportunidad. Se giró hacia el espejo. Incómoda con sus tacones altos, tropezó con su propia falda y no cayó hacia delante porque la sirvienta oriental estaba ahí para sujetarla. La joven se rio a carcajadas.

—Tendrás que trabajar en eso, señorita dama.

Vhalla ni siquiera oyó su broma. Desde el espejo, la miraba una mujer a la que no reconocía. A su pelo encrespado e indomable lo habían rizado y caía sobre sus hombros casi en tirabuzones. Con el vestido negro, su piel de tono ámbar parecía brillar casi dorada. El avellana de sus ojos lucía iluminado por un toque de sombra de ojos ahumado, recalcado por una línea oscura. Vhalla dio otro paso hacia el espejo.

No era como el espejo de mano que tenía en la habitación. No tenía que mover la cabeza de un lado a otro para intentar ver toda su cara. De hecho, podía ver su cuerpo entero, y Vhalla se contempló atónita. Sus brazos eran flacuchos y su pecho no era gran cosa, ni siquiera con la ayuda del corsé, pero su cintura era pequeña y su cuello lucía largo y regio. Parecía...

Vhalla no podía ni pensar en ello.

—Estás preciosa. —La mujer que la había peinado le aportó la palabra.

—Gracias —susurró Vhalla. No había nada más que pudiera decir, pero no era suficiente en absoluto para lo que esas personas habían hecho por ella. Parecía una dama, una dama de verdad.

—Practiquemos a andar con esos zapatos antes de que te entreguemos a las hienas de la sociedad educada. —La chica del Este la tomó de la mano y empezó a conducirla por la habitación.

Vhalla paseó por la habitación de invitados, de la mano de cada una de las jóvenes sirvientas. Como un niño que aprende a dar sus primeros pasos, fue un proceso lento, pero al final Vhalla le pilló el tranquillo. Cuando por fin llamaron a un sirviente para que la acompañara a la gala, Vhalla no se había tropezado en más de cincuenta pasos.

—¿Me acompañará el príncipe Baldair al entrar? —le preguntó al sirviente que la guiaba por un pequeño pasillo lateral.

—El príncipe ya está saludando a los asistentes a la gala. —El sirviente mantuvo la vista al frente.

—¿Llego tarde? —Vhalla se preguntó si sus prácticas con los tacones la habrían metido en un lío.

—No, mi señora, llegas puntual —respondió el sirviente.

Vhalla se preguntó cómo podía llegar puntual si el príncipe ya estaba recibiendo a otros invitados. Sin embargo, se guardó sus preguntas ignorantes para sí misma.

Al final, el corredor se fusionaba con uno de los pasillos principales del palacio. En un extremo, había dos puertas abiertas de par en par. Vhalla vio las legendarias y centelleantes lámparas de araña del Salón de los Espejos, que colgaban del techo delante de la entrada al salón de baile desde el segundo piso. El sirviente que la acompañaba asintió en dirección a otro hombre situado ante la puerta antes de dar media vuelta sin decir ni una palabra.

—Espera, ¿a dónde vas? —preguntó Vhalla, consciente de repente de lo sola que estaba.

—No creerías que iba a entrar contigo, ¿verdad? —El hombre se giró con una risita—. Buena suerte, *lady* de la Gente Común.

Vhalla se quedó ahí parada con cara de tonta, mientras observaba al hombre alejarse. Escuchó los sonidos que llegaban a través de las puertas. Sonaba como si la mitad de la ciudad estuviese en ese brillante y misterioso salón de baile. Vhalla miró hacia el otro lado del pasillo. Unas cuantas personas iban hacia allí, pero nada le impediría dar media vuelta y correr de regreso a su habitación.

Dio un paso atrás y miró hacia el pasillo por el que había desaparecido el sirviente. *Ella no era esta persona.* No era una dama de una tierra lejana. Era Vhalla Yarl, la hija del granjero que nadie esperaba que fuese capaz de leer o escribir. Sus pies se detuvieron.

Eso no era todo lo que era. Vhalla volvió a girarse hacia el salón y fue hacia las puertas antes de que le fallara la determinación. Ya tenía secretos. Era la primera Caminante del Viento. Ella era algo que el príncipe heredero había afirmado que protegería. Los pies de Vhalla se pararon al borde de la luz, en el umbral de la puerta. Todavía no sabía en qué estaba a punto de florecer, pero era mucho más que una chica de la biblioteca.

—¿Estás lista? —preguntó el sirviente con amabilidad.

—Sí. No. —Vhalla tragó saliva y asintió—. Sí.

—Escucha el nombre que digo. —El hombre dio un paso hacia la luz y respiró hondo—. Les presento a Lady Rose.

Vhalla salió a la luz y casi quedó cegada por ella. Si un solo espejo de cuerpo entero había sido abrumador, las paredes del Salón de los Espejos fueron suficientes para marearla. Una larga escalinata sería el primer desafío para sus pies, pero Vhalla empezó a descender tratando de mantener una sonrisa dibujada en la cara.

La sala quedó reducida a susurros amortiguados, aunque la música ambiental continuó. La gente estaba multiplicada por las paredes reflectantes y Vhalla empezó a sentir que su determinación menguaba bajo tantos ojos escrutadores. ¿Por qué habría elegido Baldair el nombre de Rose? Estaba claro que era un nombre falso. ¿Quién podía llamarse como una flor?

Caminó despacio, decidida a no caerse, mientras deslizaba los ojos por toda la sala y trataba de discernir las palabras susurradas por la multitud.

Vhalla se dio cuenta enseguida de que no estaban murmurando sobre el nombre. Daba la impresión de que todos los colores del vitral de la biblioteca habían cobrado vida. Tonos vistosos salpicaban la gran extensión de la pista de baile que esperaba a sus pies. El azul sureño parecía ser el tono preferido, con unos cuantos rojos del Oeste; había incluso morados del Este por ahí desperdigados. No había más colores oscuros.

Vhalla escudriñó a la multitud de manera casi frenética hasta que sus ojos se posaron en un estrado de mármol blanco en el extremo opuesto a las escaleras. Allí, de pie con la familia real, había un príncipe, su príncipe. Aunque el resto de la familia real llevaba sedas doradas y blancas, él iba vestido todo de negro, como si fuese la contrapartida que esperaba a su propio vestido.

Aldrik estaba estupefacto. Ni siquiera se había dado cuenta de que se había quedado boquiabierto, o no le importaba. Vhalla sonrió de oreja a oreja al ver sus ojos abiertos como platos mientras se dirigía hacia la familia real. El príncipe heredero la miró embobado todo el camino.

CAPÍTULO
22

Toda la sala quedó en el olvido. La alta sociedad podía ahorrarse sus juicios y burlas, porque no afectarían a Vhalla esta noche. Durante varios pasos largos, la única persona a la que vio fue a él. El único juicio que importaba era el suyo... y era una sensación asombrosa. Ese ardiente par de ojos oscuros se alimentaban voraces de cada uno de sus movimientos.

Sola, se acercó al estrado y se detuvo a ras de suelo. Vhalla intentó hacer una genuflexión con gracia, justo como le había enseñado Baldair. No tenía ninguna duda de que un solo día de entrenamiento no la convertiría en un elegante cisne de la alta sociedad, pero al menos no cayó de bruces. Eso le valía. Vhalla empezó a recitar un mantra en su cabeza para superar aquella noche: *sonríe, gracia, pose, flota, sonríe*.

—Bienvenida a nuestra gala, Lady Rose —tronó el emperador con calidez, *de un modo muy parecido al del príncipe Baldair*, pensó divertida. Vhalla intentó encontrar a Aldrik en ese hombre musculoso y curtido. Trató de imaginar al emperador Solaris sin esa barba corta sobre la mandíbula, en un intento por encontrar alguno de los despampanantes rasgos del mayor de los príncipes—. Esperamos que disfrutes de las celebraciones.

—Gracias, mi señor. —Vhalla mantuvo la vista baja. Acababa de aprender a hablar con príncipes. La idea de intercambiar unas palabras con el emperador en persona seguía siendo abrumadora.

—Baldair —interrumpió la voz de la emperatriz—, creía que me habías dicho que a esta la habías invitado tú mismo.

—Así es —anunció Baldair lo bastante alto como para ganarse unas cuantas miradas no tan sutiles de un grupo de damas a la derecha de Vhalla.

—¿Y no le informaste sobre lo que es apropiado llevar a una gala? —dijo la emperatriz con la nariz levantada y tono de superioridad. Nada de lo que dijo sonó a Aldrik—. Lady Rose, mi hijo está bien versado en modas, deberías haber hecho caso de sus consejos.

Vhalla abrió la boca, sin saber muy bien qué decir. Los susurros recomenzaron a su alrededor y a ella se le había quedado la lengua pastosa y entumecida. Unos ojos cerúleos la taladraron con la mirada.

—Yo creo que está despampanante —dijo Aldrik al fin, y su voz tuvo un efecto calmante para los nervios chisporroteantes de Vhalla. Sus ojos se cruzaron y la comisura de su boca se curvó un poco hacia arriba mientras la miraba. Vhalla bajó la vista otra vez para ocultar su rubor.

—Oh, madre mía. —La emperatriz se volvió hacia el emperador para hablarle en un susurro—. ¿Ves? Aldrik es una mala influencia. La gente empezará a pensar que ese tipo de atuendo es aceptable.

—Bueno, relajémonos y disfrutemos de nuestra velada. —El emperador se quitó de encima a su mujer, así como a Vhalla, con un gesto casual de la mano.

Contenta de no ser más el centro de atención, Vhalla huyó deprisa hacia el borde del salón. La gente se abrió para dejarla pasar, pero nadie se dirigió a ella directamente. Vhalla se arriesgó a girarse otra vez hacia Aldrik, que estaba saludando al invitado que había sido anunciado a continuación.

Parecía aislado otra vez y sonaba seco, pero ella saboreó la imagen de su rostro en su mente, y repasó esa expresión atónita una y otra vez. Si Vhalla volviera a su habitación ahora mismo, la noche ya hubiese sido un éxito. A medida que el cielo se oscurecía en el exterior, fueron entrando poco a poco más miembros de mayor rango de la sociedad. Vhalla fingió interesarse por sus saludos a la familia real, pero en realidad era una excusa para mirar a Aldrik.

Llevaba una larga chaqueta negra cruzada que le llegaba justo por encima de las rodillas, con una raja por detrás para facilitarle el movimiento. Estaba desabrochada en la parte superior, lo cual dejaba un triángulo perfecto para revelar una camisa de cuello blanco con una ancha corbata negra, todo ello remetido en un chaleco bajo la chaqueta.

No era del todo como las chorreras que llevaban al cuello algunos de los hombres, pero sí que tenía algo de volumen. La chaqueta llevaba soles bordados en negro que captaban la luz a la perfección cuando se movía. Unos cordones dorados decoraban sus puños y sus brazos. En la parte de abajo, vestía unos pantalones negros (Vhalla empezaba a sospechar que, de hecho, no tenía ropa de otro color) con más hilo dorado por los lados. Había sustituido sus botas normales por un par de zapatos de baile negros muy lustrosos. El pelo de Aldrik estaba igual que siempre, salvo por una diadema dorada de diseño sencillo: una simple banda rectangular que rodeaba su frente.

Vhalla encontró que prefería mil veces su estilo a los colores y la pompa de todos los demás. Incluso el príncipe Baldair llevaba volantes que sobresalían por sus mangas y asomaban por los bordes de su chaqueta, volantes que botaban cada vez que se movía. Los estilos sureños le daban a Vhalla ganas de reír.

De vez en cuando, Aldrik miraba en su dirección. Ella le regalaba una pequeña sonrisa en respuesta y disfrutaba de la oscuridad ardiente de sus ojos. Una vez intercambiadas todas las formalidades y cuando la mayor parte de la lista de invitados estaba presente, el emperador dio comienzo formalmente a la gala.

Los trovadores hicieron una pausa, ajustaron sus instrumentos y comenzaron una canción nueva. Vhalla intentó contar el ritmo como le había indicado el príncipe dorado, pero los aspectos técnicos de la música se le escapaban. En vez de eso, se limitó a tararear al son de la parte instrumental de una balada sureña clásica y dio golpecitos con un pie en el suelo mientras la pista de baile se llenaba. Ni siquiera se había dado cuenta de que la familia real había bajado de su pedestal hasta que el príncipe Baldair estaba a su lado.

—Mi señora, más hermosa que la flor que le da nombre, ¿me concedes el honor de este baile? —El príncipe puso todo su encanto en juego mientras le hacía una media reverencia. Vhalla parpadeó ante la idea de que un príncipe se inclinara ante ella, pero él se limitó a mirarla expectante durante su silencio.

—¿El primer baile? —bufó, nerviosa.

Sin embargo, consciente de repente de la cantidad de ojos que estaban puestos en ella, Vhalla se apresuró a asentir. Era solo lo esperado cuando un príncipe te invitaba a bailar.

—Por supuesto, príncipe.

Vhalla hizo una genuflexión y una mano callosa tiró de ella hasta la pista. Era el baile que él le había enseñado, tres pasos y repetir. Vhalla hizo todo lo posible por recordar los pasos, pero sus pies hicieron poco más que arrastrarse por el suelo tras el príncipe.

Por fortuna, el príncipe Baldair tenía años de entrenamiento y era un bailarín consumado que la guio con soltura, serpenteando entre los otros bailarines mientras giraban por la pista. Su destreza compensó los pies torpes de Vhalla, hasta el punto que sintió que sabía bailar incluso. Las manos del príncipe eran suaves y amables mientras la guiaba, con sus brazos atentos para evitar que cayera.

—¿Qué estáis haciendo? —susurró Vhalla.

—Me prometiste un baile. —Le lanzó una sonrisa arrebatadora.

—Sí, pero nos está mirando todo el mundo. —Vhalla echó un vistazo por encima de los hombros del príncipe, en dirección a la gente alineada al borde de la pista de baile.

—¿Qué podrían hacer, si no? —Baldair se rio y extendió el brazo. Vhalla giró como se esperaba antes de que él la atrajera de vuelta contra su cuerpo. Olía a algo cálido, como vainilla, y Vhalla se preguntó si él podía oler los dulces perfumes que las sirvientas le habían aplicado detrás de las orejas. No quedó duda alguna cuando se inclinó hacia ella y su aliento revolvió el pelo por encima de su oreja—. Entrar en esta gala vestida de negro, te convertía en «esa dama extraña que no sabía nada». ¿Bailar con el príncipe Rompecorazones el primer baile de la noche? Eso te convierte en una mujer oscura y misteriosa a la que todo el mundo quiere conocer.

El príncipe se apartó un poco y Vhalla levantó la vista hacia él, al tiempo que dejaba que el resto de la sala se disolviera por un momento. Sus pies se movían sin pensar y ella se limitó a observar al hombre que la guiaba por la pista.

Si tuviese más tiempo para conocer al hombre conocido como el Rompecorazones, ¿qué descubriría?

—Sonríe, Vhalla. Estás impresionante cuando lo haces —la animó el príncipe con su propia sonrisa, y Vhalla se relajó debajo de sus manos.

Bailaron el resto de esa canción y la mitad de la siguiente antes de que tocaran el hombro del príncipe.

—Príncipe, ¿puedo tomar el relevo? —Un caballero hizo una pequeña reverencia.

El príncipe Baldair la acercó mucho a su lado y se inclinó hacia ella de manera dramática, como si estuviera compartiendo un secreto íntimo.

—Te lo dije —le susurró al oído. Luego continuó en voz más alta—. Claro que puede, señor, pero solo en tanto y en cuanto no le vea hacer el tonto, en cuyo caso tendré que reclamar a la dama otra vez. —Ambos hombres rieron y Vhalla pasó a brazos del recién llegado.

Bailó con tres hombres más a los que no había visto nunca, todos bastante agradables y que elogiaron su atuendo. Parecían fascinados con quién era y de dónde procedía; al parecer, trataban de achacar la elección del color a alguna extraña diferencia cultural del extranjero. Ella respondió con la mayor vaguedad posible y procuró mantener la fachada. Por una noche, podía ser esa dama misteriosa.

Cuatro canciones más tarde, la banda comenzó un gran baile grupal en el que la gente se emparejaba de manera aleatoria antes de girar, hacer una pirueta, bailar unos pasos e intercambiar parejas. Después de las dos primeras parejas, Vhalla se encontró de frente con el presidente electo del Senado.

—*Lady* Rose. —Egmun sonrió cuando las palmas de sus manos y sus antebrazos entraron en contacto. Giraron uno alrededor de otro—. ¿O debería llamarte Vhalla Yarl?

El hombre agarró su mano y tiró de ella con brusquedad. Vhalla dio un gritito de sorpresa, pero todo lo demás pasó a segundo plano cuando el hombre se inclinó hacia ella. Estaba atrapada entre el decoro y un deseo sincero de apartar al hombre de un empujón. Fuerte.

—Mírate, jugando a ser toda una dama. Pero los dos sabemos quién eres en realidad. —El hombre la sujetaba demasiado cerca y Vhalla necesitaba aire—. Solo una aprendiza de bibliotecaria, una plebeya de baja cuna y sin título alguno. Aunque, claro —le sonrió con suficiencia mientras entrelazaban los brazos—, no eres solo una aprendiza, eres una aprendiza que come a escondidas con el príncipe heredero a pesar de sus limitaciones emocionales.

—No sé de qué está hablando. —Vhalla miró de reojo a las demás parejas que bailaban a su alrededor y rezó por que nadie los oyera.

—Oh, no te hagas la ignorante conmigo. Dime, ¿es *Lady Rose* la mascota del príncipe Baldair y Vhalla Yarl la del príncipe Aldrik? —Vhalla se quedó boquiabierta—. Apenas he visto al príncipe heredero con una mujer, y lo conozco desde hace unos cuantos años más que tú. ¿Eres alguien especial? Dime, ¿por fin tiene el príncipe Aldrik otra amante?

Las mejillas se Vhalla se ruborizaron a pesar de todos sus esfuerzos en contra, y el senador observó cada tono creciente de rojo con un brillo peligroso en los ojos. Vhalla respiró hondo, sacudió la cabeza y echó mano de todas sus menguantes reservas de valor.

—Por favor, perdóneme, senador, creo que me he acalorado en exceso con tanto bailar —anunció Vhalla con valor.

—Desde luego. —El senador la soltó, excepto la mano. Vhalla tuvo que reprimir una mueca cuando los labios del hombre rozaron su palma—. Tal vez quieras salir a los jardines en busca de algo de aire. He oído que los que van vestidos de negro prefieren la oscuridad.

La música cambió y las parejas también. Vhalla salió de entre la masa de bailarines y no pudo evitar mirar atrás. Egmun sonreía y había seguido bailando como si no hubiese ocurrido nada. Vhalla se dirigió al porche que daba a los jardines de agua. Sintió un par de ojos sobre la espalda y se le pusieron de punta los pelos de la nuca. Se giró, pero no pudo encontrar la mirada de nadie a quien achacarle la sensación. Cruzó las manos y empezó a retorcerse los dedos mientras se abría paso entre la multitud y salía a la noche casi despoblada.

Los jardines de agua dispuestos en varias terrazas tenían una grandiosidad que jamás había visto, con anchas estructuras semicirculares que se solapaban a distintos intervalos de altura. La pared de cada una era de fino mármol blanco y el agua contenida en su interior estaba impoluta y quieta, por lo que reflejaba el cielo nocturno como un espejo. Unas escaleras de mármol bajaban desde el porche y dibujaban un camino serpenteante entre la intensa negrura del agua. Habían colocado pequeños parterres circulares a intervalos variados a lo largo de su perezoso recorrido, antes de que volviera hacia atrás de nuevo por el otro lado del porche.

Vhalla cerró las manos en torno a la barandilla y aspiró una profunda bocanada de aire nocturno limpio. ¡Cómo se atrevía ese hombre a hablar de Aldrik y de ella de ese modo! No era como si fuesen… Vhalla miró hacia los jardines con un pequeño suspiro. ¿Qué eran en realidad? Algo se movió en la oscuridad, fue solo un momento, antes de apoyarse otra vez contra un árbol. Vhalla empezó a bajar las escaleras sin mirar atrás.

Las estrellas en lo alto se extendían por todas partes a su alrededor mientras caminaba hacia ese pequeño oasis de agua y verdor. Subió a la plataforma, el vestido recogido en una mano y con cuidado de no tropezar. Esbozó una leve sonrisa. Esto era para lo que había ido ahí esta noche.

Aldrik se separó del tronco del árbol.

—¿Qué estás haciendo aquí? —La pregunta llevaba un leve dejo acusador, pero no había agresividad en la voz del príncipe.

—Me invitó tu hermano. —Vhalla se adentró en las sombras del follaje. Aldrik resopló, disgustado.

—Oh, una mujer acude a la llamada de mi hermano. —Dio un paso para alejarse de ella—. Ya he oído todas las variantes de eso en mi vida.

—No vine por él —susurró Vhalla con suavidad. Los jardines estaban rodeados por un alto muro del palacio que bloqueaba la mayor parte de los vientos de la montaña. El príncipe la oyó sin ningún problema y su retirada se frenó—. Vine a verte a ti.

—¿A mí? —La miró incrédulo.

—Sí, a ti. —Vhalla se rio bajito. Le dolía el pecho y no podía decidir si era de alegría o porque se le había roto el corazón—. Y tú estás aquí fuera tratando de saltarte la fiesta.

—No podía soportar verlos a todos, a mi hermano, bailando contigo —dijo a la defensiva.

—Bueno, ¿y por qué no me lo pediste tú? —Vhalla ladeó la cabeza en ademán coqueto.

—Muy bien. Vhalla Yarl, ¿me concede este baile?

Alargó las manos hacia ella y Vhalla cruzó la distancia que los separaba. La mano derecha de Aldrik se posó con timidez sobre la cadera de Vhalla y la mano derecha de la joven se asentó en la izquierda del príncipe. Luego colocó la mano libre sobre el hombro de él y, de un modo muy tenue, escucharon el eco de la música por encima del agua. Aldrik dio el primer paso.

Era un baile lento, con pasos deliberados. Aldrik no tenía la misma gracia que su hermano, pero tampoco la necesitaba. Vhalla sentía sus movimientos a través de las palmas de sus manos, los cambios en su cintura, la cercanía de esta dirección o esa otra. Bailaron al son de una tenue melodía que les llegaba por encima del agua, entre los estanques llenos de estrellas, con los cielos iluminándolos desde lo alto. Vhalla cerró los ojos y sintió a Aldrik con cada sentido que poseía.

El príncipe giró y la acercó a él medio paso. Ella se dejó llevar un paso entero. Era imposible no moverse sin tocarse por alguna parte. Cada roce de tela o giro de la cabeza la hacía sentir un escalofrío. Cuando la mano del príncipe se movió de su cintura a la zona de sus riñones, a Vhalla se le puso la carne de gallina a lo largo de los brazos. Levantó la vista hacia él y sus ojos conectaron. El silencio no era incómodo ni estresante; hablaba de manera más elocuente entre ellos de lo que jamás habían sido capaces de expresar con palabras.

La canción se acabó, pero él no la soltó. Vhalla giró la cabeza, agarró las costuras de la chaqueta de él y apoyó la mejilla izquierda sobre su pecho. Aldrik se puso tenso un momento y Vhalla contuvo la respiración, a la espera de que la apartara. Pero el príncipe se limitó a soltar su mano y deslizó los dedos por su brazo hasta su hombro, antes de dejarla descansar junto a su mano derecha sobre los riñones de Vhalla. La piel de Aldrik estaba templada, casi caliente, y Vhalla sentía el contorno de su mano incluso a través del corsé y del vestido. Vhalla movió su mano libre al otro hombro de Aldrik y se quedaron ahí juntos, en silencio, durante largo rato. El príncipe apoyó la mejilla en la frente de Vhalla y respiró hondo. Vhalla deseó con toda su alma que el mundo se parara, de modo que pudiera quedarse en ese momento para toda la eternidad.

En esos instantes fugaces, las complejidades de los títulos y de quiénes eran se difuminaron en una emoción más básica. Vhalla lo quería, lo *necesitaba*. A ese hombre al que consideraban poco más que un monstruo seco y oscuro, ese hombre que de algún modo la había reclamado sin haberla tocado en realidad hasta esa noche.

—Vhalla. —Los ojos de la joven aletearon y se cerraron al oírle decir su nombre—. Primero el chico de la biblioteca, luego Baldair... Los envidio.

—¿Por qué? —Necesitaba oír la respuesta.

—Porque parecen no tener ningún problema en encontrar razones para estar contigo. Y yo… —Una risa grave resonó a través del pecho del príncipe heredero, directa al oído que ella tenía apretado contra él—. A mí me cuesta encontrar una razón y, cuando estoy contigo, me sigue costando.

Había algo extraño en su voz. Llevaba un toque ahumado apenas perceptible que le provocó a Vhalla un intenso calor en la boca del estómago. Apretó las manos sobre su ropa.

—No debería costarte nada en este mundo. Eres el príncipe heredero —murmuró en el fresco aire nocturno.

—Puede que sea príncipe —dijo, y sus labios rozaron la oreja de Vhalla con suavidad—, pero lo cambiaría todo por ser un hombre normal y corriente, aunque solo fuese por esta noche.

Los labios del príncipe hicieron temblar las rodillas de Vhalla, que movió un poco la cabeza para levantar la vista hacia él. Aldrik tenía una expresión inusual y sombría. Vhalla deseó disponer de años con él para oír sus historias, para hablar de sus penas y alegrías, para continuar disfrutando de tardes lentas en su compañía, para dilucidar la extraña pugna que había entre ellos y era al mismo tiempo irresistible e innegable. Pero un reloj descontaba los minutos en el fondo de su mente. El amanecer llegaría demasiado pronto.

—¿De verdad te marchas? —susurró sin apenas voz. Aldrik suspiró y apartó la mirada. Vhalla levantó la mano para apoyarla en su mejilla; luego giró su cara otra vez hacia ella. Él no se resistió y ella estudió su expresión dolida.

—No sé la hora exacta, pero sí. Pronto —confesó Aldrik con una voz profunda.

Vhalla se mordió el labio de abajo y deslizó la mano por su cara. Las yemas de sus dedos rozaron sus pómulos angulosos, sus cejas y su frente. Luego hizo una pausa, antes de llegar a la corona dorada que no era más que una barrera entre ellos.

—Entonces, por una noche, si yo puedo fingir que soy una dama de noble cuna… —Agarró la diadema con suavidad y la levantó de su frente con las yemas de los dedos. Aldrik se tensó un poco cuando la dejó caer al suelo—, ¿puedes tú fingir que eres un plebeyo?

Vhalla no estaba segura de lo que pretendía implicar con eso, pero Aldrik abrió los ojos como platos, sus labios se entreabrieron por la sorpresa. Todo lo que sabía era que si se iba a marchar, no quería que lo hiciera sin haber experimentado su cercanía y su calor.

—Temo que si te vas… —Se le quebró la voz y recordó una noche lluviosa que parecía haber sucedido hacía una eternidad.

Aldrik levantó la mano hacia su mejilla y deslizó los dedos con suavidad por su cara, como si estuviese preocupado por que ella pudiera venirse abajo en cualquier momento. Su pulgar rozó sus labios durante un breve instante y su brazo se apretó en torno a su cintura, eliminando la escasa distancia que quedaba entre ellos. Vhalla lo sintió a lo largo de todo el cuerpo; su calor, su presencia la envolvió.

—Vhalla —susurró Aldrik con una voz tan oscura como la medianoche. Sus narices casi se tocaban.

—Aldrik —murmuró ella, como si su nombre fuese una plegaria. Ninguna palabra había sabido jamás tan dulce en su lengua.

Mientras Vhalla sentía el aliento cálido de Aldrik sobre la cara, el príncipe se quedó parado y giró la cabeza hacia la ciudad. Su expresión cambió de manera drástica. Vhalla miró en la misma dirección, frustrada y perpleja.

La primera explosión atronadora resonó en la noche clara y su onda expansiva recorrió la capital del imperio.

CAPÍTULO
23

Un segundo antes del estallido, Aldrik giró el cuerpo de manera que su espalda quedara hacia la explosión. Su mano se enterró en el pelo de Vhalla y la apretó contra su pecho para protegerla. Ella se aferró a él, temblorosa. Sus oídos aún no habían dejado de pitar cuando la segunda explosión rodó por la ladera de la montaña y los brazos de Aldrik la abrazaron aún más fuerte. Vhalla exclamó su miedo contra su pecho ante el sonido que había aturdido su mente. Por un momento, hubo silencio y Vhalla trató de recuperar la respiración. Sin embargo, la quietud fue efímera, pues un sonido que aumentaba poco a poco subió flotando desde la ciudad a sus pies.

Gritos, chillidos y alaridos ascendieron por la ladera de la montaña y Vhalla se tapó los oídos con las manos. Aldrik siguió abrazándola con fuerza mientras recuperaba un tembloroso control.

—¿Q... qué? —preguntó, frenética. Se había quedado sin palabras, sin pensamientos, ante el creciente pánico. Aldrik aflojó las manos para girarse hacia atrás. Vhalla se movió un poco para poder seguir la dirección de su mirada.

Un incendio ya empezaba a extenderse por la ciudad, saltando de casa a casa. El humo comenzó a tapar las estrellas y a envolver la ciudad en una hedionda neblina anaranjada.

Vhalla se separó un paso de él, en dirección a la escena.

—¿Dónde...? —balbuceó— ¿Dónde es eso? —Tenía el cerebro embarullado por el ruido y el *shock*.

—Vhalla, tienes que volver al palacio. *Ahora*. —El tono de Aldrik fue imperioso y la agarró de los antebrazos para impedir que se alejara de él.

Ella opuso resistencia a sus tirones, los ojos clavados en la escena. Algo encajó en su mente.

—Vhalla. —Aldrik se puso delante de ella, una mano en su mejilla—. Movilizarán a los guardias. Yo mismo iré a ayudar —dijo, en un intento de tranquilizarla, pero su voz sonó tensa, asustada—. Pero *necesito* que vuelvas al palacio, donde estarás a salvo.

Vhalla dio un paso a un lado y volvió a mirar la escena. Sus ojos se abrieron de par en par cuando su cerebro volvió a la vida. Aspiró una bocanada de aire temblorosa.

—R… Roan. Sareem.

—¿Qué? —Vhalla apenas oyó la pregunta de Aldrik. Sonaba muy lejos. Señaló hacia el lugar de la explosión.

—Ahí es donde está la plaza del sol y la luna, ¿verdad? —preguntó, su voz más aguda por el miedo.

—No lo sé, Vhalla. —Aldrik trató de agarrar su mano otra vez.

—Lo es. —Volvió a mirar y no había ninguna duda—. ¡Roan, Sareem! ¡Aldrik, mis amigos están ahí!

—Igual que la mitad de los plebeyos de la ciudad. Ahora, *vuelve al palacio* —espetó, cortante, y agarró su muñeca con fuerza.

—¡No! —gritó, y arrancó la mano de su agarre—. ¡No! Necesitan mi ayuda. —Vhalla se giró y sintió un aire caliente que se elevaba hacia el cielo, cargado del olor a fuego. Recordó su enfrentamiento con Roan, cuando le contó los planes de Sareem de encontrarse con ella en la pastelería próxima a la plaza. Vhalla no había anulado la cita con Sareem, y Roan seguro que había acudido a reclamar al hombre que amaba. Se le comprimió el pecho. No se había disculpado con ninguno de los dos. Ni siquiera había tenido ocasión de explicar lo que le estaba pasando.

Sin pensarlo dos veces, Vhalla echó a correr, haciendo caso omiso de los gritos del príncipe a su espalda. Sus elegantes zapatos de tacón enseguida quedaron tirados en el mármol a su espalda y Vhalla corrió a toda velocidad sobre sus pies descalzos. Una de las terrazas sobresalía por encima de la muralla y ella esprintó a través del agua poco profunda, mientras su falda se empapaba a toda prisa y empezaba a pesar. Oyó un chapoteo y miró atrás para ver que Aldrik la perseguía.

—¡Vhalla! ¡Para! ¡No vas a poder ayudarlos! —gritó.

Pero no estaba dispuesta a entrar en razón. Todo lo que llenaba sus oídos era el sonido de los gritos. Todo lo que llenaba su nariz era el olor a humo y a muerte. Todo lo que llenaba sus ojos era un infierno ardiente que se cerraba sobre dos personas que había conocido durante media vida. Amigos a los que había apartado de su lado como una tonta.

Vhalla llegó hasta la muralla y se izó sobre ella. Por el otro lado era mucho más alta, más alta incluso que las estanterías de la Biblioteca Imperial. Miró abajo un momento, dubitativa.

—Vhalla, puede que ni siquiera estén ahí —le dijo Aldrik al alcanzarla. Respiraba con bastante facilidad, mientras que ella resollaba.

Vhalla empezó a desgarrar los bajos de su falda, cortando una franja entre sus pantorrillas y sus rodillas.

—Estaban ahí —insistió.

—Eso no lo sabes. Baja de ahí.

—¡Sareem me hubiera esperado toda la noche! —Se atragantó con un sollozo de culpabilidad mientras miraba al cielo. La hora a la que habían quedado ya había pasado. Si se hubiese limitado a decirle la verdad, tal vez Roan y él habrían pasado la noche en el palacio como tantas veces habían hecho los tres juntos. Abrumada por la culpa y la aflicción, Vhalla saltó por el otro lado de la muralla.

El aire silbó en torno a sus orejas y alrededor de ella, y zarandeó lo que quedaba de su falda de acá para allá. Vhalla se preparó para el impacto, pero aterrizó en cuclillas con suavidad.

—¡Vhalla! —gritó Aldrik desde la parte de arriba de la muralla.

Levantó la vista hacia él con una expresión de disculpa antes de zambullirse en el caos de las calles.

Aunque había vivido casi toda su vida adulta en la capital, Vhalla había pasado la mayor parte del tiempo en el palacio. Las callejuelas podían ser liosas, laberínticas incluso, en el mejor de los días, pero ahora parecían pasadizos a través de los horrores del más allá para los pecadores. La gente empujaba contra ella sin miramientos, todo el mundo huía del lugar al que ella quería llegar. Algunos tenían el cuerpo cubierto de quemaduras, la ropa colgando en retales harapientos. Otros tenían heridas abiertas de las que manaba sangre en abundancia.

Vhalla pisó sobre algo caliente y blando que hizo un ruido mojado entre los dedos de sus pies. Bajó la vista horrorizada, solo para toparse con los restos de un hombre al que la estampida de gente había pisoteado hasta la muerte. Tenía el cráneo hundido y los huesos hechos añicos sobre la calzada. Incapaz de soportar la imagen ni un segundo más, Vhalla se metió a toda prisa en un callejón sin salida y vomitó. Gritó cuando vio sus pies ensangrentados, y vomitó otra vez.

Una tercera explosión resonó por la ciudad. Vhalla dio un grito y se dejó caer de rodillas, las manos sobre las orejas. Esta vez estaba mucho más cerca y pudo oír las casas gemir a su alrededor cuando la tierra tembló con la fuerza de la explosión.

—¡Vhalla! ¡Vuelve aquí! —resonó una voz de hombre. Vhalla miró arriba y vio a Aldrik sobre la muralla del palacio. Había corrido paralelo a ella en su descenso hacia la ciudad, pero la muralla giraba ahora en dirección contraria.

Vhalla apretó las rodillas contra el pecho y tembló, con su mente embotada por un momento. El grito de una mujer atravesó el aire y trajo a Vhalla de vuelta al mundo real. Roan y Sareem seguían ahí fuera. Se enderezó y volvió a mirar a Aldrik con expresión de disculpa.

—¡Serás estúpida! —rugió él. Y saltó de la muralla.

Primero aterrizó sobre un tejado de paja no demasiado más abajo, corrió hasta una casa de una sola planta que bordeaba el callejón de Vhalla y rodó por el tejado hasta agarrarse del borde y descolgarse

por un lado. Se soltó y aterrizó con bastante suavidad antes de dirigirse hacia ella a paso airado. Vhalla casi podía sentir su ira palpable
cuando la agarró del brazo.

—Tú. Estás. Completamente. Loca —escupió con los dientes
apretados mientras la sacudía un poco.

—¡Nadie te ha pedido que vinieras! —Se lo quitó de encima y dio
un paso atrás.

—¡Debes considerarme un desalmado si de verdad creías que me
quedaría de brazos cruzados y dejaría que fueses tan tranquila en
busca de tu muerte! —le gritó, aunque entre tanto caos ella seguía sin
oírlo apenas.

—¿Me vas a obligar a volver al castillo? —preguntó Vhalla, lista
para dar media vuelta y echar a correr otra vez.

—Debería —replicó cortante—. Pero ya veo que tu único deseo
es ser una mártir y, como no hay nadie más aquí para evitarlo, la tarea
me toca a mí. Así que adelante, guíame. —Vhalla lo miró, atónita—.
¡Vamos! —gruñó él.

Vhalla echó a correr con Aldrik pegado a los talones.

De vuelta en el caos, nadie pareció notar, o a nadie le importó,
que el príncipe heredero estuviese entre ellos. Vhalla vio a mujeres
con bebés apretados contra el pecho, pugnando por escapar de los
horrores más abajo. Vio a un anciano simplemente sentado en un
escalón, a la espera de que el destino se lo llevara.

Poco a poco, la muchedumbre empezó a despejarse y la temperatura subió.

—Vhalla. —Se giró hacia atrás. Aldrik se quitó la chaqueta y se la
dio. Ella lo miró sin entender—. Para el calor, y algo de protección
contra las llamas. —Vhalla miró el resplandor naranja delante de ellos
y aceptó su chaqueta con un asentimiento. Aldrik puso los ojos en
blanco y se quitó los zapatos y los calcetines.

—¿No los necesitas? —preguntó Vhalla, mientras se ponía las prendas a toda prisa. Los zapatos le quedaban enormes, incluso con los cordones apretados lo más fuerte posible, pero eran mejor que nada.

—Recuerda quién soy antes de hacer preguntas estúpidas. —Aldrik enrolló sus mangas y se quedó ahí plantado, descalzo, con los pantalones negros, su camisa blanca, el chaleco y la corbata. Vhalla podría haberse reído ante esa imagen, si el mundo no hubiera estado llegando a su fin a su alrededor.

Vhalla se giró hacia la calle que tenían por delante. Pronto, empezaron a cruzarse con más cuerpos muertos que personas vivas. El olor de la carne quemada atacó sus sentidos. Después de haber pasado por al lado de seis casas en llamas, el olor la forzó a parar y a vomitar otra vez. Aldrik le puso una mano en la espalda y ella le lanzó una mirada débil.

—Yo ya no lo huelo —le explicó él. Su rostro había adoptado una quietud aterradora, mientras que Vhalla tenía la sensación de estar perdiéndose poco a poco en la locura. Aunque ya no tenía otra elección más que seguir adelante.

El fuego chisporroteaba y crepitaba a su alrededor, y oyó un edificio desplomarse cerca de allí. La plaza ya no estaba lejos. Según avanzaban, Aldrik utilizó su magia para controlar llamas menores, para extinguir fuegos con un movimiento de brazos, y así fue despejando un camino.

Vhalla se paró en seco.

Decenas de cuerpos cubrían el suelo de la plaza. Hombres, mujeres, niños… todos desperdigados con sus restos retorcidos en posiciones antinaturales, los rostros congelados en una expresión de horror incluso en la muerte. Algunos de los cadáveres ardían, otros estaban sumergidos en charcos de su propia sangre. Habían saltado por los aires, extremidades retorcidas en todas direcciones, otras desconectadas de sus anteriores dueños.

—Por la Madre… —Vhalla se llevó la mano a la boca y un pánico renovado palpitó a través de sus venas. La calle de El Bollo Dorado estaba a la izquierda. Al principio, trató de pisar con cuidado por encima de los cuerpos, pero al final se limitó a correr por arriba de ellos, un horror cada vez más intenso en su estómago con cada cosa blanda sobre la que aterrizaban sus pies. Estaba llorando. A pesar del calor y de las llamas, gruesos lagrimones rodaban por su cara.

Y entonces estaba cayendo.

Tropezó con un brazo, o una pierna, o sus zapatos demasiado grandes. Aterrizó sobre el cuerpo de una mujer, justo delante de la cara de una niña con un pedazo de madera clavado en el cráneo, un ojo vidrioso abierto hacia ella.

Vhalla dio un grito y trató de apartarse, pero por todas partes a su alrededor no veía más que muerte. Una carnicería. Dos manos fuertes la ayudaron a levantarse.

—Ya no está lejos, ¿no? —preguntó Aldrik, de un modo casi mecánico. Vhalla negó con la cabeza—. Pues vamos. —La empujó con suavidad y Vhalla encontró sus pies de nuevo.

Dobló la esquina y echó a correr como si le fuera la vida en ello. La mitad de El Bollo Dorado se había desplomado, el resto estaba envuelto en llamas. El edificio de al lado había quedado reducido a escombros y un pequeño cráter en medio de la calle sugería que ese había sido el epicentro de una de las explosiones.

—*¡Sareem!* —Vhalla hizo bocina con las manos antes de gritar histérica—. *¡Roan!*

Su voz empezó a sonar más áspera después de gritar tres veces más. Escudriñó los cuerpos en el suelo, al tiempo que los giraba o trataba de imaginar cómo podían haber sido sus caras. Cerca del patio exterior, movió a un hombre gordo y vio una mata de pelo familiar debajo, rubio y corto.

—¡Aldrik! —gritó frenética—. ¡Aldrik, ayúdame! —El príncipe llegó a su lado en un instante y tiró del hombre gordo para quitarlo de encima de Roan. Vhalla miró a su amiga. Estaba magullada y rota, pero de una pieza. Vhalla acercó la oreja al pecho de la joven.

—¡Respira! —gritó Vhalla—. Tenemos que encontrar a Sareem.

Vhalla miró a su alrededor; si Roan estaba ahí, Sareem tenía que estar cerca. Empezó a mover más cuerpos, cada vez más cerca de la antigua pastelería. Tiraba de los escombros y dejaba huellas ensangrentadas detrás de ella, aunque ya no estaba segura de si la sangre era suya o de otros. Aldrik controló el infierno cercano y mantuvo el fuego a raya mientras ella buscaba. Larel había dicho que los Portadores de Fuego no sentían el calor, así que las gotas de sudor que rodaban por sus sienes solo podían explicarse por el esfuerzo.

—Vhalla —dijo con voz débil, mientras miraba a su alrededor.

—Está aquí en alguna parte —suplicó ella, más al universo que a su compañero, rezando por no estar equivocada.

—Vhalla. —La voz de Aldrik sonó más severa.

—Sé que está aquí. No dejaría a Roan sola, y me estaba esperando a mí. —Su voz sonaba frenética mientras levantaba una roca y la echaba a un lado—. Yo... nunca le dije que no iba a venir. Él creía que todavía iba a acudir a la cita.

—¡Vhalla! —gritó Aldrik.

Vhalla dio un alarido.

Debajo de la roca había una cara... media cara... que había conocido desde que era una niña. Una cara que le había hecho reír, que la había cuidado, que había sido un amigo... familia casi. Vhalla cayó de rodillas sobre el cuerpo de Sareem, quemado y destrozado por los escombros. Sus hombros se sacudían por los sollozos.

—Sareem, Sareem, lo siento, *lo siento muchísimo.* —Puso una mano sobre la mejilla que no estaba aplastada y supurante—. Yo... —Hipó, la nariz llena de mocos—. No quería que pasara esto. Oh, Madre, n... n... nunca más te ocultaré nada, Sareem. ¿Ves, ves? He venido, así que ahora despierta, Sareem. Por favor, *por favor.* —Le dolía el estómago de tanto llorar y tenía los hombros agarrotados, como si todas las pesadillas que había tenido en la vida amenazaran con destrozar su cuerpo. Vhalla se echó atrás sobre los pies, sin importarle sobre qué o quién se sentaba, y miró impotente a Aldrik.

—Aldrik, ¿cómo lo salvo? —preguntó, las mejillas empapadas de lágrimas y cubiertas de hollín.

—Vhalla —dijo él en voz muy baja. Dio un paso hacia ella.

—¿Cómo lo salvo? —Se frotó la nariz con el dorso de la mano.

—No puedes hacerlo. —Cada palabra iba cargada de una infinita ternura cargada de aflicción.

—A ti te salvé. —Aspiró una temblorosa bocanada de aire—. ¿Cómo lo salvo a él?

—No funciona así. —Se arrodilló al lado de ella, puso una mano sobre su espalda—. Esto no puedes arreglarlo.

—Entonces, ¿por qué tengo magia? —le gritó al príncipe mientras sus lágrimas se abrían paso hacia el exterior otra vez. Aldrik extendió sus dedos sobre su espalda.

—Porque… —dijo muy bajito, la voz estresada y tensa. Aldrik miró por encima de su hombro, con cuidado de mover solo los ojos y no toda la cabeza—. Tienes que agacharte.

Vhalla hipó. Mientras las palabras se registraban en su cerebro como algo sin sentido alguno, la mano de Aldrik la estaba empujando a la fuerza contra la carnicería que era el cuerpo de su amigo. Aldrik también se agachó, justo cuando un zumbido silencioso cortaba el aire por encima de sus cabezas.

El príncipe se quitó de su espalda y se levantó, con sus manos envueltas en llamas. Y Vhalla oyó la risa de una mujer.

CAPÍTULO
24

Vhalla se giró para mirar a su atacante. Los adornos plateados de los brazos de la mujer centelleaban a la luz del fuego. Llevaba una armadura básica de cuero cubierta por una extraña prenda de ropa por encima de sus hombros y de su pecho, como un pendón rectangular con un agujero cortado en el centro para la cabeza. Bordadas en él había unas palabras en un idioma que Vhalla no había visto nunca. Ciñéndole el talle, la mujer tenía un cinturón ancho del que colgaba la vaina vacía de una espada.

—Vaya, vaya, esto facilita mucho las cosas —dijo la mujer, su voz apenas audible desde detrás de la máscara sin rostro. Si la piel verde no era suficiente, el acento era prueba de que se trataba de una de las malabaristas—. Nunca esperé que el poderoso príncipe heredero Aldrik acudiera corriendo él solito. Es muy noble para ser un hombre que prende fuego a bebés en sus camas.

La mujer caminó un poco alrededor de ellos. A la espalda de la pareja no había más que escombros, a un lado ardía un infierno, y delante de ellos estaba una norteña con una espada en la mano. Vhalla no sabía nada de combates, pero tuvo claro que la cosa no pintaba bien.

Aldrik estaba callado. Se irguió en toda su altura, tenso, los puños cerrados con fuerza y el fuego crepitando y chisporroteando a su alrededor. Subía por sus brazos y chamuscaba la parte de abajo de sus mangas enrolladas.

—Vhalla —dijo el príncipe con voz ruda. La otra mujer arqueó una ceja y miró a la joven—. ¡Vete! Sal de aquí.

—¿Qué pasa con Roan? —preguntó con voz débil.

—*Vete*, es una orden. —Aunque las llamas ardían furiosas a su alrededor, Vhalla sintió frío de repente.

—Es de mala educación marcharse de una fiesta pronto —aportó la mujer.

—Vaya, aquí estaba yo tratando de ahorrarte el bochorno de morir una muerte patética con público. —Aldrik atacó.

La mujer gruñó y columpió la espada por el aire.

Aldrik dio un paso a un lado y la norteña se agachó por debajo de su puñetazo llameante. Luego giró y cambió el peso para dar una estocada ascendente. Aldrik dio un salto atrás, la punta de la espada no lo alcanzó por un pelo. La mujer continuó su ataque con un espadazo de revés en dirección al hombro contrario de Aldrik, que giró en redondo y la agarró por el brazo que sujetaba el arma. Las llamas ardieron con intensidad, luego subieron lamiendo la piel de la mujer.

Al principio, Vhalla creyó que era inmune a las llamas, pero mientras observaba la piel cambiar de color delante de sus ojos, se dio cuenta de que el verde era en realidad una pintura resistente al fuego. Observó horrorizada cuando la máscara de la mujer salió volando durante un giro en el que su espada conectó con el costado de Aldrik. El príncipe soltó un grito, perdió el equilibrio y se tambaleó hacia atrás. Vhalla pugnó por encontrar sus pies y desenredarse de los escombros.

—¡Vhalla, *vete*! —masculló Aldrik con voz gutural.

Cuando la mujer levantó el brazo de la espada de nuevo, Aldrik se estiró hacia ella para agarrar la oscura piel desnuda con sus manos. El fuego se extendió por su piel y la mujer dio un alarido cuando esta empezó a ondular y burbujear por efecto del calor. Su agonía aumentó hasta un grito tortuoso, libre ahora del obstáculo de su máscara. Dejó caer la espada. Se retorció y luchó con su mano libre, pero Aldrik se mantuvo firme.

Se levantó despacio y soltó la mano derecha del brazo de la mujer, que casi se había quemado hasta el hueso. Luego aprovechó su estado de *shock* y apretó la palma de la mano contra la cara de la norteña, cuyo cuerpo sufrió un espasmo. Se sacudió y contorsionó mientras las llamas lamían alrededor de sus ojos para hacerlos hervir dentro de sus cuencas. Su garganta se hinchó con el fuego interno y por fin se quedó inerte. Aldrik tiró el cadáver chamuscado a un lado y miró a Vhalla.

La joven miraba la escena horrorizada. Tenía las manos sobre las orejas, en un intento por bloquear el eco de los últimos sonidos desesperados de la norteña antes de su muerte. Contempló el cadáver carbonizado. ¿Eso era contra lo que luchaban en el Norte? Vale, su piel había sido un poco más oscura que la de un occidental, y su pelo había sido un poco más rizado que el de un sureño, pero había sido humana. No había sido ni más ni menos que Vhalla. Y Aldrik la había matado.

Levantó la mirada hacia el hombre que le había salvado la vida pero que también había quemado a una persona viva. Había matado a esta mujer y a innumerables más. Aldrik dio un paso adelante y Vhalla dio un paso atrás. Tragó saliva. ¿Por qué estaban luchando contra esa gente, para empezar a hablar?

Aldrik se rio sin ningún humor.

—¿Qué creías que era? —escupió—. ¿Creías que iba a la guerra y leía libros? —Vhalla dio otro paso atrás—. Te has lanzado a tumba abierta a mi infierno diario. ¿No sería más adecuado que las armas de muerte y tortura no pudiesen hablar? —Vhalla se forzó a no temblar mientras lo observaba. Aldrik la miraba furioso; el naranja del fuego se reflejaba en los espejos negros de sus ojos.

Con toda la valentía que pudo reunir, Vhalla cruzó la distancia entre ellos. Aldrik se enderezó y bajó la vista hacia ella, imponente. Vhalla tragó saliva y trató de reunir sus últimos resquicios de confianza. Habría tiempo más tarde para preguntarle sobre las razones reales detrás de la guerra. Pero ahora, tenían que volver a casa.

Agarró su mano, al tiempo que rezaba para que no estallara en llamas al tocarla. No lo hizo.

—Deja de ser tan tonto, Aldrik. Vámonos. —La expresión del príncipe apenas se suavizó, pero fue más que suficiente para que Vhalla supiera que había dejado clara su posición. Fuera lo que fuere este hombre, no era un monstruo. Vhalla dio un paso atrás, se giró para agarrar a Roan y emprender el sórdido trayecto de vuelta a casa.

Con una nitidez asombrosa, Vhalla oyó el nítido chasquido de la cuerda de un arco perforando el aire. Se movió por instinto para ponerse delante de su príncipe.

Luego gritó, un sonido peor que cualquiera que hubiese hecho nunca, cuando la flecha se clavó en su hombro.

—*¡Vhalla!* —rugió Aldrik mientras ella caía de rodillas.

Boqueaba en busca de aire. Boqueaba por hacer algún sonido. El dolor abrasaba cada nervio de su cuerpo, cada sinapsis de su mente. Agarrotó sus músculos y la forzó a parpadear para eliminar la mareante negrura de los bordes de su visión. Las manos de Aldrik la sujetaban, pero su atención estaba en otro sitio. Vhalla giró la cabeza para intentar ver lo que veía él. Sin embargo, en cuanto se topó con la imagen de la flecha que sobresalía de su cuerpo, tuvo que hacer un esfuerzo supremo por mantener la conciencia.

—Vaya, vaya, ¿no es encantador? —Vhalla inclinó la cabeza para mirar por encima de su otro hombro y encontrar la fuente de esa voz. Su visión empezaba a estrecharse y se concentró en enfocar los ojos.

Había tres.

—Son los malabaristas —murmuró.

—No hables —le susurró Aldrik con voz ronca, y su pulgar acarició su hombro mientras la sujetaba.

—Cuidado, les... les falta... —Se esforzó en contar—. Aún les faltan dos.

Aldrik la miró y luego otra vez a la gente.

—¿No creéis que es encantador? —preguntó un hombre.

—Desde luego que lo es —llegó la voz nasal de una mujer.

—El noble príncipe que defiende a la damisela. ¿Quién podía imaginar que el Señor del Fuego era capaz de eso? —comentó el hombre con sarcasmo.

Vhalla oyó el silbido de metal contra metal cuando desenvainaron una espada. Se dio cuenta de que esa gente de verdad quería matarlos. Sintió la sangre que la empapaba ya hasta la cintura. No estaba en posición de correr ya más; si Aldrik cargaba con ella, solo lo lastraría.

—Aldrik —susurró. No se movió, pero Vhalla sabía que la había oído—. Vete, vete y déjame. —De hecho, era culpa de ella que Aldrik estuviese ahí para empezar. Lo último que podía hacer en su vida era asegurarse de que el heredero al trono no muriera a causa de su propia testarudez. Vhalla cerró los ojos y agachó la cabeza.

—No —contestó con una voz suave y baja.

—Tu vida vale mucho más que la mía. Es la vida que en parte te di, ¿no? —Esbozó una leve sonrisa mientras oía pisadas y el crujir de cuerpos al otro lado de la calle. Aldrik no dijo nada—. Debería tener algo que decir sobre si la tiras por la borda o no. Así que vete. —Los dedos de Aldrik se apretaron en torno a sus brazos y Vhalla estaba bastante segura de que le dejaría moratones.

—¿Sabes?, creíamos que era mentira que estuvieras vivo. —Era la voz del hombre otra vez. Aldrik seguía sin moverse—. Nuestro líder elaboró el veneno que impregnaba esa daga. Una gotita debería haber matado a un gran gato noru, y oí que a ti te clavaron toda la maldita cosa en el costado.

La respiración de Aldrik se volvió trabajosa. Vhalla estaba confundida por la mención de una daga.

—Aunque, claro, también esperábamos que si el veneno no te mataba, la vergüenza de que te hubiera apuñalado por la espalda uno de los hombres de tu querido y dulce hermano sería suficiente.

Aldrik se puso de pie y ella osciló sin su sujeción. *Sí*, pensó Vhalla con debilidad, *vete*. Vhalla se enderezó un poco con el brazo ileso y se giró para sentarse sobre los escombros de manera que pudiera mirar a sus atacantes. Por desgracia, Aldrik no había huido. Estaba ahí plantado, con los puños envueltos en llamas otra vez.

Una de las mujeres se rio.

—Sigue herido. Mirad, es posible que esa patética chispita sea todo lo que logre invocar. —Esa mujer sujetaba un arco y Vhalla rezó por ser capaz de mantener los ojos abiertos el tiempo suficiente para contemplar cómo ardía su cara—. Venga, terminemos con esto ya. —Cargó una flecha.

El hombre sujetaba su espada con ambas manos y la otra mujer hizo otro tanto. Aldrik dio unos cuantos pasos hacia ellos y a Vhalla se le retorció el estómago de la agonía. No iba a huir. Los otros tres avanzaron despacio.

—Cuidado, tal vez sea una bestia con las garras cortadas, pero sigue siendo una bestia —advirtió el hombre.

—Si sigue siendo una bestia, ¿podemos afeitarlo cuando acabemos y llevar su pellejo como una segunda piel? —preguntó la voz nasal.

—Yo preferiría colgar su piel de mi arco y agitarla como una bandera —señaló la arquera, y miró de reojo a sus camaradas.

Eso fue todo lo que hizo falta para que Aldrik aprovechara su oportunidad. Se abalanzó sobre ella, agarró su arco y prendió de inmediato tanto la mano como el arma. No obstante, el hombre estaba sobre él en un santiamén y Aldrik se vio forzado a soltar su agarre para esquivar el ataque. Movió los dedos por el aire para crear una cortina de llamas, y el impulso del hombre le hizo adentrarse en ella. La espadachina corrió alrededor de la cortina y atacó desde el lado. Aldrik giró el cuerpo y bajó el codo con fuerza contra la parte posterior del cuello de la mujer, que se tambaleó hacia atrás. De un modo horrible, Aldrik era como una canción de muerte y llamas.

—Bastardo —gruñó el hombre cuando volvió a la vertical. Columpió la espada en un gran arco. Aldrik dio un paso atrás, pero se encontró con el golpe de la arquera, que estrelló los restos de su arco contra la parte de atrás de su cabeza. Aldrik dio un grito y cayó de rodillas. Vhalla sintió que se le paraba el corazón.

El hombre se cernió sobre él con una sonrisa satisfecha, preparado para asestarle el golpe final. Aldrik alargó una mano y agarró el tobillo del hombre. Las llamas subieron ardientes por el lado del cuerpo y ni siquiera la pintura pudo proteger su piel. Aldrik rodó para quitarse del camino del violento ataque de la espada y recuperó la vertical otra vez. Vhalla pudo ver que ya estaba agotado, su posición un poco encorvada.

La arquera se abalanzó sobre él, pero Aldrik la esquivó con facilidad y respondió con un puñetazo en el estómago. Sin embargo, ya no había llamas. La mujer de la espada giró en redondo. Aldrik se dejó caer sobre una rodilla y alargó la mano antes de soltar un grito de angustia. Su mano voló hacia su cadera, donde Vhalla había visto un punto negro en su magia hacía unos meses.

El hombre soltó una risa sombría. Vhalla miró al norteño, horrorizada. La mitad de su ropa se había quemado y, con ella, grandes franjas de piel. Parecía un cadáver que hubiese retornado a la vida.

—¿Veis? —masculló con voz ronca—. Le está fallando la magia.

Aldrik fulminó a los norteños con la mirada. Tenía el pelo desgreñado, pegado al rostro empapado de sudor. Su cara se retorcía de dolor, pero seguía orgulloso y desafiante. Las manos del príncipe heredero apretaban su cadera mientras levantaba la mirada, con la espada del hombre pegada al cuello.

—Y así es como muere un príncipe. —El hombre se rio con desdén y echó la espada atrás.

Vhalla abrió la boca para gritar.

—¡Espera! —exclamó la arquera, al tiempo que se quitaba la máscara—. Tengo una idea mejor. —Llevaba una sonrisa maliciosa dibujada en la cara.

—Solo matémosle y terminemos con esto —murmuró la mujer de la voz nasal, que todavía trataba de recuperar la respiración.

—La muerte no es divertida sin dolor —musitó la arquera en tono siniestro.

—No gritaré. —Aldrik se rio sin humor alguno—. Sin importar lo que hagáis, no gritaré, ni suplicaré, así que será muy aburrido.

Vhalla estudió al príncipe. Su postura era relajada y su voz sonó calmada. Había incluso una especie de invitación en su tono grave. Por mucho que quisiera creer que estaba de farol, la pequeña sonrisa de suficiencia le indicaba lo contrario. Sintió una punzada de dolor, y no por la flecha que sobresalía de su hombro. Aldrik había aceptado su propia muerte y estaba preparado para recibirla en ese momento. A Vhalla se le quedó el aire atascado en la garganta.

—No he dicho que quisiese hacerte gritar *a ti*. —La arquera se giró y miró a Vhalla.

La joven se enderezó lo mejor que pudo y retrocedió por instinto ante su atacante, haciendo caso omiso de las punzadas de dolor de su hombro herido.

—A ti no te pongo en duda, príncipe. Estoy segura de que tu umbral del dolor es muy alto, pero existen muchos tipos diferentes de dolor, ¿no crees? —Esa sádica casi ronroneaba, sus ojos esmeraldas centelleaban—. Me pregunto si el de ella será igual de alto. —Con una sonrisa fría, la mujer fue hacia Vhalla.

Vhalla miró a Aldrik, impotente, antes de levantar la vista hacia la norteña que estaba a punto de decidir su sino.

La mujer agarró el astil de la flecha que sobresalía del hombro de Vhalla y tiró hacia arriba para arrastrar a la chica hasta que estuvo en pie. Vhalla tembló por el dolor y el esfuerzo de reprimir sus gritos. No quería morir así, y no quería dar a esa gente la satisfacción de su angustia. Sin soltar la flecha, la mujer arrastró a Vhalla hacia donde estaba arrodillado Aldrik, cuyos ojos mostraban una mezcla atormentada de furia y aflicción.

El pie de Vhalla se enganchó en un cascote y la joven tropezó. La caída arrancó la flecha, plumas y todo, a través de su hombro. Vhalla dio un grito mientras se retorcía de dolor entre los escombros y los restos humanos que cubrían el suelo. Aldrik hizo un amago de ponerse en pie de un salto, pero el hombre apretó más la espada contra su cuello.

—Abajo —gruñó, como si Aldrik fuese un perro.

—Vamos, chica, aún no hemos terminado. —La mujer la agarró del pelo y la arrastró el resto del camino. La dejó caer a un brazo de distancia de Aldrik, aunque parecía medio mundo mientras Vhalla lo miraba inexpresiva, destrozada al ver la aflicción en sus preciosos ojos oscuros.

La mujer tiró de Vhalla para colocarla en una posición sentada y sacó una flecha de su aljaba.

—Dime, príncipe, ¿qué es lo que te gusta de ella? —La voz de la arquera sonaba ronca.

—No me gusta nada, en realidad; es solo una prostituta barata que encontré —se forzó a decir Aldrik con la voz neutra.

—¿Ah, sí? Lleva una ropa muy elegante para ser una prostituta barata. ¿Te gusta su cara? —La mujer deslizó la punta de la flecha por la mejilla de Vhalla, dejando una rezumante línea roja a su paso.

Vhalla hizo una mueca leve, mientras le temblaba el labio de abajo.

—¿Por qué manchar tu arma con su sangre? —intentó Aldrik, al tiempo que procuraba apartar la mirada del modo lo más casual posible.

—Tiene una figura bonita. ¿Qué tal sus pechos? —Aparecieron dos cortes más en su cuerpo y Vhalla sintió lágrimas en sus mejillas.

—Basta ya —dijo Aldrik en voz baja, los ojos otra vez sobre Vhalla.

—¿Basta? ¿No dices que es solo una prostituta? —se burló la mujer—. ¿Y las piernas? ¿Quieres verlas? —la mujer levantó el faldón de la chaqueta de Aldrik y la falda andrajosa de Vhalla con la flecha. Le hizo una incisión profunda por el camino.

—¡Basta ya! —gritó Aldrik.

Vhalla lo miró y vio el pánico en sus ojos. La mujer había ganado. La norteña también lo sabía. Se echó a reír y soltó a Vhalla. La aprendiza de bibliotecaria rota cayó al suelo.

Vhalla miró el mundo sin fuerza alguna. Sería una tortura para Aldrik verla morir. Lo matarían a él después. Las muertes de Aldrik, de Sareem y de Roan serían todas culpa de ella.

—No lo matéis —susurró.

La risa de la mujer se acalló y se inclinó sobre Vhalla.

—¿Qué has dicho, pequeño pedazo de mierda? No te he oído bien —escupió con desdén.

—No lo matéis —repitió Vhalla. No apartó los ojos de Aldrik en ningún momento—. Hacedme lo que queráis a mí, pero no lo matéis, por favor. —Vhalla hizo un esfuerzo por sentarse. La mujer se rio otra vez.

—Tú no eres nada —se burló—. Eres menos que nada. Solo has sido algo durante un rato porque era divertido hacerte daño.

—Y ya no es divertido —dijo el hombre, al tiempo que levantaba la espada.

—No —susurró Vhalla.

Aldrik la miró, inmóvil. No intentó correr ni huir. Se limitó a mirarla.

—¡Esto acaba ahora! —El hombre bajó la espada sobre la cabeza de Aldrik.

—¡No! —gritó Vhalla. En menos de un segundo, el único sonido que llenaba sus oídos era el viento de la espada del hombre al cortar por el aire.

CAPÍTULO 25

Vhalla se movió sobre el suelo de piedra agrietada e irregular y gritó de dolor. Notaba el hombro hinchado y caliente; los movimientos más simples eran una agonía. Trató de enderezarse un poco, pero cayó de vuelta al suelo con un golpe sordo. Tenía sangre seca y humo pegados a los ojos; intentar retirarlos con las manos fue inútil, pues también estaban manchadas.

La habitación era un simple cuadrado y el aire estaba cargado con el hedor a excrementos y a cuerpos. Una pared tenía un portal grande con una enorme puerta de hierro hecha de barrotes entrelazados, cerrada con un candado más grande que sus puños. Vio las hombreras de la armadura de dos guardias de palacio a ambos lados.

—¿Hola? —Poco más que un sonido seco y rasposo salió por su garganta.

Los guardias se giraron y miraron a través de los barrotes. Uno tenía un lunar grande y feo en la mejilla izquierda. El otro tenía unas paletas que le hacían parecer una rata.

—Oh, está despierta —dijo el del lunar—. Más vale que des el aviso. —El hombre rata salió corriendo.

—¿Dónde? ¿Dónde estoy? —preguntó Vhalla, tratando de encontrarle un sentido a su entorno.

—¿A ti qué te parece? En una celda. —El hombre se hurgó en la nariz y le tiró la cosecha.

—¿Por qué? —A Vhalla le dolía la cabeza y el pálpito caliente de su hombro tampoco ayudaba.

—Oh, muy lista. Ya veo que intentas hacerte la inocente desde el principio. —El hombre del lunar sacudió la cabeza—. El Senado no se lo tragará.

Vhalla suspiró y volvió a apoyar la cabeza en el suelo. Cerró los ojos. Ese hombre era frustrante y no de la manera encantadora que lograba Aldrik. *Aldrik.* Vhalla abrió los ojos a medida que la noche reaparecía en su mente: Roan, Sareem, la mujer, la flecha, Aldrik de rodillas con una espada al cuello, el hombre que levantaba el arma para asestar el golpe final. Después... nada. Ya no tenía más recuerdos.

—¡Señor, señor! —El hombre del lunar se giró hacia ella con una ligera irritación—. El príncipe heredero. —Intentó sentarse. Quería ponerse en pie, pero acabó más bien arrastrándose hacia los barrotes. Se agarró a ellos como apoyo. Notaba todo el cuerpo tan exhausto que apenas podía moverse—. El príncipe Aldrik, él, ¿dónde está?

—¿Por qué quieres saberlo? ¿Pretendes atentar contra su vida otra vez? —El hombre la miró, inquisitivo.

—¿Qué? —exclamó, escandalizada—. ¡No! ¡Solo quiero saber si está bien!

—Por lo que yo sé, el príncipe está vivo y en buen estado.

Vhalla soltó un gran suspiro y apoyó la frente contra un barrote. Lo notó frío contra su piel acalorada. Aldrik estaba vivo y a salvo. Ella debió desmayarse y él los derrotó de alguna manera.

—Gracias a la Madre —murmuró Vhalla antes de que se le escapara un sonido estrangulado ante el recuerdo de sus amigos que no lo habían logrado. Su momento fue interrumpido por el repiqueteo de dos pares de botas por el pasillo.

—Sí, acaba de despertar. —Era el hombre rata de antes. Vhalla trató de escuchar con atención para intentar discernir las otras pisadas. Resonaban con fuerza. No era su príncipe. Aldrik vendría pronto. Él arreglaría esto y Vhalla podría salir de ahí. Levantó la vista cuando los hombres se detuvieron delante de su celda. Cualquiera, se quedaría con cualquier otra persona por encima de la que apareció ante su puerta.

Egmun le sonrió con deleite desde lo alto y a Vhalla se le agrió la sangre. Llevaba su cadena senatorial dorada sobre una túnica azul.

—Bueno, no puedo decir que me sorprenda demasiado verte aquí. —Quitó una pelusa de su manga con despreocupación. Vhalla lo miró inexpresiva—. Era solo una cuestión de tiempo. —El hombre perdió interés en su ropa y se acercó a la puerta de su celda, sus palabras tan lentas y deliberadas como sus movimientos—. Vosotros los plebeyos os sentís tan atraídos por el glamur de la vida noble como... como una polilla a una *llama* —dijo con una sonrisa malvada—. Es una pena que a menudo os acerquéis tanto como para quemaros.

Vhalla no pudo evitar fruncir el ceño mientras hablaba. Empezaba a detestar todo de ese hombre, y cada vez que abría la boca, lograba recordarle por qué. Era listo y Vhalla se dio cuenta enseguida de que eso lo hacía peligroso.

—¿Qué quiere de mí? —preguntó. Trató de que su voz sonara lo más serena posible, de no demostrar miedo ni pánico.

—Oh, *yo* no quiero nada de ti. La verdad es que solo querría que te arrastraras de vuelta debajo de la roca de la que saliste y no volvieses a salir jamás. Pero, bueno, esa posibilidad te la has complicado tu solita al atacar al príncipe heredero. —Levantó las manos por los aires antes de dejarlas caer—. Ahora, tendremos que asegurarnos de que recibas el castigo adecuado por tus transgresiones.

—¿Qué? —Vhalla levantó la voz con brusquedad—. Yo no...

—¿Lo niegas? —bufó el senador—. Tendrás que cantar una canción diferente antes del juicio.

—Pero yo *no hice nada* —repitió Vhalla.

—Guardias —suspiró Egmun—. Creo que quizá nuestra prisionera necesite que le refresquen un poco la memoria.

Rata y Lunar intercambiaron una mirada que a Vhalla le costó interpretar, antes de dirigirse hacia la puerta de la celda. En cuanto la puerta se abrió y los dos hombres con armadura entraron, Vhalla supo que no había sido una mirada buena. Puso toda la distancia que permitía la celda entre ella y los hombres, haciendo caso omiso del aullante dolor de su hombro.

Esos hombres estaban ahí para protegerla. Sin embargo, la miraron desde lo alto con el mismo desprecio con el que la había mirado la norteña.

—No —gimoteó Vhalla por instinto.

—¿Aún lo niegas? —caviló el senador, mientras se apoyaba en la pared a su espalda.

Lunar oyó una orden en la voz de Egmun que Vhalla no había percibido y cerró el puño alrededor de su pelo. La chica gritó de dolor y agarró las muñecas tensas del hombre mientras él prácticamente la levantaba en volandas. El hombre la tiró contra la pared y la parte de atrás de su cabeza impactó con fuerza contra ella.

Vhalla se desplomó, al tiempo que parpadeaba para eliminar las estrellas que habían brotado en su visión borrosa. Lunar estaba sobre ella otra vez antes de que tuviera tiempo de decidir cuál de las cuatro copias de él era la verdadera. Su bota conectó con su estómago, una y otra vez. Vhalla intentó levantar la mano para apartarlas con una ráfaga de viento mágico, pero no notó hechicería alguna crepitando bajo las yemas de sus dedos. No tuvo tiempo de asustarse siquiera antes de que Lunar estampara un pie sobre el apéndice. Sus huesos crujieron y Vhalla ni siquiera sintió el siguiente golpe contra las costillas. Solo sentía la tierra y la gravilla que cubría el suelo presionadas contra su mejilla.

—¿Lo recuerdas ahora? —preguntó Egmun.

—¿Por qué? —boqueó. *¿Por qué estaban haciendo esto?*

Rata la agarró de la parte de delante del vestido. El sonido de las costuras al reventarse mientras estampaba un puño contra su cara fue más sonoro que sus gritos pidiendo ayuda. La prenda solo pudo resistir dos golpes antes de desgarrarse entera y Vhalla cayó al suelo de un modo muy poco digno, tapada solo por su ropa interior.

Para cuando terminaron su paliza, apenas estaba consciente. Existía en una porción tan diminuta de su mente que el mundo exterior era solo tangible a través de ecos. Aun así, de alguna manera, sus palabras crueles lograron llegar a su psique fracturada.

—Ya es suficiente, creo. Por desgracia, no podemos tomarnos la justicia del imperio por nuestra mano. —Egmun fue hasta la entrada de la celda—. Recuerda esto. Porque yo lo haré. Así es como te veré siempre... basura despreciable.

Vhalla levantó la vista hacia el hombre, parpadeando, inmóvil, impávida. En sus libros, el odio siempre era descrito como fuego, como un infierno ardiente e incontrolable. Este odio, sin embargo, parecía hielo. Entumecía su empatía y afilaba su determinación a sobrevivir a toda costa, aunque solo fuese para fastidiarle la vida a ese hombre.

Egmun respiró hondo, como si pudiese sentir las dagas con las que ella lo estaba despellejando en su mente.

—Ahora, vístete. —Le tiró un saco de yute encima y salió de la celda.

Las piernas y los brazos de Vhalla apenas obedecían sus demandas de movimiento, y sentarse fue una agonía. Multitud de dolores fantasma consecuencia de su caída se filtraron desde sus huesos fracturados y sus tejidos desgarrados. El saco que le habían arrojado tenía unas rajas cortadas para los brazos y la cabeza, y Vhalla reptó dentro de él con toda la dignidad que pudo reunir.

Había soportado cosas peores. La antigua aprendiza de bibliotecaria se puso en pie a duras penas. Había sobrevivido a una caída desde las torres del palacio y a un ataque de guerreros del Norte. Le temblaban las piernas de dolor y miedo mientras se recordaba esos datos y se giraba hacia los tres hombres.

Lunar la agarró y tiró de ella hacia delante. Vhalla se tropezó y gritó, y se odió al instante por hacerlo. Los odiaba a ellos y odiaba su cuerpo traicionero por sentir el dolor que le habían causado. La mano del hombre se hincó en su hombro y Vhalla sintió líquido resbalando por su espalda. Rata llegó con unos grilletes y ató sus manos y sus pies juntos. Las últimas conexiones con su cordura se estaban rompiendo, y sonaron como una risa rasposa.

—Como si pudiera correr. —Le lanzó una sonrisa desquiciada a Egmun.

Este repentino contraste emocional casi pareció sacudir el aplomo perfecto del senador. Estiró bien su túnica y no dijo nada antes de echar a andar por el pasillo. Rata y Lunar la llevaban casi en volandas mientras la sujetaban en pie uno de cada brazo.

Después de un corto tramo de escaleras ascendentes, Egmun se separó de ellos. Recorrieron el resto del trayecto en silencio. Una sensación fría entumecía sus extremidades y se extendía hacia el interior de su cuerpo. *Sareem estaba muerto.* La sangre que manaba de su propia cabeza le recordó la cara destrozada de su amigo. Era probable que Roan también lo estuviera. De algún modo, el príncipe había sobrevivido, pero Vhalla esperaba que la culpara, con razón, de todo lo que no debería haber tenido que sufrir. El péndulo de sus emociones se columpió de manera marcada hacia la culpabilidad. Era su culpa. Todo era su culpa. De repente, se estaba riendo otra vez.

¿Por qué perder toda su vida le resultaba tan *gracioso*?

—Cállate —bufó Rata, y le dio una bofetada.

Su locura la abandonó y se quedó colgada medio inerte entre las manos de los guardias. Empezó a gotear sangre de su barbilla, que se sumó al rastro que ya estaba dejando en las escaleras por las que subían. Abrieron una puerta y la tiraron dentro de una sala muy iluminada. Cayó al suelo con un estrépito de cadenas muy poco elegante y esperó a que sus ojos se adaptaran a la luz.

La habían lanzado dentro de una jaula cuadrada soldada a la pared detrás de ella. Rata y Lunar se apostaron a la izquierda y a la derecha de la puerta para montar guardia. No había más entradas visibles a esa parte de la habitación, a su prisión temporal.

Al fondo a su izquierda, había una puerta diferente y unos asientos vacíos. A la derecha, la miraban trece personas, con Egmun en el centro. Los senadores se habían colocado con un orden perfecto en dos filas. Delante de ellos, en el suelo del centro de la habitación, había un estrado que representaba un sol dorado. Enfrente de él había una zona elevada con tres asientos. No, no eran asientos; eran tronos.

En el trono más pequeño a la izquierda del emperador, estaba sentado el príncipe Baldair; era la primera vez que Vhalla lo veía sin una sonrisa en la cara. En el centro estaba el emperador, con su expresión indescifrable. A su derecha, había una cara que Vhalla conocía muy bien. Se tragó un sollozo de alivio al ver a Aldrik vivo. Cerró los ojos antes de que pudiera ver lo que fuese que había escrito en sus facciones. No lo quería ahí; no quería que la viera así. Ella, que había matado a sus amigos y había puesto en peligro su vida, no se merecía su mirada, ni siquiera si iba cargada de una ira justificada.

El emperador levantó un gran bastón y lo golpeó contra el suelo tres veces. El sonido del metal contra la piedra reverberó por la silenciosa sala.

—Yo, el emperador Solaris, en nombre de la Madre, convoco este juicio especial. ¿Presidente electo del Senado?

Egmun se puso en pie y Vhalla tuvo que hacer un esfuerzo por no gritarle las peores obscenidades que se le ocurrían.

—Vhalla Yarl, nosotros los miembros del Senado te acusamos de imprudencia, de poner en peligro a tus conciudadanos, de destrucción del mobiliario público, de hacerte pasar por un miembro de la nobleza, de herejía, asesinato y traición en un atentado contra la vida del príncipe heredero Aldrik.

Vhalla entreabrió los ojos y se arriesgó a mirar al hombre al que se decía que había intentado matar. Aldrik estaba inmóvil; bien podía haber estado tallado en piedra.

—¿Cómo te declaras?

El mundo de Vhalla se ralentizó mientras esperaba a que el príncipe hiciera algo. Quería que se pusiera en pie, que sonriese, que le dijese a Egmun que estaba equivocado. Pero Aldrik no hizo nada.

Vhalla sopesó la idea de declararse culpable. La matarían y todo esto acabaría. Todo el dolor en el que estaban sumidos su cuerpo y su mente desaparecería. No habría más elecciones, no más príncipes y no más senadores. Si tenía suerte, convertirían esta prisión temporal en su tumba, acabando con ella antes de tener que volver a la celda con Rata y Lunar. Vhalla cerró los ojos con un suspiro, luego aspiró una temblorosa bocanada de aire.

—Vhalla Yarl, ¿cómo te declaras? —repitió Egmun.

No. Vhalla se sentó más erguida, echó los hombros atrás a pesar del dolor de los grilletes alrededor de sus muñecas. Si iba a ser juzgada, entonces debía ser juzgada por aquellos a los que había hecho algún mal. Los ojos de Aldrik centelleaban con un infierno apenas reprimido. Soportaría su juicio, y el de Roan, y algún día el de Sareem. Puede que Vhalla hubiese sido una chica de biblioteca sobreprotegida y puede que fuese una hechicera aún por desarrollar, pero no permitiría que Egmun, ni nadie, la convirtiera en una cobarde.

—No culpable. —Su voz sonó ronca. Vhalla se giró hacia Egmun y la boca del hombre se crispó irritada—. Senadores, me declaro no culpable.

CAPÍTULO
26

El resto del primer día del juicio se empleó en detallar sus delitos y en explicar cómo se llegaría al veredicto final. Al día siguiente, empezarían a presentar pruebas, llevarían a gente para hablar en su defensa, testigos, y escucharían los testimonios del lado del Senado. Vhalla se preguntó si Aldrik testificaría en su favor; él era el único testigo de verdad en el que podía pensar. Al tercer día, Vhalla contestaría a sus preguntas y hablaría en su propia defensa. Después, el último día, ella no estaría presente hasta que llegaran a un veredicto.

—Vhalla Yarl, se ha determinado que Despertaste como hechicera hace varios meses —declaró Egmun. Vhalla sintió cómo se le caía la mandíbula al suelo—. Durante este tiempo, no te has unido a la Torre para tu entrenamiento y contención. Tampoco has sido Erradicada, lo cual ha permitido que tus poderes se desmadraran y se volviesen peligrosos.

»Al hacerlo, estos poderes han progresado tanto que han destruido la propiedad pública y es posible que hayan contribuido a la muerte de múltiples ciudadanos.

Un escalofrío bajó rodando por la columna de Vhalla. ¿La muerte de múltiples ciudadanos? ¿Había matado a alguien? La sangre resbalaba por su cuello desde la cabeza y rezumaba de la herida en su hombro mientras pugnaba por encontrar algún recuerdo que convirtiese en verdaderas las palabras del senador.

—Algunos también consideran que tus poderes son una forma de herejía contra la Madre —continuó Egmun.

—¡Hay una razón por la que los matamos a todos! —gritó un senador occidental—. Son retorcidos, malvados. ¡Dádsela a los Caballeros de Jadar; ellos sabrán qué hacer! —Se había puesto en pie, furioso con Vhalla.

Ella lo miró, aturdida.

—¡Silencio! —bramó la voz del emperador por toda la sala—. Presidente electo, por favor, continúe.

—Todo esto casi palidece en comparación con un atentado contra la vida del futuro emperador Solaris, un intento de asesinato de nuestro príncipe heredero Aldrik. —Egmun hizo una pequeña reverencia en dirección al príncipe.

La expresión del príncipe no cambió. Lo rodeaba un aura ardiente de dolor y furia, pero sus ojos lucían una frialdad contenida en los breves momentos en que se permitía mirar en dirección a Vhalla. Fuera cual fuere la verdad, él no creía realmente que ella hubiese tratado de hacerle daño.

Pero ¿qué había pasado? La estaban enjuiciando por una lista larguísima de delitos. Estos hombres y mujeres la miraban como si fuese un animal rabioso. El odio del que Vhalla estaba extrayendo fuerzas seguía fuerte, pero su columna era débil y empezó a encorvarse a medida que las lágrimas rodaban por sus mejillas.

Estaban hablando otra vez, discutían sobre esto o aquello, pero todo sonaba como un zumbido en los oídos embotados de Vhalla. Estaba cansada. Estaba claro que a esta gente no le importaba lo más mínimo lo que pudiera pasarle. No, sí les importaba, pero lo que les importaba era verla muerta.

Vhalla abrió los ojos y miró a Aldrik. Había girado un poco la cabeza para escuchar lo que fuese que estuvieran diciendo en esos momentos, pero no participaba.

Vhalla quería culparlo. De no haber sido por él, nada de esto habría sucedido. De no haber sido por él, sus poderes mágicos nunca se habrían Manifestado, jamás se habría visto involucrada con la Torre y seguiría siendo la feliz desconocedora del nombre de un senador.

Pero Vhalla no podía culparlo, porque había sido feliz. Por un momento pensó en la noche anterior, en los brazos de Aldrik alrededor de su cintura. El recuerdo era tan perfecto que casi la destrozó. Trató de conectar mentalmente con la conversación, pero parecía estar llegando ya a su fin.

—El juicio comenzará mañana al amanecer, pues. —El emperador la miró—. Ya hemos reunido a una lista de testigos y gente con la que hablar. ¿Hay alguien que la prisionera quisiera nombrar en su defensa? —El emperador ni siquiera utilizó su nombre.

—Mi… mi amiga. Estaba viva cuando la encontré. Se llama Roan. —Hubo un pequeño murmullo por los bancos de los senadores al oír eso—. ¿Es… está viva? Hace muchos años que me conoce. —En realidad, Vhalla quería conocer la respuesta a su pregunta más que solicitar que Roan declarara en su defensa. Su amiga, con razón, no tendría unas palabras demasiado cálidas sobre ella ahora mismo.

El emperador miró a su hijo pequeño.

—Me temo que no conozco el estado de esa chica —confesó Baldair.

A lo mejor Vhalla solo se había imaginado los latidos superficiales del corazón de Roan.

—Si esa Roan fuese incapaz de declarar, ¿hay alguien más? —preguntó el emperador.

Vhalla lo pensó un poco y se tragó más lágrimas cuando recordó a Sareem y el deslumbrante testimonio que hubiese dado en su defensa. Su cabeza se llenó de imágenes de su cuerpo destrozado.

—El maestro Mohned —graznó, mientras pugnaba por mantener a raya los sollozos que sacudían sus hombros. El maestro iría en su ayuda.

—Así se hará. —El emperador volvió a dar tres golpes con su bastón y se puso en pie. Los príncipes y los senadores siguieron su ejemplo.

Vhalla no intentó ponerse de pie otra vez. Miró al suelo. Rata y Lunar parecían contentos de ayudarla. La levantaron con tal brusquedad que un gritito de agonía brotó por sus labios. La cabeza de Vhalla cayó hacia delante y su pelo tapó su cara.

—Se levanta la sesión.

La realeza salió primero y luego los senadores empezaron a desfilar de uno en uno, mientras a Vhalla la arrastraban de vuelta a las celdas subterráneas.

Después de quitarle los grilletes, Lunar la tiró otra vez dentro de su celda con una risa ruda. Vhalla cayó al suelo como una muñeca de trapo y no se movió, toda su energía agotada. Oyó la puerta cerrarse de un golpe a su espalda. Tal vez su cuerpo no sobreviviera el tiempo suficiente para ver el final del juicio. La oscuridad que reptaba detrás de sus ojos tenía una pesadez que nunca antes había sentido. Su cuerpo no ansiaba dormir, *ansiaba la muerte*.

Justo cuando estaba cerrando los ojos, Vhalla oyó el eco de unas botas que bajaban por las escaleras. Durante un momento agónico, pensó que Egmun había acudido otra vez para castigarla por haberse declarado inocente. Pero las pisadas eran aún más fuertes que las del senador. Demasiado pesadas para ser Aldrik, aunque algo en ellas le sonaba familiar. Vhalla oyó el tintineo de la armadura de los guardias cuando se llevaron el puño derecho al pecho en un saludo marcial.

—¿Príncipe? —dijeron Rata y Lunar al unísono. Vhalla giró la cabeza a duras penas. El príncipe Baldair estaba justo al otro lado de la puerta de su celda, con una gran caja en las manos. Todavía llevaba una mueca en la cara, el ceño crispado y fruncido.

—¿Qué ha sido ese patético despliegue, hombres? —preguntó. Su voz llevaba todos sus tonos melódicos normales pero nada de su alegría—. Se supone que debéis cuidar de nuestra prisionera; estaba diez veces peor en esa sala que cuando la traje aquí.

—Tr... trató de matar a vuestro hermano, e... el príncipe —intentó Rata.

—Todavía no la han encontrado culpable de nada y, hasta entonces, hay que mantenerla con vida y en *buen estado*. —El príncipe Baldair se giró hacia el hombre con una mirada furiosa.

—Está viva —ofreció Lunar. El príncipe suspiró.

—Voy a dar por sentado que nunca os han enseñado a curar heridas de guerra. Os enseñaré yo mismo. Abrid la puerta —exigió, lleno de aplomo regio.

—El senador Egmun nos dio instrucciones claras de... —empezó Lunar.

—Egmun es vuestro senador y yo soy vuestro príncipe. ¿De verdad tenemos que repasar el orden de la cadena de mando? —espetó Baldair.

—No, no, mi señor, claro que no. —Lunar buscó entre las llaves, abrió la puerta y la empujó para dejarlo pasar—. Tened cuidado, príncipe. Ya ha intentado matar a un miembro de la familia real.

El príncipe Baldair ignoró al guardia mientras entraba en la celda en penumbra. La única fuente de luz provenía de una antorcha en la pared del pasillo, así que su rostro estaba envuelto en sombras. Dejó la caja en el suelo con un discreto sonido metálico, no lejos de Vhalla.

—¿Puedes sentarte? —La voz del príncipe Baldair fue incluso más suave que su sonrisa cansada. Vhalla no dijo nada y se arrastró como pudo hasta quedar sentada, con solo unos suaves gemidos—. Bien —la animó él y alargó la mano hacia su hombro.

Vhalla dio un respingo cuando las yemas de sus dedos rozaron apenas su piel.

—Vhalla, tengo que curar tus heridas bien o se infectarán.

Ella intentó quedarse quieta cuando alargó la mano otra vez hacia su hombro, pero su cuerpo entero no podía parar de temblar. Todo lo que Vhalla vio fue la mano de un hombre que se acercaba a ella en el mismo espacio oscuro y estrecho de antes. La energía que surcaba por sus músculos escapó de su control y apartó a Baldair de un manotazo.

—¡No me toques! —bufó, su cuerpo poseído por un intenso temblor. La mano del príncipe se paró en medio del aire—. Por favor…
—Vhalla quiso venirse abajo entonces y suplicarle que la pusiera a salvo, pero quedó reducida a una piltrafa sollozante y escupió sangre por sus labios partidos.

—Vhalla —murmuró el príncipe Baldair en voz muy baja—. ¿Qué te ha pasado? —La miró bien y registró su cuerpo apaleado por primera vez.

La respiración de Vhalla era superficial y entrecortada, lo cual la tenía un poco mareada. Sus ojos pugnaban por enfocarse a través de la rabia que los cegaba, pero encontraron sus objetivos. Rata y Lunar dieron un paso atrás cuando la fuerza de su mirada se clavó en ellos.

El príncipe Baldair siguió la dirección de su mirada, y su cuerpo acumuló tensión como la cuerda del arco de un arquero. Respiró hondo antes de levantarse de un salto. El príncipe cruzó la corta distancia hasta la puerta de dos zancadas rápidas. Lunar y Rata se habían mostrado recelosos bajo la mirada furibunda de Vhalla, pero ahora el horror consumió sus rostros al ver al príncipe dirigirse a ellos hecho un basilisco. El príncipe Baldair puso una mano en la coraza de cada uno y los empujó contra la pared del fondo del pasillo.

—¿La habéis tocado? —rugió, inmovilizándolos al mismo tiempo en el sitio.

Los guardias parecían demasiado impactados para moverse mientras el musculoso cuerpo del príncipe los sujetaba sin problema.

—P… príncipe, n… nosotros… —tartamudeó Rata.

—Veréis, el senador… —intentó Lunar.

El príncipe Baldair sacudió la cabeza y se rio entre dientes.

—Estoy muy orgulloso de ser un hombre. Los hombres tenemos deberes, honores, en los que podemos basar nuestros actos y de los que podemos enorgullecernos. —Levantó la vista para mirar a los guardias—. Maltratar a una mujer, maltratar a cualquier persona, es una violación de todas esas cosas. ¿Sabéis lo que les hago a los hombres que están bajo mi mando e ignoran sus deberes y su honor? —Los dos hombres lo contemplaron aterrados—. Hago que dejen de ser hombres, para que no nos puedan poner en mal lugar a los que sí lo somos.

—P... pero ella no es una persona. Es un bicho raro.

Vhalla por fin apartó la mirada. Rata no debería seguir siendo capaz de hacerle daño.

—¡Marchaos! ¡Fuera de mi vista! —rugió el príncipe Baldair. La ira en su voz resonó por todo el pasillo detrás de los dos guardias que huían a la carrera.

Con un suspiro, los observó marchar. El príncipe Baldair se volvió hacia ella y la miró desde lo alto con tristeza en sus grandes ojos, con una expresión como de disculpa. Toda su cara se rindió a la expresión. Vhalla clavó los ojos en el suelo. No quería su compasión.

—Lo siento. Son hombres de Egmun; él los recomendó. Debimos saber lo que harían. —Maldijo en voz baja y Vhalla lo miró con recelo—. Vhalla, sé que esto va a ser difícil, pero debo limpiar y vendar tus heridas. Lo siento pero no puedo hacerlo si no me dejas tocarte. —Vhalla bajó la vista de nuevo—. ¿Comprendes que morirás si dejamos que se infecten? —añadió.

—Lo sé. —Vhalla respiró hondo y reafirmó su determinación. Egmun había querido que se diera por vencida y se entregara—. Adelante.

El príncipe Baldair estudió a la mujer que tenía frente a él y le rindió un respeto subconsciente a la criatura que se abría paso con uñas y dientes desde el agujero oscuro al que no hacían más que tirarla. Con un gesto afirmativo, volvió a su caja, abrió el cierre y rebuscó entre el material que había solicitado a los clérigos. Cuando sus manos entraron en contacto con la piel de Vhalla, ella no movió ni un pelo. *Es el príncipe Baldair*, se dijo Vhalla, *él no me hará daño*.

—Yo fui el que te encontró. —El príncipe no levantó la vista al hablar—. Cuando se produjo el primer torbellino, acudí a la carrera. Esas cosas no suelen ocurrir así sin más. Si está pasando algo extraño, horrible y mágico, suelo encontrar a mi hermano por ahí cerca.

—¿Un torbellino? —preguntó Vhalla en voz baja. El príncipe asintió.

—El viento era una locura. Dejó a esos norteños hechos pedazos; pedazos pequeños.

Vhalla lo miró, aturdida.

—Espera, ¿por eso...? —Empezaba a unir las piezas del puzle.

—¿De verdad no te acuerdas? —preguntó él, asombrado.

—No recuerdo nada —le dijo con total sinceridad.

—Vhalla, invocaste una tormenta de viento. Era casi tan grande como esa plaza entera —explicó el príncipe.

—¿De verdad le hice daño a Aldrik? —Estaba horrorizada.

El príncipe Baldair arqueó las cejas y las manos de Vhalla volaron hacia su boca cundo se dio cuenta de su error.

—¿Te permite llamarlo por su nombre? —El príncipe se rio bajito. Antes de que Vhalla pudiera decir nada, siguió hablando—. Aldrik resultó un poco magullado por alguna que otra cosa que volaba en el viento, creo que más de lo que me confesó después. Pero no te culpa. El viento no le hizo el mismo daño que a los norteños. —Vhalla soltó el aire contenido—. Solo pude llegar hasta ti cuando cesó el vendaval. —El príncipe se pasó una mano por el pelo—. Mi hermano estaba aferrado a ti con todas sus fuerzas. Como si fueses... no sé qué... —El príncipe Baldair se movió un poco, como si el recuerdo lo incomodara—. La boca abierta, los ojos como platos. —Baldair resumió la expresión que le estaba lanzando Vhalla a él en ese mismo instante—. Esa debió de ser también mi cara cuando lo vi aferrado a ti de ese modo.

Vhalla se miró las manos amoratadas y se preguntó si Aldrik querría volver a tocarla alguna vez.

—¿Por qué estás aquí? —El príncipe no había ido a contarle todo eso. Podía haberla atendido igual de bien cualquiera de los clérigos.

—Porque le debía un favor a mi hermano y él me pidió que hiciera esto —contestó Baldair con sinceridad. Vhalla frunció el ceño; era una carga para ellos. El príncipe sacudió la cabeza como si le hubiese leído los pensamientos—. Porque estaba preocupado por la mujer preciosa y encantadora con la que había bailado.

—¿Por qué no ha venido él? —Vhalla trató de evitar que el dolor se filtrara en su voz.

—Se está celebrando un consejo de guerra en estos mismos instantes, para hablar de la seguridad de la ciudad. Él tenía que asistir. —Vhalla asintió sin decir nada—. El príncipe envolvió unas gasas limpias alrededor de la herida reciente de la parte de atrás de la cabeza de la joven—. ¿Por qué no te defendiste de ellos con tu magia?

—Lo intenté. —Se atragantó con nada en su garganta, abrumada de pronto. Se sentía más abandonada por su hechicería que por cualquier otra persona—. Pero mi magia... no es... no sé por qué no funcionó.

—No pasa nada, Vhalla. Ahora estarás a salvo —murmuró Baldair, consciente de que las palabras no arreglarían nada. El príncipe apartó un poco el saco para inspeccionar su hombro—. Esta es fea. Va a doler —dijo a modo de disculpa anticipada. Vhalla se rio y él la miró inquisitivo.

—¿Qué no duele? —preguntó ella con amargura. El príncipe volvió a fruncir el ceño.

—Túmbate —le pidió. Vhalla obedeció y contempló el techo mientras el príncipe encontraba una botella larga de líquido claro—. ¿Quieres algo para morder?

Vhalla negó con la cabeza.

Baldair retiró el corcho de la botella y vertió el contenido a través de la herida. Vhalla bufó y arqueó la espalda, luego se aferró a su ropa y se obligó a estarse quieta con respiraciones lentas y profundas.

—Eres mucho más dura de lo que aparentas. —El príncipe dejó la botella a un lado.

—¿Lo soy? —preguntó, y volvió a contemplar el techo mientras él cambiaba la botella por un frasco de ungüento cremoso—. No me siento dura.

El príncipe se encogió de hombros y metió los dedos en el ungüento para aplicarlo con generosidad sobre la herida. Vhalla hizo una mueca al sentir la presión.

—Perdona —murmuró él.

—No pasa nada —murmuró ella—. Aldrik y tú. —Vhalla notó que el uso del nombre de Aldrik hizo que Baldair la mirara de una manera extraña—. ¿Os lleváis bien? —Hablar mantenía su mente lejos del dolor.

—Te… —El príncipe suspiró—. Tenemos una relación extraña. —Vhalla lo miró de reojo; eso ya lo había deducido ella solita. Antes de que pudiese hacer ningún comentario al respecto, el príncipe giró la conversación hacia ella—. ¿Y tú? Está claro que Aldrik y tú os entendéis. ¿Cuál es vuestra relación, exactamente?

Vhalla se puso tensa, y no por los dedos que presionaban alrededor de su herida. Se quedó unos instantes con la mirada perdida. Lo gracioso era que Vhalla no sabía cómo clasificar su relación con el príncipe heredero.

—No lo sé —repuso con sinceridad.

El príncipe Baldair la miró mientras enhebraba una aguja antes de inclinarse sobre ella. Una cortina de pelo dorado cayó delante de la cara del príncipe y sus ojos no llevaban nada de la alegría que había visto en ellos antes. Vhalla no estaba segura de si alguna vez había conocido a este príncipe Baldair. Parecía exhausto.

—¿Eso es todo? ¿No lo sabes? —farfulló, al tiempo que suturaba la herida.

—Eso es todo. —Vhalla evitó encogerse de hombros—. ¿Con cuánta frecuencia sabes lo que está pensando tu hermano? —La comisura de la boca de Vhalla se curvó un poco hacia arriba y el príncipe se rio incluso.

—Sabía que ibas a ser divertida. —Le hizo un gesto para que se sentara y así poder suturar la parte de atrás.

—¿Cómo aprendiste a hacer esto? —preguntó Vhalla, a la que la conversación le estaba resultando más fácil de lo esperado, dadas las circunstancias. Había algo en el príncipe Baldair, la misma sensación de comodidad que había sentido en sus aposentos.

—Mi hermano jugaba con libros de hechizos, yo jugaba con espadas. Los unos te hacen cortes con las hojas, las otras te cortan dedos. Vi a los clérigos tantas veces que aprendí lo básico. —Baldair sujetó el brazo de Vhalla hacia delante y vendó la herida para protegerla—. Ten cuidado. No te abras los puntos.

—Eso díselo a mis guardias —masculló.

El príncipe ni siquiera intentó disimular la mueca. Sacó un paño y otro gran odre de cuero del fondo de la caja. Mojó el paño y se lo dio a Vhalla.

—Toma, solo es agua. —Bebió un sorbito como para animarla. Vhalla no creía que fuese a perder tanto el tiempo en curarla si pensaba envenenarla. Tomó el paño y se limpió la cara. Hizo una pausa para contemplar la mezcla de negro y rojo que lo manchó al instante.

—Debo parecerme a la muerte personificada —caviló mientras miraba el trapo sucio.

—Peor que la muerte. —Ni siquiera intentó halagarla—. Después de verte en esa sala, mi hermano rompió un espejo y un jarrón y prendió fuego a una silla de camino a las salas del consejo. Me faltó tiempo para ir en busca de la caja de un clérigo.

Vhalla se rio un poco y sonrió por primera vez en lo que le parecían semanas. El príncipe sacó una crema diferente y deslizó el pulgar por la mejilla de la chica. Vhalla se puso un poco tensa, pero ya no encontraba incómodo su contacto, al menos a este nivel limitado.

—Eso es. Estás más guapa cuando sonríes. —El príncipe reflejó la expresión de ella en su propia cara, pero el momento fue efímero. Vhalla no tenía ningún motivo para estar contenta.

—Me van a ejecutar, ¿verdad? —preguntó con serenidad. La sonrisa del príncipe se esfumó.

—Lo van a intentar —repuso con un gesto afirmativo. Vhalla lo respetó más por no mentirle.

—¿Por qué?

—No lo sé. Egmun ya lo estaba exigiendo antes de que Aldrik te hubiese traído de vuelta siquiera al palacio.

Vhalla se distrajo un momento al imaginar los brazos de Aldrik a su alrededor. El príncipe Baldair recogió su caja y le dejó el odre de agua, un puñado de paños limpios, el frasco de crema que había usado en su cara y un pequeño vial de jarabe verdoso. Vhalla devolvió su atención a él cuando se levantó.

—Supongo que habrá más partes de ti que querrás lavar sin mí aquí. El ungüento puedes usarlo sobre cualquier otro corte. —El príncipe señaló hacia las cosas que dejaba.

Vhalla miró de reojo el corte que subía por su muslo y desparecía bajo el traje de arpillera y asintió.

—Gracias —dijo con sinceridad.

—El líquido verde, Sueño Profundo, aliviará el dolor y te ayudará a dormir.

Vhalla lo miró dubitativa; no estaba segura de querer estar en un estado de somnolencia medio drogada en compañía de Rata y Lunar.

—Por favor, no te vayas —suplicó en voz baja.

—En realidad, no debería estar aquí. —Suspiró y recogió la caja.

—Entonces, enciérrame y llévate la llave. Devuélvesela a Lunar mañana —suplicó—. Así no podrán llegar a mí. Si tengo que estar aquí con ellos toda la noche, me… —Un escalofrío la recorrió de arriba abajo.

—¿Lunar? —preguntó el príncipe. Vhalla se llevó un dedo a la mejilla, donde Lunar tenía su desafortunado rasgo distintivo—. Ah. —El príncipe Baldair sopesó su petición durante un momento y luego cerró la puerta con la llave que Lunar había dejado en la cerradura antes. Se la enseñó a Vhalla antes de guardarla en el bolsillo de su chaqueta. La joven asintió.

—Príncipe —se apresuró a decir. Él la miró—. Dile a Aldrik…

El príncipe miró pasillo abajo. ¿Que le dijera a Aldrik qué? Vhalla no había pensado tan allá. ¿Que nunca olvidaría su baile, durante todo el tiempo que le quedara de vida? ¿Que disfrutaba de su compañía más de lo que jamás hubiese esperado? ¿Que todavía tenía que dilucidar todos los complejos sentimientos que lo rodeaban? Al final, solo podía esperar que lo supiera.

—Por favor, dile «gracias» y «lo siento». —El príncipe le lanzó una mirada de extrañeza y asintió—. Y gracias a ti también, príncipe Baldair, por la razón que sea que hayas hecho esto.

—Ten cuidado —la advirtió el príncipe dorado—. Pareces una chica dulce, Vhalla. Está claro que hay algo mágico en ti y, aunque en realidad no lo entiendo todo, sí entiendo que Aldrik tiene fuego en las venas.

—Es un Portador de Fuego —explicó Vhalla, sin ninguna necesidad. El príncipe se rio bajito.

—Ya sé cómo lo llaman. —El príncipe sacudió la cabeza y apartó la mirada—. No quiero verte mezclada en el mundo oscuro de mi hermano y que sufras dolor de nuevo. Eso es todo.

No estaba interesado en darle la oportunidad de formular una respuesta. El príncipe se marchó con la llave y Vhalla oyó que sus pisadas desaparecían por el pasillo. Un estremecimiento frío atravesó su cuerpo.

Se quedó sola con sus pensamientos y los demonios que vivían en ellos. El recuerdo de Sareem volvió a ella y Vhalla hizo un fútil intento de reprimir sus sollozos con la palma de una mano sobre la boca. Era inútil y enseguida se vino abajo. Su llanto resonó por los pasillos. Cada vez que parpadeaba, veía su rostro, su rostro retorcido y roto, mirándola con el único ojo bueno que le quedaba.

Tranquila porque el príncipe se había llevado la llave, echó mano del vial de líquido verde y bebió un buen trago. Antes de que regresaran Lunar y Rata, usó un poco más de agua y los paños para terminar de limpiarse, por poco sentido que tuviera, mientras hacía un esfuerzo por contener las lágrimas. Vhalla aplicó crema sobre todas las heridas superficiales que encontró y luego se tumbó.

Estaba exhausta y la poción hizo efecto enseguida. Sus gimoteos pronto dieron paso al silencio y Vhalla se quedó dormida en el suelo de piedra sin problema.

CAPÍTULO
27

Sorprendentemente, Vhalla durmió bastante bien. El agotamiento extremo hacía maravillas en la capacidad para dormir toda la noche del tirón, sin importar las condiciones. Al sentarse, notó que le palpitaba la cabeza y se frotó las articulaciones para eliminar algo de su rigidez.

Utilizó uno de los paños húmedos que había dejado el príncipe para refrescarse la cara, aunque no la dejase más limpia. Vhalla miró de reojo a la entrada de la celda y vio el hombro de un guardia ahí apostado. Supuso que sería Lunar. Volvió a tumbarse y cerró los ojos, pues no quería que se percataran de que se había despertado. Las pisadas de otra persona se acercaron por el pasillo.

—¿A ti también te han mandado aquí? —No era la voz de Lunar.

—Como si él fuese a separarnos. —No era Rata—. Menuda historia más loca, ¿verdad?

Vhalla se sentó, confundida.

—¿Quién está ahí? —preguntó, y dos caras nuevas se giraron hacia ella.

—Soy Craig —dijo un sureño que parecía más o menos de la edad de Aldrik.

—Daniel. —Un oriental. Algo en sus ojos relajados y juveniles hizo que Vhalla se sintiera un pelín más cómoda.

—¿Qué ha pasado con Lu… los otros guardias? —preguntó. Los hombres intercambiaron una mirada.

—Ayer por la noche, el príncipe heredero los descubrió robando de las arcas. Los mató en el sitio. —Craig pareció estremecerse. Vhalla abrió los ojos como platos, atónita—. En cierto modo, es una locura. Sabía que tenía temperamento, pero se requiere una ira especial para matar a dos de tus propios hombres así sin más.

—Baja la voz —bufó Daniel—. Lo último que quieres es atraer su cólera sobre nosotros.

Vhalla los miró en un silencio pasmado. Rata y Lunar… Aldrik los había matado. Recordó cómo se había derretido la cara de la norteña, pero encontró su estómago extrañamente calmado.

Cuando por fin se le hizo un nudo no fue por la idea de sus muertes, sino más bien por la razón probable tras ellas. Aparte de lo que la gente creyera sobre él, Aldrik no mataría sin motivo; Vhalla no estaba dispuesta a creer nada distinto sobre él. Y solo se le ocurría un motivo.

—¿De verdad provocaste esa tormenta de viento? —preguntó Daniel, sacándola de sus pensamientos turbulentos.

—N… no estoy segura —repuso, sin saber muy bien cómo interpretar la expresión del hombre.

—¡Fue enorme! —Daniel abrió mucho los ojos y Vhalla se sintió un poco inquieta. ¿Era amigo o enemigo?

—En teoría, no deberías sonar tan emocionado. —Craig le dio un puñetazo en la cabeza a su compañero.

—Si lo hizo, eso la convierte en una Caminante del Viento. No entiendes lo que eso significa. —Daniel se frotó la coronilla con una sonrisa.

Vhalla se acercó un poco a los barrotes.

—Lees demasiados libros. —Craig puso los ojos en blanco.

—¡Y tú no lees ninguno! —Daniel se rio.

—¿Sabes cosas sobre los Caminantes del Viento? —preguntó Vhalla con timidez.

—No hasta hace poco —confesó Daniel, girándose hacia ella otra vez.

—No hasta ayer por la noche, quieres decir. —Craig volvió a poner los ojos en blanco—. Lo destinan aquí e intenta convertirse en experto en magia de un día para otro.

—Al menos tengo interés. —Daniel se encogió de hombros.

Vhalla los miró dubitativa. Justo entonces, la puerta del final del pasillo se abrió y su cabeza se vio invadida por el pánico en cuanto escuchó las pisadas. Ambos guardias se cuadraron al instante.

—Senador —saludó Daniel. Craig guardó silencio pero imitó los movimientos de Daniel. Vhalla fulminó con la mirada a Egmun. Sintió hasta el último moratón mientras el hombre estudiaba su cuerpo con mirada lasciva.

—¿Dónde están los guardias que tiene asignados? —preguntó Egmun.

—Nosotros somos los guardias que tiene asignados, señor. —Tanto Craig como Daniel seguían fijos en su saludo marcial. Egmun se frotó las sienes con un suspiro.

—Me doy cuenta de que sus estándares para los guardias son increíblemente bajos, pero al menos esperaba que pudierais leer el puesto que tenéis asignado.

Los dos hombres intercambiaron una mirada.

—Este es el puesto que tenemos asignado, señor —afirmó Daniel con confianza.

La boca de Vhalla se curvó en una sonrisilla de suficiencia al ver la expresión perpleja e iracunda que cruzó la cara de Egmun.

—¿Dónde están Salvis y Wer? —exigió saber el senador. Vhalla trató de adivinar cuál de los dos sería Lunar.

—Están muertos, señor —contestó Daniel.

Egmun perdió la compostura por la sorpresa durante un instante, y a Vhalla le entraron ganas de reír.

—¿*Muertos?* —repitió.

—Loro —musitó Vhalla en voz baja.

—¿Cómo? —Egmun rechinaba los dientes.

—Los encontraron robando de las arcas —aportó Craig—. Justicia imperial.

Egmun hizo una pausa y se rio.

—Oh, claro, ¿cómo no? —Sus ojos se posaron en Vhalla, que se alegró de que existieran esos barrotes para mantener al senador lejos de ella—. Claro que sí... —Egmun se rio entre dientes y dio media vuelta—. Su juicio empieza pronto. Aseguraos de que llegue puntual. —Egmun se alejó por el pasillo, su túnica esmeralda ondeando a su alrededor.

Vhalla soltó el aire.

—Parece tan agradable como una comadreja rabiosa en un saco de víboras —comentó Craig, inexpresivo.

—¡Craig! —bufó Daniel, pero no le llevó la contraria.

Con ese comentario, esos dos guardias se volvieron aceptables. Vhalla recordó que el príncipe Baldair había mencionado algo sobre que los guardias anteriores eran hombres de Egmun. Si eso fuese cierto, ¿de quién eran estos hombres? ¿Qué suerte la aguardaba? Vhalla se puso en pie con esfuerzo.

Daniel rebuscó la llave correcta y abrió la puerta. Ella los miró expectante.

—Creo que se supone que debéis esposarme. —Vhalla extendió las muñecas hacia ellos, con la esperanza de que achacaran todas las lesiones pintadas sobre sus brazos a los norteños.

—¿Ah, sí? —dudó Daniel.

—¿E... eso creo? —Craig se apresuró a agarrar unos grilletes que colgaban de la pared. Esta vez solo se los pusieron en las muñecas.

—Parece absurdo —caviló Daniel mientras echaban a andar por el pasillo—. Eres una hechicera, ¿verdad? ¿De qué sirve esposarte?

—¡Daniel! —se quejó Craig—. Mejor no darle ideas a una persona que va a ser juzgada por traición, ¿no crees?

Vhalla movió un poco las manos; el tipo tenía cierta razón. Se arriesgó a probar su magia y se le escaparon unas lagrimillas de alivio cuando sintió un leve parpadeo en torno a sus dedos. Saber que estaba regresando redujo en parte su resentimiento por su ausencia para ayudarla contra Rata y Lunar.

Daniel hizo ademán de agarrarla del brazo.

—¡No! —exclamó, y se apartó espantada para adoptar al instante una actitud defensiva. El hombre dio un salto atrás, sobresaltado—. Quiero decir, no huiré. Por favor, dejadme andar sola.

El trayecto hasta la sala fue lento debido a su loca determinación de hacerlo sin ayuda. En su mente, Vhalla lo transformó de un tema paranoico ante la posibilidad de que le hiciesen daño a un tema de orgullo. Quería demostrarle a Egmun que podía entrar ahí sobre sus propios pies.

Abrieron la puerta y dio la impresión de que aún era temprano. Los tronos estaban desocupados y habían llegado solo la mitad de los senadores, más o menos. La miraron con un amplio abanico de emociones, desde horror e ira, hasta fascinación y escepticismo. Vhalla fue hasta el borde de su jaula, lo más erguida que pudo.

A medida que la sala se fue llenando de gente, también empezó a llenarse de luz. Una gran ventana circular en lo alto dejaba entrar el sol de la mañana. En algunos casos, los senadores ingresaban junto con otras personas a las que instalaban en los bancos de al lado de la puerta antes de ocupar sus propios asientos. Vhalla intentó ver si reconocía a alguien, pero no sintió ni un destello de esperanza hasta que el ministro Victor tomó asiento. El hombre captó su mirada y asintió de un modo casi imperceptible.

Cuando el último senador se había instalado en su asiento, se abrieron las puertas de la sala y entraron los tres hombres de la realeza. Todos llevaban chaqueta blanca; el emperador y el príncipe más joven enfundados en pantalones azul claro, mientras que Aldrik los llevaba negros. Estaba claro que todos habían hecho concesiones.

Sobre la frente del emperador estaba la llameante corona del sol, cada una de sus puntas era una espada de luz dorada que subía hacia los cielos. Vhalla se preguntó qué aspecto tendría sobre la cabeza de Aldrik. Eso la llevó a recordar que, si conseguía sobrevivir a este juicio, algún día lo averiguaría. Algo muy profundo en su interior, debajo de los trozos fracturados de quien era ahora, sintió anhelo al pensarlo.

—Se abre la sesión de esta corte suprema. Vhalla Yarl será juzgada por los delitos de imprudencia, puesta en peligro, herejía, destrucción de bienes públicos, asesinato y traición. La prisionera se ha declarado no culpable. A continuación, vamos a escuchar a personas que hablarán en nombre del Senado y de la prisionera. Se comprometen a que sus testimonios sean veraces, so pena de que la Madre los fulmine con su justicia divina. —El emperador se acomodó en su trono. Los príncipes también se sentaron, lo que impulsó al resto de la sala a sentarse a su vez.

A Vhalla le dolían los hombros de sujetar en alto sus grilletes, así que decidió sentarse también. Miró al otro lado de la sala en dirección a Aldrik. Llevaba dibujada en la cara una expresión desprovista de emoción, igual que el día anterior. No parecía un hombre que hubiese creado una destrucción sin sentido entre sus deberes oficiales. No parecía un hombre que hubiese matado a dos guardias la noche anterior. Parecía casi aburrido.

Deslizó los ojos hacia ella un momento, pero apartó la mirada rápidamente, tras apretar la boca en una línea fina. Vhalla tragó saliva. ¿Estaría enfadado con ella?

Egmun le indicó al primer testigo que se levantara. Era una mujer sureña con una constitución del montón y un aspecto anodino. Vhalla trató de pensar si la había visto alguna vez, pero no lo recordaba.

—Gracias por venir aquí hoy —empezó Egmun—. Soy consciente de que es probable que recordar esto sea un gran trauma para usted, pero tendré que hacerle unas cuantas preguntas sobre lo ocurrido hace dos noches. —La mujer miraba con temor a la gente poderosa que la rodeaba—. No esté asustada, no es a usted a quien estamos juzgando. Diga la verdad ante su emperador y la Madre en lo alto, eso es todo lo que le pedimos. —La mujer asintió—. Cuéntenos, ¿qué vio esa noche?

—Uhm, bueno, mi, emperador, príncipes, lores y damas. —La mujer hizo una pequeña genuflexión—. Como sa'en, primero hubo la explosión y yo traté d'huir. Pa'ece que to' el mundo en la ciuda' quería escapar. —El corazón de Vhalla empezó a latir más fuerte al recordar su esprint frenético entre las masas—. Y asín vi qu'el príncipe iba corriendo.

—¿Vio al príncipe entre la multitud? —preguntó Egmun.

—Yo corría tanto que n'hice reverencia ni na'. —Hizo otra genuflexión en dirección a Aldrik—. Sin ofender, milord.

—Estoy seguro de que el príncipe no se ofendió.

Vhalla se sintió ofendida en nombre de Aldrik porque Egmun pretendiera hablar por él. Si a Aldrik le molestaron las palabras de Egmun, su rostro no lo reflejó.

—¿Está segura de que era el príncipe? —preguntó Egmun. La mujer asintió a toda prisa.

—Notándolo porque corría *hacia'l* fuego, no pa'l otro la'o. E iba to' de negro, como suele, con ropa 'legante, así que supe qu'era'l príncipe.

Aldrik se movió en su trono, y Vhalla percibió el movimiento al instante, después de que hubiese estado tan quieto todo el rato. El príncipe apoyó la mejilla en su puño y se echó hacia atrás en el trono al tiempo que separaba un poco las rodillas.

—Senador —dijo Aldrik arrastrando la palabra—. Ya he reconocido que estuve ahí. Por divertido que pueda ser oír mi historia repetida en boca de una plebeya, apenas parece una manera relevante de pasar el tiempo.

Algunos de los otros senadores se rieron incómodos. Egmun se limitó a esbozar una sonrisa fría.

—Príncipe, solo trataba de establecer que la mujer, en efecto, estaba ahí y que, por tanto, su testimonio es fiable —explicó Egmun. Luego se volvió hacia la testigo para continuar con su interrogatorio—. Buena señora, cuando vio al príncipe, ¿estaba solo? —La mujer negó con la cabeza—. ¿Con quién estaba?

—La seguía a ella. —La mujer levantó un dedo despacio para señalar a Vhalla.

—Como pueden ver, colegas senadores, he llamado a esta testigo para dar cuenta de la intención maliciosa y la herejía de la prisionera.

—Egmun se giró hacia ella y Vhalla frunció el ceño—. ¿Por qué, si no, iba un príncipe a seguir a una chica anodina de baja cuna hacia el *corazón* del peligro? ¿Por qué se dirigiría ella ahí, si no era para matarlo? —Egmun miró al emperador y a los senadores, levantando las manos de manera dramática—. Porque lo había hechizado con su magia. Puso a nuestro príncipe en un trance del que ni siquiera él era consciente y lo llevó a su guarida para acabar con él. Por lo que sabemos, tramó todo esto con los norteños. —Vhalla agarró los barrotes de la jaula con fuerza, haciendo caso omiso del dolor que la tensión de sus músculos le provocaba en el hombro—. Por sí sola, una magia que hechiza a los hombres y les roba su voluntad debería ser punible con la muerte. No hay ningún otro...

—¡Yo no hice tal cosa! —exclamó Vhalla.

—¡La prisionera guardará silencio! —bramó el emperador, estrellando su bastón contra el suelo con un estrépito considerable.

Vhalla se echó atrás y dejó caer la cabeza.

Egmun podía tomar cualquier cosa que dijese la gente y convertirlo en lo que él quisiera. Cuando terminó con la testigo, tenía al Senado entero comiendo de su mano. Vhalla estaba casi segura de que podía afirmar que ella tenía una segunda cabeza que brotaba de su ombligo y sorbía las almas de la gente a través de sus narices, y ellos lo creerían a pies juntillas. Levantó la cabeza un centímetro para mirar a Aldrik a través de la cortina de su pelo.

El príncipe bostezaba de vez en cuando y hacía ostentación de parecer aburrido con todo el procedimiento. Vhalla se preguntó si le estaría resultando difícil soportarlo. Era insultante decir que alguien como ella podía darle órdenes de cualquier manera, igual que era insultante implicar que ella podría afectarlo como maestro hechicero que era. Y luego estaba el resto de las mentiras. Vhalla apretó la frente contra los barrotes cuando Egmun llamó a su segundo testigo.

Ese segundo testigo era un hombre, un constructor, que decía que las casas desplomadas mostraban daños achacables al viento, no a una explosión. Que, de lo contrario, era probable que hoy siguieran en pie. La tercera era una mujer cuya hija había muerto en la plaza, y

Egmun comentó que quizá su hija había sobrevivido a la explosión pero que después el viento la había matado.

—El ministro de Hechicería, Victor Anzbel —llamó Egmun.

El ministro ocupó el estrado. Tenía un puño sobre la cadera y se mostraba relajado.

—Hacía tiempo que no te veía, Egmun. —Victor sonrió. El senador lo miró con desdén.

—Esta no es una ocasión social, ministro. Tenemos asuntos serios de los que hablar —dijo Egmun muy tieso.

—Ya lo veo. Y yo me pregunto muy *en serio* por qué has encerrado a una de las aprendizas más prometedoras que la Torre ha recibido nunca como si no fuese más que una delincuente común.

Egmun arqueó las cejas.

Vhalla trató de disimular su sorpresa. ¿Era oficialmente una aprendiza de la Torre? Miró de reojo a Aldrik. Se había iluminado una chispa en sus ojos, dirigida a Egmun. Aquello lo divertía.

—¿Una aprendiza de la Torre? —Egmun parecía tener las mismas preguntas que ella—. No hay ningún reg… —El senador rebuscaba entre varios papeles que tenía sobre una pequeña mesa cercana cuando el ministro lo interrumpió.

—Por supuesto que no los hay. Todavía no se ha hecho público. Estábamos esperando hasta después del festival para anunciarlo. La joven tenía amigos en la biblioteca y queríamos que disfrutaran de las celebraciones. Parecía un momento inoportuno hacerlo durante las fiestas —explicó Victor tan tranquilo.

Vhalla parpadeó.

—Si ha ocurrido todo esto, ¿dónde están los documentos? —preguntó Egmun a toda prisa.

—Oh, mis disculpas, senador. —Victor rebuscó en su bolsa y extrajo un papel de aspecto oficial. Fue hacia el hombre y Egmun se reunió con él al pie de las escaleras que conducían a los asientos senatoriales—. Deberías encontrar todo en orden.

Egmun echó un vistazo al pergamino con el ceño fruncido.

—Esto lleva el sello del príncipe —gruñó Egmun.

—Desde luego que sí —confirmó Victor como quien no quiere la cosa—. Es muy activo en la Torre, como sabes.

Vhalla miró hacia Aldrik y vio que una sonrisilla de suficiencia curvaba las comisuras de su boca. Su confianza le quedaba como hecha a medida.

—Y del Maestro de los Tomos… —El papel temblaba como una hoja de otoño en las manos de Egmun.

Vhalla parpadeó, perpleja. ¿Llevaba la marca de Mohned?

—Senadores, creo que encontrarán todas las firmas necesarias, incluidas la mía y la de Vhalla.

¿Su firma estaba en ese papel? La habían falsificado, y sospechaba que sabía quién había sido. El maestro no lo hubiese hecho, aunque supiera que ese era su deseo, y Victor no conocía su letra.

Aldrik permitió que sus ojos se cruzaran durante un instante, y Vhalla lo supo. Con esa mirada sombría, él le estaba pidiendo que guardara silencio. Vhalla cerró los ojos un par de segundos y luego volvió a mirarlo, con la esperanza de que la comprendiera. Aunque no le había llegado a comunicar al príncipe su decisión final, tenía que suponer que, de algún modo, la conocía. Vhalla se preguntó si la firma de Mohned también habría sido falsificada, o si el maestro también estaría manipulando la verdad en su beneficio.

—De hecho, habíamos empezado a trabajar con ella; hubiese sido una irresponsabilidad no hacerlo. Ha pasado bastante tiempo en la Torre desde su Despertar. Tiene incluso una mentora. —Victor extrajo otro papel y Vhalla se dio cuenta de que Larel también estaba luchando por ella. Era un alivio ver que Egmun no era el único que podía pintar ilusiones con palabras.

—Si tan controlada estaba por la Torre, entonces ¿qué pasó la Noche de Fuego y Viento? —preguntó Egmun con brusquedad, su irritación bien patente ya.

—Cada persona se Manifiesta de manera diferente. No ha habido una Caminante del Viento en casi ciento cincuenta años. Solo podemos actuar según los conocimientos de los que disponemos —dijo Victor con tono casual.

—Esa actitud tan laxa puede haber conseguido que muriera gente —escupió Egmun.

—Estoy convencido de que el príncipe estaba haciendo todo lo posible por mantener un ojo puesto en nuestra prometedora aprendiza y todos los que la rodeaban. Solo podemos hacer ajustes sobre la marcha. Pero como punto de referencia, ¿se ha confirmado alguna muerte a causa del ciclón? —preguntó Victor.

Egmun hizo una pausa.

—Más bien al contrario —llegó una voz anciana y sabia desde la parte de atrás de la sala. Todos los ojos giraron hacia ahí y Vhalla sonrió; Mohned había acudido—. Perdonen mi tardanza, buenas damas y lores del Senado, excelencias del imperio. —Caminó despacio hasta el borde del público sentado a la izquierda. El maestro se colocó detrás de la pequeña verja que separaba esa zona del estrado central de los testigos.

—Debe hablar solo un testigo cada vez —lo regañó Egmun, mientras le lanzaba a Mohned una mirada asesina.

—A mí me gustaría oír lo que tiene que decir, presidente electo —apuntó una senadora oriental desde su asiento.

Mohned se giró hacia el emperador.

—¿Si me lo permitís, alteza?

El emperador miró al Senado y recibió varios gestos de aprobación, así que asintió en dirección a Mohned. El maestro cruzó la verja para situarse de pie en el estrado al lado de Victor. Vhalla lo miró; estaba encorvado y aparentaba todos los años que tenía.

—Por favor, explique lo que quería decir —solicitó la senadora, robándole algo de control a Egmun.

—Acabo de llegar de ver a los clérigos. Por desgracia, uno de mis aprendices murió en la explosión.

—*Sareem* —Vhalla susurró su nombre en voz baja, y el rostro de su amigo empañó su visión un instante. ¿Tendría ocasión de llorarlo?

¿O se reuniría pronto con él en los mundos del Padre, en el más allá?

—Pero otra aprendiza estaba con él. El nombre de la chica es Roan.

—¿Está Roan viva, maestro? —preguntó Vhalla, desesperada.

El emperador dejó pasar su interrupción, para enfado de Egmun. El maestro asintió.

—Los clérigos dicen que, con el tiempo, se repondrá.

Vhalla ni siquiera intentó esconder sus lágrimas de alegría.

—Me alegro muchísimo —murmuró con voz ronca.

—Bueno, esto es muy conmovedor, pero no veo por qué es relevante. —Egmun trataba de recuperar el control de la situación.

—Roan, mi aprendiza, fue descubierta justo al lado del epicentro de la tormenta de viento —señaló el maestro—. Me han dicho que la tormenta tenía tal fuerza que destrozó a los norteños atacantes y derribó edificios enteros. Si la chica estaba justo al lado, ¿no hubiese resultado dañada igualmente?

Un murmullo se extendió entre los senadores. Egmun miró a su alrededor, la cara retorcida de rabia.

—Ahora que lo mencionas… —Baldair se unió a la conversación mientras se frotaba la barbilla, pensativo—. Ninguno de los cuerpos se movió, ni los muertos ni los vivos. El viento apenas pareció tocarlos. Seguían tirados por la calle. Imagino que un viento semejante los habría hecho volar por los aires.

El murmullo era cada vez más fuerte y, por primera vez, Vhalla respiró con un poco más de facilidad. No solo porque parecía que el control de Egmun estaba vacilando, sino porque se dio cuenta de que no había hecho daño a nadie, excepto a los norteños que habían intentado matarlos a Aldrik y a ella.

Egmun bajó las escaleras a paso airado y subió al estrado, el puño cerrado en torno al papel que le había entregado Victor.

—¿Es esta su firma, maestro? —Plantó el papel delante de la cara de Mohned, con lo que lo forzó a dar un paso atrás para intentar leerlo—.

Dígame, ¿se había decidido ya que Vhalla Yarl se uniera a la Torre? —El senador dio otro paso agresivo hacia delante para plantar tanto el puño como el papel debajo de la nariz de Mohned.

—Deje que lo lea. —Mohned dio otro paso atrás y los bajos de sus vestiduras se engancharon en el pequeño reborde que rodeaban el círculo interno del estrado con forma de sol. El cuerpo viejo y frágil del maestro empezó a ladearse y Egmun no movió ni un músculo para estabilizar al anciano. Victor estaba demasiado lejos y Vhalla vio cómo ocurría todo, como diez segundos más despacio que todos los demás. El maestro no podía recuperar el equilibrio y, agitando los brazos por los aires, empezó a caer hacia atrás.

—¡Maestro! —gritó Vhalla y proyectó una mano entre los barrotes. Las cadenas de sus esposas entrechocaron con estrépito. Notó un cosquilleo en las yemas de los dedos. Su magia todavía parecía agotada y apenas reaccionó, pero se había recuperado lo suficiente como para obedecer su orden.

La caída del maestro se ralentizó con un aleteo de sus vestiduras y el viento lo depositó con suavidad en el suelo. Mohned giró la cabeza y sonrió a Vhalla mientras el resto de la sala se quedaba sentada en medio de un silencio pasmado.

Vhalla aspiró una bocanada de aire tembloroso y Victor ayudó al maestro Mohned a ponerse otra vez de pie con cuidado.

—Gracias, Vhalla —dijo con amabilidad, mientras colocaba bien los pies en el suelo.

Vhalla tuvo justo el tiempo suficiente de soltar un pequeño suspiro de alivio antes de que la sala se sumiera en el caos.

CAPÍTULO
28

—¡**G**uardias! —gritó Egmun.

Vhalla miró a Craig y a Daniel. Estaban paralizados en el sitio, y la extraña sensación de asombro en el rostro de Daniel mientras la miraba le indicó a Vhalla que su quietud no era del todo achacable al miedo.

—¡*Guardias!* —bramó Egmun, y los hombres se pusieron en marcha. La empujaron al suelo con brusquedad, las espadas desenvainadas, con la punta apretada contra la parte de atrás del cuello de Vhalla.

—¡Calma! —gritó Victor, con las manos en alto.

—¡Es un monstruo! —chilló un senador.

—¡No estamos seguros aquí! —aulló otro.

—Vhalla nunca haría daño a nadie —intentó el maestro.

—Esto no es natural —gritó un hombre.

—Serás estúpido, es asombroso —llegó una voz solitaria, aunque una o dos más musitaron opiniones similares.

Los gritos y las discusiones se volvieron más acalorados, y Vhalla sintió las botas de los guardias sobre su espalda. Había cometido un error. Sin pensarlo ni planearlo, había utilizado su magia delante de todo el mundo. Vhalla pugnó por girar la cabeza para ver lo que estaba pasando, muy consciente de que cualquier movimiento repentino podía ser permanentemente perjudicial para su salud.

—Deberíamos matarla ahora —bramó un hombre.

—¿Cómo podemos matar semejante poder? —espetó una mujer de vuelta—. ¡Es útil!

—¡Lo más importante de un poder es cómo lo utiliza esa persona! —intentó decir Victor, aunque Vhalla no estaba muy segura de que lo oyera nadie—. ¡Vhalla puede hacer grandes cosas!

El emperador empezó a golpear en el suelo con su bastón.

—Nos arrepentiremos del día de hoy si la dejamos salir de aquí con vida —dijo un senador.

—¡Matadla ahora! —chilló otro.

Vhalla contempló la escena: la mayoría de los senadores estaban de pie. Algunos discutían con otros, algunos increpaban a Victor en el estrado a sus pies. Egmun estaba quieto y en silencio, con una sonrisa malvada desplegada por la cara. Había ganado. Había demostrado que Vhalla no tenía ningún control sobre un poder diferente y aterrador.

—¡*Silencio!* —rugió el emperador, y toda la sala se sumió en un mutismo sorprendido. De golpe, todo el mundo se dio cuenta de que habían perdido los papeles. El emperador se puso en pie y descendió de la plataforma real. Mohned, Victor y Egmun se separaron con una inclinación de cabeza cuando el emperador pasó entremedias de ellos, con toda su atención puesta en Vhalla.

La aprendiza giró la cabeza un pelín; tenía un ojo aplastado y cerrado contra el suelo, y el otro cubierto en parte por su pelo. El emperador se arrodilló delante de ella al otro lado de los barrotes y apoyó una mano en su rodilla levantada. La miró con curiosidad.

—Dejad que se siente —ordenó.

Vhalla notó cómo Craig y Daniel retiraban los pies de su espalda. Se levantó despacio, las espadas de los guardias todavía apuntadas hacia su cuello. Vhalla se arriesgó a retirar el pelo de sus ojos.

—Mi señor, no creo que… —empezó el presidente del Senado.

—Silencio, Egmun. —El emperador levantó una mano. El hombre más poderoso del reino observó a Vhalla durante largo rato. Sus ojos azules parecían buscar algo en ella. Al final, Vhalla bajó la vista hacia sus manos, cruzadas en su regazo, sin saber qué era lo que el emperador quería ver.

—¿Podrías derribarme donde estoy ahora mismo?

—¿Mi señor? —Vhalla no podía creer lo que estaba oyendo. ¿Era un truco? ¿O una prueba?

—Estás esposada, con espadas al cuello, detrás de unos barrotes. Aun así, ¿podrías derribarme? —Aunque los ojos del emperador no se parecían en nada a los de Aldrik, Vhalla vio una intensidad familiar en ellos, y eso la hizo pensar bien su respuesta.

—Nunca he pensado en hacer algo así, y mi magia parece estar un poco rara ahora mismo, pero supongo que podría —contestó con sinceridad. El emperador asintió.

—¿Intentaste matar a mi hijo?

Vhalla lo miró a los ojos.

—No. —La voz de Vhalla sonó pequeña, pero fuerte, como un estoque de elaborada manufactura—. Lo único que querría en mi vida es salvar a vuestro hijo.

Recordó a Aldrik arrodillado, de un modo muy parecido a como estaba ella ahora, con espadas sobre el cuello. Esa imagen la sacudió de dentro hacia fuera y alimentó su determinación. Incluso bajo la mirada escrutadora del emperador, no apartó los ojos. En ese preciso momento, Vhalla no tenía nada que ocultar.

El emperador asintió.

—Quitadle las esposas. —Se puso en pie y Daniel se apresuró a envainar la espada para manipular las cerraduras en sus muñecas.

—Mi señor, deberíamos considerar... —empezó a protestar Egmun.

—Egmun, si esta chica hubiese querido matar a alguno de nosotros, podría haberlo hecho. Ya lo hubiera hecho. —Esa certeza pareció alterar a algunos senadores en la misma medida que calmaba a otros.

Una vez retirados los grilletes, Vhalla se puso de pie con piernas de cervatillo tembloroso y se frotó las muñecas con suavidad. Aunque todavía estuviera en una prisión, se sintió algo mejor sin estar esposada y encadenada.

El emperador no le había quitado el ojo de encima.

—Vhalla Yarl. —Vhalla levantó la vista. Era la primera vez que el emperador empleaba su nombre—. ¿Alguna vez has conspirado para dañar a mi imperio?

—No, por supuesto que no —respondió con franqueza.

—¿Conspiraste con los norteños en la Noche de Fuego y Viento? —preguntó, su mirada penetrante aún sobre ella.

Vhalla se quedó boquiabierta.

—¡No! —espetó, cortante, sin importarle con quién estaba hablando—. Mataron a mi amigo, amenazaron mi hogar, y... —Se calló a media frase y el emperador arqueó las cejas. Los ojos de Vhalla volaron hacia Aldrik—. Y... —repitió. ¿Cuánto querría Aldrik que dijera?—. Hicieron algo imperdonable.

—¿Qué paso esa noche? —preguntó el emperador.

—Yo estaba en la gala —empezó Vhalla—. Estaba... ahí cuando se produjo la explosión. Vi dónde había ocurrido. Mis amigos estaban cerca del lugar; tenía que ir a ayudarlos. Así que corrí por la ciudad hasta encontrarlos. Entonces los norteños estaban sobre mí y... y... —Le estaba costando dejar a Aldrik fuera de la historia—. Pensé que seguirían haciendo daño a la gente. Me iban a matar y yo solo quería que murieran.

—¿Y el príncipe heredero?

Vhalla maldijo para sus adentros. Por supuesto que no iban a olvidarse de él con facilidad. Vhalla respiró hondo y por fin apartó la mirada.

—Él...

¿Él, qué? ¿Había sido una figura que la había apoyado y guiado desde el verano? ¿Una que la inspiraba? ¿Era alguien que le daba tantas ganas de sonreír como de patear algo? Vhalla deslizó los ojos hacia los senadores, que parecían pendientes de todas y cada una de sus palabras.

—Él es mucho mejor persona de lo que he escuchado decir. Vale mucho más que la gran mayoría de la gente en esta sala, y no solo debido a la corona que lleva sobre la cabeza. —Devolvió la vista al emperador—. Él quería ayudar. Si soy culpable de algo, es de haberlo puesto en una posición en la que se sintió obligado a hacerlo.

La sala se sumió en un silencio pasmado. Ni siquiera Egmun parecía poder encontrar algo que comentar. Vhalla no estaba segura de si se había condenado a sí misma, o de si Aldrik se pondría furioso por ello, pero no se arrepentía de sus palabras. Al final, bajó la vista y cerró los puños en torno a su saco.

Sin decir una palabra más, el emperador apartó por fin la mirada, dio media vuelta y regresó a su trono. Vhalla sentía los ojos de todos los presentes sobre ella, pero los suyos buscaron la mirada de uno solo.

Aldrik no se movió. Le ocultó sus emociones incluso a ella. Vhalla suspiró y bajó la vista de nuevo. Era inútil. Todo lo que creía saber acerca de ella y del príncipe estaba equivocado. Si no, ¿por qué no la defendía?

—Creo que tenemos suficiente información para tomar una decisión. ¿Tienes algo más que decir en tu defensa, Vhalla Yarl?

Vhalla negó con la cabeza sin mirar arriba otra vez.

—Propongo que pronunciemos nuestro veredicto mañana. Nuestro imperio está en guerra y tiene asuntos pendientes más importantes que este. ¿Hay alguna objeción? —Como era natural, nadie alzó la voz para hablar en contra del emperador—. Guardias, llevaos a la prisionera.

Vhalla dio media vuelta y Craig abrió la puerta. La joven siguió a Daniel fuera, sin mirar atrás ni un instante. Recorrieron el trayecto de vuelta a su prisión en silencio, pero no hicieron ningún amago de volver a esposarla.

Dentro de la celda, las paredes se cerraron sobre ella. Vhalla se sentó al lado de la puerta, de espaldas a los barrotes para evitar dar la impresión de que quería hablar. Apoyó la cabeza contra un barrote con suavidad; la presión contra la parte de atrás de la cabeza fue un dolor bienvenido.

Suspiró y cerró los ojos. Tendría que soportar otro día de espera...y luego, su destino. Al menos saldría de ahí pronto. El final del juicio parecía haber girado a su favor, pero la cosa había empezado muy mal. Los gritos de la gente pidiendo su muerte resonaban en sus oídos.

A la mañana siguiente, Vhalla se despertó con la misma luz tenue en la celda y se preguntó qué hora sería. Se frotó los ojos y parpadeó para eliminar el sueño. La noche anterior la habían alimentado, pero habían sido solo restos de pan. Su estómago, sin embargo, no estaba demasiado dolorido debido a su costumbre de comer poco en cualquier caso.

El saco empezaba a picar y tenía unos deseos inmensos de darse un baño y cambiarse. Aunque volvieran a meterla dentro de algo de yute, quería deshacerse de este. Un gran suspiro alivió parte del estrés y trató de mantener a raya los recuerdos que amenazaban con terminar con su cordura. Para sobrevivir, tenía que compartimentar y encerrar bajo llave algunos pensamientos.

—Oh, estás despierta. —Daniel la había oído—. ¿Quieres desayunar?

Vhalla asintió.

—Iré a ver qué puedo encontrar —dijo Craig antes de alejarse corriendo.

—¿Qué hora es? —preguntó Vhalla, al tiempo que se acercaba más a los barrotes.

—Calculo que una o dos horas después del amanecer. —Daniel se giró y se arrodilló delante de ella.

—¿Han empezado? —Vhalla no tuvo que aclarar a qué se refería. Daniel asintió.

—Sí, hace no mucho rato. No tengo ni idea de cómo va la cosa —dijo con tono de disculpa.

—No te preocupes. —Vhalla jugueteó con los hilos sueltos de su saco. Se le había quitado un poco el hambre al pensar en los hombres y mujeres reunidos en esa sala.

Craig regresó con un panecillo y un puñado de uvas.

—Es todo lo que he podido conseguir; al parecer, no tenían pensado darte nada de comer. —Le pasó las cosas a través de los barrotes y Vhalla empezó a dar mordisquitos a la comida.

—No me sorprendería que Egmun les dijera que parte de mis poderes consistían en no tener que comer —musitó con amargura, segura de que el hombre estaría contando más mentiras sobre ella en esos mismos momentos. Ambos hombres se rieron bajito y ella se forzó a tragarse el último pedazo de pan.

—Hoy vamos a llevarte a la Capilla del Amanecer —anunció Daniel. Vhalla lo miró con curiosidad—. Baldair nos dijo que, por lo general, los prisioneros quieren rezar antes de su veredicto. Para pedirle justicia y sabiduría a la Madre. O la absolución de sus delitos.

Vhalla nunca había sido una persona demasiado espiritual, pero aprovecharía cualquier excusa para salir de su jaula. La Capilla del Amanecer era el lugar de culto oficial para la familia imperial y para la capital. Era uno de los lugares públicos más altos en el palacio. Para llegar a la capilla, la gente común utilizaba una escalera exterior no lejos del Escenario Soleado. Era donde ordenaban a las Matriarcas de la Madre y donde se celebraban las mayorías de edad, las bodas y otras ceremonias religiosas de la familia imperial.

El día siguió su curso. Vhalla inspeccionó sus heridas y las encontró rojas e hinchadas, pero no peor. Lo que empezaba a volverla loca, sin embargo, era no saber. Si pudiese salir de su cuerpo, como había insinuado Aldrik una vez que podía hacer, entonces quizá pudiera ir a escuchar lo que se decía en la sala. Pero la idea de quedarse atascada fuera de su cuerpo otra vez la mantuvo firmemente anclada en el sitio, haciendo poco más que rodar piedrecitas por el suelo de un lado para otro.

—Vámonos —dijo Craig por fin. Vhalla se levantó y se pasó una mano por el pelo, aunque sus dedos se engancharon en nudos casi de inmediato—. No te voy a poner los grilletes, así que, por favor, no intentes escapar.

—Lo prometo —aceptó, sin estar muy segura de si esos guardias eran de una inteligencia excepcional o de una estupidez extraordinaria por confiar en ella. Fuera cual fuere el caso, se alegró de que lo hicieran y de que le permitieran caminar en silencio entre ambos.

No había hecho casi nada en todo el día, pero Vhalla encontró el trayecto agotador. El camino era subterráneo, por escaleras en penumbra y pasillos llenos de telarañas. No se cruzaron con nadie más, lo cual la llevó a pensar que su celda estaba en algún lugar de retención temporal y no en el laberinto de mazmorras que se rumoreaba que existía debajo del palacio.

Al final, llegaron a una puerta bastante anodina. Había un sol ardiente sobre ella, fabricado en bronce pero deslustrado por el paso de los años. La puerta protestó ante los intentos de Daniel por abrirla, y solo empezó a moverse cuando el guardia la empujó con el hombro.

—¿Estás seguro de que es por aquí? —preguntó Daniel, y tosió una bocanada de polvo.

—Es lo que me dijo el príncipe. —Craig se encogió de hombros—. A lo mejor ha pasado un tiempo desde que la última persona utilizó esta entrada.

—Ha pasado mucho tiempo —masculló Daniel.

Vhalla dio gracias por que Craig hubiese pensado en agarrar una antorcha hacía un rato. Durante un breve instante, el corazón de Vhalla se aceleró al darse cuenta de que estaba muy lejos de cualquier otra persona, sola con dos guardias. No obstante, cuando las tenues luces de la capilla empezaron a colarse por la puerta, su respiración se relajó.

Entraron en una pequeña sala adyacente a la capilla que Vhalla no había visto nunca. Tenía un altar grande sobre el cual había una escultura de la diosa con los brazos estirados hacia delante. Estaba envuelta en llamas portadoras de vida y tenía una expresión firme pero amable en la cara. Sobre el altar había una serie de artículos rituales: un espejo dorado con un soporte de mármol blanco, una daga de acero y velas blancas y negras. Había solo cuatro reclinatorios, cuyos almohadones lucían viejos y desgastados. A Vhalla le dio la impresión de que los almohadones habían sido blancos alguna vez, pero ahora estaban raídos y grisáceos por el polvo.

Había otra puerta que Vhalla dio por sentado que conducía a la parte central de la capilla. Parecía estar en mejores condiciones, además de estar reforzada con hierro y un candado dorado. Daniel se quitó las botas antes de entrar en el lugar sagrado y probar la otra puerta. Esa tampoco se movió, pero sí se oyó el revelador sonido metálico de un pestillo cerrado.

—Supongo que esperaremos fuera de aquí, pues. —Se encogió de hombros mientras se volvía a poner los zapatos—. Es el único acceso, así que sabemos que no puedes escapar.

—Te daremos privacidad para tus rezos —ofreció Craig.

Vhalla les dedicó a ambos una pequeña sonrisa. No podían darle gran cosa, pero lo que podían se lo daban. Con un asentimiento, se marcharon y la dejaron sola.

No le habían proporcionado zapatos, así que no tuvo que descalzarse antes de entrar en suelo sagrado, aunque deseó tener algo con lo que lavarse los pies y las manos. Fue hasta uno de los almohadones y se sentó sin ninguna energía. Contempló las llamas danzarinas que envolvían la escultura de la Madre. Era hipnótico y, aunque no era lo mismo que rezar, había algo pacífico en ello. Las Matriarcas decían que la Madre cuidaba de todos sus hijos; Vhalla se preguntó si a ella la habían perdido u olvidado. Una madre ya la había abandonado; quizás ese fuese su destino, sin más.

Las esculturas se convertían en relieves por las paredes exteriores. Cada uno contaba una historia de la Madre Sol y su eterno baile con el Padre Luna. La Madre creando el mundo; el falso hijo de ambos, el dragón del caos; cómo dividían el mundo para que el desorden no afectara a sus verdaderos hijos, la humanidad. Vhalla conocía todas las historias. Cada leyenda era un recuerdo de un libro que había leído en ese adorado asiento en la ventana. Le empezaron a escocer los ojos.

Entonces se abrió la puerta de la capilla, despacio y en silencio, y Vhalla se apresuró a secarse las mejillas y giró sobre sí misma. Una figura envuelta en granate entró por la puerta. Las Matriarcas de la Madre vestían de rojo oscuro para simbolizar la luz poniente del sol, una señal de que su vigilia duraría hasta el final de sus días. La puerta se cerró en silencio y la Matriarca la cerró con llave otra vez.

—Matriarca —empezó Vhalla, dubitativa—, he venido a decir mis oraciones antes de enfrentarme a mi destino —intentó explicar, preocupada por que creyera que estaba donde no debía estar.

Dos manos subieron para retirar la capucha hacia atrás.

—Lo sé —dijo una profunda voz masculina.

—¿Aldrik? —se sorprendió Vhalla.

El borde del cuello de su chaqueta asomaba por la parte de arriba de la gran capucha, y llevaba su corona dorada.

—No hables demasiado alto. —Miró a su alrededor antes de acercarse a ella a toda prisa. Aldrik se arrodilló en un almohadón enfrente de ella—. ¿Estás bien?

—¿Aparte de lo obvio? —Vhalla esbozó una sonrisa débil. Aldrik frunció el ceño.

—Esto no es un juego, Vhalla —la regañó con dulzura.

—¿Ah, no? Lo siento, pensé que sí. No sé tú, pero me he estado divirtiendo un montón. —Vhalla no estaba de humor para que le hablaran en ese tono.

Aldrik la miró con el ceño fruncido mientras sopesaba sus palabras.

—¿Tus nuevos guardias te tratan bien? —preguntó al cabo de unos instantes.

Eso confirmaba los temores de Vhalla. No era más que una cosita rota para él. Inspiró de manera brusca al sentir la ira bullendo en su interior. Nada podía compararse con el odio que inundaba su estómago al pensar en Rata y en Lunar. Recordar los ojos de Egmun sobre ella le daba ganas de morirse. Cada emoción negativa se intensificó al pensar en Roan y en Sareem, en la culpabilidad que la había estado torturando desde que se separó de ellos antes de que murieran... o de que casi muriera en el caso de Roan. Sintió ira incluso contra el maestro y el príncipe por haberse confabulado a sus espaldas, y una punzada de frustración la atravesó de arriba abajo. Cada mínima cosa por la que Vhalla podía sentirse enfadada salió a la luz entonces como consecuencia de su miedo y su vergüenza.

—¿Y a ti qué te importa? —le escupió al príncipe. Aldrik parpadeó como si lo hubiese abofeteado—. Has actuado a mis espaldas; te has convertido en el titiritero de mi vida; me has mentido; me tiraste de un tejado; me enseñaste sin ningún orden ni método; falsificaste mi firma. —Era inútil, y las lágrimas salieron en cascada—. ¡Ni siquiera has hablado en mi defensa!

Aldrik la agarró de los brazos con violencia y Vhalla se retorció frenética.

—¡No me toques! —chilló, espantada. Aldrik la soltó, una expresión consternada y dolida en la cara. Vhalla se abrazó y notó cómo todas sus emociones brotaban por sus ojos—. N... no soy más que una cosa lastimosa para ti, *basura despreciable*, ¿por qué querrías tocarme? —Vhalla apretó los ojos con fuerza y se hizo un sollozante ovillo ahí sentada.

Cuando Aldrik por fin se movió, a Vhalla le dolía el estómago de tanto llorar. Esperaba que se marchase; quería que la odiara, para poder validar el odio que sentía en su interior. Sin embargo, no se marchó. El odio habría sido más fácil de gestionar que la frustración y el dolor que rebosaban en su rosto.

El príncipe abrió y cerró la boca, pero su labia le falló. Frustrado, agarró el almohadón que tenía al lado y se levantó al tiempo que se medio giraba y lo tiraba contra la pared. No llegó nunca, pues antes se incineró envuelto en llamas. Aldrik se quedó de espaldas a ella, jadeando con suavidad.

—Yo —su voz sonó grave y desgarrada—, no soy un buen hombre. Tal vez nunca lo haya sido. En esa farsa de juicio, lo más duro fue oír cómo malgastabas palabras para defenderme cuando todo lo que quería era que te defendieras a ti misma.

»Yo hubiese dejado que la ciudad ardiera de no haber sido por ti. —Se rio, y fue un sonido seco y medio desquiciado, desprovisto de su habitual tono aterciopelado. Vhalla pugnó por creerle—. No estaba en situación de abandonar el palacio, herido como estoy, así que me habría quedado sentado en el lugar más seguro que pudiese encontrar para esperar el desenlace. —Se giró hacia Vhalla y buscó sus ojos—. ¿Eso te sorprende? ¿No estás disgustada con tu príncipe?

»Habría estado tan contento de contemplar cómo las llamas consumían la mitad de la maldita ciudad para purgar su inmundicia, aunque eso significase sacrificar a los buenos por el camino. ¡Esos son mis súbditos! ¡Personas a las que he jurado proteger! —Levantó las manos por los aires—. Tienes razón sobre todo ello. Te quería a ti. En el mismo momento en que averigüé lo que eras, te quería como un trofeo más para poner sobre mi balda. Y tú, Vhalla, me lo pusiste muy fácil, no me costó nada manipularte para ir justo donde quería que fueras. Tú, con tu inocencia transparente.

—Para —susurró. Sus palabras dolían.

—Como una tonta ignorante, confiaste en mí y no cuestionaste jamás mi guía, ¡a pesar de conocer mi reputación! —Vhalla apartó la mirada; no quería oír más—. Tienes razón, lo tenía todo organizado. El maestro lo supo en cuanto le conté mis sospechas, pero él no haría nada contra la voluntad del príncipe heredero, ni siquiera para advertirte. El ministro de Hechicería no sabía lo que tenía en ti, ¡te hubiese dejado marchar! Así que me tocó a mí asegurarme de que cayeras y Despertaras a tus poderes. Tal vez hubieses acudido al maestro en algún momento, pero ¿todas esas *elecciones* que creías tener? ¡Ese papel fue firmado cuando todavía te estabas recuperando de tu caída! El maestro sabía que ya estabas perdida para él, aunque tú misma aún no lo supieras. Todo lo que tuve que hacer fue seguir empujándote hacia delante, ser el profesor que te guiaba y te cuidaba, ¡y habría tenido tu magia para hacer todo lo que mi voluntad deseara!

—Aldrik, por favor... —suplicó Vhalla. Se atragantó con sus propias lágrimas.

—Y entonces... —Su voz se suavizó de manera notable. Sus hombros se hundieron y dejó caer los brazos flácidos a los lados—. Entonces me di cuenta de que solo quería estar contigo. Mis días eran mejores cuando tú estabas en ellos. Tu forma de pensar me entretenía y cautivaba. Era emocionante ver cómo descubrías la magia. Tenías una esperanza loca en la hechicería que yo no he sentido en casi una década. Empecé a encontrar excusas para llevarte conmigo, no porque *necesitaras* mis enseñanzas, sino porque... porque quería verte. Estaba impaciente por que llegara el momento de nuestros encuentros y... así, sin más, Vhalla, tu opinión empezó a contar para el príncipe heredero del imperio. Me importabas por quien eras, no por tu magia ni por lo que unos cuantos textos polvorientos digan sobre lo que los Caminantes del Viento podrían o no podrían ser capaces de hacer.

Vhalla parpadeó en su dirección. Se había quedado sin palabras.

—Quería tu perdón, como si esa aceptación inocente pudiese absolverme de toda la sangre que mancha mis manos. Quería verte en buen estado y contenta. Quería verte florecer, y quería solo un pedacito para mí: saber que, contigo, había hecho algo bueno. —Cerró los puños—. Y quería con toda mi alma mantenerte alejada del dolor.

»Sabía que la mejor manera de hacerlo sería salir de tu vida y, por la Madre, lo intenté. Pero seguía siendo demasiado egoísta para tolerar a ese chico de la biblioteca. Debí animarte a estar con él. Y después, a pesar de mis esfuerzos, mi hermano tuvo que meter baza... solo para torturarme. Y tú te pusiste ese maldito vestido. —Aldrik cayó de rodillas delante de ella, los puños en el suelo y la cabeza agachada. Respiró hondo, y fue una inspiración un pelín temblorosa.

La cabeza de Vhalla daba vueltas como loca mientras procuraba asimilarlo todo.

—Hoy he hablado en tu favor —confesó. A Vhalla le dio un vuelco al corazón—. Antes de esto guardé silencio *no* porque no me importase, sino porque... porque no soy un buen hombre, Vhalla. Mis palabras tienen más probabilidades de condenarte que de salvarte. Hay gente en este mundo, en esa sala, que te haría daño solo por afán de hacerme daño a mí.

Dejó caer la cabeza otra vez, y unos cuantos mechones escaparon del peinado perfecto que llevaba siempre.

—Hay gente que ya lo ha hecho. —Dio un puñetazo al suelo con tanta fuerza que Vhalla dio un respingo y supo, sin lugar a dudas, que Aldrik tendría los nudillos ensangrentados. Si lo estaban, el dolor no fue nada para el príncipe, que siguió ahí arrodillado con rigidez.

Vhalla había dejado de llorar, y aprovechó el momento para secarse las mejillas con las palmas de las manos. Aldrik no se movía; apenas parecía respirar. Vhalla respiró hondo y se frotó la nariz.

Le importaba a Aldrik. Pero no tenía la energía suficiente para procesar el cómo o el por qué.

—¿De verdad estaban esos guardias robando dinero del imperio? —preguntó Vhalla, y encontró que en su voz había una serenidad sorprendente.

Aldrik se sentó otra vez. Sus nudillos, en efecto, estaban ensangrentados.

—No —respondió Aldrik sin tapujos. Vhalla cerró los ojos y volvió a respirar hondo.

—Aldrik —dijo con voz débil—. ¿Qué quieres de mí en realidad? ¿Qué soy para ti? ¿Soy una conquista? ¿Un trofeo? ¿Un proyecto? ¿Una diversión? ¿Una herramienta?

Aldrik tenía que decírselo ya. Seguir haciendo conjeturas la destrozaría, y la ristra de confesiones del príncipe estaba demasiado embarullada para que su cerebro exhausto pudiera descifrarlas. No significarían nada hasta que no supiera esto.

—Tú —empezó Aldrik, pero luego se calló.

Vhalla buscó en su cara, trataba de comprender todas las emociones complejas que levitaban sobre sus labios. Aldrik apartó la mirada con un pequeño suspiro, pero devolvió los ojos a ella con una suavidad que no habían mostrado desde hacía tiempo.

—Eres una querida amiga íntima. Valga lo que valiere mi estúpida amistad regia.

Vhalla esbozó una leve sonrisa. Alargó la mano hacia él y el cuerpo de Aldrik se puso rígido.

—Vale mucho —susurró.

Apenas parecía respirar mientras ella se inclinaba hacia él para remeter los mechones entre el resto de su pelo. Aldrik levantó la mano para agarrar la de Vhalla con suavidad.

—No lo hagas —protestó ella con una vocecilla.

Esta vez, el príncipe impidió que retirara la mano; su agarre era firme aunque no doloroso.

—¿Por qué?

—Porque y... yo... —A Vhalla le temblaba el labio de abajo y le ardían las mejillas.

—Serás tonta —murmuró—. Como si algo pudiera hacer que no quisiese tocarte.

Vhalla se puso tensa pero permitió que su suave caricia borrara los restos de los maltratos de Rata y Lunar y las palabras de Egmun. Había algo terapéutico en la piel de Aldrik. No importaba lo que el mundo pudiese hacerle a Vhalla, el calor del príncipe siempre perduraba.

—Mi magia —dijo Vhalla después de un momento largo y tras sentir un cosquilleo eléctrico bajo las yemas de los dedos—. ¿Está... rota?

—¿Rota? —preguntó Aldrik. Hablar de magia pareció relajarlo.

—La he notado rara desde que desperté —explicó.

—Ah. —Aldrik sacudió la cabeza—. No, no está rota. Lo más probable es que estés agotada por el esfuerzo realizado. Es asombroso que no la agotases por completo; entonces sí que tendrías problemas.

—Todo es un problema, ¿verdad? —Soltó una risita suave y fue recompensada con una pequeña sonrisa por parte de él. Vhalla respiró hondo e hizo acopio de valor—. Aldrik, necesito tu sinceridad. No me importa la reputación que puedas tener. Quiero que seas franco conmigo. —Hizo una pausa y tragó saliva con esfuerzo—. Durante el tiempo que me quede de vida.

—La tendrás —le aseguró el príncipe heredero con un asentimiento—. No temas, Vhalla, no permitiré que te maten. —Había hecho dos promesas peligrosas de una sola tacada, pero algo en su voz le dijo a Vhalla que estaba dispuesto a esforzarse mucho por mantener ambas. Aldrik le dio un apretoncito en la mano—. Debería volver ahí. El descanso para comer debe de estar a punto de terminar y, después de mi testimonio, estoy seguro de que querrán que me explique.

Vhalla se aferró a su mano como si su vida dependiera de ella, y sintió cómo unas lágrimas protestaban por su partida. Aldrik se quedó muy quieto. Incluso después de sus confesiones, después de la ira, después de todas las cosas por las que había pasado Vhalla, Aldrik seguía ahí. Aldrik, su príncipe, bueno o malo, seguía con ella. Los dos se miraron, a la espera de que el otro diese el primer paso. Vhalla habría dado cualquier cosa por que el tiempo se detuviese.

—Por favor, no te vayas —susurró con una voz apenas audible—. No quiero enfrentarme a su veredicto sola. —Le temblaban los hombros y pugnó por mantener las lágrimas a raya. A medida que pasaban los minutos, Vhalla se dio cuenta, con un horror estremecedor, de que la idea de morir la aterraba.

—Vhalla —murmuró Aldrik—. Nunca estás sola. Yo estaré ahí. —Tomó la mano de la joven y la colocó sobre su cadera. Su cuerpo estaba aún más caliente que sus manos—. No olvides nunca que estamos Vinculados.

Vhalla recordaba bien ese oscuro y feo punto negro del día que habían estado en el jardín. Miró allí donde su mano descansaba ahora, sobre el costado del príncipe.

—Encararemos esto juntos. —El tono de Aldrik era sincero y serio. Vhalla buscó confirmación y consuelo y él se los proporcionó en abundancia solo con sus ojos. Una vez más, Vhalla se dejó caer de manera desvergonzada en esas profundidades oscuras antes de que Aldrik se levantara para marcharse.

CAPÍTULO
29

Si Craig y Daniel habían oído algo, no dieron indicación alguna cuando se reunió con ellos poco después. También tuvieron la decencia de no hacer ningún comentario acerca de sus ojos rojos e hinchados. Mientras seguía a los dos guardias, Vhalla repasó la surrealista conversación que había mantenido con Aldrik.

El príncipe era un enigma perpetuo.

Le había dicho que era su amigo. Vhalla se preguntó qué le habrían enseñado exactamente como significado de amistad. Con él, las líneas entre la verdad y las mentiras eran borrosas y la vida de Vhalla no había mejorado, precisamente, desde que él había entrado en ella.

Cuando Craig y Daniel la volvieron a encerrar en su celda, Vhalla retomó su asiento al lado de la puerta. *Aldrik*, pensó, sin atreverse a decir su nombre en voz alta. Pasara lo que pasare, no lograba arrepentirse de haber conocido al príncipe oscuro.

«Amigos, ¿eh?», murmuró, al tiempo que recordaba cómo la había abrazado debajo de las estrellas. Vhalla abrió los ojos antes de que su cerebro la traicionara.

La puerta del final del pasillo se abrió de golpe y Vhalla oyó unos piececillos que corrían hacia ellos. Se giró para ver llegar a la carrera a un niño vestido con una anodina túnica gris de sirviente.

—Se solicita la presencia de la prisionera.

Craig y Daniel intercambiaron una mirada antes de volverse hacia ella. Vhalla asintió y se puso de pie; era la hora. Abrieron la puerta y ella caminó sin grilletes hasta la sala. Sin importar lo que pasase, Vhalla encontró alivio en la idea de que esa sería la última vez que haría ese trayecto. La puerta se abrió ante ella y Vhalla se zambulló en la luz; tuvo que guiñar los ojos mientras se acostumbraban al sol de última hora de la tarde.

El Senado estaba ahí, ya sentado. Algunos la miraban con ira, otros la contemplaban con calma. Vhalla trató de determinar si los senadores que habían pedido su muerte estaban enfadados o contentos. No logró dilucidarlo. Egmun estaba sentado en el centro y la miraba de manera extraña. Los ojos del hombre la incomodaban. Se le puso la carne de gallina y apartó la mirada.

La familia real estaba sentada en sus respectivos tronos. El príncipe Baldair parecía algo consternado, mientras el emperador daba golpes con su bastón otra vez. Vhalla, sin embargo, apenas lo oyó mientras sus ojos se cruzaban con los de Aldrik. El príncipe heredero tenía una expresión torturada en el rostro y se apresuró a apartar la vista cuando vio que ella lo miraba. A Vhalla se le puso el estómago del revés.

—Vhalla Yarl. —El emperador se puso en pie—. Después de mucha deliberación y revisión de las pruebas —Vhalla se dio cuenta de que echaba una breve mirada a su hijo mayor—, este alto tribunal ha llegado a un veredicto. Presidente electo.

Egmun se levantó. Sujetaba un gran pergamino ante él para leerlo.

—Vhalla Yarl, en este día, doscientos treinta y cuatro años después del nacimiento del primer Solaris, has sido juzgada por tus delitos contra la gente del gran imperio Solaris.

Vhalla cambió el peso de un pie al otro y forzó a sus manos a permanecer a los lados.

—Por el delito de imprudencia, te encontramos culpable.

Vhalla resopló por la nariz.

—Por el delito de poner en peligro a tus conciudadanos, te encontramos culpable.

Vhalla agarró los laterales de su saco de yute.

—Por el delito de hacerte pasar por un miembro de la nobleza, te encontramos culpable.

Vhalla miró de soslayo a Baldair. Estaba claro que no había ofrecido demasiada defensa por su papel en ese delito en particular.

—Por el delito de destrucción de propiedad pública, te encontramos culpable.

Empezó a sentirse mareada.

Egmun continuó leyendo mientras la miraban desde lo alto.

—Por el delito de herejía, te encontramos *no* culpable.

Era un comienzo.

—Por el delito de asesinato, te encontramos no culpable.

Vhalla agarró los barrotes y respiró despacio.

—Por el delito de traición —los ojos de Egmun saltaron hacia los suyos por un breve instante—, te encontramos no culpable.

Vhalla apoyó la cabeza en el frío hierro de su jaula. Quería sentirse aliviada, pero algo en los ojos dolidos de Aldrik la advertía de lo contrario.

—Para expiar tus culpas, es deseo del Senado, del pueblo, que seas reclutada para el ejército y apliques tus habilidades a la guerra en el Norte.

Vhalla parpadeó. La iban a convertir en soldado. Ella no sabía nada sobre luchar; enviarla ahí sería una sentencia de muerte. Abrió los ojos como platos; ese era el objetivo. Fuera como fuere, vencerían. Si Vhalla tenía éxito, ellos se atribuirían la gloria; si no, los norteños les harían el favor de matarla.

—Se te considerará propiedad del imperio hasta que acabe la guerra y serás enviada al frente en el plazo de una semana —continuó Egmun.

—Pero no sé nada sobre combatir —dijo en tono sumiso. El presidente electo la miró despacio.

—Nos han asegurado que tus poderes son especiales, que no tienen parangón. Si ese es el caso, estoy seguro de que aprenderás deprisa —le dijo Egmun con desdén.

Vhalla miró a su alrededor, empezaba a ponerse frenética; Aldrik agarraba su trono con tal fuerza que le temblaban las manos.

—Si se descubre que desobedeces una orden imperial, que participas en alguna actividad que implique traición a la corona, o si huyes de tu deber, serás ejecutada por las llamas justicieras del líder de la Legión Negra —Egmun hizo una pausa con una sonrisa siniestra en dirección a Vhalla—, el príncipe heredero Aldrik.

Vhalla se quedó boquiabierta.

La expresión del Aldrik no había cambiado. Vhalla miró después al príncipe Baldair, que miraba furibundo a su hermano. Vhalla se giró hacia los otros senadores, pero como era de esperar, vio poco amor por su parte.

—Esta es la voluntad del Senado en nombre del pueblo. —Egmun enrolló el pergamino y empezó a bajar las escaleras. Sus pisadas resonaban como un martillo contra el cerebro de Vhalla.

Se sentía aturdida; no la condenaban a muerte, pero esto era casi lo mismo.

Cuando Egmun estaba a medio camino del emperador y empezaba ya a subir a la plataforma imperial, Vhalla se permitió mirar a Aldrik. El príncipe se movió en el trono y, por un breve instante, se puso una mano en la cadera. El mensaje estaba claro.

Pasara lo que pasare, él no podía matarla debido a su Vínculo.

Esta era una orden tan peligrosa para él como para ella. No estaba segura de si la alegraba o la torturaba saber dónde lo colocaba a él. Si le ordenaban que la matara y se negaba a hacerlo, Vhalla no tenía ninguna duda de que estos mismos senadores se volverían contra él. Vhalla agarró los barrotes con fuerza y apenas pudo reprimir un grito. No tenían ni idea de la verdadera gravedad de lo que habían hecho.

Egmun le entregó el pergamino al emperador y regresó despacio a su asiento.

—Vhalla Yarl, ante la Luz de la Madre, he oído tus delitos, tus pruebas y la voluntad del pueblo con respecto a tu destino. Encuentro que este es un castigo justo y razonable para las ofensas que has cometido contra el imperio. —Un sirviente se acercó con un pequeño bol de cera caliente y un gran sello de metal sobre una bandeja. El emperador vertió el líquido fundido sobre el pergamino y apretó el sello contra el papel que contenía el futuro de Vhalla—. Así ha sido escrito y así se hará.

—Guardias, devolvedla al palacio y al cuidado de la Torre —dijo Egmun con una sonrisa feliz.

Craig y Daniel sacaron a Vhalla de la sala, y ni siquiera tuvo la oportunidad de ver a Aldrik una vez más. En lugar de volver a su celda, se encaminaron hacia arriba.

Ascendieron por un pasadizo interior, las piedras de la pared y del suelo poco a poco más pulidas y dispuestas con más cuidado. Las antorchas alineadas por las paredes aparecían ya con más frecuencia y el pasillo empezó a estar bañado en más luz que oscuridad. Después de una serie de puertas, llegaron a un arco que daba a un pasillo más grande donde los esperaba una chica, con las manos cruzadas delante de ella.

—¿Larel? —parpadeó Vhalla.

La mujer occidental esbozó una leve sonrisa al tiempo que se volvía hacia Craig y Daniel.

—Yo me ocuparé de ella desde aquí. Soy su escolta hasta la Torre —informó Larel a los acompañantes de Vhalla. Los hombres asintieron.

—La dejaremos en tus manos, entonces —dijo Craig. Vhalla se giró hacia ellos.

—Gracias por vuestra amabilidad —les dijo de corazón.

—Cuídate, señorita Caminante del Viento —añadió Daniel con una sonrisa triste pero genuina—. Tal vez te veamos durante la marcha al Norte.

—¿Estaréis ahí? —preguntó Vhalla mientras Larel la tomaba de la mano con suavidad.

—Así es —afirmó Craig con un gesto afirmativo.

Vhalla abrió la boca, pero no había tiempo de decir nada más. Les dedicó a sus guardias un asentimiento de reconocimiento más antes de dejar que Larel se la llevara. Vhalla nunca había estado más preparada para irse de un sitio en toda su vida. Su cabeza todavía daba vueltas por el veredicto.

Larel la condujo en silencio y con eficiencia por los pasillos del castillo. Serpentearon por los muchos corredores y por diversos pasillos secundarios para evitar cruzarse con nadie. Al cabo de un rato, llegaron a un gran cuadro del Padre. Lo habían representado apoyado contra un montón de escombros, la vista perdida en un punto de luz lejano en el cielo. Larel lo apartó a un lado y le hizo un gesto a Vhalla para que pasara.

Vhalla supo de inmediato que estaba en la Torre, pues las velas y antorchas habían sido sustituidas por orbes de llamas. Una oleada de emoción la recorrió de arriba abajo y se apoyó contra la piedra para intentar recuperar la respiración. Todavía no lo había asimilado todo. Larel le puso una mano en el hombro con suavidad.

—Tu habitación no está lejos —dijo con dulzura, centrada en una tarea cada vez.

—¿Mi habitación? —repitió.

—Y tu chaqueta negra —confirmó como quien no quiere la cosa.

Vhalla la siguió aturdida hacia las escaleras principales, que giraban hacia la izquierda y luego seguían hacia arriba. Pasaron por la puerta que Vhalla sabía que daba a la habitación en la que se había curado, pero ahora siguieron su ascenso. Unas pocas puertas más allá, llegaron a una que tenía el mismo aspecto que todas las demás, salvo por una única placa de acero en el centro. Deslizó la mano sobre ella, palpó las letras grabadas sobre su superficie: *Vhalla Yarl*. Larel sacó una llave maestra y la abrió.

La habitación era una mejora notable con respecto a sus aposentos previos. Tenía un mobiliario estándar similar. Había un armario de un tamaño decente, un espejo, una mesa y una silla. Nada de esto llamó su atención.

Vhalla se acercó, en cambio, a una gran ventana que iba de suelo a techo. La abrió y salió a un pequeño balcón, poco más que un alféizar de ventana con una barandilla. Era la primera vez que salía al exterior en días y el aire fresco y seco la recibió como a una vieja amiga.

—¿De verdad es mi habitación? —preguntó, maravillada. Larel asintió.

—El ministro pensó que, dada tu Afinidad, una habitación como esta sería buena para ti.

Vhalla se preguntó cuántos aprendices más en la Torre, en todo el palacio, tenían una habitación con acceso al exterior, por pequeño y limitado que fuese.

Volvió adentro. Al abrir el armario, encontró toda su ropa colgada y ordenada.

—Traje tus cosas —explicó Larel.

Vhalla se fijó en un baúl que le resultaba familiar debajo de la cama. El resto de sus exiguas pertenencias estaban organizadas con pulcritud al pie del armario. Vhalla se mordió el labio cuando vio el grueso fajo de notas, ordenadas y bien atadas con hilo de bramante. Miró a Larel.

—No las he leído —dijo con suavidad—. Tu correspondencia con el príncipe no es asunto mío.

—¿Cómo supiste que eran de él? —preguntó Vhalla como una tonta.

—Hace mucho tiempo que conozco al príncipe. Es un Portador de Fuego talentoso y poderoso. Le cuesta hacer cualquier cosa sin dejar una pequeña traza de magia sobre ella. Es lo bastante tenue como para que la mayoría de las personas con magia no la detecten, pero… —Se encogió de hombros, sin terminar la frase.

Vhalla deslizó los dedos por encima de los papeles con nostalgia. Ojalá pudiese volver a aquellos días.

—¿Has oído el veredicto? —preguntó Vhalla, al tiempo que cerraba el armario.

—No, el ministro solo me dijo que ahora formas parte de la Torre.

—Me encontraron no culpable de la mitad... de la mitad más grave de mis delitos. Pero por lo que sí me encontraron culpable... me han condenado a unirme al ejército. Ahora soy propiedad del imperio. Partiré con los soldados en cuanto vuelvan a la lucha. —Habló en tono sereno e inexpresivo, pues el aturdimiento todavía no se le había pasado.

—¿*Propiedad?* —exclamó Larel, espantada. Vhalla se limitó a asentir—. ¿Sabes algo sobre combatir? —Vhalla negó con la cabeza—. ¿Alguna vez has peleado con alguien en toda tu vida? —Vhalla volvió a negar con la cabeza—. Quieren que te maten. —Larel fue lo bastante valiente como para decirlo en voz alta.

—Sí, creo que ese es el plan —admitió Vhalla con voz débil.

—He oído que partirán pronto. —Larel se dejó caer en la única silla de la habitación y se tomó un momento para asimilar la noticia.

—Bueno, puedes quedarte con mi habitación cuando muera —comentó Vhalla en tono agorero. Tampoco era como si se mereciera una habitación tan agradable como esa.

—No vas a morir —anunció Larel con convicción—. Te curaremos y entonces, cuando partáis, te entrenarás con las legiones. Hablaré con el príncipe Aldrik y con la mayor Reale.

—¿La mayor Reale? —Vhalla tragó saliva. Quería compartir la determinación de la mujer, pero eso significaría que todo lo que le estaba ocurriendo era real.

—La mayor Reale es una de las líderes de la Legión Negra bajo las órdenes del príncipe Aldrik y el mayor en jefe Jax, aunque creo que Jax todavía está en el frente. La mayor Reale está aquí y partirá de vuelta con las tropas. Tardaréis dos o tres meses en llegar al Norte —explicó Larel—. Solo tardaron un mes en llegar hasta aquí, pero los hombres no iban tan cargados y tenían bastantes caballos. Esta vez, habrá reclutas nuevos, así que irán a pie. También habrá caballos de carga que tendrán que transportar mucho peso, y carros con víveres y otros suministros. Y he oído que el ejército parará en la Encrucijada para recibir soldados adicionales desde el Oeste. Ahí también ganarás algo de tiempo. Y todo ese tiempo lo aprovecharás para entrenar.

A medida que Larel le explicaba la situación, su confianza se iba volviendo contagiosa. Parecía menos imposible y un pelín probable que Vhalla pudiese aprender lo suficiente para mantenerse con vida. Es decir, hasta que el recuerdo de los norteños con toda su determinación implacable volvió a ella. Vhalla se mordió el labio; era imposible pensar que sería capaz de hacer nada.

—Ven, hablaremos de esto más tarde. —Larel se levantó, como si percibiera el cambio en su determinación—. Deja que te enseñe los baños. Estoy segura de que te gustaría asearte.

Vhalla asintió. Había poco que le apeteciera más en ese momento que darse un baño. Tal vez pudiera frotarse tanto la piel como para arrancársela y encontrar a una persona nueva debajo.

Igual que todo lo demás en la Torre, los baños eran una mejora significativa con respecto a los que usaban los sirvientes. Era un baño común, no como la lujosa sala privada que había utilizado para bañarse antes de la gala, pero aquí también había grifos de agua fría y agua caliente, dos en cada uno de los diez cubículos que estaban listos para que la gente se aseara antes de meterse a remojo en una piscina humeante que ocupaba el tercio posterior de la sala.

Vhalla no había querido ni tocar su ropa limpia, de lo sucia que se sentía. Larel había sido muy amable de aceptar llevársela hasta ahí y justo la estaba dejando en una zona amplia para cambiarse que contaba con un gran espejo. Vhalla se detuvo un momento y se miró por primera vez en casi cuatro días.

Su pelo parecía una telaraña, con zonas apelmazadas y mechones que sobresalían en cualquier ángulo. De hecho, debía de estar al menos medio palmo más corto a causa de los nudos. Tenía la cara cubierta de manchurrones de sangre, hollín y maquillaje corrido. Sus ojos lucían cansados y afligidos, y sus mejillas, más chupadas de lo que las recordaba. Vhalla deslizó un dedo por el corte que discurría desde un ojo morado hasta el labio partido, y empezó a reírse.

—¿Vhalla? —preguntó Larel con dulzura; su preocupación era evidente.

—Estoy hecha un desastre. No me extraña que a los senadores no les costara verme como a una asesina demente. —Vhalla siguió riéndose, una risa que resonó a través de la impotencia vacía que encontraba en su interior.

—Necesito ver tus heridas, Vhalla. —Larel juntó las yemas de sus dedos—. Iré en busca de los ungüentos necesarios una vez que vea cómo están.

Vhalla se quedó parada un momento mientras la otra mujer se mantenía expectante. Se dio cuenta de que Larel le estaba pidiendo que se desvistiera.

Con un suspiro, Vhalla se quitó el saco por encima de la cabeza. Le temblaban las manos cuando el aire golpeó su piel, y Vhalla se forzó a ser valiente. Con un gruñido enfadado, tiró el saco de yute y su ropa interior a un rincón.

—Quémalo todo, Larel —ladró, con un tono oscuro en la voz que le sonó embriagador y casi dulce en su dejo áspero.

Larel asintió y, con un solo vistazo, una llama naranja consumió las prendas hasta que no quedó nada más que una pequeña mancha negra sobre las baldosas.

La mujer occidental se volvió hacia ella y dio la impresión de estar haciendo una lista mental. Estudió el hombro de Vhalla, tras retirar las vendas que la chica no había movido. A continuación, pasó a su cabeza, donde también quitó la gasa sucia. Vhalla vio los efectos de los maltratos de Rata y de Lunar: los moratones de su abdomen, sus brazos, sus piernas. Larel le ahorró los mimos inútiles o la ira sin sentido, y no hizo ningún comentario sobre la paliza.

—Muy bien, no tienen demasiado mal aspecto… físicamente, al menos —añadió, considerada, después de girar otra vez alrededor de Vhalla—. Iré a buscar unas cuantas cosas y volveré enseguida. Adelante, empieza a bañarte. Les pedí a las otras chicas que no vinieran por aquí durante un rato, así que deberías tener privacidad.

Vhalla se sentó en uno de los cubículos y abrió el agua caliente. Se echó el cubo por encima en el mismo momento en que terminó de llenarse. El agua abrasaba, y Vhalla respiró hondo antes de repetir el proceso. En cualquier caso, encontraba que no podía quemar lo suficiente y, después del cuarto cubo, su piel estaba rosa y un pelín humeante.

Frotó una pastilla de jabón hasta que hizo espuma y, tras encontrar una pequeña piedra pómez, hizo debido uso de ella. Aplicó toda la presión que pudo. Al principio, era para la gruesa capa de mugre, pero cada vez que paraba, la idea de la paliza de Rata y de Lunar la consumía. Al cabo de un rato, tenía la piel cubierta de manchas escocidas, casi en carne viva, donde antes había habido moratones. Vhalla tiró la piedra lejos antes de que pudiera seguir haciéndose daño.

Volvió a echarse agua por encima y decidió centrarse en su pelo. Lo enjabonó con dedos delicados, frotando bien los nudos e hincando incluso las uñas en su cuero cabelludo. El agua salía roja de tanta sangre seca, así que Vhalla se lavó el pelo de nuevo. Después del tercer lavado, encontró un pequeño cepillo e intentó peinar esa maraña imposible.

Fue un proceso lento. Cada vez que aplicaba el cepillo a su pelo, encontraba un nudo. Vhalla empezó por la coronilla y fue bajando. Más o menos a la mitad, los nudos empezaron a amontonarse unos sobre otros y no lograba meter el peine. Intentó cepillarlo desde abajo, con muy poco éxito. Probó por el lado izquierdo, luego por el derecho, pero no tuvo suerte.

Al final, tiró el cepillo contra la pared y enterró la cara en las manos. No quería llorar más; estaba harta de sentirse débil y triste. Estaba harta de sentirse impotente, harta de luchar y harta de sentir como si el mundo se hubiese vuelto en su contra. Se puso de pie y volvió al espejo. Contempló la masa de nudos a mitad de su pelo.

Un destello plateado captó su atención y Vhalla agarró una cuchilla, luego un puñado de pelo. Respiró hondo. El enredado mechón mojado que cayó al suelo fue una de las cosas más beneficiosas psicológicamente que había hecho en mucho tiempo. Vhalla agarró el siguiente puñado de pelo y la cuchilla pasó a través con facilidad; luego el siguiente, y el siguiente.

Se lo cortaría todo. Cortaría la ira, el dolor y la frustración. Cortaría y cortaría hasta que quedara esculpida en algo mejor, algo más fuerte. Querían matarla, así que esta Vhalla moriría, decidió, y una nueva Vhalla resurgiría de sus cenizas.

—¿Vhalla? —La voz suave de Larel rompió el silencio. Vhalla se preguntó por qué sus hombros no dejaban de temblar.

—Era una maraña imposible. Además, tampoco me gustaba demasiado. —Vhalla miró el montón de pelo en el suelo y se encogió de hombros, como si le diera igual la longitud que había llevado siempre sobre la cabeza. Sus dedos pasaban con facilidad ahora por el pelo que le quedaba, lo bastante corto como para que se le viese la nuca.

—Siéntate —le indicó Larel, al tiempo que le hacía un gesto hacia la banqueta del cubículo y ella tomaba la navaja recta. Larel procedió a darle un toque más pulcro a sus trasquilones—. ¿Quieres flequillo? —Larel señaló hacia su propia frente, al pelo que colgaba justo delante de sus ojos.

Vhalla se encogió de hombros.

—Cualquier cosa me parece perfecta. —Ya no le importaba demasiado; la parte curativa de su corte de pelo había terminado.

Larel lo evaluó durante un momento y luego trabajó con el pelo de alrededor de la cara de la joven. Vhalla pensó que tal vez debería estar nerviosa por que alguien sujetara un cuchillo tan cerca de sus ojos, pero se sentía muy tranquila en compañía de Larel. La mujer de piel oscura dio un tajo adicional que le dejó un gracioso flequillo casi sobre el ojo derecho. Luego empezó a retocar su trabajo.

—Ya está. —Larel dio un paso atrás—. Ven aquí y mírate.

Larel le tendió la mano y la condujo con ternura hasta el espejo. Vhalla no reconoció a la persona que la miraba desde el otro lado. Piel apagada y ojos apáticos que tenían una peligrosa cualidad penetrante en ellos. Se llevó los dedos al pelo. Vhalla nunca lo había llevado tan corto y no estaba muy segura de quién era con un corte tan severo.

—Gracias. —Vhalla no sabía qué más decir.

—De nada. —Larel sonrió con amabilidad y le puso una toalla grande alrededor de los hombros. Parecía seda después del saco de yute.

La mujer le dijo que se sentara de nuevo en la pequeña banqueta y empezó a aplicar ungüentos sobre sus heridas. También le dio una botella de líquido para beber que creó un fuego momentáneo en sus venas. El hombro requirió algo más de atención.

—¿Quién te lo cosió? —preguntó Larel mientras alargaba la mano hacia un pequeño frasco de pasta blanca.

—El príncipe Baldair —repuso Vhalla.

—¿El príncipe Baldair? —repitió Larel, las cejas arqueadas—. Vaya, eso suena como una buena historia.

—Dijo que su hermano le había reclamado un favor —explicó Vhalla repitiendo sus palabras, aunque se calló el comentario de Baldair cuando dijo que además quería hacerlo por sus propias razones.

—Esos dos… Uno de ellos siempre le está reclamando alguna deuda al otro. —Larel chasqueó la lengua y sacudió la cabeza.

Vhalla decidió dejarlo pasar.

Sopesó su propia relación con el príncipe heredero. ¿Le debía también alguna cosa? ¿Podía ser que él le debiera algo a ella? Cualquiera de las dos ideas la hacía sentir incómoda. No le gustaba la sensación de llevar la cuenta de esas cosas. Ella haría casi lo que fuera por Aldrik, *sin importar si se lo debía o no.*

Larel terminó de ponerle ungüentos y vendas nuevas sobre las heridas, aunque después de inspeccionar la cabeza de Vhalla, optó por dejarla al aire. Vhalla se vistió despacio, regodeándose en su ropa limpia.

La mujer morena le tendió una tela negra. Vhalla miró la prenda que colgaba de su mano durante unos segundos largos. Esta era quien era ahora. La tomó, estudió la negra chaqueta corta. Tenía las mangas un poco más largas que la de Larel, justo por encima de los codos, pero tenía el mismo cuello alto y terminaba a la altura de su cintura.

Vhalla metió un brazo y luego el otro, y se la colocó bien con ambas manos. Se miró al espejo, contempló a la nueva persona que la miraba desde él.

Una hechicera con cicatrices de guerra, amigos perdidos y las manos manchadas de sangre era la persona que ocupaba ahora el espejo. Los rostros asustados de los senadores volvieron a su mente con una claridad muy vívida. La estaban enviando a la guerra, así que iría y se convertiría en alguien a quien tendrían buenas razones para temer.

AGRADECIMIENTOS

En primer lugar, lo diré otra vez: gracias a todas las personas mencionadas en mi dedicatoria y a todos los demás que me apoyaron desde el mismísimo principio. No tenía ni idea de en lo que iba a convertirse *El despertar de la bruja de aire* y me alegro muchísimo de que no me permitieseis darme por vencida antes de tiempo.

Michelle Madow, gracias por tu apoyo sin fin. Has sido irremplazable en mi viaje por el mundo editorial y de verdad que no sé dónde estaría sin ti. Todas tus críticas constructivas y tu percepción me hicieron esforzarme más y me convirtieron en una escritora mejor, cosas que no tenías por qué hacer, aparte de porque eres una amiga increíble. Tus correcciones, comentarios y revisiones fueron extraordinarios para mí y este libro no sería lo que es sin ti.

Mi editora, Monica Wanat. Desde el momento en que te conocí supe que ese sería el comienzo de una relación maravillosa. Tú recortaste palabras que yo ni siquiera creía que tuviesen que ser recortadas, y gracias a ello mejoraste la historia. Gracias por ayudarme a corregir mis defectos y a pulir mi obra.

Mi artista de la portada, Merilliza Chan, tú hiciste saltar por los aires todas mis expectativas y me diste algo que no hubiese podido conceptualizar ni en mis sueños más locos. La gente dice «No juzgues un libro por su portada», pero con la portada que tú has creado ¡espero que lo hagan! Tú lograste que Vhalla cobrara vida de una manera que yo no podía conseguir. Por ello, te estaré eternamente agradecida y apenas puedo contener mi emoción por la siguiente cubierta de la saga.

Jessica, sin ti ahí, es posible que este libro ni siquiera existiese. Fuisteis tú y todas nuestras conversaciones e interminables trayectos en coche llenos de charla sobre libros y una música realmente épica los que me devolvieron la pasión por la escritura. Espero que sepas el papel tan importante que has desempeñado en mi vida y lo asombrosa que eres como amiga. Gracias por recordarme que fuera paciente y torturara a mis personajes.

Katie, ¿dónde estaría si no te tuviese para emocionarnos con las cosas más frikis? En un lugar muy triste, ahí es donde estaría. Tu entusiasmo me mantuvo activa mucho después de que el glamur inicial de escribir estas palabras se diluyera. De no haber sido por ti, tal vez nunca habría encontrado el valor para continuar adelante. Tú me inspiraste más de lo que imaginas en la escritura.

Dorothea, Pete y Tom, mis comidas con vosotros tres fueron esenciales para que me organizara y mantuviera la cabeza en orden durante un proceso abrumador. Espero devolveros el favor a medida que vaya acumulando algo de experiencia.

Mi hermana Meredith, la otra mitad de mí, mi «gemela nocturna», gracias por tu confianza, tu amor y tu pragmatismo. Siempre estás ahí cuando más te necesito y siempre has sido una fuerza que alimenta todo lo que es positivo en mi vida. Eres la persona que me enseñó la verdadera profundidad del amor familiar e inspiró las relaciones de esta historia.

Mis padres, Madeline y Vince, no tengo las palabras suficientes para daros las gracias. No solo por vuestro apoyo mientras escribía este libro y vuestras opiniones sobre mis borradores, sino por todo lo que habéis hecho siempre por mí como persona. No soy perfecta, y siempre tendré más que aprender y en lo que crecer, pero no sería ni la mitad de la mujer que soy hoy sin vosotros dos. Espero que disfrutéis de todas las revisiones de este volumen de *El despertar de la bruja de aire* y de los que están por venir.